号啕呼吸

梁阿渣 著

长江出版社
CHANGJIANG PRESS

目录

第一章 大雨 001

第二章 朗月 041

第三章 行星 063

第四章 曙光 095

第五章 顽疾 121

第六章 新影 143

第七章 暗涌 163

第八章 鲜活 185

第九章 拨云 209

第十章 旧梦 231

番外 梦里学会的擒拿术 237

后记 250

第一章 大雨

Howling Breath

刚刚在地铁站附近吃了二两便宜的馄饨，此时口腔里被烫出的痛意还未偃旗息鼓，在唇舌之上跳动着，似是在向林瑯耀武扬威。

林瑯无暇理会，给自己灌了一口凉水。

人太多。数不清的躯干挤在地铁腹腔内，因此哪怕冷气充足，空气里还是蒸腾满了人的气味。

林瑯把行李箱推到角落里当作椅子，坐在上面阖了眼，等待这辆于黑暗地下疾驰着的列车靠站。

闭目养神的恍惚片刻，林瑯做了一段含糊不清的梦。

梦里的自己也是同样的姿势，只是倚着的不是地铁车厢壁，而是在一个"人"的怀抱里。自己仿佛正在和这个"人"喃喃地说着什么话，可说了什么，林瑯自己也分辨不清。

分辨不清梦里的时空，也辨不清梦中人的面目，只觉得安心。

五岁那年，这个"人"开始在林瑯的梦里出现，直到现在。

并不会每天都做梦，可做梦的话，便一定有他在。

林瑯叫他"大雨"。

虽然这个梦里存在着的"人"被林瑯赋予了一个名字，却始终都没有形成一个明确的画像和人格，所以还不至于被心理医生诊断为"人格分裂症"，更多像是一种"移情心理"：在自爱和自我厌恶两相纠缠的情绪中，潜意识里塑造出了一个以供寄托自我的虚假人物。

——哪怕我都抛弃了我，还有"你"在陪伴我。

听到医生口中这些专业解释时，林瑯摆出嗤之以鼻的态度，却也不再多话。

这种感觉让林瑯很不舒服：像是被别人冷静客观地剖解、拆穿了自己撒的一个谎话，袒露出自己渴望"摆脱孤独"的卑微欲求。

后来林瑯自己学习过很多心理学的知识，也渐渐了解了这种症状的成因。

与精神分裂的定义不尽相同，大雨他并没有在林瑯的世界里形成一个独立的"格"，只是一个虚无缥缈的形象而已。如果非要类比，似乎更接近于神学概念中的"信仰"，起着一种"救赎"的作用。

林瑯小的时候很怕鬼，每天晚上入睡都因恐惧而变得非常困难。

理智的情况下林琊自己也知道，其实身处的空间里什么都没有，但就是恐惧。只要黑暗降临，被子没有掖好的边角、看不清的物件轮廓、窗、门、墙壁……无一不变得可怕起来。

试图向人求助时，同学会笑、长辈会骂，没有一个人会把他的恐惧当真。可"入夜"却是每天必然会发生的事，于日复一日之中，绝望像一种逃脱不掉的轮回，囚禁了幼小的他。

于是大雨的存在就变成了林琊唯一的安慰。

每夜渗着冷汗蜷在被子里不敢动弹时，林琊唯一的期待就是——睡过去就好了。

入梦就好了。

梦里有大雨。

——有大雨，就好了。

十六七岁时，年少的林琊曾对自己这个梦中的"竹马"——大雨的存在，产生过一阵子的慌张与排斥，这么多年过去，大雨不曾有过变化，还是像以前一般，安安静静地在林琊的梦里等着他入眠，而彼时林琊的情感混沌初开，竟意识到自己对这个甚至没有轮廓的"人"萌生了怪异的依赖情绪。

这些温暖安逸的梦，醒来后再回味不出任何清晰的细节，留给林琊的通常只是一些慰藉。

那个年纪的林琊内心很矛盾——察觉到本就孤僻的自己因此更耽于虚幻的梦里，于是心生恐惧；可有时候，还是不得不承认自己竟然把"梦"当作了避世之处。

又怎么样？能怎么样？

这个"人"挥之不去，而林琊也切实地从他的存在里，获得了现实里少有的温柔。

于是过了那段时期之后，林琊对于自己"梦中有人"这件事不再排斥，更没有要摆脱大雨的打算。总感觉同意接受"矫正治疗"便是承认了大雨的存在是个"病态的错误"一般。可虚幻的温暖被"治好"之后呢？从此直面真实的孑然吗？

"花照壁站"到了的时候，林琊因不小心睡着没能成功下车。

醒来时他没有气恼，用惺忪的眼神确认过站点之后迅速宽容了自己的"失误"，然后用左手的食指和拇指牢牢钳着拉杆箱把手，剩余三根指头紧紧扣住放在箱子上分担重量的鼓胀书包，右手挽起臃肿的麻袋，一路淡漠地道着歉，在人们的"啧"声之中费力挤到车门口。

下车时，已经过了一站地。

却没耐心再去对面等一趟返程，林琊直接拖着全部家当出了地铁，徒步向新学校走去。

进校门的时候林琊从明亮的铝合金框上看到了自己的尊容——前额发被汗水浸成了几片块状；廉价T恤像塑料布裹在身上；麻袋不知道什么时候破了一个洞，隐约露出褥子花红柳绿的纹样。

顿了顿，林琊整理了一下狼狈的自己和行李。

片刻停顿让他缓了几分力气，猛地换了一口气，又嗅到了自己的酸汗味儿。

于是林琊嫌恶地闭上了眼，埋头走进了校园。

号啕呼吸

拖着一堆笨重的行李来到宿舍六楼的时候，林琊已经累得虚脱。

拎麻袋的那只手臂使过了劲头，完全丧失了力气，连没什么分量的钥匙都握不稳当，半响都对不准锁孔，林琊不耐烦地向前倾身，借几分力道给手部，这一顶，却发现门并没有关着，于是失却重心跌了一步，林琊撞开了 601 的门。

里面早有一个人。

他抬头冲着林琊笑。

带点儿自然卷儿的短发应该是刚洗过，于是分成横七竖八的一缕一缕。从脸到身体肤色都一般黝黑，均匀得像是故意晒出来的。他的动作因自己的突然闯入而停顿在跷起腿的古怪姿态，一只脚才刚刚穿过手中撑着的裤头。

林琊惊讶："你是谁啊？"

"我叫唐玉树。"

林琊转头确认了一遍门上的号码——601，继续道："这不是单人寝室吗？"

唐玉树乐了——原来是同寝的兄弟："哦，我是后来加了钱塞过来的——我不喜欢人多！"

林琊站在门口愣着神儿，脑中"啪嗒"一声断了线。

两厢愣了好久，感觉到凉风路过的唐玉树才后知后觉地把脸一红把腿一缩："兄弟，有啥子事儿关起门儿进来说嚜？"

林琊心头不快，没进屋，只转身把门重重摔上，又走掉了。

唐玉树撇了撇嘴摸不着头脑，但也没怎么在意，继续穿着自己的裤头。

影大的研究生部住宿环境并不优越——学校太小的关系，寝室大多是四、六人间。此外，每一个楼层最靠外有一个房间，很小，塞下两个床位之后就几乎没有落脚之地了。

据说本来是杂物间，因为扩招，人变多，才强行改成了寝室。

开学之前林琊专门打电话确认过："有没有单人间？"

生活老师那边报价："普通六人寝一年才六百块钱，单人寝一年一千呢，你确定要住？"

一千对林琊来说不是小数目，听罢心里不免"咯噔"了一下。可纠结良久他还是咬着牙点了点头，又察觉到点头的动作并不能被电话那头的人接收到，便有气无力地多问了一句："能便宜点儿吗？"

"你当是买菜呢？"

本也没抱希望，得到否定回答之后林琊吸了一下鼻子："行，我要单人间。"

"好，给你记上了——但是提前说好：虽说是单人间，但其实是两个床位，如果要是再来个矫情的也非要住人少的屋子，那你这就不能是单人间了。"

"啊？"林琊不乐意。

生活老师不耐烦："你要真讲究，那就出去租房子住——成都房租也不贵，跟附近上班族合租，你自己选个小卧室那种，一个月也就千把来块钱！"

一年就是一万二——林琊简单计算了一下："单人间给我记上吧。"

"行。"听筒那侧的声音渐渐拉远，"现在的小孩儿好矫情——没有钱还挑三拣四！"

哎电话怎么没扣上……"

林琊嘴里反击的脏话比那头挂断的忙音晚了零点一秒，宣泄出的情绪没有找到落点，反而被堵得更生气了。

林琊怒气冲冲地下了楼，却见宿管办公室里因新生报到而挤满了人。

努力张了几次嘴都没能顺利截获生活老师的注意力，冷静下来的林琊又觉得自己前来"质问"其实本也没什么立场——人家在最初也坦白地说过了"也有多搬进一个人来"的可能性。

穷是原罪吧。

林琊抹了一把汗，脑子里闪过601里那个"鸠占鹊巢"的家伙笑着看向自己的表情。在原地踟蹰良久，林琊走回了楼上。

穷是真穷，所以林琊才决定来成都读个研究生。

成都的都市氛围不错，而物价水平又不会很高；另外在校园里生活的话，住宿和伙食上的开销又不至于过大——最起码在读研的这两年的缓冲期内，不会有太大的经济压力。

也是想为自己可笑的"梦想"多争取两年时间。

林琊有一份工作——写字儿的。说得漂亮一点儿，叫作"自由撰稿人"。

虽然到目前为止还没写出什么出息，但多少也在往自己期待的方向慢慢挪移。从业有三年多了，目前还不曾有过什么傲人的成绩，除了在杂志上发表过几篇小说之外，大多数时间他还是靠当枪手赚点学费和生活费。

林琊是个对于任何事情都没什么执念的人，但"想当作家"这件事，大概是他人生里为数不多的坚持。

当然，也不是说这辈子要磕到死的意思。

再两年，读完研再没什么出息的话，就算了。

老旧的宿舍楼只有六层，所以没有电梯。

这么短的时间内拖着全部家当走上走下，林琊有种即将往生的感觉。

"全部家当"并不是一个夸张修辞。

拉杆箱里的杂志和书是工作所需，出发前谨慎地用衣物垫在周围避免磕碰；用以缓冲的衣物是一条运动裤、两件毛衣、一件羽绒服、三件T恤和四条裤头；书包里塞着几双袜子和一双帆布鞋，靠里侧放了自己的笔记本电脑；麻袋里是被褥。

全部，家当。

不值几钱，也不可缺少。

唐玉树这厢早把裤头穿好了。

百无聊赖，于是光着膀子在屋子里晃来晃去。

床铺已经竭尽全力地收拾好了，但由于生活自理能力不强的关系，所以虽是"收拾好了"

的结果，却还是显得一片狼藉。

面对着这一摊混乱的场面，唐玉树正不知所措着，门又再次被撞开。

只见方才打过照面的那个室友一手拉着行李箱一手拽着一个编织袋，肩上还挂着一个肥大的包，正吃力地往门里挤。

唐玉树赶忙伸手过去，笑问："你刚才干啥子去了？把行李放下再去呀！来来来我来帮你搬。"

"不用，我自己能行。"

唐玉树打量着他单薄的小身板儿，乐不可支："我来吧我来吧！"

林琊还是没理他，兀自把全部家当拎到了另一张空床边。

虽然被拒绝了，但唐玉树完全没有察觉到自己"并不受欢迎"，继续在屋子里围着林琊转圈圈："你要去洗澡吗？我看你出了好多汗。我刚洗过了，你要去的话我陪你再去洗一次？不过洗澡之前你要办'校园通'——'校园通'你办了没？现在八点了估计不能办了，没办的话明儿办吧！明儿我带你去，我知道在哪儿办！"

"哦。"

"一会儿去吃消夜吗？咱俩顺便在学校附近转转，这片儿我熟——我本科就是在影大读的，保的本校研。哎，听你口音不是四川人，你哪儿的？"

"南京。"

"南京？我小时候去过，那儿好玩儿！嘿嘿！——鸭血粉丝汤对不？我喜欢吃！我们四川人也爱吃鸭血！你吃过毛血旺吗？我周末带你去个道地的店吃毛血旺去！或者我让我爸开车带咱俩去都江堰吃？你去过都江堰吗？"

"没有。"

"我带你去啊！都江堰可好玩儿，巴适，好吃的又多！你喜欢吃啥子？哎，南京的小龙虾真嘞哪个好吃吗？我听我朋友说过——哦，忘了问你叫啥子？"

"林琊。"

"真好听！林琊……哎，我帮你把衣服都挂进衣橱里哈！"

"不用，我自己弄吧。"

"别跟我客气嚷！你自己一个人从那么远的地方来的！以后咱俩也算兄弟了！人说十年修得同床渡——虽然是隔床，也差不多！"

……

林琊被吵得头昏脑涨，也没力气去纠正这个家伙对谚语的记忆偏差，心想：你真有余力你不如把自己那摊狗窝先收拾整齐。

"走吧出去吃好的！走吧？"

"我不去了。"林琊拒绝，"我要去洗澡。"

"那我陪你去？我们这破学校是公共澡堂，你会害羞不？"

"不用。"

"那我'校园通'借你！"

"我办好了。"

"那我等你回来咱俩一起去吃饭？"

"你自己去吧。"
"那你想吃啥，我带回来给你！"
"不用。"
"好嘛……"遭遇接连不断的拒绝之后，唐玉树的情绪才终于没那么嗨了。
林琊这边默默地铺着床，余光里瞟见唐玉树穿好衣服套好鞋子，自己出了门。

安静下来的空间里，林琊疲乏的情绪终于舒缓许多。
转念，脑子里跳过几段方才唐玉树吵闹的片段，想了想，觉得这人又烦又好笑。
人还挺好，所以就保持距离吧。
刚舒了一口气，寝室的门又被推开了："我十点前会回来，嘿嘿！你给我留门儿？"
这次回头看唐玉树时，林琊才注意到他出门的着装：白T恤搭运动裤，头上的红色运动发带给他压出了一对招风耳；因为楼梯上来回跑过的缘故，所以他咧着嘴，有几分微喘，倚着门框探头冲着林琊所在的方向笑着。
他的目光明亮炯然，像是通明一切的圣人，又像是个蒙昧无知的傻瓜。
林琊愣神地看着他良久，才把头转回来，只丢给他漠然的一句："你自己带钥匙吧……"

这人……好奇怪的感觉。

吵闹的室友离开后，林琊才得以有一个安静的环境整理自己将要暂住个一年半载的狭小宿舍。
收拾完的时候已经是八点四十五，踩着停水的末班时间，林琊赶去冲了一趟澡。
澡堂子每个花洒下面都有一个插卡机，把"校园通"插进去后开始放水计数，冲完一次热水澡总共花了一毛六。哪怕按一次两毛钱算，一年也只需要六十多块钱，还挺便宜。
回到宿舍是九点出头。
澡堂九点停水，宿舍楼十点门禁。
林琊回屋准备从里侧锁门时，想起那个肤色黝黑的室友走前求自己替他留门，于是没上锁。路过那家伙的床铺时，林琊又帮他把挂得歪歪扭扭的蚊帐顺手整理了一下。
冲了包泡面当晚餐垫巴垫巴肚子，回复了几条工作邮件和信息，林琊便躺下了。

林琊的床铺靠里侧，挨着窗户，躺下的时候可以看得到方寸大小的夜空。
房间的灯被林琊顺手关掉了，好在窗外很亮，屋里不至于很黑。

离开南京的前一晚，林琊去了一趟住处附近的寺庙。
上香的时候庙里的和尚问他"求什么"，事业、姻缘，各种所求，对应着各种价位和款式的香火。
"不求什么。"林琊拿起最普通的香，布施了五块钱，"只是烧炷香而已。"
求了会有用吗？明明都是安排好的。
求了就会有用的话，从少时到如今，每一次号啕大哭过的痛苦和难堪，神佛早都该听到了。

可还是会抱着侥幸的心理去烧一炷香。

——"放过我吧。"

在四五米高的金装大佛前磕头时，林瑯心底里的台词是这一句。

后知后觉地，林瑯在此刻才意识到，自己竟然成了"身在异乡"的陌路旅人。

只需要一个背包、一袋被褥和一个行李箱，竟就可以打包起自己的全部生活——该说自己是活得潇洒落拓呢，还是命如纸薄……

好在还有个大雨——倘若被人们知道自己非常珍惜的东西，居然是自己精神管理失调的产物，怕是会被笑死吧。

林瑯也自嘲地笑了一声，吸了一下鼻子之后闭上了眼。

——"睡吧，去见他。"去见一个模糊不清的人。

从出现至今，大雨都未曾细化出一个明确的面庞，也没有说过任何话，所以并不曾听过他的声音。哪怕有交流的时候，也只是林瑯单方面地向他叙述些琐碎，而他便只是听。

因此，大雨的存在未曾对林瑯造成任何影响和改变，没有危害，也并不是一个必须接受矫正治疗的症状——"如果强行剔除掉这个用来寄托自我的角色，搞不好你的自我人格会崩塌——所以别给自己太大的压力，试着和'他'相处，等你变得强大起来的时候，这个角色会自己消失的。"

会自己消失的。

关于大雨，林瑯很频繁地做过一个梦。

梦里林瑯仰望着高高的城墙，城墙上是大雨站在那里——梦总是这样荒谬：你根本看不清楚他的轮廓，可你就是无缘由地认定，那就是他——梦里高墙上，大雨来回蹿动着像是焦急无比，而林瑯在梦里回神时，察觉自己身处在一片屠戮之中。再回过头去，大雨从几丈高的城墙上跳了下来，奔向自己，为自己划开一方无害的小天地。

——于遍地血污的地狱之中予我救赎。

精神医师给出的解释如此说道：林瑯潜意识里渴求自己的生命中会有这么一个角色——会替他挡在现实世界的千军万马之前，为他划出一块安全空地的守护者。

林瑯当时摇头否认：从小到大所有的事都是自己在扛着，全凭着本能过活，没有什么守护者，也不期待什么守护者。他嘴硬着否认——林瑯面子薄被拆穿"示弱"的内心时，都抵死不肯认。

可问心，有愧。

谁会不期待有这么一个人的存在呢？

困顿刚刚将林瑯吞噬到一半处，神志却因门锁发出的一声"咔嗒"清醒过来。

——那个室友回来了。

林瑯疲乏，也没什么余力去应对人际关系，于是继续闭着眼，假装翻了个身。

那个家伙没有开灯，从动作带出的微弱响动里听得出来他在蹑手蹑脚，大概是怕吵到自己。

俄而，他又在黑暗里对着林瑯的方向用气声轻轻地询问了一句："兄弟，睡了吗？"

林瑯面对着墙壁这一侧，没回应他。

他却又向着这个已经"入睡"的陌生室友轻声丢来一句"晚安"。

这个温柔的小动作惹得林瑯有点内疚：还挺好的一个小伙子，安安静静的，生怕打扰到自己。

反刍今天和他接触的每一个片段，自己给出的却都是漠然的疏离姿态。

——以他这么热情爽朗的个性，在别人那厢，大多时候收获的反馈也都很善意吧。

脑子里刚夸完，身后一秒入睡的白痴室友响起一声惊雷般的呼噜声。

接着便拉开了一场盛大的独奏。

林瑯翻了个白眼，之前对他萌发出的一点点内疚感转瞬消失得无影无踪。

这夜没能见到他的大雨。

没做梦。

睡醒的时候头昏脑涨的。

宿舍里另一个一身元气的家伙已经醒了，躺在铺上不知道在搞什么。

想到自己此刻一旦动弹一下表露出任何"生命体征"，他就可能又会生龙活虎地从床上跃起，然后开始无休止地吵吵闹闹，林瑯就有点儿呼吸困难——这人怎么像条小狗？

倘若这个 601 只有自己一个人住，也不用在一醒来就顾虑要如何和另一个家伙相处。再连带着回想起昨夜書玉树雷霆万钧轰轰烈烈的呼噜声……本来已经认命的林瑯，对于"单人寝突变双人寝"这件事儿又意难平了起来。

躺了好长一段时间，最后还是意识到有些事情"不得不面对"……林瑯只好稍微撑起身体来，隔着白纱蚊帐，向后瞥了唐玉树一眼。

他嗦着牛奶，正好也扬着眉毛亮着眸子，乐呵呵地瞅着这边。

视线猝不及防地撞上，林瑯有点儿无由地尴尬。

唐玉树却不出林瑯所料，抓住了搭话的机会："是不是我吵醒你了？"

"没有。"

"我昨晚回来你就已经睡着了，太好了！你不晓得啊：我以前的室友都嫌我打呼噜！——我还担心这事儿来着。你要是醒着，估计会被我吵得想打人。"

林瑯心想：你说得没错。

不动声色地向唐玉树所在方向瞄了几眼——确认他不知道低头在做什么、总之是没在看这边之后，林瑯从床边收纳袋里摸出一条新的裤头，将手伸进盖在腰间的毯子里小心翼翼地褪下正穿着的这一件。

唐玉树却突然起了床下了地，手臂举得高高晃着一盒牛奶问林瑯："你喝吗？"

"不喝。"

被拒绝唐玉树却也不丧气，估计是理解成了"觉得生分，有点害羞"，甚至还笑着径直走了过来："你太客气了兄弟！主要是我昨晚买了两包，这些牛奶保质期都只有一天；

再不喝，放到晚上就坏了——多浪费！哎，我们一会儿要不要一起去……"兀自唠叨着，伸手就撩开了林琊的蚊帐。

安全距离被猝不及防地突破。

吓得林琊停下手中的动作，慌张地一手抓紧蚊帐以免被唐玉树撩开，"不耐烦"和"吓一跳"两种情绪在这个清晨突然交叠在一起爆发，他冲着唐玉树怒吼了一声："你能不能离我远点儿！"

林琊不是讨厌唐玉树，反而林琊还挺喜欢这男孩儿的。

林琊厌恶的是自己。

就像一场拉锯——你越向我靠近，我便越想要躲远；我每多看得到你一分爽朗无邪，也便多看得到我自己一分阴骘苟且；你越是个温柔美好的人，我就越怕我的狼狈暴露在你面前。

我是个恶心的人，被人们形容成"粪坑里的石头"，又恶臭熏天，又冥顽不化。

你知道吗？所以求你离我远点儿。

不只是你，全世界都离我远点儿。

我没想招惹谁的，我本来明明可以安静地独活。

我怎么都没料到有你这么一个人，塞了钱进来和我挤一个狭窄逼仄的犄角旮旯！

林琊吼完唐玉树，缓了一口气，怀揣着一种"你爱看就看吧"的破罐子破摔心态，也不再遮掩，继续手中替换裤头的动作。

唐玉树无端挨了这么一记大吼，一瞬间尴尬了起来。

可隔着隐隐约约的白色纱帘，辨别出林琊正在褪下裤头的动作，唐玉树居然又乐了："你放心嚜……我没看见我没看见！"

安静了须臾，唐玉树续上前一个话头："要不要一起去吃早餐？"

这人怎么没脾气啊……林琊倒是一头雾水了。

不过这个家伙似乎脑子不太灵光：这么近的距离里，竟也没发现自己的秘密；只当自己是介意"被别人看到换裤头"……林琊又松了一口气，顺着他的"误会"自己也下了台阶，对他提出的"吃早餐邀约"拒绝道："不了。"

一贯冷漠。

"那我也不了。"唐玉树转过身去在房间里晃荡，走几步还凭空投个并不存在的篮球："也没那么饿……一包牛奶先顶顶，中午再吃吧……食堂二楼有家米粉还挺好吃的！那叔叔我混熟了——你中午跟我去混个脸熟，以后每次他都会给你多盛一两米粉！"

得，拒绝了早餐又擅自预约好了午餐——甩不掉这个白痴了吗？

林琊听着唐玉树在那厢独自吵闹着，心里烦躁得要命。

将毯子和替换下来的纸裤头潦草地卷在一起，再用一件T恤盖在上面作为遮掩，林琊下了床铺来。

把一整团东西塞在盆里端着，拿上洗衣粉，绕过"嗡嗡嗡"的唐玉树，兀自走去了水房。

宿舍楼里每个楼层的两端都各有一个水房供学生们洗漱用；水房连通着厕所。水池所在的墙面上是大片的镜子，水池背后便是沟渠一般的长条形小便池，再往里，是一片隔间厕所。

林琊拧开了水龙头，听着"哗哗"的水声，抬头看着镜子里的自己——面相孤僻而寡情，和唐玉树那种浓眉大眼的人相比，被这个世界讨厌也是合情合理的。

唐玉树总是在笑着的，像是对世间万种风物都抱有极大的热忱一般。

可自己却总是没什么表情。

没表情。还被原本就薄情寡义的五官带出了一种惹人厌烦的"厌世"感。

如此想着，视线的焦距因发呆而模糊变化。

隔着镜子，林琊又在镜中看到自己身后的小便池。

池子边有被人乱丢的卫生纸，也有大约是不慎落地于是不肯再捡起的一只袜子。

"小便池"——自己曾经的绰号。

被人乱丢过擤完鼻涕的卫生纸，也被人丢过蘸满墨水的袜子，还被丢过粉笔头、开心果、橡皮擦、窜天猴儿……

从令人作呕的回忆里抽回神志，林琊看着水渐渐没过盆里的毯子，整片浅驼色彻底地被浸成一片深棕之后，情绪里的焦虑感才一并被淹没了下去。

侥幸没被那个家伙发现……

林琊舒了一口气。拌开洗衣液，揉起了浸饱了水的毯子。

我是个恶心的人。

你知道吗？所以求你离我远点儿。

我啊，二十三岁了……还在尿床。

林琊有着一段似乎是被老天刻意捉弄的人生——五岁那年，梦中出现了一个"人"，几乎同时起，林琊开始了"尿床"的毛病。

遗尿症。在睡梦中并不能自己察觉得到尿意。每天醒来，都是一片狼藉。

这便是林琊咬着牙勒紧裤腰带都要申请单人寝室的原因——除了本身厌恶人群之外，也是不想暴露自己满目疮痍的人生。

离开南京前，跪在四五米高的金装大佛前磕头时，林琊内心祈求的只是"放过我吧"。

——给我最庸俗不堪的那种人生吧……好歹普普通通轻轻松松。

小时候，长辈敷衍潦草的解决办法是在林琊身子下面垫一张塑料布，以防渗透，弄脏床铺。

睡在上面便会咯吱作响，如果入夏温度升高的时候，身体便会发汗，塑料布粘着在皮肤上，异常难受。

自知添了麻烦，于是林琊从小就默默接受。

第一章 · 大雨

011

号啕呼吸

中学时去了卫生条件不错的省城，林琊才知道了"纸尿裤"这种东西的存在，一直用到如今。

只是难免也会有侧漏的情况，比如昨夜——估计是晚上睡觉时翻动身体挤歪了贴好的部分……

林琊是个爱干净的人，每天都会好好清洗。

可"他尿床哎"这种话一旦作为开端，便不会再有人对他有好感——所有和气味相关的负面词汇凭空冒出。哪怕没有，明明没有，可很多人都会用一种闻到了什么怪味的表情，伸手在鼻子前扇起了风，皱起了眉："咦……他一定很臭吧！"

小便池、病毒、粪坑里的石头，都是林琊曾经的绰号。

成绩再差的同学，都能在施展恶意时迸发出史无前例的创意和聪慧。

林琊对此无力抵抗，一贯抱着一种"躲开来就好"的心态。

谁料唐玉树是个躲不掉的黏人精。

这边刚淘洗好被意外侧漏的尿沾湿的毯子，林琊正在用力拧干的时候，唐玉树那家伙又出现了。

他咬着牙刷端着水盆进了水房来，嘴里塞满了白沫。

林琊看见他来，也因抱有一丝歉意于是没敢说话。

唐玉树却并没有把林琊的冷漠放在心上，径直走来把自己的脸盆挨着林琊的盆放在水池里，冲林琊一笑，拧开水龙头揉了几把手，漱掉了满嘴的泡沫；又侧目注意到林琊吃力的动作。于是放好牙刷，一点儿都不含糊地捞过林琊手里的毯子："你力气太小，来——我帮你拧！"

被林琊劈手夺回："别碰！脏——"

唐玉树的手停滞在半空不知道该往哪儿放，半响后才尴尬地抓了抓耳朵，解释了一句："我洗……洗了手的。"

你误会了。林琊想：我是说我的毯子脏。

是我脏，不是你脏。

我这人……怎么洗都脏。

从小到大，一直都很脏。

可怎么解释？

索性没说话。林琊却觉得鼻梁有点酸胀。

要是此时挨上唐玉树的一拳头，林琊便可以心安理得地化身反派，从此和唐玉树划清楚河汉界，老死不相往来——可唐玉树什么也没说，只是转身走去背后的小便池边默默撒尿去了。

林琊继续拧着毯子，突然听到背后的人幽幽地问了一句："你是不是讨厌我？"

抬眼，从镜子里看到了唐玉树的背影。

林琊吸了一下鼻子："没有。"

与你素昧平生无冤无仇，能有什么喜恶？

本以为他会质问一些"那你为什么……"之类的台词，但他没有。

在收到林琊的否认答案之后，唐玉树就又转回头来冲镜子里的林琊咧嘴笑了。撒完尿提好裤子转身回来时，又乐乐呵呵地投了个并不存在的篮球："没有就好。我还挺喜欢你的！"

这句被他说得坦然的话，却把林琊给吓得掉出了豆大一颗的眼泪。

——这种好话，我从来都没有听过。

林琊对自己的失态也着实挺讶异的。

从来都知道自己不会笑，但从来也不知道自己竟然会哭。

察觉到自己因为别人一句没头没脑的话而唐突地掉起眼泪，林琊吓得闪避着唐玉树的视线，迅速掬了抔冷水拍在脸上。

多愁善感，真不是什么好的性格。

顺势洗漱完毕，林琊便回了宿舍去。

在窗台边晾好了毯子，戴起耳机安静地处理起了工作。

林琊最近接了一个活儿：编教辅书，一篇稿子100块钱。

一篇1500字，写完一篇送审一篇，审过了没问题了就结一篇的稿费。

并不是什么高级的东西，就是字面意义上的"命题作文"——老板给整理总结出各省高考语文作文题目，林琊负责按命题要求写出来，最后会被统一收编起来排版。封面做得大红大绿，上面用小小的"教你如何写出一篇"和大大的"高考满分作文"相加作为标题，印刷成册，铺货在各路书店渠道里。

很好卖。

活儿不是什么端得上台面的活儿，老板人却挺好。

从这个老板手里接过的活儿，虽然都挺廉价的，但是至少给钱的时候利索。

要没有认识他，林琊估计自己现在还会因为拖欠学校学费而本科毕不了业。

处理工作的这一旦上，唐玉树都没再吵闹，好像自己躺在铺上在看剧来着，后来看着看着又睡着了。

林琊中途偷偷看了他几次——隔着蚊帐，唐玉树在里面侧卧着；T恤顺从地贴紧他的后背，勾勒出一道弧线。

有一瞬间林琊感觉那线条非常熟稔……像极了梦里某一个片段。

林琊频繁地在梦旦梦到一段场景——自己伏在大雨的后背上，两人安静地前后坐着，仰头看着夜空似乎是在等待什么景象……

所坐的地方模模糊糊的，大概是墙头，抑或马上。

所等的景象也模模糊糊的，也许是风月，也许是烟花。

看久了，林琊突兀地萌生出一段错觉：仿佛昨夜倚着门冲自己笑的那个人就是大雨，

第一章·大雨

又仿佛梦里高墙上站着的那个人就是唐玉树。

胡思乱想了良久，林琊才觉察到自己的工作状态不佳。
像是被从自己的神志里抽走了什么东西，又像是有什么东西占据了自己的整个神志。
稳了稳情绪，林琊继续码起字来。

12点出头的时候唐玉树醒了，肚子有点饿。
林琊还在工作——唐玉树撑起身体向后偷偷看他那厢。
唐玉树记得本科时候这个走廊最末端的"单人寝"，本来是杂物间的。
今年有几个专业有扩招，穷酸的母校便竭尽可开发的一切空间，在每个楼层末端的杂物间里强行塞进两架高低床，凑合成学生宿舍来用——四人寝也是两架高低床，这个"单人寝"也是两架高低床，可杂物间本就比一般的四人寝要小一半，空间显得更逼仄了一些。
但好处是人少。
申请这个特殊寝室倒不真是因为唐玉树"不喜欢人多"，只是唐玉树目前有一份广告公司的工作，觉得自己偶尔可能需要熬夜加加班，怕打扰到别人。
就方便的关系，唐玉树睡在了自己这架高低床的下铺，上铺则散乱地丢着行李箱、衣服、放着洗漱用品的脸盆。
通常四人寝里，大家都是从"先抢到下铺"为第一原则。
可没人争抢的情况下，林琊却不辞辛苦地在另一架高低床上选了上铺。下铺空出来被他把床板抬到了桌子的高度，上面摆着一台笔记本电脑、一些书和文具——东西都不是啥值钱的东西，但被人家码得整整齐齐。
两相对比，唐玉树觉得自己这片儿简直就是猪窝。

林琊还在工作。
戴着耳机便是摆出"请勿打扰"的姿态——唐玉树再傻，最起码的社交潜规则还是明白的。
只是望着林琊的后背看了好一会儿，唐玉树渐渐想出了很多想不通的事。
甚至一并连自己到底在想不通什么，也想不通了。
直到枕边手机发出振动，才将他的注意力唤回。
摸过手机，唐玉树看到被自己备注为"瓜妹儿"的人发来一条信息：新学期感觉怎么样？
本科就是在影大读的，唐玉树对这里本就无比熟悉。于是打字回复她："能有啥子感觉？还不都跟以前差不多……"
瓜妹儿：你是瓜皮（傻瓜）这件事，目前暴露了吗？
唐玉树：没嘚。
回复完才意识到自己被妹妹开涮了，又补发过去一个狗对着镜头怒目而视的表情包。
瓜妹儿：哈哈哈！室友怎么样？
唐玉树：漂亮。

瓜妹儿：你住女寝？

唐玉树：男娃儿也有漂亮的！

瓜妹儿：不信，我想看照片。漂亮的，我就娶回来。

唐玉树乐了，"嗤嗤"地笑骂她：你真是个瓜妹儿！

瓜妹儿：没的错。

瓜妹儿巧舌如簧地诠释自己荣获的称谓：我就是瓜皮的妹妹！

拌嘴这事上唐玉树永远都赢不过她，只是又偷瞟了林瑯一眼：他太牙尖儿了，我怕你俩天天打架！

唐玉树看乐了。对着手机"嗤嗤"地笑，忽然觉察到身后林瑯好像有了起身的动静。

迅速抛下聊天软件摁息了手机，唐玉树翻身回头兴冲冲地看——结果林瑯却只是挪了挪椅子而已。

饿了。但是不太敢说。

又躺回去一分钟之后，被饥饿折磨得死去活来的唐玉树最终硬着头皮起身下床，穿鞋子收拾起了书包，准备出门的时候没抱希望地搭了一句话。

"林瑯，一起吃饭去吗？"

没想到林瑯回了头，又点了点头。

唐玉树于是又乐了。

其实天气不算热。

成都的夏天很温和。通常早上若是有日头暴晒，中午便定会有一场阵雨，于是气温在阴晴不定之间被均衡在一个相对舒服的范围。

但唐玉树后脑勺上却冒出了不少汗珠，一个劲儿拎起前襟扇着凉风。

林瑯有点好奇唐玉树平时都在想着什么、他眼中的世界是什么样的……惹得他永远都在笑。

和自己不一样，这个人像是浩渺宇宙之中的恒星，坦率地发着光。

人与人不尽相同。有人脱胎于暖阳烁目之下，有人滋生于阴暗潮湿之中。

那些阳光下的人欢笑时，林瑯便会偷偷看。

可那些欢笑都像是发生在另一个维度的故事，林瑯又看不太明白。

不明白却也忍不住想看。

好看。

如此，盯着唐玉树后脑勺胡思乱想时，正巧他转回了头来。

像是偷东西被抓到了一般，林瑯下意识地别开眼神。

唐玉树没注意到林瑯的复杂内心戏，只是闲闲向他叙话："你本科在哪儿读的？"

"南京。"

"怎么想到要来成都？"

"不知道。"

其实也没什么原因……只是不想再在故乡；只要不在故乡，在哪里都行。不挑……越

第一章 · 大雨

015

远越好。

"成都有好吃的？"

"不是。"能温饱就行。

"成都女孩儿长得乖？"

"不是。"没想谈恋爱。

"你也长得乖。"

"……"林珋回了头来，一时竟没接着话茬。

可唐玉树似乎从来都不对自己的发言做任何风险评估，说了不得了的话却还是一脸淡然，并不自知："我请你吃那个——早上说的米粉？要不？"

林珋"嗯"的这一声含糊又绵缠。再回神，自己也不知道自己怎么了。

两个人点了个什锦大锅，唐玉树吃得满头大汗，林珋倒是不好意思太多动筷子。

"你胃口真小！"唐玉树调侃他，自己大快朵颐着，又不住地给林珋碗里一直夹东西。

这个动作让林珋有点尴尬——邻桌有人在侧目，可唐玉树这人眼里似乎像是没有别人的存在一样。

所以当唐玉树又卷起锅里的大把米粉往林珋碗里塞的时候，林珋尴尬地把碗挪开："我自己来……"

"哦。"又遭一次拒绝，唐玉树一哂，有点傻住了——打算夹给林珋的这一筷子几乎把锅给捞了个底朝天，此刻一时间竟反应不过来，自己是该把这一筷子的米粉放回锅里去，还是全数夹到自己碗里……

最后硬着头皮大口吞掉了这一大把米粉："你早上做啥子工作来着？"

"写东西。"

"哦，你是编剧专业是吧？"

"嗯。"

"厉害。"

"嗯。"林珋意识到唐玉树的话好像没之前那么多了——不知道是自己主观地不再那么排斥这个人，还是他自己不肯多说了。

食堂里人流熙攘。外面的积雨云褪去，天光落进硕大的玻璃分隔窗来，给逆光的唐玉树勾了一层毛茸茸的亮边。

他还在埋头苦吃，只留个头顶心给林珋。他含糊地交代了一句："我下午要去上班儿，就不能陪你了。"

林珋觉得有趣：你真自来熟；咱俩关系甚至算是陌生，怎么就把陪我包揽成了你分内的事儿一样……

"你有工作？"

林珋问完唐玉树就乐了，没回答问题就是"嘿嘿"地笑。

林珋被笑得一脸茫然。

唐玉树吞下嘴里嚼着的，又"咕咚咕咚"喝了几口水顺了气："你头一次问我问题。"

"……"

"是啊我上班——本科的时候和玩儿得好的狐朋狗友们一起开了一个公司,本来是开淘宝店帮他家卖土特产的,但是开着开着就改成了广告公司。"

"啊?"

"就是为了卖掉他家的特产啊,我们几个花心思做营销编段子,结果就越卖越好。后来有别个牌子给我们钱,让我也帮他们经营宣传,做着做着别的东西也卖得好了。后来发现做广告比卖特产赚钱——主要是打包辣酱太累了,就把店铺转给他家里自己打理,我们几个一起转行搞广告了。"

林琊听完呛了一口,心想你这行当转得是真够离谱……

俩人吃完饭,唐玉树在食堂门口跟林琊告别:"那我走了。"

林琊点点头。

招呼完,唐玉树就转身走开了。

林琊站在原地没动,看着唐玉树走掉的样子——二十三四的人,那背影气质像极了一个高中少年。

他"要去上班儿",要回去他的世界了。

林琊脑袋突然有点发麻,壮着胆子叫了一声他的名字。

"唐玉树。"

"啊?"

他回过头来,眼睛被阳光刺到,所以伸手遮在了眉骨上。于是远远地,林琊只能看到他咧着嘴笑时露出的一口白牙。

花了四五秒,林琊才说出一句:"我正好……去校门口买东西——一起走?"

唐玉树于是又乐了。

急中生智的借口,也只换来在他身边跟了一小段路而已。

两人终还是在校门口告别,林琊进了校门口的精品店,兜了一圈什么都没买,又回了宿舍去。

不知道他走的时候有没有记得带钥匙,晚上林琊给唐玉树留了门。只是超过了宿舍10点的门禁半小时多,也没见唐玉树回宿舍来。

林琊挨不住困意,亮着床头的小台灯,先睡了。

但也没做梦。

从那天开始,林琊再没见过唐玉树。

其实倒不是唐玉树"凭空消失"了。

因为两个人并不是一个专业的——虽然都在影视创作学院,但唐玉树主修的是影视广告,林琊主修影视编剧。上课的时间里碰不到一起,下课的时候唐玉树只要没回宿舍,对于林琊而言就是"消失"了。

和唐玉树一并消失掉的还有林琊的梦。

第一章·大雨

不知道是不是正式开学之后增添了课业的负担，白天过多的脑力劳动致使林珝疲乏的缘故，林珝在接下来的一段时间里再也没有做过梦。

无梦的第三天，林珝有点慌张。
抽了个下课的空当，林珝躲在教学楼逃生通道里给自己的精神医师打电话："已经很久没梦到大雨了。"
"是没梦到大雨还是没做梦？"
"没做梦。"
"多长时间了？"
"三天……"
"三天没做梦很正常——其实人天天都在做梦，只是你睡醒之后就忘了；醒来后记得的，都是你的大脑自己主观留存的记录。"
"好……"
"嗯，别紧张。"
挂断电话之后林珝自己才觉得自己有点疯。
接连三天没有做梦而已，从小到大又不是没有发生过……
不知道自己最近……老是在慌张什么。

周六的时候林珝在导师工作室里帮忙翻译了一天的文献，晚上收工准备走时接到一通教务处的电话："20号入账之前，你需要再补交4000元的学费。"
林珝听得茫然——影大研究生学费一年是8000元。林珝入学前提前申请了补助，学费只需要交4000元就可以了。
"为什么需要补交？"
"你申请了单人寝室对不对？"
"对。"
"如果有财力申请单人寝室的话，是不符合发放补助的条件的——这是规定。"
林珝听到"财力"这两个字觉得有点可笑："可是单人寝一年只贵400元啊！况且我那个单人寝是有两个人住的。"
教务处那边听不进林珝的话，只是机械性地重复了一遍："这是规定。"
"我是由于一些特殊原因才不得不申请单人寝室的。"林珝额头有点冒汗，想了想补了一句："身体原因。"
"什么身体原因？"
导师工作室里原本满是吵吵闹闹的说笑声，因为林珝接到电话的关系，大家都友善地降低了音量。可这个安静的环境此刻却让林珝更为尴尬了起来——把"我尿床"这三个字说出口吗？
林珝为难地抬头看了一眼众人，没能对答得上来。
电话那边等不及了："总之是规定，20号之前。"
然后就把电话挂断了。

林瑯听着忙音，觉得身体有点脱力。

账户上是够的，还有 4600 元。

如果缩减一点伙食开销的话，勉强撑得过去。月底还会有一笔 1000 元左右的稿费进账。

林瑯往食堂方向走着，仔细盘算着自己的生计。

也不是没有想过：大不了拜托自己的医师开个证明。可是想着想着林瑯又觉得实在难堪——我有毛病这种事情，有必要多一个人知道吗？

犹豫了很久林瑯还是决定在"勒紧裤腰带"和"保住面子"两个选项之间选了前者。

做完决定林瑯又忍不住冷笑，感觉自己像个碎了牙齿和血吞、自欺欺人的家伙——好像这世上少一个人知道，自己就没那些毛病一般。

走到食堂门口时林瑯接到了电话："老师你到食堂了吗？"

林瑯迅速收敛掉自己的垂头丧气，选了一种相对和善的声调："到了。你在哪里呢？"

"我在二楼卖米粉的这个窗口！"

得了。又是米粉。

约林瑯见面的人是林瑯的一个读者。

磨磨叽叽地写了这么多年字，多少还是攒了那么几个"粉丝"的——因为只在杂志刊过文没出过书，所以林瑯不好意思称呼他们为"书迷"。

当时拿到研究生录取通知时林瑯在论坛里发过动态，碰巧有个读者也是影大的，得知林瑯要来影大读研，吵着闹着要求"开学后见作家老师"！

这个读者的 ID 叫"顺儿"，是影大模特专业的。

平时在社交网站上发布的照片大多是化着各种精致妆容的工作照，出入的场合也大多是一些高级场所——本以为他应该是个高冷富二代，可日常和林瑯说起话来，又格外喜欢用各种可爱的颜文字和"嘤嘤嘤"之类的语气词。

一个非常矛盾又鲜活的人物设定。

一上到食堂二楼林瑯就看到了顺儿。

和照片上差不多——无论是脸孔还是衣着，在人群中都显得挺亮眼；身上穿着的衣服也一定是很高级的品牌，虽然林瑯并不认得那些牌子。

林瑯吸了一鼻子，看了看自己身上洗旧的白衬衣：化纤已经失去了韧性，显得松松垮垮的；再看到脚，帆布鞋的胶皮和布有几处还开了线。

自嘲地一笑，林瑯走了过去向顺儿打招呼。

从来没有公开发布过自己的照片，所以是林瑯向顺儿自我介绍道"我就是林瑯"，顺儿才分辨出来者的。

一看到自己喜欢的作者本人，顺儿立刻就嗨得颠三倒四："林瑯老师？！我是你的偶像啊！"

林瑯没反应过来："哈？"

顺儿迅速理清主谓宾："说错了说错了！你是我的偶像！"

林瑯心想：你没说错——咱俩照这儿一坐，你比较像"偶像"。

顺儿转去身后窗口叫了一大锅米粉后，又颠儿颠儿地跑回来："哎呀！我在你给《廊下》杂志写专栏的时候就开始喜欢你了！真的很合我的口味！没想到有一天我能见到老师你！哎你怎么后来没写了？是不是有更大的发展平台了？"

"没有。"只是人家不要我的稿子了。

"怎么想到要来成都啊？"

"没什么特别原因……"

"成都好吃的多？"

"我对美食不感冒。"

"成都女孩儿长得好看？"

"没想谈恋爱……"

"老师您也长得好看。"

"……"林瑯这次又没接着话茬。

顺儿个头不大，嗓门儿还挺大，这声毫不修饰的赞美表达得中气十足，引得邻桌有人侧目。

林瑯额头冒汗，心想难怪外面流传风言风语说是影大的学生个个都特立独行，这个顺儿也好，那个唐玉树也好，似乎都是眼里看不着别人的。

顺儿话很多，倒不用林瑯费心准备什么社交言辞，一顿饭由着他说便过去了。

影大只有一栋男寝宿舍楼，所以顺儿和林瑯一起回的宿舍。

顺儿住在三层，可路过时却没有回去的意思，径直跟着林瑯屁股后面一起走上六楼。

可林瑯实在疲乏，于是开门前先下了逐客令："我还有稿子要写，今天先不接待你了。"

"好嘛……"顺儿倒是原地撒起娇来，噘着嘴蠕动身体，半晌才依依不舍地转了身去："那老师我先走了。"

林瑯点点头。

打发掉那个现世宝，林瑯推了推门。

推不开。

说明唐玉树还是不在。

自己插了钥匙拧开了门，走回空荡荡的601。刚坐在椅子上卸下书包，门就被推开了。

林瑯猛地转头。

可……倚在门框的人是顺儿。

"哎……怎么啦？"

"哇你住单人寝——欸，怎么还有一个人吗？"

"嗯。"

"啊……好羡慕他。"

林瑯心想：你真跟我住一起你就不羡慕他了——我只用了半天时间就把人家气得不肯回宿舍来住了。

"啊……那个……我叫赵顺，老师你还是叫我顺儿就行——我以后能不能经常找你玩儿呀？"

"可以可以。"承蒙不弃。

顺儿小脸通红，倚着门框又扭动了身体好久，丢下一句"哎哟我好喜欢老师啊"就跑了。门儿没关。

门外路过的同学瞅着顺儿跑走的方向，又瞅了瞅屋里的林瑯，一脸复杂。

林瑯额头不免又渗出了汗。

关好宿舍门的时候林瑯路过唐玉树的床铺。

他的蚊帐挂钩潦草地粘在床板上，脱了好几处胶，所以蚊帐塌了一半。

林瑯翻出自己没用完的挂钩又帮他重新收拾了一下。

收拾的时候，林瑯脑子里又不住地浮现出唐玉树的笑脸。

那副表情凝成的画面对林瑯其实没什么实际的价值，可是就是挥之不去。

就像是怡人的风景照片，就像是宠物犯傻的视频实录，就像是《央视主持人口误集锦》……

林瑯又想起顺儿的感慨："啊……好羡慕他。"

是啊。他挺值得你羡慕的。我这个"室友"明明当得还不错。

林瑯心想：太多人其实对你并没有什么了解，却总喜欢用捕风捉影得来的消息，用拙劣的画工在自己心里为你画像，最后画得丑了，他们也不觉得是自己的问题，只认定那副丑态就是你。

像唐玉树和顺儿这种上来就对你笑的人太少。

哪怕有，都不一定可信。

幼时家中出了那场变故，之后有很长一段时间林瑯是寄住在舅舅家的。

当时舅妈牵起自己的手温柔地喊自己"瑯儿"，问自己"以后就和舅舅舅妈一起生活好吗？"的时候，林瑯曾误以为过那是阳光。

可那个温柔地牵起他的手带他离开、说要和他"一起生活"的女人，在一阵子之后便对患有遗尿症的幼小林瑯彻底丧失了耐心，对他恶言相向拳脚相加。

别轻信任何人的笑脸——这个道理林瑯六七岁时就通晓了。

大约是因为误以为"小孩子不懂人情"，长辈们并不忌讳当着林瑯的面大肆讨论林瑯的家事。

——"他妈极端啊。"

——"他爸也不是啥好东西。"

死掉的那个极端，活着的那个不是好东西。

幼小的林瑯消化这些信息的时候，心中抵抗不住地滋生出千种万种恶意。

第一章·大雨

号啕呼吸

——要让全世界陪我一起哭。

好在"病娇"因子在林瑯身上扩散不起来。

可能是夙，可能是天生的良善。

还有，大雨应该不希望自己变成坏小孩吧……

挨过多少个灰暗的日头，而后竟也不落寞臼地成长成了一个还算正直的人……

林瑯有时会沾沾自喜——算是凭一己之力拼命地逃出了命运给他安排下的"暗黑系"脚本。

林瑯记得一句尼采的话，他一直靠着这句话过活——"任何不能杀死你的，都会使你更强大。"

前年的时候林瑯春节回老家，见到了舅妈。

舅舅犯了事儿，锒铛入狱已是第五年，丢给舅妈一堆债。这个女人操劳半生，过早地老去：白发掺着黑发，成了一片毫无意义的灰色。

见到林瑯时，她似乎早已忘记了自己对林瑯所做的一切一般，殷勤客套地招呼着林瑯。还笑着夸他："瑯儿长高了好多，和你妈妈当年一样漂亮！"

林瑯客气地点头说"谢谢"。笑——客套的笑，却硬挤都挤不出来。

后来走的时候，舅妈送他出巷子。林瑯没等她的脚步，兀自在前头大步流星。准备拐出巷口的时候，她喊停了林瑯，气喘吁吁地追上前来塞给林瑯两张皱巴巴的50块："你小时候不乖，舅妈才打你的。别恨舅妈呀！"

林瑯知道自己神色冷漠，却还是收下了她给的压岁钱。

收下，意味着原谅。

也是允许她自己原谅她自己。

有时候也会觉得自己不够狠心。

可看她如今佝偻悲哀的人生，林瑯又实在没有力气恨了。

连着十天都没见到大雨，唐玉树也一直都没回宿舍，林瑯怕鬼的毛病又犯了。

这天又是冒着冷汗，在被窝里战战兢兢地躺了好久，还是无法安然入睡。

睁眼到半夜一点多的时候，林瑯的手机突然响了一声消息提示音。

从枕边摸过手机来，是一个陌生号码发来的消息：你愿意接编剧的工作吗？我是玉树。

林瑯猛地从被窝里坐起身，非常下意识的举动——按号码拨了回电。

等反应过来急着摁挂断图标时，这个充话费送的劣质合约机就好死不死地卡住了。

画面一直卡着不动，回铃音却规律地发出。

第三下，唐玉树接起电话来了："林瑯，你还没睡？"

林瑯硬着头皮解释："对……我不小心摁出去的。打扰到你了吗？"

"没嘚没嘚。"阳光爽朗的人，连声线里都掺着笑意："是我打扰你嚟！"

"……没有。"

"那就好。"

"……嗯。"

"编剧那个事……能接吗？"

"能。"

"我一个朋友有这个需求，也是影大毕业的学长。他知道我现在还在影大，问我能不能帮他打听打听有没有同学愿意接活儿……"说完来龙去脉，唐玉树又补了一句："我就顺手牵个线。"

"哦……"

"能接是不？"

"嗯。"

"那我把你电话给他，让他联系你跟你讲具体的。"

"好。"

"嗯。"

"……"

"那我挂喽？"

林瑯冒汗了，想用一个不尴尬的语气，"随口"问他一下"怎么不回宿舍了？"……可找了好半天也拿捏不到对的感觉，而时长已然超出了正常的反应时间。于是林瑯只好装作信号差没听清的样子："……哈？"

唐玉树又说了一遍："我说没别的事的话，那我挂喽……"

争取到又一次机会，一句"怎么不回来"还是问不出口，只好"嗯"了一声。

安静几秒，电话那边传来挂断的忙音。

林瑯有点窒息，回想方才的样子，林瑯觉得自己傻极了。

挂了电话后，同事陈逆端着新加的烤串回来了："这么晚跟谁打电话呢？——嫂嫂？"

唐玉树脸一红："哪儿来的嫂嫂？——聊工作！替路哥问写剧本的事儿。"

"大半夜这个点儿聊工作，你跟牛头马面摆龙门阵呢？"

唐玉树嘴笨，还击不了陈逆，端起瓶子吹起了啤酒。

"咕咚咚"喝着，唐玉树又乐了。

把瓶子往桌子上一放，幽幽地叹气道："比牛头马面还要凶！"

陈逆是唐玉树的同事，或者说合伙人。

俩人是本科时候同班同学同寝兄弟，玩儿得好，于是一起做起了公司。

所谓"公司"，以前是他俩住的宿舍。后来大三为了不影响同宿舍另外两个兄弟备战考研，"公司"又变成陈逆租的房子。今年年初他们终于有钱租下了个像模像样的工作室——小年轻们一起创业嘛，成本能省则省。

陈逆脑子灵光，唐玉树踏实能干，从大一开始两人就混在一处，天天想着法子赚钱。

事实上两人都不缺钱花。

陈逆是四川小山村里出来的"地主家傻儿子"——唐玉树开玩笑地这么叫他罢了。陈家的父辈靠辛勤耕耘发了家致了富，对儿子也没"穷养"，陈逆这家伙一身土豪气质：豹纹卫衣搭金链子，腋下常夹着一个奢侈品牌小皮包……品味要多奇特有多奇特。

号啕呼吸

　　唐玉树则是真公子。唐家爸爸是做进口食品生意的"大财阀"；母亲是与唐爸结婚后才从法归国的华裔音乐才女，如今开着一间精致的器乐教室。唐少爷从小倒是没被"富养"，是和公立学校的同学们一起在早点摊上吸溜着一块钱一碗的豆花儿乐乐呵呵长大的。
　　做出个自己的事业来赚钱是俩人的乐趣，也是梦想。
　　公司目前已然成形，除了他俩头目之外，还有五个在职员工和三四个兼职。
　　定位是广告公司，接一些营销策划的小案子。
　　前阵子公司临时接了一个新案子——要帮一个预算不太多的创业团队做营销，给他们在拿天使轮投资之前多拉一些移动应用的下载量，抬高点儿议价资格。
　　这阵子唐玉树白天要上研究生的课，晚上还得跟陈逆一起赶方案，忙得天昏地暗。
　　两周下来从策划到执行，今晚终于做完了这个小案子的最后一波推广节奏。
　　营销很成功，用极少的成本上了社交媒体热门榜单，曝光率奇高，App下载量激增。

　　十一点多做完结案，客户那边竟也大晚上补完尾款，一切都很顺利。
　　于是整个小作坊全员出来吃烤串庆功。
　　酒喝到一半时陈逆问唐玉树："今晚还去蹭我家吗？"
　　"废话——你不晓得影大十点门禁吗？"唐玉树嚼着肉串，"咋个？不肯收留我了？"
　　确实是……项目结案了，接下来也不需要熬夜加班……公司离学校又不近，唐玉树也知道自己实在是没了赖在陈逆家的借口。
　　可601……唐玉树又有点儿不敢回。
　　"你爱住就一直住着呗！我巴不得你跟我待着呢！"陈逆跟唐玉树碰啤酒杯，"我早就说了你别考啥子研了，咱俩兄弟齐心闯江湖！"
　　唐玉树开他玩笑："算了，我……后天搬回去。不能耽误你玩儿呀！"
　　陈逆摇头："我要真玩儿……那啥，我带别个住酒店去，怎么能让人家看到我的猪窝？"
　　好吧，真是兄弟。
　　猪窝在兄弟面前是不需要隐藏的。
　　唐玉树乐了。

　　这夜林琊终于做了梦。
　　可是梦里却没有了大雨的身影，只是一片毫无逻辑的混沌空间。
　　林琊在混沌里等待，似是等了片刻便着了急，又似是等了漫长的百年——他开始在一片混沌里乱走、找寻、狂奔，整个漫长的梦境全是置身在恐慌的情绪里。
　　直到很久之后，林琊才找到一堵高墙。
　　高墙之上有一个身影，林琊冲那个影子大喊："大雨！"
　　大雨说："我走了。"
　　大雨出现在梦里的第十八年，林琊第一次听到他的声音，沉着、厚实。
　　可这声线并非高墙之上的人发出，而似乎源于自己的身后。
　　林琊于是转头向后看去，却什么都没有看到。
　　也在此刻，林琊的耳边突然响起一阵骚乱和尖叫，混沌的环境开始变得逐渐清晰起来。

林琊再回过头：面前的混沌褪去，清晰成了一片建筑工地，三楼上一个女人摇摇晃晃，然后直挺挺地掉了下云。血液汹涌，向着林琊所在的方向流动而来。
　　林琊腿上没有气力，退后几步跌坐在地。
　　却在那血溪接触到林琊身前的一秒，突然降临一场大雨，将那刺眼的殷红色，冲刷干净。
　　下身处润开一阵温热。
　　是大雨啊。

　　"我走了。"唐玉树啜着牛奶，一边进宿舍门一边答复电话那头的陈逆。
　　遭到陈逆没好气地抱怨："不是说后天走吗？——真不明白你读个研究生做啥子！"
　　唐玉树乐了："你自己没文化，还不让我积极上进！我——"玩笑开到此处时，被隔壁床传来的动静吓了一跳。唐玉树转头看去，隔着白纱蚊帐，林琊在床铺上坐起身来大口喘着气。唐玉树看了两三秒，简单地敷衍了陈逆几句就挂断了电话。
　　靠近林琊床边几步："我以为这时候你该醒着呢……我吵到你了吗？"
　　林琊低着头喘着粗气，看起来像是做了噩梦吓醒的样子。
　　唐玉树从书包里摸出一盒牛奶，又走近了几步，手臂举得高高晃着问林琊："你喝吗？"
　　林琊迷蒙地看过来，没接唐玉树递来的牛奶，只是紧紧拽住唐玉树的手腕。
　　"大雨？"
　　"啊？"
　　"你回来了？"
　　"我回来了。"
　　然后林琊就号啕地哭了起来。
　　他似乎惯性地隐忍痛苦，就连哭的时候，都用力地压抑自己喉头不许发出声音。
　　于是发出了一种粗重的呼吸声。
　　他汹涌地掉着眼泪。
　　唐玉树被吓到，站在那儿看了林琊半晌。
　　突然来了莫名的一股劲儿，蹬着高架床的梯子爬上两阶来，凑近看他："吓到了吗？"
　　林琊没说话。
　　"需要我吗？"
　　"嗯。"
　　才从噩梦中出逃的神志尚有余惊，模模糊糊间林琊辨认出视线中的人——
　　……活人？唐玉树？
　　林琊吓了一跳……
　　此刻才真正地从梦魇里醒了过来。

　　推开了唐玉树，林琊别过"老泪纵横"的狼狈脸孔，望向里侧墙壁，自己先跟人道了个歉："我……睡迷糊了。"
　　"没事儿，我看你吓到了。"唐玉树小半截儿身体趴在林琊铺上，没下去。

"做噩梦了"四个字被很快速很含糊地带过，林瑯又问他："你怎么回来了？"

唐玉树愣了有好几秒，略带失落的语气，说："走也行……"

这个应答有点离奇。

林瑯转回头来，像是一种着了急的眼神，看着唐玉树。

他好像失落着，可却扬着眉亮着眸子看向林瑯——倒像是觉得自己替林瑯出了一个好主意一般欣慰。

林瑯继续转头看墙壁："我不是这个意思。"

唐玉树如蒙大赦："真的吗？我前阵子公司有事儿忙来着……天天白天要赶回学校来上课，晚上再赶回去做方案、跟执行，所以才没回来住……不过中途有次我回宿舍来拿过东西，正不巧你那时候应该是有课。咋个说？交到新朋友了吗？"

"嗯。"

"那就行，我还说怕你一个人闷着无聊呢！之前说周末带你去都江堰玩儿——这才刚熟起来我就放了你鸽子，还怕你因为这个烦了我呢！哎，这个周末去玩儿吗？"

"再说吧。"

"行，那你考虑一下，晚上我们再定，但我爸估计这周就没时间了，我们可以坐高铁去，或者你要不嫌弃的话我们骑铁驴？哈哈哈放心我去过好多次路都熟透了！"

"……"

"哎……我咋感觉你心情不好呢？"

你终于感觉到了……

"烦我了？"

有点儿。但……"不讨厌你。"

"嘿嘿那就行我也挺喜欢你的！"

林瑯想摆脱他——急着换纸尿裤去。

可坐着是躲不掉这个吵闹的家伙，动还不能乱动，林瑯两手揉进头发有点抓狂。

好在此刻手机"叮咚"的一声响，像抓到了救命稻草一般，林瑯迅速摸起来装忙。

一个陌生号码发来的信息：林瑯同学吗？我是光影传媒的项目经理路黎，玉树介绍的。我们这边有个剧本创作的需求，想找你聊聊约稿的事情。如果有空的话，你介不介意今天当面聊聊？

今天礼拜五，林瑯一天都有课的，回复他：晚上可以吗？

路黎：当然可以。搜你的手机号码可以添加你的微信吗？

林瑯：可以。

路黎：好的。那具体会面时间和地点，我们微信沟通？

林瑯：好的。

工作机会是唐玉树给牵的线。

林瑯刚想开口问问晚上他要不要一起去，唐玉树却也接到了电话，从林瑯铺上下去了，一边打着电话一边运着一颗并不存在的篮球蹦跶出了寝室去："晚上？玩啥子？行啊……"

得了。

林瑯没再提出邀请，趁唐玉树出了宿舍门去讲电话的空当，赶紧替换裤头。

下床的时候碰到扶手，还留着唐玉树的温度。

林瑯握得有点心慌。

烦你。

但不讨厌你。

下午文学鉴赏课的时候林瑯频频分神。

讲的是波德莱尔——"他流动的不是血液，而是忘川的绿水。"——碳素笔在这句诗歌下反复游移划动着，力透纸背。

林瑯克制不住地回想起昨夜的梦。

梦在后半段时林瑯恍惚觉得自己听到了大雨的声音，回头寻觅他时却不见踪影，接着是跌落在地的女人、是血流成溪、是一场从天而降的大雨。

那句"我走了"，出现在梦境的末端，出现在清醒的伊始。

此刻努力地回想，林瑯竟分别不出来那是谁说的话。

是梦里不知所终的大雨吗？还是现实里推门而入的唐玉树？

心口急速抽动着绞痛起来。

那个梦不是梦，是五岁那年母亲自杀时的场景重现。

当时她抱着他，从楼上一跃而下——她死了，他没死。

他摔蒙了，吃了钝痛的身体失了禁。

他跌跌撞撞地爬起来，回头看到她在地上，面目全非着。她叹出的最后一口气带出一阵含糊而悠长的喑哑。

他身上沾满了她的血，有气味，还有温度，拍不掉，拍不干净。

他想有一场大雨，把这些都冲干净，冲到看不见为止，一点都看不见为止。

可并没有大雨。

可越拍越脏。

可越拍，越害怕。

林瑯没忍住当堂干呕了起来。

克制住难受，在众目睽睽下尴尬地向教授鞠躬道了声"抱歉"，穿过窃笑声，跑出了教室。

其实从大雨出现之后，林瑯的梦里再不曾重现过这么可怕的记忆。

久到，自己都快要忘记了。

——大雨是"忘川的绿水"，冲走了"流动的血液"。

"因为期待'大雨'的来临，所以当一个有'陪伴'功能的角色出现在你精神世界里面时，你便送给了他这个名字：大雨——事实上是你的自我暗示：你期待的这场大雨，出现过，并且冲刷走了你最恐惧最不想面对的东西。"

"……"

"听起来像是'自欺欺人',可其实是你精神自救的一个很有效的方式——如果没有形成'大雨'这个角色,搞不好你的自我人格会崩塌。"

"可我已经半个多月没梦到大雨了。"

"是好事。或许是因为你的成长过程里,自我修复和自我完善到达了不再需要依赖'大雨'的阶段;或许是因为你的'移情心理'更换作了别的对象;或许二者都有。"

"可我很害怕。"

"'害怕'也很正常——类似'戒断反应'吧,鼓励自己经历完这个过程就好了。"

"好……"

挂断医生的电话,林琊又在楼道里躲了半个多小时。

不知道为什么,突然很后悔自己……过早地推开了那个"人生初次"的温暖拥抱。

路黎通过手机号码查询,加到了林琊的微信,给林琊发送了一份项目计划书,以供林琊评估稿酬报价,又约定时间:"九点,太古里,可以吗?"附加餐厅定位。

有什么不可以的。林琊回复他:"好的。"

蹭一顿饭、聊一个工作,差不多四十分钟就能解决,还能踩着末班地铁的点儿回学校。

八点多的时候林琊从学校出发,坐地铁过去倒是不远——七八公里的样子。可成都的地铁修得离奇,林琊需要先坐到东边,再直角转弯往南换乘。

因为误判,等到了太古里,林琊已经迟到了。

对照着定位林琊找到了餐厅,在门前晃了半天,看着餐厅的排面儿,有点不太敢进去。

前台的服务生微笑着出来问他:"是林琊先生吗?"

林琊佯装镇定:"对。"

"203号包厢。路先生已经到了。"服务生仔细地带位。

见到路黎本人的时候,林琊才后知后觉地想起这人是谁——知名漫画家。

一开始觉得名字有点熟悉,但没往这边儿想,看着真人林琊才对上号,顿时觉得影大还真是个桃李天下的好地方。

算是半个同行的关系,两人聊了很久关于故事创作的话题,聊得也挺投机。

路黎明显和唐玉树一样,也是个话痨,一旦讲到感兴趣的话题上,便滔滔不绝。

林琊心急:过了十点地铁就停运了。本来约的九点钟见面就已经比较晚了,照他这么侃下去,自己很可能没办法坐地铁回去了。

可自己来时误判距离而迟到……也不能全怪人家。

耐着焦虑感,两人吃到近十一点,才结束了饭局。

临末的时候路黎提起工作,问林琊关于报价。

林琊提前盘算过这件事:如果想赚到需要补交的4000学费和未来两个月的生活费——总共6000的话,60集剧本,一集要报100元的稿酬。

正要"上战场火拼"的时候,林琊又有点儿打怯了——会不会贵了?

想了想,还是决定以"把活儿接下来"为原则,林琊抿了一口茶清了清嗓子装作一副谈判高手的样子:"其实以我过往的稿酬标准来算,这个项目是要报 5000 的,但你是唐玉树的朋友,我可以给个友情价,4000 好了。"

路黎也整理着自己,向林琊点了点头。

林琊没看明白他的意思,有点心虚,于是补了一句:"平均下来每集不到 70 块,其实在市场上都算便宜的。我出这个报价,也是为了表示我合作的诚心。"

路黎停顿了手上的动作:"所以……4000 是……全部?"

林琊不懂对方为什么有疑惑的情绪,压制住自己的茫然,装作镇定地点了点头:"嗯!"

还在犹豫要不要补一句"还是有砍价的余地"的时候,路黎却斩钉截铁地说了一句"好"。

"那今天我们就聊到这里。我回去好好考虑一下,三天内会给你回复。"

林琊镇定地说:"好的。"

和路黎分手之后已经是十一点出头了,林琊有点绝望。

却还是抱着一丝期待走到了地铁站——果然已经停运。

手足无措——身上只有 10 块钱,打车不够,没带银行卡……再摁开手机,电量 3%。

太古里商圈灯火流转。

有街头歌手正在唱着欢快的神曲,街头都是悠哉散步不急着回家的人们。林琊看着他们,觉得落魄的自己和这个世界格格不入。

想了想,耐着性子打开手机上的地图 App,查好回学校的步行线路,又从包里掏出纸和笔来,林琊蹲在地上,就着未艾的灯火,在手机彻底断电之前,把地图照着描了下来。

唐玉树和同专业的新朋友们约了晚上去他们宿舍打三国杀,玩儿到十一点半才回到 601。

林琊不在。

唐玉树不知道林琊的行程,想着他可能是在导师那边帮忙做什么事吧。

有点无聊。

在屋里运了一趟不存在的篮球,投了个不存在的"三分",唐玉树心满意足地把自己撂倒在了铺上。

这时候电话响了。唐玉树摸起手机来:路黎。

摁下接听,那头苦笑:"你给我推荐的这小子什么情况啊……"

唐玉树不解:"咋个嘛?"

"他给我报价,一集 70 块钱。"

"好多?"

"70,还不到——60 集剧本总共给我报了 4000。我……我这……这……"

"我不懂你们那行儿——这价格是低吗?"

"低得简直离谱……就跟有人拿着一双阿迪告诉你 80 卖,你敢买吗?"

"他不懂，你莫怪。那咋个嘛，你要不要做？"
"不太敢哎……我还是用之前合作的编剧吧。"
"行吧，没帮到你。你们见过面了？那他人呢？回来了吗？"
"回去了。我都到家了，我们散伙儿都半个小时了。"
"哦。"

从太古里回到学校的话，半个多钟头磨磨蹭蹭应该也快到了。
挂了路黎的电话，望着上铺床板，唐玉树放空着自己。
放空着，又发现蚊帐被挂得整整齐齐的……有点不像是自己的"作风"。
仔细看的时候，才发现用来挂蚊帐的粘钩形状不太一样。唐玉树对这个细节有点生疑。
兀自思索了片刻，唐玉树起了身跑到林琊铺上对照了一下。
对照完唐玉树就乐了——自己不在的时候，林琊帮自己收拾过。
唐玉树扣下手机窝在床上打了个深深的哈欠，躺到半梦半醒时吃力地爬起来准备关灯脱衣服，看了一眼时间才后知后觉地想起："不对啊，门禁了！林琊回不来宿舍啊！"
唐玉树翻动通讯记录，给林琊打去了电话。
"您拨叫的用户已关机。"
去哪儿了？
咋不回来？
是不是在人生地不熟的成都走丢了？

本科在影大待了四年，唐玉树和宿管阿姨关系混得不错——现在去卖个笑脸，出得去。
想了想，他立马搂好衣服穿起鞋子，飞也似的冲下了楼去。

若是把今天这种遭遇随便挪移在别的谁身上的话，林琊觉得自己恐怕都会替别人心酸一下。
可发生在自己身上……林琊便也觉得挺合理的。
毕竟一路成长到今天，坎坷太多了。万一老天爷哪一次突然心慈手软，真给自己派发一份甜甜的奶酪，林琊想，恐怕自己也会乳糖不耐受。

已然是深夜了，涌向太古里的人流却越来越多。林琊就这么迎着人群，独自在金妆玉裹的水泥森林里逆行着。有点绝望，却又没什么脾气。
只是觉得荒谬。
兜里那仅有的10块钱被林琊拿去买了三听啤酒，装在小塑料袋里拎着，边走边喝。
这个编剧的案子不知道能不能接下来——事后再想，总觉得4000还是报得贵了一点，当时听完自己开出的价格之后，路黎的态度有点让人揣摩不透。
万一要接不下来的话，这晚的罪真是白受了——从太古里活生生走回学校去——真的很荒谬，可林琊实在想不到除此之外还能怎么办……
好在是夏夜。

虽然身体早就被困意绑架，整个人昏昏沉沉的，好歹……不算是"饥寒交迫"。

有的时候林瑯自嘲地思忖：是不是自己上辈子造了太多孽，过得太恣肆嚣张，才给这辈子攒下这么多坎儿？如果以"因果轮回"来反推：自己上辈子估计是生于商贾豪门，过的是衣食无忧的好日子吧？

想到"前世今生"，林瑯又想起一个很无聊的小事儿：本科的时候班上有个半仙儿同学，曾神神道道地对林瑯说过："你身上从前世带了一个魂儿来！"——林瑯不信鬼神，每次想起来，也都当一个笑话哄哄自己开心而已。可现在却忍不住推敲起来：如果大雨是自己从前世带来的一片碎魂，那么在前世时，大雨与自己有什么关系？又有什么故事？是个什么样的人？

可大雨已经好久没出现了。

如果今晚可以睡觉的话，那会不会梦到他？如果能梦到他的话，可能会问他去了哪里，可能和他聊聊近来的不顺遂，或者什么都不说，只是默默地站在同一处，或者向他索取一段温暖安心。

大雨虽然不会说话，但他永远就待在那里。如同精神医师说的那样：他是因为陪伴而出现的，是为了帮自己撑起精神世界，为了不让自己崩塌。

可他不见了。

如果说……丧失掉唯一可以依赖的寄托对我而言是治愈，我竟然荒唐地期待自己病入膏肓。

不知道为什么，想到"陪伴"，林瑯又想到了唐玉树。

他和大雨有几分相似：仿佛都是某天不由分说地闯进林瑯的世界里，而后便很自然而然地赖在这里不肯走了。

唐玉树有个林瑯很讨厌的缺点：不懂"边界感"。唐玉树在自己的世界里并不设防，也一并无视了他人世界里的暗雷，于是闯进来的时候，姿态未免显得招摇了一些——明明还不熟悉，却非要霸占住你的视线，对你唠唠叨叨地讲个没完；明明才认识不过半天，便毫不客气地以"朋友"身份自居，大言不惭地说着"不能陪你了"之类的台词。

是缺点。

但想到唐玉树……林瑯又觉得也不是那么难接受。

唐玉树本科就是在影大读的，所以林瑯多少听到过一些曾和他有交集的同学讨论他，讨论他的热忱爽朗的性情，讨论他优渥的家世背景。

唐玉树那种人，是夕阳织锦，是朗月高悬，总让人心生羡慕。

是你想碰触的，于是你高高地举起手臂，尽力朝向你能够触到的最高处，用力地抓，可抓不到也不会恼。你只会四下环视一遍，在确认自己犯傻的动作没有被人看到之后，讪然地嘲笑自己一声。

太远了。可又好看。

所以不是那么难接受。

所以"不讨厌你"。

所以"烦你"。

拐上顺城大街的时候林瑯觉得方才啤酒灌得有点急，上了头，随便找了一个路边的公共座椅，坐下休息了一会儿。

想知道时间，可手机已经断电关机。

夜路上偶有机车呼啸着闪过去，也有深夜出摊的小三轮悠悠地摇晃。

林瑯看着那些身影，一时焦虑的情绪又得了几分安慰：自己也不是唯一的夜奔者。

夜里 01:28。

拨了二三十通电话收到的都是"已关机"的提示，唐玉树一路望着马路对面的人影，骑着他的"铁驴"从学校低速滑到太古里。

被拦在步行街入口的时候唐玉树才意识到自己似乎在做什么没有意义的事情——没有线索就来找人实在太难了。从太古里到学校有七八公里的距离、有几百种到达的方式，林瑯此刻到底在哪一段路上飘摇呢？

唐玉树如此想着，又着急起来了。

也不管此刻已经半夜一点多，摸出手机就给路黎拨了电话过去："你们具体几点散的？吃的那家店在哪里？散的时候他有没有说什么？"

路黎一一作答，答完问他："怎么了这是？"

唐玉树有些焦躁："你和他约这么晚的时间干什么？我们学校十点门禁！"

"我不知道啊，他也没说时间有什么不合适，也没拒绝我……"路黎在电话那头嗤笑，完全意识不到唐玉树此刻的着急，语气轻松地道："这么上心啊？"

唐玉树却轻松不起来："你怎么不顺路开车把他送回来？！"

路黎连连道歉："我错了我错了！那他回不去，会不会就去住酒店了？"

"我不晓得嚯……"唐玉树抓耳挠腮地，"他手机一直关机着……急！"

"你别急哈，不可能出什么事的！"

"我再找找去吧。"

挂了电话，转了车头，轰了油门，唐玉树打算再从太古里往学校的方向找一遍。

"急死了。"

顺着自己猜测的"林瑯最有可能走的路线"又溜了将近十来分钟，还是没有找到林瑯。背离太古里越远的路上人越少，唐玉树便越渐心慌。

在宁夏路路口等红灯的时候，唐玉树绝望地俯身趴在车头上缓了缓神。

抬头的时候，面前有个人走过去。

一瞬间，唐玉树以为是自己因为太着急而产生幻觉了，把头盔镜扶上了去确认了一下，在他即将走过去的时候喊了一声："林瑯？"

晕乎乎的林瑯应声侧回头来看——一个机车骑士探腿在地上撑着车身，只从头盔里露着一双笑着的眼睛，乌黑的眸子里流转着光彩。

"林琊啊！"他向自己喊。

不知道是不是酒精上头的缘故，林琊有一瞬间觉得自己全身的力气都被震慑尽了。只呆呆地站在原地，望着机车上那个男孩前倾着身子笑着望向自己，缓缓摘下头盔来。明明还只交集尚浅，却像极了相熟多年一样，伸出一只手臂供自己攀扶，一句利落的"我找到你了！"。

像是朗月从空中坠落在自己面前，耀眼得让林琊几乎睁不开眼睛。

林琊记得自己第一次见到唐玉树的时候，他正坐在椅子上努力地穿着裤头。因为自己贸然闯入，他似乎有一瞬间的惊讶，但很快就笑了。

从彼时起，他的笑便凝成了林琊脑中一个挥之不去的画面。

他性子很好，似乎永远都在笑着，不会生气，不会阴沉，不会哭。

着实羡慕那种温柔。

大概是热的缘故，唐玉树后背发了一层汗。在极近的距离里，能感受得到他汗水蒸发的微微热气。可不会让林琊生厌。

捏了两次才准确地捏到唐玉树腰边衣服的角，林琊默默地坐在了唐玉树的机车上。

不知道这个并不熟悉的室友要带自己去哪儿，但也没问——自己的脑袋被唐玉树强行摁上了他戴过的头盔，不便听话也不便说话。

他的咸汗味混杂着自己的酒精味熏得林琊头昏脑涨。

载着林琊跑了约莫10分钟的路程之后，唐玉树把车停在一个24小时便利店门前，进去买了两瓶水又出了来，递给了林琊一瓶。

不知道林琊是喝了多少酒，现在已然醉得放弃了凭自己的力量站立，歪歪地靠在便利店门前的大树上，当空抓了两三次才顺利从唐玉树手里接过水去。

唐玉树看在眼里着急："你这是喝了多少？不是路黎灌的你吧？咋不接我电话？怎么不早点回学校？"

"三罐。不是。关机了。没地铁……没钱！"

醉时的林琊逻辑竟然意外的清晰。

他努力回答自己的问题的模样荒诞又可怜，搞得唐玉树又对自己的"连环式发问"有点内疚，只又看了林琊半晌，催促他："先喝点水。"

得到了号令的林琊动作迟缓地乖乖拧水瓶，猛灌了几口之后用手背擦了擦嘴巴。

唐玉树还是搞不懂林琊怎么就被灌醉了："见完路黎之后你……这是去哪儿了？"

"我没去哪儿。"林琊从口袋里掏出自己方才趁着手机还有1%的电量时摹下来的地图，给唐玉树看，"我只想回去。"

接过纸片，唐玉树沉默了好半天。

"幸亏我出来找你了。"跨上车的同时，他幽幽地感叹了一句。

林琊笨拙地戴起头盔跨上来，搭了唐玉树的话茬："是啊。幸亏。"

林琊像是交付给了自己全部的信任一般，唐玉树听到林琊在头盔里瓮声瓮气地喃喃了

第一章·大雨

号啕呼吸

一句话：
"这一晚，记着我的应该只有你。"

本科时林琊也喜欢喝一点小酒。

没什么酒力的自己经常用一杯 2 块钱的廉价扎啤，就可以收获微醺的快乐。然后躲回自己的出租屋里，写字，睡觉，做梦……见大雨。

大雨是只会出现在林琊梦里的一个虚幻的角色，一座全凭意识虚构出来的温柔乡。

既知道虚幻，可林琊也甘心沉醉其中，并不打算自拔。

林琊自知自己并没有多么"自强"的质地。

对于凌晨时分、迷路在陌生城市街道上的自己而言，"喝点酒"是唯一消费得起且能有效纾解情绪的办法。濒临崩溃时，借助三听啤酒便可以逃离满目疮痍的现实世界，至于醉倒在哪条街的哪一张长椅上，都无所谓。

剩下的事等到天亮再说。

这种掩耳盗铃的做派像极了平时的自己——管他生活多么难过，先义无反顾地冲进梦中寻找大雨就好了。

逃避可耻，但真的有用。

于是林琊捏着那张"手绘地图"，不抱期待地游走在这个华丽城市的盛夜之中。间或侧目那些成群结队的行人们，林琊又觉得发冷。

林琊觉得自己醉了——不是意识模糊的酩酊，心思都还通畅清明，只是所有感官都被放大了一般。以至于在某个路口被唐玉树喊停脚步的时候，林琊良久都没法信赖自己的视觉和听觉。

美好的，不似真实。

好在唐玉树是真实的，拉自己上车的手臂是真实的，宽阔的后背是真实的——靠在其上的时候，林琊意识到自己这下才彻底地醉了过去。

恍惚间记得自己好像不受控制地，脱口而出一句让自己羞赧的话……

但也不管他了。

这个叫唐玉树的男孩儿，于林琊而言并不熟稔，却太真实了。

于是从那一秒开始，林琊便彻底安然地入了梦。

梦里恍惚有大雨的身影。

林琊好像是与他坐在一处房顶上，安静地俯瞰着一座并不熟稔的小镇，吹着柔和的风，晒着西垂的斜阳。被现实中的困窘勒到喘不过气的林琊在这个梦里无比安然。目之所及的景象并非林琊曾亲眼见过的画面，但成了林琊不想再离开的一座温柔乡。

梦就是如此，毫无章法。

做梦和喝醉很像，都是一种玄学般的体验。

林琊喜欢这种感觉——晕乎乎的，感官与感官之间的边界变得异常模糊。

如果可以，林琊想要永远沉溺其中不再醒来。

醒来时林琊的脑袋格外沉重。

视线尚未彻底明晰之前，林琊模糊地看到自己睡在一张陌生的床上。林琊蓦然坐起身来，观察周遭，在房间内的另一张床上看到了自己的"601室友"——唐玉树。

"哎？！"

"你醒了？"

"这……"

"你喝多了。我找到你的时候已经三点了——学校回不去，我带你来住酒店。"

林琊先是愣怔片刻，才检查自己……没有尿床；是穿着衣服睡的，衬衫被挤压得皱巴巴的。又环顾了一圈四周，是自己消费不起的场所……

"这得多少钱？"林琊从床的另一侧起身下地。

"不用钱。我有他们家的卡。"

"卡里的钱不是钱吗？"

"哦，没事。"唐玉树在林琊身后回应着，也跟着下了地，"你不用操心——我还能放你在街上晃荡不管吗？"

"能啊。"林琊拐进卫生间走到洗手台前，对着镜子整理自己的仪容，"我又不是你的谁。"

倒是唐玉树像个跟屁虫一样也走到了卫生间门口，仿佛林琊说出口的话不可理喻一般："我……是唐玉树啊！"

林琊被他逗乐了，但没笑。只是在心头暗自揶揄了他一句：我问我是你的什么人，你说你是唐玉树……倒像是你唐玉树是我的什么人似的。

腹诽完，自己倒是尴尬了起来。

可唐玉树不知道林琊想了什么，只是见他终于醒转，便很快乐起来："哎！你是不知道你昨天多危险——喝得晕乎乎的，走路都慢吞吞！我找到你的时候你正在过人行道，那绿灯都倒计时了，你才走了没一半——幸亏我的车就在你旁边，才把你给逮住！"

感慨这个"幸亏"的同时，还用拳头在自己胸口擂了两把，仿佛在炫耀自己是林琊的大英雄。

林琊百感交集，就着龙头抹了把脸，没道谢，只转身向倚在卫生间门框上的唐玉树追问："这房间到底得多少钱？"

唐玉树眉头一皱，坦白："我真不知道……"

得了。贵公子豪爽的消费习惯……

林琊叹了口气："你还是放着我不管还比较好——我估计这种雕梁画栋的酒店最起码得……500起跳？"

唐玉树倒是诚实，摇头道："我不知道具体多少钱，但肯定得上千。"

"……"林琊觉得贫穷限制了自己的想象力，安静了片刻，却还是犟着口气对唐玉树道，"我知道……但我只给你500，毕竟这房间你也用了一半。"

说完这句话林琊就觉得自己挺白眼儿狼的——真要跟人家核算这笔账，那机车油钱算不算？大半夜跑来跑去的人力费算不算？

可林琊发愁的点也在这里：你唐玉树要是不发菩萨心肠，不来找我不用管我，我又何须欠下你一笔人情债呢？

唐玉树没说话。一脸沉思的表情。

林瑯也没说话。一是无话可说，二是有点害怕。

安静了好久唐玉树终于结束沉思，亮起了乌黑的眸子："那……我带你回学校去？还是你想去玩儿？——想去玩什么？想不想去打街机？附近的商场有街机，好像还有滑冰场！你会滑冰吗？那商场还有个连锁的烤鱼，有海底捞——正宗川渝火锅对你们这些外地人来说是不是太难消化了？泰国菜你爱吃吗？"

林瑯有点无语：合着这家伙刚才深沉的样子不是因为自己而生气，却是在盘算玩乐的计划？

"回学校吧。"你说的那些我消费不起。

唐玉树点了头："那我送你回去。"

"机车是吧？"

"对。"

"别了，我怕。"

"你昨晚不还坐了我的车？"

"那是我喝多了。"

唐玉树安静了一会儿："那我和你坐地铁回去！"

"你的车呢？"

"我让酒店安保帮我开回学校。"

"……"

唐玉树像是条甩不开的小狗。

觉得自己可笑又可悲——与唐玉树甚至不曾有什么交集，只在某一夜里，某一个路口的路灯下被他寻到，蒙了他的恩惠，就胆敢臆想他是否对自己有些许情谊。

对他的期待萌生得如此荒唐，可一旦萌生了……又似乎不易克制。

可你哪配啊……

他是英武伟岸的少年公子，自己只是行于暗夜的流寇。

他辞楼下殿而来，赏了你一点口粮……你怎么敢伸手向他索求更多？

站进地铁车厢的时候，唐玉树还在喋喋不休地讲着哪儿有好玩的哪儿有好吃的。林瑯口腹之欲一向寡淡，对此类谈资提不起什么兴趣，于是只匀了两三分注意力用来敷衍唐玉树。

剩下的七八分，都在反刍从昨夜到此刻的经历。

唐玉树对自己的热情，源自他本身是个良善的人。

可自己因此而萌生出对他的热情……相较之下却显得阴暗卑劣——两人身处断崖式的两个阶层之上，自己的好感多少显得有些攀附之嫌；二来，唐玉树这种光芒万丈的人，向来是毫不吝惜地向周遭散发温度，而自己侥幸承蒙几分，居然自以为是地还上了头？

你不配啊……

再次否定了一遍自己，嘲笑了一下自己螳臂当车的心态，林瑯摇了摇头把脑中萌生的乱七八糟的思绪甩得弥散开来，决心认清自己狼狈不堪的身份。

与其胡思乱想不如好好构思一下这周要写的专栏。

大约是昨夜喝了酒所以上火长了溃疡的缘故，下嘴唇上有微微的疼痛感，像是有个小伤口。因地铁到站的减速，没站稳的林瑯不慎用牙齿咬到了伤口。

他倒吸一口气，用食指关节轻轻压了压嘴唇。

这个细微的动作被唐玉树的视线捕捉到。

"嘴唇……破了？"

"嗯。"

唐玉树神色有点奇怪，黝黑的脸上突然涨红，不知道在苦恼什么。苦恼了片刻，唐玉树用手肘撞了撞林瑯，接着满面愁容地说出了让林瑯这辈子都没办法忘掉的话："你昨天不是喝多了吗……一到酒店你醒过来，就跟失了魂儿似的乱咬人——"

"啥？"林瑯云里雾里。

唐玉树抱憾不已："我着急一躲，你就咬上了门框……"

林瑯后背僵硬了，在大庭广众之下林瑯伸手示意唐玉树闭嘴。

宿醉致使林瑯觉得头痛不堪。

虽然昨晚没尿床。

但丢人的效果……也差不多。

之后的十几分钟里林瑯全程都没再敢看过唐玉树。

当然那厢唐玉树把林瑯这种低迷的态度理解成了"脸皮薄、害了羞"……因而也懊恼万分。

昨晚遭遇林瑯发酒疯的行径之后，唐玉树耐心地安顿好他，本来暗暗跟自己说好：隔天对此事只字不提——虽然与林瑯的交集并没到十分熟悉的地步，可唐玉树知道林瑯的脾气——那么要强的一个人，如果知道自己喝多了之后行为如此疯狂，可能会羞愤难堪。

说不定……还会"触景伤情"：每次看到自己都想起那遭荒唐事儿，于是跟自己老死再不相往来。

只是智商堪忧，方才鬼使神差地……就给说漏了。

便再不敢絮叨，只能默默地与林瑯一同陷入尴尬的安静。

跟着林瑯下了地铁回到学校，进了宿舍林瑯就坐到自己的桌前打开电脑处理起了他的工作。

气氛丝毫没有转圜，唐玉树于是不知所措，在屋子里紧张地走来走去，偶尔丢几句话头给林瑯，试图打破尴尬的局面，却都被林瑯不咸不淡地应付了过去。

几次之后林瑯就戴上了耳机。唐玉树也很识趣，没再说话。

其实林瑯的耳机里没有音乐，只是暗示唐玉树闭嘴。

虽然昨夜喝醉丑态百出的是自己，但林瑯还是没办法跟"乱咬人"的那个自己和解——像是个丢尽了脸的疯子。

屏幕前的稿子写写删删，花了半个小时也只码出了两行字。

第一章·大雨

037

脑子并不能有效地运转，全被"林瑯乱咬唐玉树"给霸占掉了。

林瑯索性把眼一闭，揣测起唐玉树的动机：他为什么会愿意去找自己？真的只是他人好吗？

况且自己昨晚发酒疯的面目已然给唐玉树造成了"心理阴影"——他一定厌恶自己了吧？

厌恶……就厌恶吧。

是喜是恶又能怎么样呢？

光源都是烫人的，而实力不相对等的飞蛾只会被烈焰烧作灰烬。

如果真的被讨厌了，那趁机就拉开一道老死不相往来的距离……也没什么不好。

真搞不懂自己在期待什么……

强行集中注意力写完一篇稿子之后，林瑯伸了个懒腰。

身后的唐玉树早在自己的铺上睡着了。寝室里很安静，认真听的话，可以听到他的呼吸声。

——现在补觉，估计是因为昨晚没睡好。

林瑯安静地听了半响唐玉树的呼吸声，回过神来又对自己的举动感到莫名其妙。

整理了一下心情，按照教务处的要求，补缴了 4000 的学费。转账完成之后林瑯扣下手机，思忖着要不要给路黎发送一条"价格还有再谈的空间"的消息……

林瑯知道自己急需这个工作机会——目前的银行卡里还有几百块的零头，月末还能有点千元左右的稿费，但是……太少了，需要每一笔开销都斤斤计较才可以勉强为生。

昨晚因为被唐玉树接到了豪华的星级酒店过夜，就这么花出去了 500 块。

哪怕他是善意……这善意于自己而言都难以下咽。

林瑯如此想着，鼻子有点发酸。

深呼吸了几口气，林瑯看了一眼手机。

11:53。该去吃饭了。

蹑手蹑脚地从座位上起身，避免凳子腿摩擦水泥地面的尖锐声响吵醒唐玉树。

缓缓起身到一半时，寝室的房门伴随着一声爽朗高亢的"小少爷，你在啊！"突然被人推开。

林瑯差点儿跌坐在地："……"

来者是顺儿。

"我来六楼给一学长送点文件，路过你寝室，想着敲门问问你要不要一起去吃饭——结果你寝室门没锁，我一推就开了！你在写稿子吗？"

"嗯……"

林瑯小声回答道，却也已然于事无补——光着膀子的唐玉树顶着一头杂乱的头发，揉开了惺忪的睡眼，从床上坐了起来，哈欠没打完就含糊地招呼道："林瑯的朋友吗？"

顺儿此刻才发现寝室里的第二个人，随着林瑯的视线一同看向声音的来源，视线落定时，被光膀子的唐玉树吓得轻声"啊"了一下。

林瑯觉得自己额边渗出汗滴："你要不要穿好衣服……"

可唐玉树倒是大大方方地把蚊帐一掀，该是补完了觉所以元气满满地下了地来："客气啥？你的兄弟就是我的兄弟！"

"……"

林瑯于是捡起顺儿一开始的话头："你说要一起去吃饭？"

问的是顺儿，回答的却是唐玉树——

"好啊！"男生的头顺利从T恤中找到了出口，一脸笑意地转向林瑯来。点头回应的时候，脑袋上肆意横生的一缕碎发还晃了晃。

虽然没打算约唐玉树一起，可人家既然这般误会了，那么自己丢下"昨夜的恩人"也不好……没有别的原因，林瑯只能周全这个场面："那就一起去吧。"

没有别的原因。

拐出宿舍楼的时候唐玉树就进入了"走红毯"模式——每走几步便有人和他打招呼，应接不暇。

顺儿在后面拉着林瑯的胳膊："你没告诉我你的室友居然是他！"

"唐玉树？"

"对啊！太帅了！别觉得我肤浅！我可不是说……不是光说他的脸和身子！是个性，是人品！"顺儿开始论证"唐玉树的帅是有内涵的帅"——"你看他个性特别好，和谁都可以成为朋友，一点架子都没有！你不知道吗？现在有的男的啊个个跩得二五八万，油腻不堪！"

是没架子。林瑯认可顺儿对唐玉树下的注脚。

见林瑯没有接话，鬼灵精怪的顺儿才意识到自己这个"爬墙行径"过分张扬，立刻换上了一张谄媚的笑脸，扯起林瑯的胳膊表起了忠心："哎哟，不要介意哦我的小少爷！比起他我还是更崇拜你的！"

顺儿喜欢叫林瑯"小少爷"。

他说林瑯气质好："一举一动都温文尔雅的，就像小说里的那些贵族，还长了一副柳叶眉细长眼，皮肤白白嫩嫩的，很古典气质。"

——古代的贵族，就是"少爷"了。

林瑯每每听了都觉得好笑：以顺儿的家世，他自己才称得上是个"少爷"。

"我当你的小厮还差不多！"

林瑯不是毫无来由地妄自菲薄。

可遇到唐玉树这种光芒万丈型的角色，林瑯下意识地还是想要绕道而行。

林瑯对最近自己的状态非常不解，也十分恐惧。

唐玉树是做了一些看似"友善"的举动，可自己沉溺其中的速度……未免快得令人心慌。

林瑯突然想起初中时的一个"朋友"——一个总习惯揽着自己肩膀走路的男生。

号啕呼吸

  最开始的时候他以"谁欺负你就告诉我"的义气角色出现，可最终却在林琊被拳脚相加的关头上袖手旁观。

  时隔多年之后林琊也渐渐搞懂了：青春期男生的心理复杂又简单，自己仅仅是作为一个"可怜的弱者"被人用以树立威风而已，而那时候尚存一丝赤诚的自己，误以为这叫"恩情"，甚至从没有替自己辩解伸张过的自己，却肯壮着胆子为了他两肋插刀、去呵斥那些说他坏话的同学……那副螳臂当车的架势，在他眼里其实是可笑的。

  等眼前那层主观的加温滤镜被拳拳到肉的霸凌给捣碎时，林琊才搞懂：本就不相匹配的身份，哪怕拼尽全力比肩行进，也不可能走向同一终点。

  所以醒醒吧。

  唐玉树……
  料想也一样。

第二章
朗月

Howling Breath

号啕呼吸

　　日后唐玉树从没提起过"500块"这茬，林琊也就心不安理不得地当了大半个月的老赖。直到月末收到1023.4元的税后稿费时，林琊才加减乘除了一整节课，硬着头皮给唐玉树转了300过去："你急用钱吗？不急用的话剩下的200我可不可以下个月给你？"
　　这句话发过去之后，林琊忍不住往前翻看了一下两人之间的聊天记录。
　　最近一次对话已然是一周前：
　　9/22 14:23
　　路黎那边给我消息了，说他们公司最终还是定了一些有资历的老编剧去做项目，就先不麻烦你了。
　　9/22 14:25
　　下次有工作我还给你推荐哈！
　　林琊当时只回了唐玉树一个字：嗯。
　　再想问他点什么，林琊又找不到合适的立场——哪怕两人身为"室友"关系，可这个关系也被林琊处理得边界清晰。即使是唐玉树这种热情四射型的选手，都被林琊四两拨千斤地推去了很远的地方。
　　"保持距离"明明是自己多年来赖以为生的法则，如今却并没有让自己感觉很痛快。
　　林琊对此中缘由也心知肚明：如此矛盾的内心搏斗源于自己对唐玉树萌生了不同于对其他人的情绪。而习惯于随时保持戒备的自己仿佛又在这种情绪里获得了舒缓，沉溺其中，产生了惰意。
　　但惰意通常是危险信号。
　　只有保持戒备，才能不被扼喉。

　　上午的通选课结束之后，唐玉树那边回复了林琊的消息："这是什么钱？"
　　林琊提醒他："酒店。"
　　"哦，你是想要再去住一次吗？要我帮你定？"
　　什么乱七八糟的，"是还给你上一次的。"
　　"哦哦""你也太客气了"——唐玉树丢来这么两条。
　　干吗不跟你客气——"亲兄弟明算账。"林琊这回的唐玉树，然后继续在框里写下半句："何况咱俩只是……"
　　——同学？室友？……朋友？
　　顺着出教学楼的人流，林琊看着屏幕，在这三个身份里揣摩着写哪个更合适，却不慎重重地撞在前面一个人的后背上。

林瑯赶紧抬头，"对不起"三个字没来得及脱口，视线没落定之前，只见一条胳膊的残影向自己袭来。于是林瑯下意识闭眼闪躲，甚至口中轻声"啊"了一下，慌乱不及之间林瑯失去了重心向后倒去，跌坐在台阶上。

激起了四下些许惊呼声。

抬头再看时，对上的却是唐玉树愣住的神色。

那条伸来的手臂尴尬地停在半空中，又被男生局促地收了回去。片刻内甚至不知道该把手放在那里，在胯骨附近磨蹭半晌，才顺利地藏回短裤口袋里。

唐玉树尴尬地恢复笑容："干……干什么……怎么吓成这样……不说好了是'亲兄弟'吗？"

林瑯也有点尴尬，只在众目睽睽中默默地站起身来，一边快步向前走开，一边没话找话地对跟上来唐玉树招呼道："你今天也在主教楼上课吗？"

"嗯。"唐玉树跟了上来。

——亲兄弟明算账。
——何况咱俩只是同学。

那后半句因为自己没来得及找到合适的"身份描述"，因此没能及时发出去。

甚至像是闹剧一般，还撞在了他的身上。

更甚至……因为自己误解了对方伸手的动机而吓到跌坐在众目睽睽之中……

太丢脸了。

从主教楼出来，林瑯径直向食堂方向走去。

但因为逃脱了"社会性死亡"现场，又感受得到唐玉树追上来的脚步，所以有意识地把速度放缓了很多。

"你要去食堂吃饭吗？"

"嗯。"林瑯答话，稍稍侧回头，没敢直视唐玉树的眼神，只是飞快地瞄了一眼他的身体。

九月末的成都气温没有明显的下降，所以男生只穿了一件白T恤和一条黑色运动短裤，脚下蹬着一双看起来平平无奇但林瑯知道一定很贵的小白鞋——丢进人群里绝对不出错的搭配……

可此刻存在感却极强。

"我跟你一起去。"唐玉树蹭到了林瑯身侧来。

林瑯也没躲远，只是谨慎地注意了一下两人的间距："嗯。"

"你想吃什么？"唐玉树又用手肘撞了撞林瑯。

这个动作让林瑯有点心烦。但转念一想，大概这就是他和他的朋友之间的习惯罢了。

关于"想吃什么"这个问题……林瑯回答不上来：就最便宜的五元套餐，两素一荤一勺米饭——要这么回答？

"你吃没吃过二楼的肠粉？还有水晶虾饺？"

"没有。"林瑯摇头：二楼是你们这些有钱人的地盘。我上一次去，也是被你带去吃米粉的。

唐玉树那厢却像是押中了标一般，乐不可支："那我请你吃这个！"

林琊不想占他的便宜："不用了。我自己吃⋯⋯"

"哎？"身侧的男生突然有点猴急，"不跟我去吃吗？"

"⋯⋯"

这个人很神奇——林琊心底感慨：有的时候觉得他清爽可人，有的时候又觉得他黏腻不堪。

"我的意思是⋯⋯你想吃什么你就去买你的。我自己打好饭，跟你坐在一起——这样可以了吗？"

"哦⋯⋯"唐玉树搞懂了林琊的意思，走了几步之后也默默地接受了这个安排，"那行吧。"

两人就这么安静地走着，没再说话。

准确地说，是林琊没再说话。

而高人气选手唐玉树则一边追着自己的脚步，一边不时地回应着向他打招呼的人们。

那些人们每每看向唐玉树时，通常也会顺便把视线转到自己身上来。有穿着时髦的女孩子，有抱着篮球三五成群的男生，有知名的教授，也有校内职工——仿佛这个世界上所有曾接触过唐玉树的人，无论三教九流，都从此对他保留了一份和煦的善意。

所以唐玉树⋯⋯你到底是什么样子的人？

林琊思忖着这个角色，垂着眼皮闪避开那些看向唐玉树时一并打量起自己的眼神。某一个瞬间，林琊视线突然一黑，眼前闪过大雨的身影。恍恍惚惚之间，大雨与唐玉树的轮廓交错成一片灰色，继而变成一片金星。

"怎么了？"察觉到林琊脚步不自然的停顿，唐玉树侧头询问。

林琊吸了吸鼻子，抬起头来看了他一眼："没事。"

没吃早饭，有点低血糖吧。

林琊像个谜。

回学校上课时，同年级的人偶尔有问起唐玉树的时候："你不回寝室住，也是因为和他合不来吗？"

他们用到"也"这个字眼⋯⋯林琊的交际情况便可见一斑。

"合不来？"唐玉树连连摇头："没有啊，我只是工作太忙了。"

没从唐玉树这边获得认同，同学便一厢笼络起来："一开始还有人说他会撼动你'系草'的名号——可他太跩了，大家还是比较喜欢你！"

唐玉树乐了——原来我是系草哦："他怎么跩了？"

"你和他说点儿什么，他也只是跟你点个头微个笑——和他套不到近乎⋯⋯也不是什么大明星，干吗老拒人于千里之外？感觉挺瞧不起人的。"

"没得没得！"唐玉树连连申辩，"他跟我就很铁啊！"

同学于是便会露出匪夷所思的神色。

唐玉树说的是假话——说的只是自己的期待。
虽然唐玉树也不知道自己为什么会这般期待。

林琊跟自己并不"铁"。
哪怕是在自己这个"室友"身份的人面前，他也时常只是点头微笑而已。同学们说得对——和他套不到近乎，有意无意地，他总是摆出一副拒绝的姿态。
可是原以为他本性骄傲，但方才下课时在主教楼和他的"闹剧式相遇"，又让唐玉树发现了林琊的另一面——面对自己伸来的手时，他下意识会先做出逃脱的动作。
这让唐玉树隐隐觉得揪心。
他讨厌"被林琊害怕"的自己，也不喜欢"害怕自己"的林琊。
可是林琊既然会有此般反应，唐玉树不敢想象——他到底是被如何对待过，才会这么自卑地、慌张地、恐惧地……风声鹤唳地面对着这个世界？
林琊像个谜。
骄傲和自卑这两种截然不同的人格，却在他的灵魂里形成了共生关系，纠缠在了一起。
唐玉树看得很清楚：有股极端骄傲蛮横的生命力，安静地隐藏在那一片单薄的身躯里面。

林琊应该不是很讨厌自己吧……唐玉树总这么想。
他嘴上说着"你自己带钥匙吧"，可晚上回到寝室时，却发现他还是给自己留了门。自己生活能力不强，蚊帐挂得歪歪扭扭的，他也一并帮自己整理好了。
除此之外，唐玉树还知道林琊很多小秘密：他总是偷偷看自己——躺在铺上玩手机玩到打盹儿，某个恍神醒过来的瞬间，从灭了灯的屏幕上，能看到蚊帐外，他望着自己出神儿；跟在自己身后与自己一同去食堂吃饭的路上，偶尔回头，也能撞上他偷偷看自己的眼神儿。
虽然林琊像一团捉不住的迷雾，像一簇刁钻的火苗，像一块冰。
可因为彼此对上过的几次眼神，唐玉树就萌生出了一种自己也摸不清来由的自信：林琊在自己面前，终会变成最软和的那个林琊。

国庆长假前的最后一天是西方影视鉴赏课。
脑内都是旅行计划的学生们大都没什么心情听课，老师也索性没有多讲什么干货，只是放了一部法国文艺电影。
林琊也看不进去，特意选了个后排的座位拿着笔记本敲字。
最近没什么活儿——连"高考满分作文"的活儿都已经被自己写完了。
本该继续还唐玉树的200块钱，可现在银行卡的余额已然只剩两位数。下一笔稿费说是要在国庆后发放，老板客气地问林琊可不可以？林琊想了想也只回了个"行"。
合作了这么多年，不至于克扣自己这一点点小钱。既然人家开口向自己争取延迟一周，那肯定是有财务上的疙瘩在卡着。与其争个到账时间的先后，不如就顺水推舟地做个人情

第二章·朗月

045

算了。
只是苦了自己——国庆这七天长假,哪怕自己并不打算出校门半步,但最起码也得维生。基本的吃喝都已经锐减成两位数的预算,核算来核算去,林瑯还是有点头痛。

如果说近来有什么事情让林瑯觉得轻松一些,便是遗尿症这个老毛病最近好像很突然地……没再犯。
开端是自己和路黎夜谈工作没能回学校、被唐玉树在街头寻到的那一夜。那天因为睡得很晚,所以"没尿床",林瑯只以为是作息规律被打破的"意外产物"。
可自那之后,林瑯虽然每晚都按部就班地穿好纸尿裤,隔天醒来之后却都没有再尿床。

因这病,林瑯从小也是被家里的长辈带着看遍了各路"神医"、尝遍了各路"良方",只是从未见好转。自己小时候生活的那个小镇没什么好的卫生条件,而遗尿症又不关乎性命,索性长辈们也就渐渐丧失了耐心放弃了治疗。
林瑯自己都有对自己没耐心的时候。
刚到省城读中学时林瑯还当过一阵子的寄宿生。"遗尿症"这种事情在群居环境里太难隐瞒了——室友们在发现之后,有天趁林瑯不在时,把林瑯的热水壶打碎在林瑯的床铺上。还用被子盖起来——美其名曰"开水消毒"。
那天并不知情的林瑯晚上回到宿舍准备睡觉,毫无防备的他一掀开被子,右手便被被窝里粉碎的水瓶内胆碎片割伤。
那些细小的碎片在林瑯手上割出了密密麻麻的伤口。很痛,很痒,却挑不干净——像极了生命中那些纠缠不休的恶意。
直到过了十二点钟宿舍统一熄了灯,林瑯的床铺却还是没有收拾好。
那一晚他蹲在走廊里哭到睡着。

所以察觉到自己已经20多天没有尿床时,林瑯格外欣喜,却又不敢欣喜——不知道是"彻底好了",还是别的什么缘由所致的"短暂性治愈",生怕自己白白开心了,顽疾却又在未来的某一日复发。

电影放到中途的时候林瑯想要去一趟厕所。
刚想起身时,才意识到自己的笔记本电脑无人看管。林瑯四顾一圈,同学们都是三五成群来上课的,自己这种"独行侠"实在不多。
虽然教室里有监控,虽然自己的电脑型号老旧又卡顿……但是万一真遭遇遗失事件,即使能找回,但时间成本和精力成本林瑯都觉得自己承受不住。
再寒酸,也是自己唯一的生财工具。
想了想,林瑯还是把电脑装进了书包,从教室后门偷偷溜了出来。

卫生间距离教室不远。
上完厕所一边洗手一边纠结"还要不要再回教室去"的时候,耳道中撞入一个讲电话的声线——熟稔的、低沉却不沉闷的、成都方言口音的。

心怀期待，林珝迅速地向后方看去：那声音的来源者走了进来，把手机用耳朵和肩膀夹住，撩起 T 恤的下摆，一边解着运动裤的腰绳一边认真地与电话另一头沟通着什么，全然没有注意到洗手池边的自己，径直走向了小便池。

是唐玉树。

林珝看他。

心头的期待没有落空。

距离不远，所以看得到唐玉树眉头皱皱的，应该是与电话另一头的人正在商讨着什么棘手的事务。大部分成都方言林珝听进去都消化不下来，但唐玉树结束电话前说的那句"我又不常住这边，我电脑一个在公司里一个在你家放着"——林珝听懂了。

等男生收好手机提好裤子的时候，林珝才稍微鼓了一下勇气，幽幽地开口："你急用电脑吗？"

唐玉树循声转过头来，望了望，便乐了："林珝啊！"

"嗯。"只跟唐玉树对看了须臾，林珝就收回视线，随意地看向别处去，"你要用吗？我带了……电脑。"

教学楼下就有个校内的咖啡厅，冷气充足。

唐玉树点了一杯榛果拿铁，转头问林珝想喝什么。

林珝对咖啡全然不了解，在吧台局促地站了几秒钟之后，小声地选了菜单上最便宜的那个叫作"美式咖啡"的饮品。

两人落座之后林珝从书包里掏出电脑，打了开来，唐玉树接了过去，连上咖啡厅的 wifi，登录了微博和几个论坛翻看了半晌。

因为他在入神地翻看着什么讯息，所以"最近怎么一直没回宿舍来"这个问题在嘴边跳动了好久，都找不到合适的时机——两人不在同一个专业，平时上课没有交集，而下课后唐玉树也都没回过宿舍。

大概是自己一向沉默得紧，也把两人之间的距离拿捏得格外严格，所以唐玉树渐渐也收起了过多的热情，对自己也开始保持了一些分寸。

虽然每次都告诫自己不要靠唐玉树太近，更不要与唐玉树产生过多交集……但唐玉树真的离自己很远时，林珝又能清晰地意识到自己仿佛不是那么愉快。

唐玉树看着电脑，自己看着他。

如此良久之后，唐玉树将电脑稍稍推远，从那些不得而知的信息之中抽离了出来，深深地叹了一口气。

——依旧不是个可以插话的好时机。

饮料被适时地端了上来。

唐玉树才从沉思里出了神，道着谢接过那杯拿铁吸了一口，上唇缘便留下一圈花白的泡沫。

林珝从没喝过咖啡。

第二章·朗月

在林琊的认知里，咖啡厅一定是很贵很贵的地方。于是林琊偷偷瞄了一眼账单：这两杯就花掉了 50 多——差不多等同于自己两天的伙食费。

　　自己手中这杯要 28，林琊端起来，抿了一口。

　　极苦。

　　但林琊努力地忍住了表情。

　　那厢唐玉树又重新沉浸回电脑屏幕里面，钻研得格外认真。

　　片刻后又从裤子口袋里摸出手机拨出去了电话，点开免提放在桌子上："我借到了电脑，已经看完了——那现在打算怎么办？"

　　应该是唐玉树的……同事吧："栗子科技那边真的太坏了——就趁雷音科技上新品的时候出来找碴儿，嘲讽说雷音科技的 CEO 没什么文化水平还硬要来科技圈儿圈钱。现在我们要打公关仗反击栗子科技——也打算做个帖子，回骂他们！"

　　"弄呗。"唐玉树隔着电话点头。

　　"可是如果打算赶中午十二点的热度时段的话……现在就只剩一个半小时了。重点是我们到目前为止还没找到能拿出来反击栗子科技的话题点。"

　　唐玉树看了一眼时间："必须赶中午十二点的热度时段吗？"

　　"是啊兄弟！咱们打的是公关仗。每天都只有两个热度时间段，一个中午十二点一个晚上八点到十点——可是别忘了今天是什么时候，周五的晚上没有热度时段！"

　　唐玉树又看了一眼时间："今天不是周三吗？"

　　"今天是周三没错——但是今天是国庆长假前一天！"

　　"国庆长假前一天"，在新媒体传播层面上讲，和"每周五"是一样的。

　　因为社交媒体的流量依赖于用户的碎片化时间——工作日中午十二点到一点的午休时段和晚上八点到十点的睡前时段，都是流量相对比较大的热度时段。但每逢假期前夜，社交媒体的流量却会相较平时呈现锐减的趋势——因为作为一段假期的"开门红"，会有大量的人选择线下的活动。

　　唐玉树同事口中"周五的晚上没有热度时段"多少有夸张的成分，但如果非得在今天的社交媒体上运作舆论活动，花费同样的成本，中午的确比晚上要划算得多。

　　林琊旁听着他们的对话，默默理解了这个逻辑——一是的确有逻辑可循；二是作为一个微博也有一万来个粉丝的小"作家"，林琊多少也察觉到过不同时段流量的落差。

　　能在工作上理解唐玉树他们那个圈层的谈资……多少让林琊觉得自己与唐玉树之间，没有差到遥不可及。

　　工作就这么陷入了卡壳的状态。

　　隔着电话唐玉树沉吟了好久。约莫是大量的思绪在脑中运行，造成了内存消耗过度，男生揉着发胀的太阳穴，对电话那头安排道："那这样——先别急。我们都再想二十分钟。二十分钟后再通一次话。"

"也只能这样了……"
那边挂断了电话。

从工作里暂时逃出来，唐玉树端起自己的榛果拿铁，转头看向林瑯。
林瑯手里的美式咖啡太苦，抿了十余口，液面也没见下降。
"不爱喝吗？"
"苦……喝不习惯。"林瑯放下杯子。
"那你喝我这杯吧——我这杯太甜了！应该合你口味。"唐玉树顺手把杯子推了过去，端起林瑯那杯美式叼着吸管就"咕咚咕咚"吞下一半。一边喝，一边望着林瑯笑。
林瑯不知道唐玉树在开心什么。如果自己面临这么紧迫又难解的工作，大概是会变成一颗地雷，谁碰炸谁。
"你还要回教室去吗？"
默默地端起唐玉树握过的杯柄，林瑯想了想才摇头："电脑你需要用多久？"
"能……用到十二点吗？"
林瑯抿了一口唐玉树的拿铁："可以啊。"——你想用多久就用多久。
林瑯对自己很诚实：对于唐玉树这个光芒一样的存在，林瑯知道自己有所求。
想和他待着，能待多久待多久。即使唐玉树此时心事缠身，注意力不能放在自己这边。
"我们也只是放电影不讲课。电脑你就拿着用吧，我不回去了。"
"那可太感谢了！"唐玉树感恩戴德，于是脸上的笑意更浓了几分，"我得怎么谢谢你？"
林瑯趁机故作轻松的口吻："免了我那200的外债。"
"啥子？"唐玉树没能立刻弄明白"外债"的意思。
本就心虚的林瑯连忙放下杯子："我开玩笑的。我……晚点就给你转过去。"
确实不想占他便宜，可吃紧的财务状况已经让林瑯实在无力负荷这一笔"天降横债"。
没想到唐玉树不解的只是："你什么时候欠我钱了？"
林瑯提醒他："酒店。"
"哦哦。"迷糊的唐玉树这才想起还有这一茬，又乐不可支道："你真的太客气了。你要非得跟我算这么清的话，那我就故意占你便宜——我多多叫你出去喝酒，就咱俩人，喝到门禁，然后我就趁火打劫带你住酒店。住一次我跟你收500，每周一次，那我每个月就有2000的外快了！"
林瑯被他逗乐了，虽然没笑，却在嘴上揶揄他："你真不会做生意——你赚我这2000块，你自己不也得掏2000多？更别提每次为了算计我的那点儿小钱，还要莫名其妙地花钱买酒。"
遭到嘲笑的唐玉树有点不好意思："还是你聪明！"

插科打诨一通之后，唐玉树终于想起自己还是一个有工作的人，又把视线放在屏幕片刻后，唐玉树再度垂头丧气了起来。
像一只丢了骨头的狗——就连头上那双低垂下来的狗耳朵都几乎要实体化地出现在林

瑯眼中了，于是林瑯不免嗤笑一声。

遭到唐玉树又怒又哀的眼神攻击："你聪明不是？你来帮我看看这事儿怎么办吧……"说着还把电脑转成了一个林瑯和自己都可以看得到的角度。

林瑯心想你也太看得起我了。

却还是因着唐玉树的求助，滑动着屏幕上的帖子简单过了一遍：事件是两个科技公司的CEO在社交网站上吵起来了。雷音科技研发了一款儿童智能学习机，作为竞品公司的栗子科技CEO于是站出来调侃雷音科技CEO"仅有小学文凭居然还想要教初高中生做作业"。

唐玉树给自己看的便是栗子科技CEO发一条微博：一篇千字左右的檄文。

栗子科技和雷音科技林瑯都知道，是两个知名度挺高的电子设备品牌。

只是……林瑯有点茫然："什么是儿童智能学习机？"

唐玉树解释："就是类似智能手机的一种小机器，专门是给学生用的。里面有教辅资料、题库什么的，还可以扫描作业给学生的作业打分——我妹妹就有一台，但她都拿那个当随身听来用！"

"所以……你们是服务于雷音的公关公司，要替雷音CEO骂回去？"

唐玉树点点头："是啊。"

"为什么……要骂回去？"在林瑯眼里，"两个有头有脸的CEO这么对骂……不是很像无聊的小孩子吗？有失风度还贻笑大方。"

唐玉树摇摇头："其实目的不是真的要互骂。事情是这样的：雷音和栗子两家都做了儿童智能学习机，但雷音家的学习机上市速度快，企图用先手优势来瓜分市场。栗子科技赶不上雷音科技的生产速度，但又不甘心让雷音科技霸占市场，所以便站出来争夺存在感。栗子科技CEO整套动作的潜台词其实就是在大喊'大家别忘了我们栗子家也即将上市'！可是雷音这边又不甘心花了好几百万造的势被栗子科技蹭了热度，于是当然就要抓住这个机会，借力打力地宣传自己的新品，夺回大众的注意力！"

一通解释好像把林瑯唬住了一般。他沉默着没说话。

唐玉树伸手在林瑯一动不动的视线前晃了晃，林瑯才扑哧笑了。

"你笑啥子？"唐玉树额边已经在渗汗了。

林瑯坐直身体，又端起唐玉树的拿铁喝了一口，果然很甜——"我笑你……居然不傻。"

丈二的唐玉树摸不着头脑："我本来就不傻啊！"

两人安静了片刻，林瑯突然说："哎，我有个主意！"

唐玉树一双眸子瞬间睁得很大。

结果林瑯又别开头去："还是算了……我没什么社会经验，更不懂这些大厂牌之间的钩心斗角……"

唐玉树刚被吊起来又被摔下去，再次向林瑯发起又怒又哀的眼神攻击："你倒是说噻……你啷个牙尖，挤对人一定很拿手嘛！"

林瑯又在心底给草稿做了一遍细化，才挑眉抬眼看向唐玉树："那我就……说说看？"

手机响起的时候陈逆正在焦头烂额地搜索着关于栗子科技的历史黑料。

栗子科技旗下的产品口碑一向很好——从技术开发到生产线，没有一个关卡是经不起拷问的。

　　唯一总引发争议的点无非也就是栗子科技的CEO平时总是恃才傲物，喜欢在自己的社交平台上"大放厥词"而已……

　　但自己是做公关这行的，陈逆明白这个CEO的言行都带有表演性质，只是利用公众情绪增加关注度和讨论度而已。

　　找不到攻克的关键点。

　　摁下接听键，陈逆听到唐玉树昂扬的语气："兄弟！有招了！"

　　有啥招儿？那个瓜脑壳能有什么解决办法？以相识这么多年来对唐玉树的了解，此刻电话那头即使说出"不然咱们停工好好想想国庆怎么玩儿去"陈逆也不会感到意外。

　　于是只平淡地回应了一句："你说——"

　　"我跟你说啊，这招儿可厉害呢！哎呀我说不清！"唐玉树在电话那一侧调兵遣将，"林瑯——你来跟他们讲！"

　　另一道声线"哎"了一声后，说了句"好"。然后生涩地打了个招呼，问陈逆道："我刚刚听唐玉树讲，雷音科技出品的儿童智能学习机可以批改作文。是吗？"

　　"林瑯"这个名字陈逆听唐玉树不止一次地说起过，是他在学校的室友，据说个性……比较冷淡。

　　陈逆"嗯"了一声，给林瑯详细介绍道："偏题或者很复杂的语法机器检测不出来——但是也有人工批改的收费服务。基础功能只有错别字、标点符号的审核。只需要用学习机的拍照功能把作文拍好上传，程序就可以自动识别错别字和标点。"

　　"基础功能就够了。"林瑯在电话那头讲起了方案，"唐玉树刚才给我看了栗子科技CEO的那篇微博，我自己简单浏览了一下，就发现了很多错别字和使用不当的标点。我的想法是这样：不需要跟栗子科技CEO讲道理分对错，不用找栗子科技的黑料做反击。只用雷音儿童智能学习机批改作文的功能，直接批改他这篇檄文，再用学习机产品的官方账号发布这个带有批改标记的版本，就可以了。"

　　陈逆反应了一下："你是说——把栗子科技CEO的那篇文章用雷音学习机修改错字？"

　　"没错。"林瑯解释了一下这个方案的动机，"栗子科技CEO不是嘲讽雷音科技CEO学历低吗？可其实他自己的文章里也用错了很多小学阶段就应该学会的语文常识。用雷音学习机批改文章的功能来批改他这个海归博士的错别字，一是可以在紧盯事态发展的家长群体面前展现一遍产品功能，二是以牙还牙让这个博士学位的CEO出个小丑。"

　　陈逆彻底理解了林瑯说的方案："只反弹，不出招，不会给对手留下再做文章的余地，又不用针锋相对……到时候文案就简单配个'功能展示'之类的调皮的话术，也太绝了！"

　　自己场外求助拿到的解决方案得到陈逆的肯定，唐玉树也乐不可支，在电话那头一个劲儿的："是不是？是不是？！"

　　陈逆拍案叫好："哈哈哈，就这么定了！我现在就安排执行——我甚至觉得这招能当选年度公关案例！林瑯，等我们公司这事儿弄完，我请你吃饭！"

　　脱离出"临时策划"的职务，方才还口齿伶俐的"冷淡"男生在电话那头只回了一句轻飘飘的"不用客气"。

一小时后雷音回应栗子的话题被顶上了热搜。
　　彼时林瑯和唐玉树正在食堂窗口打饭。放课后的学生们间或闲聊的谈资里，竟然也有这件事情。林瑯觉得不太真实——这么大的事情，竟然是自己参与过的。
　　因为唐玉树要继续跟进监控事件发酵的节奏，所以两人是买了饭回宿舍吃的。
　　没了电脑的林瑯不能工作，只能百无聊赖地坐在书桌前随便翻动讲义。唐玉树则窝在他自己的床铺上，把林瑯的电脑撑在怀里，时而敲键盘时而接电话。
　　两点不到的时候唐玉树终于合上了笔记本。
　　"大获全胜！接下来就没我的事儿了！"
　　"哦。"林瑯回头。

　　林瑯想起早上在洗手间"意外偷听"到他的电话，其中谈及他有两台电脑，一台电脑放在公司另一个放在陈逆家——所以应该近来都是在公司和陈逆家里来回，只有有课时才会回学校这边来。
　　自己推测出了答案，却还是问了唐玉树："最近……你怎么不回宿舍，工作忙吗？"
　　唐玉树从床上翻起身来，一手掀动着T恤下摆扇风，一手端着林瑯的电脑走过来，他讪笑了一下："我又不傻。我太吵了是不是？——对于你来说。"
　　"哎？"
　　"我之前问过你，你当时说不讨厌我——那是客气话。我晓得。"
　　"不是啊。"林瑯回应，又摸了摸脖子。
　　唐玉树给林瑯把电脑放在他桌面上，在屋子里打转起来："我再不懂人情也看得出来……我又不是没遇到过不喜欢我的人。我一看你就知道——咱俩可能不是一个世界的人。"
　　唐玉树下的这个定义让林瑯莫名地感到慌张。
　　但他接着转回头来，冲自己笑，又说："别人不喜欢我，我就绕过他们去找喜欢我的人去。但你太特殊了——就算你不喜欢我，我也挺喜欢你的。"
　　什么意思……
　　"我这阵子不回宿舍不是因为我不想见你。是因为我挺喜欢你，所以怕我出现，给你添堵——那就，不如我少在你面前现眼。"——唐玉树如此交代了自己的解题思路。
　　因而林瑯反倒觉得自己像个坏人了。于是兀自转回身来打开自己的电脑，跟唐玉树撂下一句："这宿舍你也花了钱了，没必要因为我的态度你就这么……白费钱。"
　　唐玉树在林瑯的身后乐了起来："那我以后回来住，你不烦？"
　　"不烦。不烦。"林瑯觉得唐玉树难缠——自己已经说得够明确了，"不烦！"
　　——烦死了。
　　明明是自己打开的话题，可又是自己收不了场，林瑯心焦气躁，胡乱在电脑上点来点去。
　　唐玉树说："今天这事儿真是多亏你了。你真厉害——你要不要来我们公司工作？"
　　"只是歪打正着，不至于每次都能想到办法。"林瑯语气冷淡，"况且刚刚是你说的：咱俩不是一个世界的人。不是一个世界的人，难道可以共事吗？"

隔着屏幕可以看到唐玉树先是愣了一下，才笑："你真是……牙尖。"

"'牙尖'什么意思？"

"'聪明'的意思。你们都太聪明了。陈逆——就我那哥们儿——他也总说我脑子太钝。不过他很够意思——"林琊察觉得到唐玉树闲谈的语气有了些许变化："实在是因为我们俩从一开始就搭档做事。他够意思，现在公司做出一些起色，也渐渐壮大了，但他们也不肯踹了我。你知道吗？我感觉……我在我们公司什么事儿都帮不上忙——陈逆跟我不一样，他从小就在三教九流里钻来钻去，特别懂人心，做公关就得是他这样的人。所以我俩本科毕业之后我就让他只给我开半薪，我说我要读研学广告。林琊，你晓得不？我不怕他们踹开我——就算他们哪天跟我说：唐玉树你实在没用，你走吧……我也不生气不遗憾。"

林琊已然在唐玉树向自己叙述期间转回了头——男生站在寝室的一个角落，视线落在虚空一处，脸上的招牌笑容没有散去，但眉间却有几分苦楚的情绪。

他继续说："但我怕的是——他们一直愿意这么带着我，可我却一直不够厉害。"

原来贵公子也有苦恼——林琊哼了一声，自己也不知道这是冷笑还是苦笑。

林琊说："是啊，你不需要靠揣测人心就可以活得很顺畅——但这也不是什么坏事。"

"不是坏事？"唐玉树对上林琊的视线。

"单纯点儿好。"林琊点头，"我一直都觉得，一个人可以保持单纯那是累世积攒的福报。反而是像我们这样的人，挨惯了拳头所以习惯了防守，看到来者就下意识地怀疑、害怕，摆好防御的架势，甚至捏好了刀柄时刻准备反击——给你这样的性子，你愿意要吗？"

"……"

"如果可以选择的话，我也想当个简单的人。"

林琊说完这番话，唐玉树突然想起之前自己与林琊在教学楼偶遇时，本想像对待朋友们那样揽过他的肩膀，却不料把他吓到。甚至他为了躲闪自己，在众目睽睽之下跌倒在地。

不知道他到底曾被如何对待过。

唐玉树觉得心头一揪。

林琊没有读心术，听不到唐玉树心头的私语，不知道他是为了自己而心疼，只从他的面孔上看到了锁住的眉关。

林琊觉得他有时候也傻得可爱，于是又补了几句安慰他的话："我说的都是真的。如果你想知道陈逆不甩开你的原因，你不妨参考一下我的想法——我和他应该是类似的人——我们这样的人，其实更需要你这种单纯的人作为支撑。我们很辛苦地活在四面楚歌的世界里，但是因为有你，陈逆他至少就可以卸掉一面的防备。所以你不用非得工作上很厉害，不用很懂专业。公司各个成员有各个成员的作用——他相信你不会背叛和离弃，你不辜负他的相信——能有这种默契，对他和对你们的公司来说就已经是莫大的'效益'了。"

"是这样吗？"

林琊点了点头。

于是唐玉树好像得到了开解。

想通了，便转过视线来望着林琊笑了良久。
可林琊顶不住男生的热忱和坦率，只看了须臾，就避开了那双眼眸。

这就算是两厢打平。
你在我醉后的夜城里寻回过我，我在你手足无措时帮助过你。
哪怕是你牵鹰走马的公子哥，我是街巷阡陌里流窜的乞儿，咱俩总算不亏欠彼此什么。

至此林琊也敢于彻底面对自己的心情——唐玉树这个存在感极强的大活人，或许在大雨消失的这阵子里，渐渐取代了大雨在自己精神世界里的功用。

大雨消失太久了。
从踏入这个校门以来，林琊好像就再也没有梦到过他。这个角色在自己的精神世界里曾极度重要，重要到以往的自己若是几天没有做梦，就会心慌到无法处理生活的地步。
可如今大雨真的消失这么久时，林琊又发现自己的精神世界好像也没有要坍塌的迹象——林琊苦笑：那或许是自己如今真正地"长大"了？按照精神医师的说法：大雨这个角色是因为林琊的自我需要一个"强力支撑"，于是才在自己最恐惧的关头上凭一己之力杜撰出来这么一个角色。
可如今大雨消失了，大概也是因为自己的自我人格不再需要他了……吗？
林琊有的时候会忍不住想象：大雨若是化身成为现实生活中的人，会像谁呢？
林琊第一个想到的就是唐玉树——却又隐隐觉得不太相像。
大雨和唐玉树应该是同样的赤诚坦率，可两个角色的表现却是南辕北辙——唐玉树太过于热烈，可大雨或许有几分阴郁。
大雨大约是沉闷版的唐玉树。他会在雪夜里默默寻到院中来替你撑伞，会在冷夜里安静地替你拥衾，不主动向他叙话时，他便惯常地缄默着，鲜少开口——但也不是冷漠的安静，大雨的脸上应该和唐玉树有着同样的笑意，只是没有唐玉树这么爽朗欣然，可能相对收敛一些，但总归是一直在笑的。
而唐玉树的性格是外放的，是如同初破鸿蒙的灵魂，总是欣喜好奇地张望着天地间的万千生灵。
大雨却含蓄得多。也许是在遇到自己之前曾在淤泥中挣扎过，于是今日的笑意，都只是在庆幸着余生顺遂平安、无风无浪。
因为这么些年来自己的梦里一直有个"大雨"，而自己又沉湎于大雨的守候，于是从未将注意力放在现实世界中的任何人身上。可如今大雨不见了，林琊却也没有像自己想象中一般恐惧，甚至于慢慢地接受了"大雨从自己梦中消失"的事实。
荒诞点儿想，只当是这缕幽魂与自己缘尽，回到了属于他自己的世界里去。
理性点儿想，自己也真的该长大了。

唐玉树在宿舍里的时候，基本就只有吵闹。
林琊便打发唐玉树去操场打了会儿球。不是烦他，是因为自己有事要做，需要一个安静的空间。

中午的时候曾经合作过的一个出版社编辑发来一条信息，她说："林琊，你八月末投稿过来的那篇长篇小说，我们主编看中了！现在想要和你谈谈版权购入的事宜。有空时记得回复我哦！"

林琊当即就给了回复。

简单地通了一个电话，出版社那边的意思是说公司很喜欢这一部书稿，想要专程派人来成都约林琊面谈。林琊心下盘算着：如此郑重其事，应该是真的很有意愿合作。

虽然林琊没什么名气，书稿的版权被收去也拿不到多么可观的金额，但总归不是一桩小生意。林琊这才觉得自己有了些许呼吸的空间——如果能促成这次的合作，不仅自己可以实现出书的梦想，还可以缓解一大部分的经济压力。

所以林琊把那篇长篇小说从电脑的角落里翻找出来，打算精修一下。

开工的时候，林琊看了一眼宿舍楼外。太阳悬在西边的天幕，金色的和煦光线洒在篮球场上，不需要太费力地找，便可以轻松地从人群中识别出唐玉树——他套着一根红色的发带，摆着一个在林琊看来"蠢毙了"的防守动作，专心致志地跟一群学生们争夺着一个人头大的充气皮囊。

林琊没忍住笑。

林琊的写作之路坎坷。

不是没有才华，也不是没有付诸行动，就是一直都没什么机会。

从业开始，林琊接的活儿不是写"高考满分作文"，就是写一些杂志临时缺稿子救急用的小专栏。都是一些成不了气候的小活儿。

想自己当个作家，实在是看不到出路。

之前合作的那个老板又给林琊安排了三篇稿子，还是"高考满分作文"，电话沟通完工作，那老板唉声叹气："估计是最后一次做书了。"

林琊有点儿慌，不过还是用心平气和的态度问："怎么了？"

"现在教辅书也不好卖了……人家都做新媒体去了，谁还肯看书啊？这年头做什么行当的都要搞新媒体……以后公司估计转型做公众号那种——你放心，有稿子我还找你写，还给钱的。"

林琊替老板觉得凄凉："那你们咋赚钱？"

"接广告吧……你知道吗？人家做红了的公众号，一篇广告植入的钱就能顶作家半本儿书的稿费——要我说你也聪明点儿，跟上风头走这个路线，别写杂志了。"

"哦。"林琊粗略地合计了一下，"那搞新媒体还能写小说吗？"

"短平快——懂不？真想赚钱的话去写段子吧，追追热点扯扯皮，红了去接广告。你还小，不懂，以后就懂了——这个行当里，做什么都比做书好赚。"

林琊听得一知半解。

挂了电话后林琊突然想起，暑假的时候有个出版公司的编辑问自己："你想出书吗？"

林瑯当然想。

"10万块钱给你做一本，你要做吗？"

林瑯盯着那数字愣了好久，一个"1"一个"0"一个"万"，还是确认了半天，最后才试探地反问那编辑："新人作者的版税就可以到10万吗？你们给的待遇真好。"

"想什么呢？"那编辑导正林瑯的美梦，"是说你自费掏10万，我们帮你做一本儿。"

回想起来林瑯觉得紧张：自己还没出过书当上作家，出版行业先凉了一半。

林瑯的心也凉了一半。

有意收购林瑯长篇小说的这个出版公司，叫"温文"。

温文出版公司品牌大、钱多，林瑯从他家赚的最多——当时那个活儿也是温文编辑给的，签了保密协议，说是给一个温文家签的"知名美女作家"当"创作助手"。

林瑯没明白这个工作的意思："作家的助手？做什么？"

编辑言辞圆滑："我们这个作家可能表达能力不够好……可能需要你帮忙校对稿子，适当的时候再做一些润色的工作。"

摸爬滚打这么多年了，林瑯也明白她是啥意思，看价钱合适，废话不多说就答应了下来。

签了合同拿了"作家老师"的原稿来，林瑯就大刀阔斧地重写了。

这个"作家"事实上不是什么作家，好像是当年上过某论坛的美女。

因为长得漂亮，还喜欢在社交媒体上发布一些似是而非的只言片语，久而久之，就把自己塑造成了一个有文艺气质的网红。如今想从网红转型当作家，但又实在写不出什么所以然来。

其实她需要的稿子基本上就是高级版的"高考满分作文"——全书围绕"爱情"行文，基本是一篇一个主题立意，开头用小故事引出个论点，再补个A姑娘、B先生的案例，三五千字就这么成文了，脑子都不需要动一下的。

帮她写了整本书，林瑯赚了两万。

温文给钱也给得利索——这些不太上得了台面的活儿，钱方面基本是不会亏待的。

这本书光是枪手就赚了两万，不知道这网红姑娘能赚多少……

林瑯觉得有点可笑——"高考满分作文"也罢、"流水线爱情鸡汤文"也罢，自己不过脑子写出来的东西，却是最被市场认可的内容。

林瑯不讨厌这个网红，甚至私下里曾有机会见过面，人长得漂漂亮亮的，比照片还好看。

林瑯点开她的微博看了看，已经将近百万粉丝了，跟明星似的。平时发博的内容通常都是九宫格自拍，搭配一些图文不符的抒情性文字。

而自己的微博粉丝只有一万出头。

自己若是出版方，肯定也会选那个有话题度的"网红"出书啊。

快到六点的时候林瑯洗完澡回到宿舍，擦着头发从窗口往外瞧。

唐玉树在打的那场篮球好像是快结束了，大家三三两两地收拾着放在观众席的东西，还有人意犹未尽，散漫地拍着球玩儿。不过那人用球往唐玉树所在的方向砸了一下，唐玉树正蹲在地上系鞋带，那颗球只是擦着唐玉树的身体过去了。唐玉树回过头去跟那个人招呼了几句话，然后摘掉了头上的红色发带，捋了一把头发，往球场出口走了——虽然搞不懂他们之间玩闹的方式，但林瑯觉得唐玉树这种人真的很厉害。

他仿佛有一种天生友善的磁场，能在片刻之内就和身侧的人成为朋友。

林瑯收回视线，回头看了看这个狭小的"单人寝室"，觉得自己不得不承认唐玉树那句话说得对："咱俩不是一个世界的人。"

不禁一哂。林瑯继续擦起了头发。

三分钟之后，得胜而归的唐玉树推开宿舍门，就不由分说地开始聊起刚才那场球，"刚才你没看到我那个三分多帅"！

林瑯应付过去他，问他要不要去食堂吃饭。

唐玉树说身上很黏，想要先去洗个澡："走，一起？"

影大这个百年老校除了课程和专业设置比较跟得上时代，基础建设就不值得一提了。明明是所南方的学校，可浴室却是公共澡堂。

"我洗过了。那你自己去吧，等你回来我们再去吃。"

唐玉树这才注意到林瑯的脑袋。伸过手来揉了揉林瑯的头发："你怎么没把头发吹干啊？"

"我……没吹风机。"

唐玉树拍了拍自己上铺——那是个杂乱地堆满唐玉树生活用具的地方："你拿我的用啊！你这么湿着头发，会感冒的！"

"拜托……大夏天的。"林瑯嫌唐玉树烦。

唐玉树却不自知，还在纠缠不休："那冬天你怎么办？"

"冬天再说。"

宿舍楼因为消防因素限制了电压，学生们的吹风机作为"超载电器"，只能带去浴室的储物间里使用。唐玉树还在不依不饶："那你陪我去——你在外面吹头发，我进去洗澡。"

林瑯觉得自己的耐心到了临界点："我这都已经快干透了！"

"行吧……这次饶了你，下不为例。"唐玉树没恼，却还是佯装生气地跟林瑯开了几句玩笑，便拿上自己那个装着洗漱用品的小篮子乐乐呵呵地出发了。

再回来时，却气压低沉地捂着额头。

手腕没挡住的地方，林瑯看到了一片深红色。

"好在校医室不放假，不然你就等着马革裹尸算了。"

"不至于不至于。"唐玉树手里捏着云南白药跨步跟上来，用手肘一个劲儿地顶生着气的林瑯——单从此刻的气氛来看，倒像刚才在浴室里跟人起过冲突的那个是林瑯一般。

收敛不好自己的情绪。

紧张，又怕表露自己的紧张，于是只能赌气。

只是短短一刻钟,再回来时就已经鼻青脸肿的了,一问才知道是跟人打架了。

林琊搞不懂:刚才还心底里称赞唐玉树的好人缘,怎么就打起来了?

"刚才球场上那人跟我说了些……坏话,我当时气不过但也没跟他计较,就打球时盖了他几个帽,他面子上过不去,结束之后还想拿球砸我来着,我也忍了没跟他计较。结果澡堂子里又遇到他,他还来跟我找碴……我这才把他给揍了。"——唐玉树这般坦白自己的作案动机。

听完林琊才想起自己刚刚的确是看到球场上有人拿球砸唐玉树来着,林琊当时还以为是他们之间打闹的方式,没想到是欺负他。于是"审判长"林琊认定"被告"唐玉树这个冲动之举也不算过分,也没继续给他摆脸色,只是催促他:"行吧。那你快去床上躺好。"

唐玉树乐了:"又不是啥大毛病,只是擦破两处皮,为啥子非得躺好?"说着还跳跃了几把以示自己依旧身强体壮。

蹦跶完唐玉树才后知后觉地感到气氛不对,就乖乖坐回床上去。

林琊好像真的急了。

唐玉树努力地揣测着林琊此刻的心情——他落寞地坐回了自己的桌前,电脑展开着,但屏幕没有亮,一定是在盘算着什么心事——搞不好就是在担心受伤的自己。

唐玉树乐了。

乐了片刻又想起方才在球场那人跟自己说的话,那些话在唐玉树脑子里转来转去,终究膨胀成了无法克制的好奇心,唐玉树于是又笑不出来了,"哎,林琊……"

"嗯?"男生回过头来。

宿舍里没有开灯。

逆着光,唐玉树看不到林琊的表情。

"你以前读书的时候……有人欺负你吗?"

"怎么了?"

仿佛……没有特别排斥这个问题。那么话题应该可以继续:"就问问……"

"初高中挨过揍,大学就没了……但大学可能被人说点不着边际的闲话。反正……各个时期难免都会遇上无聊的人。"

大学时被人说过些不着边际的闲话……"大学咋没的?有啥招数?"

"怎么?有人欺负你?"

"有啊。"唐玉树点头。

林琊在逆光里又转回了一些身来,胳膊撑在椅背上,下巴撑在胳膊上,仿佛打算好好给自己分享"反霸凌"的经验一样:"那你就跟我似的——摆出一张'莫挨老子'的脸,跟谁也别亲近,跟谁也别来往,就不会有人欺负你了。"

唐玉树在床铺上"嗤嗤"地笑了:"'莫挨老子'这句口音学得传神。"

林琊好像也笑了。

"但是……跟谁也别亲近,跟谁也别来往——你不会觉得孤独吗?"

"我……"在那段最难熬的年岁里,曾经有过一个叫作大雨的朋友,所以……"没啥孤独的。"

"你这叫因……废……啥子来着？"

"因噎废食。"林瑯又忍不住笑了：想批评别人至少也该调遣一些自己能力范围内的词汇吧。林瑯看着唐玉树的床铺——有一半的蚊帐挡着，所以看不到唐玉树的头；但仔细分辨的话，隔着帐子又能模模糊糊地看到一片黑影，黑影里有一双眸子，收纳了窗外洒进来的光。

林瑯看着那细小的眸光，忍不住说了一句："我以为像你这样的人，不会有人欺负。"

那点光熄掉了，许是他转回去了头，没说话。

林瑯继续道："刚才那冲突……应该也算不上欺负吧，你们只是势均力敌的……互殴。欺负都是单方面的压制、霸凌、施暴。"

唐玉树还没说话。

林瑯好奇——这家伙是不是睡着了？于是蹑手蹑脚地从椅子上起来，走到蚊帐前往里看，结果唐玉树睁着乌黑的眼睛，看自己。

林瑯把脸转开，说："我以为你睡着了。"

唐玉树却丢出一句没头没脑的"莫挨老子"。

林瑯一时间没反应过来。

唐玉树却像是讲了一个多么高明的笑话一般，自己在那儿"嗤嗤"地笑了起来。

林瑯这才明白——唐玉树跟自己讨教了"防止被欺负"的方式，又现学现卖地用在自己身上，这是在暗示欺负唐玉树的人是林瑯。

"我怎么欺负你了？"林瑯诘问。

唐玉树演出一副委屈的样子，学着北方口音贫嘴了起来："呦那可别提了——人家活活冷暴力我一个月！就今天我挨揍了，人家还挤对我！"

"……"林瑯觉得唐玉树说的居然还挺有道理……

懒得理他，刚准备转身回自己座位上去，却被唐玉树一把拽住了右手腕："别这么冷漠地对待伤兵！"然后拍着床边示意林瑯坐下。

林瑯犹豫了片刻才坐下："怎么了？"

"我替你按摩一下胳膊。"

"按摩胳膊？"

"对！接下来……我得求着你帮我上药——所以我得讨好你！"

林瑯笑了，从唐玉树床头的塑料袋摸出药膏，示意唐玉树翻身。后背上的伤口是一块大片的擦伤，虽然结了痂，但还是红得……让人害怕。

特别突兀地，林瑯的脑海里闪过一个令人发麻的画面——后背上一块大片的伤口，如同《科学》课本上印刷着的月球陨石坑的模样，中心是一个圆洞，四散开来是狰狞的放射线。脚步声、惊叫声、哭喊声，各种声响又仿佛从悠远的时空里穿梭而来，挟入逼仄的耳道，终究在耳膜上擦撞停滞，发出尖锐的制动声。

强忍住作呕的生理反应，林瑯睁开了眼，将手指上的药膏轻轻地涂在唐玉树的伤口上。

消炎的药总是有些刺痛，唐玉树后背僵直了一些，埋在枕头里的嘴发出了一阵吸气声。

"打起来的时候没穿衣服?"

"嗯。"唐玉树解释,"不是他打的——他没那水平!是我揍了那小子一拳后,自己转身打算跟那武侠片儿里的大英雄一样潇洒走开,结果转得太大劲儿了,滑倒在地上,后背就磕上了椅子尖尖。"

"够了你别描述了,听了都疼……"林瑯拧好药膏,"光着屁股还耍威风扮英雄,你智商真的不太行。"

"心疼?"——唐玉树听错了。

"听了都疼!"林瑯特别注音道,"特英——听!"

"哦。"转回来的那张脸上笑容散去,又丧丧地埋进了枕头里,"真没劲!白替你出头了!"

林瑯把药膏放在唐玉树上铺的收纳盒里,唐玉树方才那句话才余音绕梁似的,在林瑯脑海里兜转了一圈才回来——"白替你出头了"!

林瑯低下头去再看唐玉树,老实巴交的男生已经意识到自己说漏了嘴,此刻正谨慎地望着林瑯。

"他说了你什么一点都不重要,反正我不信!"

据唐玉树交代,这个"他"声称是林瑯本科时的同学。因为知道林瑯是唐玉树的室友,所以为了套近乎吧,在操场上看到唐玉树之后就用这个作为谈资打起了招呼:"听说你跟我们学校的那个林瑯在一个寝室?"

"是啊。"

"你可小心点儿他,这人疯得很……"

"咋个说?"

以一阵促狭的笑和一句"他呀——"开头,那个人给唐玉树讲了一堆关于林瑯的传闻。听罢唐玉树冷哼一声:"你听谁说的?"

"我们学校人都知道。"

"行了。以后别乱传别人闲话,这都啥乱七八糟的。"

"你不信?"

"我不感兴趣。"

潦草结束了对话,球局也就开始了。

"我那时候就想揍他——但我觉得不行,我得忍住。"看着智商不高的唐玉树却也有着他自己的考量和计划,"我如果真跟他起了冲突,事后别人问起来,他就会跟别人说我揍他是因为他跟我说了你的传闻,那别人很容易就好奇:他跟我说了啥?他那人一看就是爱惹是生非的,肯定又处处乱说!所以我就没揍他,我就故意盖他的帽,盖了他七八个球!"

说完露出一副"求表扬"的嘚瑟神情。

本来觉得酸楚,可听完唐玉树的这番"筹谋",林瑯心里又平静了好多。

"他记我的仇,觉得我在球场上让他丢尽了脸,后来在澡堂子里碰到我的时候,他抢了我的浴花玩儿投篮,掉在地上弄得脏兮兮的——这就成我跟他的私仇了!那浴花我也不要了,我就揍了他一拳!你没见着——当时在场的人都叫好!"

说完再次露出一副"求表扬"的嘚瑟神情。

但林瑯没给他面子:"接着你就自己摔地上了。"

"提这茬做啥子!"唐玉树羞愧难当。

林瑯又叮嘱了一遍唐玉树躺好。

然后转身出寝室去了水房。

水房里没别人。林瑯在洗手池前俯下身,拧开水龙头掬了一捧水,蒙在脸上。

捂了好久,才扬起脸来大口地呼吸。

睫毛上的水珠滑进眼睛里,刺得眼眶通红。

看向镜子,里面那个凉薄的人嘴角却抑制不住地扬起。

林瑯甩干净手上的水珠,转身回宿舍去。

也没再追问唐玉树别人关于自己的"传闻"是何种不堪和离奇。

说了什么一点都不重要。

反正唐玉树不信。

第三章 行星

Howling Breath

号啕呼吸

总有人与你毫无瓜葛，却不明缘由地拿你当蓝本，虚构一桩桩关于你的荒唐轶事。

那赤口白牙间叙述出的每一个细节都仿佛是他们亲眼所见、亲身所感，可明明只是他们将手伸入自己的腹中，搜刮出那些陈年酿制的污秽，猝不及防地抹在路过的你身上而已。

那些污秽口口相传，成了笑柄，能引人哄堂，这就够了。

没人在意真相。

从1:1变成1:2。自己就这么又欠了唐玉树一份人情。

隔天林瑯就给唐玉树买了个新的浴花。

无论怎么说，唐玉树失去他的浴花都是因为替自己出头来着。

义气是有，但是挺破费的——林瑯这么想。每次唐玉树帮着自己，都得让自己掏腰包。

一个浴花而已，给到唐玉树手里之后那家伙却开心得不行。

摆弄了好久，最后还夸张到跟浴花合了个照。

只是令人困扰的是唐玉树在得到新的浴花之后，非常有仪式感地要拉着林瑯一起去洗澡。

林瑯头痛不已，却还是终究输给了唐玉树的盛情，只得硬着头皮收拾好替换的衣物和洗漱用品，怀着一种视死如归的悲壮心情，踏上了跟唐玉树去澡堂的路途。

好在最后愣是凭着闭眼背诵《小石潭记》熬过了十余分钟的淋浴，林瑯先一步冲出浴室，在更衣间里换好衣服，用一种端庄的姿势昂首挺胸地等唐玉树。

等了好久，裸赤的唐玉树才从那门口拐出来，肤色一映入眼帘，林瑯就又吓得迅速闭了眼睛。

唐玉树问他："怎么脸那么红？头晕？"

林瑯借坡下驴："对。"

"可能是蒸汽太足了，你缺氧。"

"没错。"

缺氧。没错。

从澡堂走出来后，林瑯才松了一口气。清爽的晚风拂面而来。

唐玉树提议直接拐去食堂先吃晚饭，再买些零食，"晚上要不要和我一起看电影？"

"好……啊？"神智初恢复，脑子转弯缓慢。

但林瑯回答中的疑问语气被唐玉树直接忽略掉，他已经在筛选影片类型："你爱看什么？武打片还是鬼片？"

没有提供别的选项。

"那就鬼片吧。"

"好！我让陈逆给我发资源！"

唐玉树说完后就给陈逆打去了电话。

摆脱了唐玉树"全神贯注"的注意力，林瑯才有须臾的空当来思索这个问题：林瑯意识到了近来自己竟然对这个男生放松了警戒心。

林瑯排斥与人建立关系——虽然林瑯自己也未曾深究过原因。

或许是挨够了白眼和拳脚，对人性不得已保持悲观态度。于是过早地通晓了"信任"的可笑，深知筑起足够坚固的围墙，才是最行之有效的"生存法则"。

只是这个看起来人畜无害的唐玉树，内里仿佛有什么高深莫测的法术一般，林瑯苦心修筑的堡垒，在他魔高一丈的招数之中悄然坍塌。

林瑯皱起眉头，盯着"魔王"的后背。

"魔王"才挂断电话，转过脸来跟林瑯对望一眼，便笑了。

林瑯低头避开"魔王"的眼神……这场斗法里自己败得难看。

更可怕的真相是——人家也许根本都没出招。

等待电影下载的时候林瑯提醒唐玉树伤口要上药。

唐玉树那边正忙得不亦乐乎：用两个衣架钩在上铺床板缝隙里做成了一个简易的"可调节支架"，将平板电脑塞了上去；然后又整理好床铺，把零食和啤酒放在床头边。仔仔细细地检查了一遍"观影环境"之后，他心满意足地收了工，然后搂起衣服把后背交给林瑯。

"电影选好了吗？"

"陈逆给我发了有十几部，日本、韩国、泰国的都有。我下载了一个泰国的，一直都听人说很好看，但陈逆他们都看过了，所以没人乐意跟我一块儿看。今天终于能看了！"

"嗯。"

"我没想到你会喜欢看鬼片！我也喜欢看，但我一个人的时候不敢看，平时都是朋友们要看我才就着一起看。我以前有一次心血来潮自己一个人看了个鬼片，吓得一晚上不敢睡觉，整个屋子来回巡视了一遍愣是没找到半点儿鬼影，最后做了五十个引体向上又做了五十个俯卧撑，结果趴在地上睡着了——你说逗不逗？"

"逗。"林瑯面对那张洋溢着期待的脸，给出了肯定回答。

电影叫《鬼影》，从一开始就是灰蒙蒙的调调，林瑯啜着啤酒，看得云里雾里——不是电影的问题，不是酒精的问题，是林瑯自己。

林瑯没全身心地观看电影，分出了神来思索起这个"室友"的存在：如果说这个有呼吸有温度的男生，在精神层面替代了大雨，那这个替代并不划算——大雨虽是虚幻的，但是却是以一种"独属于我"的身份存在着的。可唐玉树呢？他虽然是真实的，但反而因为

第三章·行星

真实，却因此充满未知——林琊对一切"未知"都感到恐惧。

林琊吞了几口啤酒，又缓缓舒了一口气，索性大方地调整了一下姿势。

"不舒服？"

"……"

"是不是我太大只，挤着你了？"

"没有。"

"酒驾……肯定会出事！"

"是啊。"

他的注意力回到了电影里，林琊也跟着把注意力放回了电影里。

画面镜头在驾驶座的女生和副驾驶座的男生之间来回切换，一个人羞赧地笑着，另一个人坦率放肆地用眼神看过来——气氛暧昧，节奏舒缓。

林琊没忍住侧头看了一眼唐玉树，他聚精会神着，额头有小小的青筋因为过度紧张而似有似无地冒出。

收回眼神，又喝了一口啤酒。

——该来了。

随着电影中车辆刺耳的撞击声和制动声，唐玉树身体抖了一下。

5分钟，第一个情绪节点来得不偏不倚。

也许是觉得自己有点丢脸，唐玉树清了清嗓子调整了一下姿势，转回头来问林琊："你不害怕？"

"预料到了。"林琊淡淡地说，"我学编剧的。"

"……"

看透了太多事情的根本逻辑，是挺无趣的。

一场戏剧的起承转合里，哪一个镜头之后通常又会接哪一个镜头，哪一幕的哪一个节点上会被放置情绪爆点，了如指掌。

电影看到中途的时候唐玉树突然坐起身来："我想上厕所……"

林琊那时候正在开小差，被身侧人的动作拉回神志，就起了身给唐玉树留出下地的空位："去吧。我把电影暂停了等你。"

唐玉树一溜小跑出了宿舍去。

他离开后，林琊看到他的啤酒罐横倒在床上，急忙扶起时才发现已经空掉了。

摸起啤酒瓶的时候，林琊又看到唐玉树躺过的位置有块干脆面的碎屑和一张糖纸，一并顺手捏起来丢在了床边的垃圾桶里——皮糙肉厚的，估计扎到了也没有感觉。

摸过手机看了一眼时间，11:23。

林琊打了个哈欠，眼皮沉重不堪，索性在等唐玉树回来的时候闭目养神片刻。

可是再睁眼时，林琊却看到许久未见的大雨坐在床头。

之所以判断出来是梦境，是因为梦中没有刚刚现实里的明亮光线，只有微弱的冷光，柔和地勾勒着那个曾在梦里忠诚守候自己十余年的大雨的轮廓。

林瑯瞪大了眼睛，一股无名的热浪涌上头，泪腺被挤压得发胀。
“大雨？”
潜意识里还知道这个梦境会是短暂的，将会在片刻后被回来的室友叫醒的。
可即使是一秒，林瑯都想抓住他。
“你到底去哪儿了？”

翌日醒来的时候林瑯就想要杀了自己。
这次不需要唐玉树的提醒，林瑯就清楚地回想起自己……昨晚又发酒疯了。
从床铺上起身，林瑯先循例检查了一下自己——没有尿床，又探头看了看唐玉树的床铺——他不在宿舍里。
窗外的阳光过分明亮了，十分刺眼。
林瑯带着满头烦躁从蚊帐中钻出来下了床去，端好自己的脸盆、摘下毛巾走去了水房。

进水房看到唐玉树之后，林瑯的心情才舒缓了好多。
他今天穿了一身休闲西装，与平时 T 恤短裤的那种高中生打扮完全不一样。他没注意到林瑯，只是对着镜子整理着自己的头发。
林瑯在心里给他打了个好评——飒爽。
把脸盆摆在唐玉树身边的时候他才从镜子里看到自己，于是他又转过脸来给了镜子外的林瑯一个笑脸：“我……今天要去公司，要去跟陈逆见个客户。”
“哦。”
“晚上我……回来？”
林瑯不解他句子末端的疑问语气——回不回来问我干什么？但是也不想他不回来，于是林瑯是这么说的：“那我等你一起吃晚饭。”
唐玉树继续打理着头发，没接林瑯这句话。
林瑯不知道他这个态度是默认，还是不置可否……
林瑯刷牙的时候唐玉树丢下一句轻飘飘的“再见”，就转身拐了出去。
林瑯觉得唐玉树周身的气压不太对。
换了一身皮，怎么连唐玉树都不像了？

洗漱好回到宿舍放好东西，林瑯没有急着去吃早饭，而是站在窗边看了一会儿。
直到看到唐玉树骑着他的爱车从地下车库出来，径直由北门出了学校。

——“大雨，你到底去哪儿了？”
——“你找的人不是我。”
他的力气用得不大，像是怕弄疼自己一般温和。
可推开得不容抗拒。

醒转过来的林瑯吓了一跳。

唐玉树说："怪我蹲太久了……你已经睡着了。我怕吵醒你，就把灯和iPad都给关了。"

林琊连声道歉，逃也似的回了自己的床铺上。

他推开自己的那个力道里，林琊甚至感觉出了一丝怒意。

林琊相信自己的直觉——唐玉树一定是生气了。

谢天谢地——临近中午时，在断粮边缘挣扎好多天的林琊，接到了一个合作过的杂志临时约稿："一万字短篇。今天下午四点前能给我们吗？"

任林琊再才华横溢都没办法保证成稿这么快……不过林琊还是先翻动了一遍自己卡顿的电脑，之后给出了答复："可以。"

平时有记录碎片灵感的习惯，闲暇时也喜欢用写大纲来练手，久而久之，电脑里就堆起了许多半成品稿件。林琊拿出一篇来通顺了一遍剧情、润色了一遍文笔，四点时踩着线发给了编辑。

十分钟后编辑丢来一句"完美通过！"，并当下就感恩戴德地给林琊转了1500块的稿费。

林琊吓一跳，确认道："1500？"

编辑回复："没错，您拿着就好了。本来这个位置是给一个千字300稿酬的S级当红作者留的，结果她又给我放鸽子了！她今年已经放我八次鸽子了！八次！本来国庆前最后一天就要交稿的，结果到今天上午我都联系不到她人！今天下午六点要出菲林，恕我不能奉陪！"

林琊算了两笔账：

第一笔是这本杂志的这个专栏位置的稿费预算——千字300……那么万字就是……3000？林琊不禁感慨：自己什么时候才能到达S级作者的地位？一个月写两三个短篇就能活得很滋润了。

第二笔是这个S级作者的旷工频率——以杂志社的工作流程来说，10月初出菲林就意味着是11月的刊。11次约稿旷了8次？

编辑的怒火显然还没熄灭。既然逮着林琊了，索性一吐为快："这个S级作者本身根本算不上有S级的实力！3月刊她没放我鸽子，但交来的稿子根本不能用，我提出了一些修改意见，她说她看不懂，说让我给她修改做个示范——好！为了不耽误出刊，我修改了，我活活修改了一大半！她倒是甩手掌柜当得清闲！我当时就该只给她结算1500——有一大半都是我给她写的！"

林琊不解："那你们为什么非要跟她约稿啊？"

"知名度高，后台硬，主编点名要的！这事儿说来也好笑，你知道这个作者怎么红的吗？抄袭！剽窃了一个漫画家的故事，把角色名字一换，把台词洗一遍，就送去参赛了，还拿了当年的新人大赏！那组委会的评委们就算饱读诗书，也没办法保证看过原作啊——况且人家是跨圈抄袭。那个漫画家后来把这个作者给告了，倒霉的是还败诉了——因为的确一个字儿都对不上。结果舆论最后在这个新人作者背靠的后台资本营销之下，反而变成了'出道三年漫画家霸凌文坛新人'——这个作者就这么红了……反而是那个漫画家凉了，还被业内半壁资源联合封杀……听说现在不得不封笔，去上班儿了。"

林琊听过这个事件，也知道了这个"旷工作者"是谁。至于事件中那个"倒霉的漫画家"，林琊还见过——路黎。

　　"哎，不跟您聊了，我还得去跟后续的工作。总之……之前约稿我记得给您开的是C级作者的稿费，千字50，对不？今后您在我这儿写稿子，我直接给您准A级——千字150！不为别的，就为您今天仗义救火！"

　　林琊感恩戴德："谢谢！"

　　回复完编辑的信息后，林琊把那笔稿费从微信转到了银行卡里。

　　想了想，还是把欠唐玉树的那200块转过去了。

　　——主要是想试探唐玉树对自己的态度。

　　屏幕上刚显示"转账成功"，唐玉树就推门进来了。

　　林琊看了一眼时间，差几分钟到六点——不知道他这么准时，只是碰巧，还是真的有意在守"晚饭"的约。

　　唐玉树一进门就开始脱衣服，扯下西装和衬衫，又坐在床上脱西裤和袜子："想吃米粉。"

　　"好。"林琊同意，起身走过去，从唐玉树上铺的收纳盒里摸出药膏，顺便督促他，"西装别乱丢，用衣架挂好。"

　　唐玉树套上一条轻便的运动裤，嗤笑着："咱俩好像野原广志和美伢啊。"

　　"谁？"林琊不知道。

　　"不知道我也不告诉你！"唐玉树笑着不肯解释，只把后背转给林琊。

　　自然得……仿佛什么事都没发生过一般。

　　以至于林琊开始怀疑是不是自己多虑了——这个人没心没肺，既然第一次对他……他也没介意，那这一次应该也……不至于介意吧？——自己以后的确要注意自己的酒品了。

　　替他涂着药膏时，林琊还是觉得应该开口："昨晚真的很不好意思……"——若是过路的某某，粉饰太平也就算了，可是唐玉树的话，就不想留下嫌隙。

　　"哎呀……没得事。"

　　"我以后也不会跟你喝酒了。"

　　唐玉树转头过来："你咋个还生气了？"

　　林琊敲了敲他的背以示"不要乱动"，告诉他："不是生气。我是怕我喝多了……给你添麻烦。"

　　说完这句话，两人默契地安静了片刻。

　　唐玉树背上的淤青彻底发出来了，接下来应该会有好转。转过身来，额头上那块倒只是轻微的擦撞，现在已经消下去，只是微微还泛着点黄。

　　换成是唐玉树忍不住开口了："你是有个叫大雨的朋友吗？"

　　"嗯。"

　　"他……人在哪儿？"

　　"走了。"林琊言简意赅。

　　"走了？啥……啥子意思？"

第三章·行星

"走了、没了、不在世上了。"

"啊……"唐玉树垂下眼皮去，迅速道歉，"对不起。"

林瑯没说话。

这家伙沉吟须臾却又追问上来："他生前……是男的女的？"

林瑯扑哧笑出了声："生前生后会变吗？……男的。"

唐玉树没空计较林瑯对自己的嘲笑，还是求知若渴地继续抛出自己的问题："你跟他什么关系？"

"朋友。"涂完药了，林瑯拧好盖子，"怎么了？好奇吗？"

"不是。"唐玉树佯装轻松一笑，干笑了片刻又坦白了起来，"嗯……有点好奇。"

"就是朋友……没什么别的关系。"

短暂地安静了片刻。

"那我不跟你置气了。他走了……你惦记他也是应该的。"——果然承认了自己生过气。

又短暂地安静了片刻。

唐玉树抛出了新的问题："他也叫'大雨'——他名字怎么写？是哪个雨？"

"下雨的雨。"林瑯不解，"你叫唐玉树，他叫大雨，这怎么还能弄混？"

"哦……下雨的雨。"唐玉树如呢喃一般地重复了一遍，才抬头跟林瑯解释道，"我是羽毛的羽——我也叫大羽，真的。"

林瑯愣住了。

"我没改名儿之前叫唐羽，我小时候块头大，所以大家都叫我大羽——好像是因为我小的时候出过事儿，六七岁的时候吧……当时差点儿死了，算命的跟我爷爷说……"

"打住。"林瑯拉住把话题越扯越远的唐玉树，"就算你也叫'大羽'……可是我怎么能知道你小名儿叫什么？"

给唐玉树问得一愣，他思索了片刻："我还以为你偷偷打听我了……"

林瑯觉得和唐玉树在一起，脱力感频发。

一锅什锦米粉。

吃到一半儿的时候唐玉树手机响了起来。

看了一眼来电显示，"是我妹妹"唐玉树摁了免提接听。

电话那头女生开门见山："哥，老师要我叫家长……明天——你来吧？"

"你又搞了什么锤子？"唐玉树一边问着一边给林瑯碗里猛夹排骨。

"早恋……被抓包了。"

"啥子？"唐玉树的眼眉一瞬间拧巴了起来——林瑯偷偷观察着他的表情。

妹妹在电话那头语气做小伏低："和男同学在学校后门夜市牵手溜达，被老师碰到了……"

唐玉树很较真地确认："真的是……只牵了手吧？"

"真的。"

"你给那小子看我照片儿——光膀子露肌肉那张，告诉他我会泰拳。"

"色诱他？你要追他？"

林瑯也笑了。

"啥乱七八糟的——是要你告诉他：我哥很凶！"

妹妹在电话那头乐不可支："是我主动牵人家的……你就说你来不来吧？"

"行行行！明天下午我过去。"唐玉树垂头丧气，挂电话之前还骂了一句，"瓜妹儿……"

挂完电话唐玉树好像还在苦恼着。

林瑯搭话："原来你还有个妹妹啊？"

"是啊，叫唐青秧。"唐玉树简短介绍，"很皮！"——嘴上说着是嗔骂的言辞，可脸上尽是笑意。

林瑯挺羡慕他们兄妹关系的，不由得说了句"真好"。

唐玉树看了一眼林瑯："羡慕的话，你跟我拜个把子，我给你当哥。"

林瑯没理他。

"反正你惦记大雨，我正好也叫大羽。"

林瑯喝着汤。

"不嫌弃的话，只管拿我当个替身吧。"

林瑯呛到了。

"你阴阳怪气地干什么？"林瑯接过唐玉树递来的纸巾抹干净嘴，哭笑不得地问他。

可是唐玉树却一脸认真："我是说真的。你需要我——不是你说的吗？"

"我什么时候说的？"林瑯试图回忆。

"就有说过！不许翻供，天上的仙女们都看着呢！"唐玉树坚定无比。

唐玉树对林瑯撒了谎——昨天其实是真的有点生气。

这个气的由头……唐玉树自己也想不清楚。

或者说……那种情绪也不能叫生气，更类似难受。

无论你如何向他示好，他对你却总是冷冷淡淡的。

可当他把你看错成另一个人时，你才发现那个孤高冷冽的他……原来也有盛情的时刻。

而这份盛情，他肯给别人，不肯给你。

这让唐玉树觉得难受。

前有莫名其妙的300块"还款"，如今又有200块的"还款"，两项相加等于500块——"毕竟这房间你也用了一半"。

林瑯总是跟自己算得很清。

他离我太远了。

并且我每每试图向他走近几步，他都会警惕地躲得更远。

晚饭时唐玉树跟林瑯一起去吃了米粉。

回到宿舍之后反是林瑯主动提出："昨天的电影要……继续看完吗？"

受宠若惊，唐玉树连连点头。

把床铺好，把没吃完的零食摆出来："没啤酒了，要我去买吗？"

林琊摇头，坐到唐玉树床上来，又跟唐玉树挤在了一起："不是说好了吗？以后我再也不会跟你喝酒了！"

唐玉树缩了缩自己的膀子，给林琊尽量留出比较多的空位，摁下iPad屏幕上的play键，摆出一副很大方的样子："我又不在乎你……发酒疯。"

可林琊却很坚持："不。"

唐玉树不禁联想了起来："就算你不跟我喝酒，那你以后要是去跟别人喝酒，跟别人发酒疯……又怎么办？"

"不会。"林琊十分笃定。

唐玉树望着林琊的侧脸，穷追不舍："为啥子不会？"

林琊也转过头来看唐玉树。

距离极近，近到可以感受到彼此呼吸的气流。

"因为不管面对任何人，我都从没有放松过警惕。"

林琊给出了这么样的一个答案。这句答案让心思简单的唐玉树无法琢磨其深意。

只是片刻后林琊又补充了一句："当然……面对你……那是个意外。"

唐玉树听得懂这后半句——自己是独特的那个，是让林琊不再保持草木皆兵的那个。

翌日吃过中饭，唐玉树便要去妹妹的学校，充当一回"家长"的角色。

"你呢？"唐玉树一边把餐盘放在回收台上，一边问林琊。

天气很好，气温相较盛夏时有所回落。

"没什么安排。"林琊将视线从通明的窗边收回，看向男生："打算回宿舍收拾一下，然后去附近的书店逛逛。"

"那干脆跟我一起去十四中呗？等我挨完了骂跟你一起去书店！"唐玉树盛情邀约。

"好啊。"

本来就没打算拒绝……甚至还担心过他不会提出同行的邀请。

心里的小算盘落定，林琊舒了一口气。

走到地下车库的时候唐玉树才一拍脑门儿："忘了——你怕坐摩托。"

说罢转身便要出去，还提醒林琊道："你带地铁卡了吗？"

林琊摇了摇头："就坐你的车去吧。"

"不怕？别勉强。"

"不怕。"

"嗯……那我骑慢点。你也别紧张，大虎很温驯。"

"大虎？"

"就它！"唐玉树跨上车去，拍了拍身下的坐骑，粲然一笑，"我叫它大虎。"

连摩托都给起了名字，林琊觉得他可爱，接过唐玉树递来的头盔，坐上了后座。

唐玉树妹妹在读的高中离影大不远，十来分钟的车程。

唐玉树全程都开得很稳。

到学校后唐玉树就轻车熟路地找到了他妹妹班主任所在的办公室——看来这妹妹真的"很皮"。林瑯站在办公室外面，隔着玻璃看着兄妹二人挨骂。

唐青秧和唐玉树简直是一个模子里刻出来的。

只是高中生而已，脸上无妆却也无瑕，浓眉大眼的，倒有几分20世纪80年代女港星的感觉，甚至一并连着唐玉树，看起来都像那个年代武侠片里的港星了。

无聊地任由思维发散到"唐玉树如果穿古装去拍戏，或者生活在古代……人气应该会很高"的角度去，就这么天马行空地想了半晌，再看办公室里唐玉树对着老师点头哈腰的面目，林瑯觉得好笑又温馨。

一刻钟左右后兄妹俩出来了。

唐玉树横眉竖眼地佯装"兄长"的做派，教训唐青秧："自己要晓得把握好分寸！"

小姑娘比画了个招式向唐玉树出击，毫不客气地把拳头落在他的胳膊上。唐玉树吃了痛，挤着眼睛倒抽气，唐青秧见状又急了，赶忙帮他揉。

看着兄妹俩嬉闹的画面，林瑯莫名觉得安慰——仿佛自己曾知晓他们的美好来之不易一般。可这个莫名的感觉转瞬就被自己反驳掉：他们的美好明明是与生俱来的。

——只是我自己浅薄，没见过好的，所以看什么都觉得不易……罢了。

林瑯曾有个姐姐，大他两岁，是舅舅家的女儿。

小时候林瑯被舅舅家收养过一段时间。

他还记得自己刚到那个不太熟悉的家庭时，虽年幼，却也"老成"地自以为通晓人情：要哄好姐姐，才好在这个家生存。

可某次在姐姐大哭着纠缠舅妈"要买新的油画棒"的时候，幼小的林瑯把自己的油画棒捧出来给她用，却被她摔在一边，她说"你的东西都有尿臊味！"

林瑯总是擅长在小事里解析出核心矛盾，以补贴自己的生存经验——六七岁的他经历这种事，便迅速地通晓了这个世界的复杂之处：不是"释放善意"和"低声下气"就可以在这世界里获得通行的机会。

没有价值的人，连俯首称臣的资格都没有。

所以面对唐玉树向自己释放的善意，林瑯从不敢坦然接纳。能偿还的，都要偿还得清清楚楚。

保持势均力敌——哪怕只是表面上的——或许才不至于被讨厌。

那厢兄妹俩一顿插科打诨之后，唐青秧转头注意到这边的林瑯，笑着问："这个哥哥是？"

林瑯自我介绍："我是你哥哥的室友——我叫林瑯。"

听罢这个名字唐青秧看了林瑯好半天，又把唐玉树拉到一旁去神秘兮兮地小声说话。

林瑯有点心虚，不知道她在讨论自己什么。

紧张地瞥向旁边的玻璃，打量着玻璃上自己的倒影：衣服没什么不整，但鞋子……有点开胶。

被嘲笑了吗？

第三章 · 行星

073

兄妹俩嘀咕了一阵，唐青秧突然发出了惊讶的感叹声。

随即女生便转过头来："你是在《廊下》杂志写过一篇《逢春》的……那个林瑯吗？"

"欸……是啊。"林瑯点了点头。

唐青秧激动不已，四顾几下还是选择紧紧地抱住了自己的哥哥。

"啊——"了非常久之后，女生突然又凶猛地摇晃起了唐玉树："你要好好对待他！好吃的要分给他！好玩的要分给他！他可是我的——偶！像！"

办公室的门被推开，探出头来的老师吼出更高的音调："唐！青！秧！现在还在上课呢！"

女生这才后知后觉地想起来现在正值下午第一堂课，赶紧松开了唐玉树，冲老师连连鞠躬之后一溜小跑回到了她所在的教室的门口。

进门前，她伸长双臂绕到头顶，笑着冲林瑯比了个大大的"爱心"。

"她好可爱。"走出教学楼的时候林瑯跟唐玉树提起唐青秧。

唐玉树也伸长双臂绕到头顶，有模有样地冲林瑯比了个大大的"爱心"："我呢？"

看着男生的 T 恤袖子被他硕大的肱二头肌绷紧的场面，林瑯压低了一边的眉毛，勉强笑着配合作答："也……可爱。"

"喂！"唐玉树又拿肘子撞林瑯，"这么敷衍……"

"真的。我说真的。"

抬头看，天光从云层里坠落人间。

人间于是温柔又好看。

从唐青秧的学校出来之后，唐玉树发动着车问林瑯："书店在哪里？"

"什么书店？"林瑯没想起来。

"你不是要去书店吗？"

"哦，那个……"是林瑯当时随口乱编的一个行程，结果被唐玉树当真地记下了，所以遭到问询之后林瑯卡壳了起来，"呃……也不是非要去书店，只是计划来着……就想散散心，反正没事儿做。"

唐玉树跨上车，列出行程选项来："那我带你去附近的商场看看？商场应该都有书店。要是没有书店的话我就带你去游戏城——台球你会打吗？不会我教你。不想学啊——那打街机？也有抓娃娃。地下室有冰场，可以玩儿冰刀。"

听起来都是很贵的项目。

林瑯摇头："算了，没钱。"

"我请你啊。"

"别了。"

被林瑯全盘否决掉了提案，唐玉树仰望天空演起苦情戏来："不好哄啊！"

逗得林瑯忍不住笑了。

"不然回学校吧。"

"别啊，好不容易出来嘛——坐我车害怕吗？"

"不怕啊。"

"那我带你兜兜风——兜风，不用花钱。"

"……"

"抱我抱紧点儿——抱我，也不用花钱。"

"……"

好像比刚认识的时候"油"了一点——林琊哭笑不得地在心底对唐玉树这么评价道。

唐玉树在前面不知道在哼着什么歌，脑袋点着节拍，好像很开心的样子。

因为被下了指令，所以林琊的胳膊不得不环抱着唐玉树，可是又生怕碰到唐玉树的腰，于是只能把胳膊以一个很别扭的姿势向外摆开。躯干也不敢再向前倾……距离太近了，虽然自己不是女孩子，可真要贴上去，估计会觉得很别扭……

大约是察觉到林琊刻意维持出来的距离，唐玉树喊了一句："这样不安全！"

林琊没听清："哈？"

——隔着两个头盔，两个人的交流变得格外困难。

唐玉树又重复了一遍，林琊还是没听明白。索性唐玉树趁着车速不快时轻轻点了一下制动，被惯性速度绑架着的林琊就这么无助地撞到了唐玉树后背上。

林琊迅速回正了身体，唐玉树又刹了一把车，于是林琊再次撞到了唐玉树后背上。

接着唐玉树便跟惯性一起"狼狈为奸"，反反复复地作弄起了林琊。

林琊吃不消这迅遽累积起来的羞赧，把头盔风镜扶起来，冲唐玉树喊："你做什么！"

车子经过几次减速，正好停在了一条人行道前。

唐玉树也把头盔风镜扶起来，转过头："教训不遵守行车安全的小孩子。"

不只"油"了一点点——林琊咬牙切齿。

绕过几条街就上了三环。

接受过"教训"的林琊也不再客气——心安理得地坐在唐玉树的后座，安静地任他把自己载向一个不得而知的目的地。

唐玉树行车很稳当，所以坐在他身后时，林琊一点都不害怕——其实林琊本来也不害怕。之前唐玉树说要载自己，自己以"害怕"为由拒绝，只是单纯地不想和他接近而已。

时至今日，两人之间的距离渐渐缩短，一方面归因于唐玉树那毫无章法却破坏力极大的攻城略地，另一方面……林琊也清晰地知晓，还得归因于自己那看似坚固实则破落不堪的脆弱城防。

林琊又觉得无比悲凉——这场"战役"的残忍之处在于：对手并不贪慕你这座荒芜的王城，甚至只是从你的领地借路而过，可他脚下生风，那点风……就足以摧垮你赖以生存的城邦。

就这么放空着，林琊的视线里，诸多人间风物一闪而过。

车站，河滩，村落，农田。

而唐玉树好像一直在唱着歌。

第三章·行星

075

仔细听都听不到。可通过身体紧贴的地方，却感受得到那一句一句的震动。

他又危险，又引人瞩目——全然是神明的特质。

而曾有过瞻望神明的人类，妄想筑造通天巨塔，妄想与神明并肩。

林琊记得那故事的结局，人类落败，四散而逃。

骑行的整段路程历经差不多两个小时。

唐玉树断然不知这两个小时里乖乖坐在后座的林琊，脑子里构筑起了多么宏大巍峨的世界观，又萌生出了多少悲壮无助的小情绪。

他把车子开进一处独栋庄园里，等林琊落地，自己也下了车，停好"大虎"。

"累吗？"

"不累。"

"爽吗？"

"……"

唐玉树摘下了头盔，剥离开后背上被汗洇湿的T恤，又拍了拍林琊前胸的一片深色："这怎么湿了……是我的汗吗？"

林琊把头盔摘下往胸口一挡，侧过身去："这是哪儿？"

一楼走出来一个老爷爷，冲两人所在的方向喊："是大羽吗？"

"爷爷！是我！"唐玉树向老人所在的方向做了回应，然后冲林琊挤眉弄眼，"我，叫'大羽'——没骗你吧？"

"这里是你爷爷……家？"

"对。我亲爷爷。"唐玉树措辞怪怪的。

"这里是哪儿？"

"龙泉山。"

跟着唐玉树一道进了一楼大厅里，林琊才发现这是一个庄园型的酒店。前台有客人在咨询，还有游客们来回出入。唐玉树正跟他爷爷在客人招待区拿方言叙话，林琊看过去，与老人对上了眼。

老人看着林琊，向唐玉树发问："陈逆怎么长得好看了？"

"爷爷，他不是陈逆——他是林琊。"

"新娘？谁的新娘？"

糊涂的唐玉树被糊涂唐爷爷绕了进去："我的。"

林琊看那爷孙俩一人一句费劲却开心的沟通场面，情绪渐渐舒朗。

"林——琊。"唐玉树一字一顿地教着老人。

林琊也礼貌地上前去，跟唐玉树爷爷打招呼："爷爷，我叫林琊。是唐玉树的同学。"

"林——琊。"爷爷跟着重复，可"l"和"n"还是太让不会说普通话的四川老人为难了。

酒店前台的接待应对完了那厢的客人，走过来跟唐玉树打招呼："仗着自己是少东家就不预定——这下好了，民宿今天客满。我只能给这个小哥开一间房。"

接待口中的"这个小哥"指的是林琊。

"生意这么好啊！"唐玉树乐呵呵的。

林琊后脊一硬。

林琊鲜少有在外面过夜的经验。

如果是非去不可的行程，纸尿裤是一定要带的——哪怕近来遗尿症再没复发。

可是今天这个行程……是唐玉树给林琊的"惊喜"。

"惊喜？"

"对啊！今天天气好，带你上山来就是打算带你看星星的——城里都看不到星星。"

"住在这儿吗？"

"对啊。"

"你怎么不早说？"

"早说还能叫'惊喜'吗？"

"……"至此，林琊还没有很喜欢这个"惊喜"。

晚上唐玉树的爷爷准备了一桌硬菜招待他们，吃饱喝足后两人回到房间里休息。

10点多的时候唐玉树从床上一跃而起，冲了个澡就出去了。

11点多的时候唐玉树终于忙活完回来，把坐在床边无聊到打盹儿的林琊喊醒，兴冲冲地拉着他上了顶楼天台。

吹着晚风的林琊站在天台四下看去——近处是龙泉山下的乡野灯火，再远点是车流攒动的成都城，再远处是一片群青色，地面与天际模糊掉了边界，开始闪烁起稀疏的星星，再往上延伸，接连起一片星河。

拉回视线，唐玉树守着一个看着就很贵的望远镜，那望远镜接着一台电脑，电脑屏幕上有一颗硬币大小的图案。

林琊走近了看屏幕上那颗"硬币"，看了半晌，来了兴致："这是……木星？"

"好不好看好不好看？"

"好看——我第一次亲眼看到木星！"

"你来这儿看你来这儿看！"唐玉树招呼着林琊站到天文望远镜的镜头边，"电脑屏幕上看都不够爽，你肉眼看——"

林琊照做，凑到镜头上去看。

那颗传说中巨大无比的气态大恒星此刻在镜头里只有小小的一颗，不像高中课堂上老师播放过的3D建模，此刻眼前的它不转圈，也不游移，一动也不动，就默默地待在那里。

"真的很好看！"

"是吧！"

因林琊终于生起的兴致而一并变得更开心的男生兴奋得如同打了胜仗一般，握拳摇了一把空气，接着就满地乱跑。

跑了几圈就又回到林琊身侧，也把头一并凑了上来，无意地、轻轻地，撞到了林琊。

"我就知道你会感到惊喜！你看它像不像一颗檀木珠子？你看它身上那个小疙瘩！那是一阵比地球还大的风暴。咱俩要是飘进去，瞬间就被撕成一节一节的了！是不是很浪漫？"

"很浪漫？"

林琊看着那颗小小的星球，又没忍住看了一眼唐玉树。

男生的注意力很集中，眸子里有亮亮的光在轻颤。林琊注意到唐玉树的睫毛很长，眨眼时，仿佛可以扇动起细小的气流。

那之后唐玉树又给林琊找到了土星——那个有着一圈光环的大行星。

那个大行星不远处，唐玉树还找到一个很小的亮点，很小，但能看清楚。

看到了吗？

那是什么？

那叫泰坦。据说，人类在上面不需要穿宇航服。

好美。

美吧。

两人一直看到凌晨，才在电脑电量告急之后不得不收摊。

把电脑还给接待，两人回了房间。

跑累了的唐玉树重重地把自己摔在床上："开心吧！"

"嗯。"林琊揉着脚上被蚊子咬的包。

"我以前每次心情不好就来看星星。看一看，就觉得什么事都没什么大不了。那么大的星球，其实也就小小一颗，地球更小，地球上的人更小，小得像尘埃一样。这么想……什么人都没那么可恨，什么事也都没那么难消化，什么遗憾也没那么遗憾。"

关掉床头灯，林琊也躺下去，瞥着黑夜中唐玉树的剪影："你会想这些？"

"当然。"唐玉树转成了朝向林琊的侧面，"你呢——你看星星，会想什么？"

林琊呼了一口气。

——我想什么？气流。风暴。睫毛。眸光。还有个乱跑的大男孩。

但林琊没说这些，他只是望着幽深不可辨的黑色。

"那家伙，在一片漆黑中默默地运转……它孤单吗？"

林琊没有指望得到什么答案。问唐玉树这种问题，或许有点为难他。

但唐玉树很努力地试图理解林琊的设问："你说土星吗？"

"嗯。"

"它有泰坦。它只要一回头，就能找到它。"

"真好，它有泰坦。"

"泰坦也有它。每个人都会有的……"

"你有吗？"

"我不知道……"

"我没有。"

"你不是有……"

"他……走了。"

"我。"
"你不会走吗？"
"可以不走。"
"好笑。"
"为什么？"
"我以为他也不会走。"
"我是我……"
话越说越含糊，两个人都搞不清楚是困顿，还是迷茫。
可两个人又都觉得仿佛有什么事……变得清晰起来。
两人安静了很久。
林瑯仿佛睡着了，一动不动，呼吸声均匀。
唐玉树闭上眼，眼前仿佛看到了泰坦星，星球上站着一个小小的林瑯。

前一晚入睡的时候没有脱衣服，翌日醒来时林瑯还是习惯性地检查裤子——干干的。
床上只有自己一个人躺着。空调的温度适宜。腰上被盖了一段被子角。
唐玉树，不在。
寻到院子里来的时候，唐玉树正光着膀子踩在梯子上端，好像在帮忙民宿做什么事。唐爷爷着急，拿着拐杖戳他屁股催促他赶紧下来。
身侧，在檐下晒太阳的两个阿姨聊天："那小子的身材不错哦。"
林瑯想笑，也因阿姨们的交谈，于是看向唐玉树的屁股。结果唐玉树远远地发现了自己，挥手冲林瑯打招呼："你醒了呀！咱俩吃点东西再回学校好不好？"
"好。"不习惯大嗓门讲话，又怕他听不到，林瑯于是点着头回应他。
阿姨们转过头来："你们是学生？"
"嗯。"
"学什么的？——都这么好看。"
我也好看吗？林瑯笑了："影大的。"
"哦！以后要当演员吧？还是模特？"
和陌生人闲谈而已，于是林瑯信口胡诌："我当编剧他当导演。"
也不算胡诌——林瑯学的专业是编剧，唐玉树学的专业是广告创作……差不多。
"有志气。"阿姨说教了几句，"你俩能成！阿姨看好你们。我跟我这老姐们儿也是从学生开始搭档做事儿——这种关系最铁。一起成长的兄弟以后都会顺利。"
"借您吉言。"林瑯客气道谢。

吃了点东西唐玉树便带着林瑯准备回学校。
看得出唐爷爷很心疼这个孙儿，专程送了出来，在唐玉树发动车的空当跟林瑯搭腔："你算术一看就好。"
什么意思？
"还行。"林瑯的数学的确不错。

"有时间你教他，他算不清楚。"

唐玉树乐了："爷爷，我都读研究生了还做算术题？您操心青秧吧。"

"青秧算数好！——你别打岔！"唐爷爷拉起林瑯的手，"他以前爬高摔下来，把脑壳磕傻了，但是他人不坏，不欺负人！你跟他处处朋友。"说着还摸出两块糖，放在了林瑯手心里："他算术不好，你教教他。别让老师打他。"

拿人的手短，林瑯也只能连连点头答应老人："好。"

唐玉树也赶紧保证："放心爷爷，他教我算数，下次回来你考我。"

老人这才安了心："去吧，小心点儿。"

打发走了爷爷唐玉树才解释："我爷爷有点糊涂了。一会儿知道我在读大学，一会儿又当我是小孩子——那糖你别吃，我爷爷攒得太久了，糖纸都跟糖粘到一起去了。"

林瑯说："好。我收着。"

"行。那你收着吧。反正收了就得教我做算术。"

说完唐玉树就"咯咯"地笑着，套上了头盔。

回程的路上，林瑯一直在回味那些唐玉树找给自己看的星星。

那些星星如此壮阔，可人们仰头看时，它们也只是一颗微茫的星砂。

像极了自己与唐玉树的差别——

砂砾、星球。

渺小、宏大。

差别——一个林瑯永远都在面对也无力面对的话题。

林瑯索性闭上了眼，不带思绪地感受起了山间的风。

长假结束后的学生们都显得无精打采，大概是都没能从懒散的气氛里走出来。

因为接下了导师安排的撰稿工作，再加各自分别回归上课的节奏之后，和唐玉树的交集相对就减少了一些。

遗尿症仿佛真的如同痊愈了一般，再没复发过。

林瑯难免欣喜：人生中一大块沉重的负担被卸了下去。

世界上没有密不透风的墙。无论自己的保密工作做得多好，"他尿床欸"这个话题永远都能以迅雷不及掩耳之势迅速传播开来。小城镇上的人际关系网络格外简单，六人定律在这种维度里被直接打了对折，小学、中学、高中……这个话题以林瑯为圆心永久地驻扎下来，如同夏日的蚊子一般挥之不去。

直到上了大学，林瑯还以为住在学校外面，不与同学们产生私生活的交集，就不会再被人讲了。结果开学第一天的新生报到处，几个眼熟的高中同学冲自己露出促狭的笑声时，林瑯就知道完蛋了。

后来林瑯产生出了一种近似于"死皮赖脸"的处事习惯——先预设好自己将会遭遇的恶毒，然后摆出一副生人勿近的态度，任凭你们如何传说，也不作辩解也不显露分毫悲伤或者恼怒——化身成一团没什么反作用力的海绵，才能最大限度地降低施暴者的乐趣。

非常有效。

除了"再没尿床"这个好事之外，还有一件让林琊心情愉悦的事情发生——之前说过对林琊的长篇小说有兴趣的那个"温文图书"的编辑，专程定了一趟来成都的行程，约了林琊这周三见面，面谈小说的签约事宜。

距离自己的梦想进了一大步。

纸媒时代已然式微。

2016年，含高校学报、公报、政报、年鉴在内，全国共出版期刊10084种。与上年相比平均期印数下降4.94%，总印数下降6.29%，总印张下降9.43%，定价总金额下降4.34%——纸媒时代的风云变幻从数据中可见一斑。

庞大犹如温文集团者，也纷纷开始自断臂膀，腰斩了诸多文学类杂志。众家媒体开始付诸精力在各种新媒体平台开发和经营自己的官方账号，企图不被这个飞速变化的信息传播时代抛之于后。网络红人越来越多，网络事件越来越纷纭，海量的信息像病毒一般侵袭着人们的碎片时间，依托着虚拟传播环境迅速地渗透着每个人的生活。

半年前赵妍妍因为一组照片获得网友的关注，一个月后她的个人美妆品牌便迅速上线，不到三个月后温文便为她出版了一本书。

作为那本书的枪手，林琊曾有幸和赵妍妍见过一面——一个比照片上还要漂亮的女孩儿，叼着烟，骂骂咧咧地跟林琊分享成名后的心情："出版社嫌老娘字儿写得丑，居然给我寄了好几本儿字帖逼我练字儿，说是怕签售会啥的写出来影响个人形象——我能有啥形象？我有啥形象那不都是别人给我套上的吗？"

林琊试图恭维她："因为你那组照片拍得漂亮又有气质，大家自然觉得你应该是个文静端庄的大家闺秀啊……"——恭维得有点失败。

好在当时赵妍妍也没多想，只是大大咧咧地笑着冲林琊吐烟圈："那是我朋友的朋友缺个模特，给我100块钱一下午瞎拍的！你说我没你这一身才华，高中就辍了学去当厂妹养家，谁知道那么突然就红了？现在经纪公司要给我出书，还得找你代笔——我也觉得对你来说不公平，但你也别怨我——给你的钱管够，我自己现在也就想着能捞多少捞多少，反正我是这辈子都不想回厂子里打工了。"

"是啊，别回去了。"林琊躲开她嘴里的烟味。

赵妍妍后来发展得也算不错——纷至沓来的商业合作机会、广告，甚至于尝试涉足影视圈。

林琊还记得自己朋友圈里有个赵妍妍的"粉丝"，在赵妍妍的美妆品牌上线新产品的时候，发布过这么一条动态——"虽然知道是个贴牌子的'三无'产品，但是要支持一下我们家美妍！"

林琊当时看了觉得好笑，但又不得不承认——羡慕。

CP值——商业性价比，她拥有，她便拥有了大好前程。

这是一个可笑又荒谬的时代；这也是一个最好的时代。

林琊并不喜欢赵妍妍，可也对她讨厌不起来。

第三章·行星

081

这天林瑯在主教楼上影视鉴赏课。

临近下课前半小时，身侧突然坐下了一个人。林瑯没太注意，只用余光瞥了一眼，是个戴着黑色棒球帽和黑色口罩、穿着黑色上衣的男生。

本以为是随便落座的陌生人，那人却拿胳膊肘撞了撞林瑯。

这个小动作让林瑯一惊，小声地："你来干什么？"

可转过头来看着男生露出被口罩遮挡部分的肤色雪白，林瑯才发现自己迅速高涨的情绪又迅速地失落了下来——哎……当然也不算太失落，来者林瑯也挺喜欢的："顺儿？"

顺儿雪白的手指勾下黑色口罩，露出雪白的脸蛋，雪白得让林瑯有点刺眼。

"我找你玩儿啊小少爷。"顺儿一脸神秘地笑，"中午要不要去吃烤肉？"

林瑯很喜欢这个小孩儿，没有半分讨厌的意思。只因自己误以为来者是唐玉树，所以这一来一回间心头上被砸出的失落感，不是那么容易填得平——当然这个心理活动千万不能被顺儿知晓，林瑯能想象得到他的做派——如果知道自己"不是小少爷最疼爱的人"，他一定会上演号啕大哭的戏码。

好在顺儿跟唐玉树一样迟钝，并没有留意到自己脸上微妙的表情变化。

"我没这个预算。"林瑯坦白。

顺儿从上衣内侧口袋里摸出两张券，在林瑯眼前晃了晃："不用钱。"

顺儿是个小有名气的模特，在社交媒体上有很多粉丝——"是这个餐厅开业，想找一些有粉丝的网红试吃做个测评——好吃就给他们发个微博！不好吃……那就不用提了哈哈哈！"

林瑯回想了一下自己的时间安排，同意了："那我就蹭你一顿。"

下午回到宿舍的时候唐玉树在，光着膀子面朝里侧的墙，睡着午觉，还有些微鼾声。

林瑯只是瞥了唐玉树一眼，顺儿却看着男生的背肌称赞了一句："这线条真好看，比我们专业里那些男生靠器械和蛋白粉堆出来的块儿要自然多了——他怎么练的呀？"

这问题超出林瑯的知识范畴："啊……我不知道。"

"他没有跟你分享过经验吗？"顺儿摇头晃脑着感慨道，"早知道的话我就申请这个房间了，应该能跟他取点儿经！"

林瑯没能顺利接上话，这些话题从未在自己的人生中出现过。

跟自己不一样，顺儿和唐玉树是一类人。

自己如果出生在他们这种家庭……不，也不用，不需要有那么好的物质条件，只需要和睦温馨……也不用，只需要别有锒铛入狱的爹和精神失常的妈……也许自己也不会失禁，不会有梦中的虚幻伙伴，不会有这么别扭的人格。

如果是那样的话，或许和他们这些温柔有趣的人相处起来，至少自己能挺起胸膛吧？

不用掩盖自卑，不用假装自傲。

想着想着林瑯又不免兀自讪笑，看了一眼顺儿随后回应道："你干脆把他带走算了，我喜欢一个人住。你听他这鼾声，和他住一起能忍过一个礼拜我觉得那对他就是可歌可泣的真爱了！"

顺儿抓住逻辑漏洞:"那你跟他住了一个多月了,看来你对他才是真爱。"

得了,把自己调侃进去了。林琊笑着摆手认输。

"那小少爷,我就先走了——下午还有一场拍摄,等我回来找你玩!"顺儿向林琊道别,转身要离去,步子刚跨到一半,就被门外拐进来的人给吓了一跳。

拐进来的那个男生擦着脸——应该是去水房冲凉来着,那双乌溜溜的眼睛从毛巾缝隙里看到林琊,突然亮了起来:"你下课啦?"

"唐玉树?"林琊挑眉,叫出男生的名字。

"那……床上是谁?"顺儿惊呼。

唐玉树笑,咧着一口白牙:"陈逆——我兄弟。昨晚赶来学校这边找我,一起在教学楼通宵做方案来着,现在睡着了。"

顺儿扑哧一声笑,转回头来看了林琊一眼:"小少爷,你自己的室友你都认不出来吗?"说完又拍了拍唐玉树的肩头,"看来你这个室友当得……入不了我家小少爷的眼啊!"

挑事王丢下吐槽,自己扬长而去。

倒是目送顺儿离开的唐玉树回过头来时,林琊在他脸上看到了一些委屈。

后来唐玉树不依不饶地拉着林琊追问到底发生了什么,林琊才不得不言简意赅地给他解释了一下:"我俩默认床上躺着的是你,顺儿还称赞了'你'的身材——结果不是你。"

唐玉树乐不可支,笑了半天,笑着笑着却不乐意了起来:"等等——什么意思?是说我背肌没陈逆帅吗?不可能——我是一直练的,他早不练了!他坐办公桌,都要有小肚子了!"

再老实的人都会有出卖兄弟的时候。

林琊看着唐玉树那副样子忍不住地笑,认识了这些人之后,自己笑的频率变得异常高。

"是在夸你。"

"夸我?"唐玉树搞懂了来龙去脉,又把矛头直指林琊,"我这个室友当得怎么样?为什么入不了你的眼?"

"可能平时看的太少吧。"林琊揶揄他。

唐玉树继续把矛头直指林琊:"明明是你总不看我!"

"行了行了。"林琊不想再跟他纠缠,敷衍着,"你的背肌比陈逆的帅十万八千倍!他的身材算啥呀!——对了,伤好了吗?"

"没有。"说完唐玉树把T恤往起一搂,把后背晾给林琊。这次不是像之前擦药那种弓着的姿势,是挺得板正,还在努力地挤着他的脊柱沟,"给我擦药。"

小心思太明显了。

林琊拍了他后背一下打发他走开:"早好透了!"

只顾着两人之间的你来我往,却没注意到那个被遗忘了的男生不知何时早已醒来。

陈逆开口,目光里满是幽怨:"你俩耍你俩的,干吗伤害我?"

周三这天没课。

离12点还有十分钟时林琊先去了食堂——避免在高峰期被人挤来挤去。

第三章·行星

083

打好饭落座的时候唐玉树发来消息:"你在哪里呀?"

林琊回他:"食堂。"想了想又问他道:"你下课了?"

"嗯。有人跟你吃饭吗?"

"没有,我自己。"

"那我去找你。"

"好。"林琊回完他放下手机,但眼见食堂里涌进来的人渐多,林琊又拿起手机问了唐玉树一句,"你想吃什么?"

对方回了一个莫名其妙的"哈哈"。

"哈啥?你想吃什么?我趁人少帮你先打好。"

"就点离你座位最近的窗口就行。"

还挺会替人考虑的……林琊回复了一个"嗯",给他叫了一份牛肉面加肉。

因为唐玉树挺壮的,所以应该是需要吃很多。

赶来落座之后唐玉树就得到了现成的面条。可是他没动筷子,反而是拿着手机对着那一碗平平无奇的面摆拍了半天。

林琊催促他:"你要是继续这么磨蹭我就不等你了。我得回去整理东西,晚上要去见客户。"

"去哪儿?我送你。"

"……"

"不是专门送——我正好要去公司。"

——不是专门送,那你怎么知道我们顺不顺路?

但林琊没有拆穿他。

最后还是只让唐玉树把自己送到了附近地铁口,就先让他回公司去了。

"别因为我耽误你的工作。"

林琊这么交代完他,像赶走一只黏上自己的流浪狗一般,目送唐玉树一步三回头地离开。

林琊后来还是忍不住问过一次唐玉树:"为什么不会抗拒和我这种人相识?"

"那时候的你,看着太孤单了,我想帮你。"唐玉树很坦白。

这段对话发生于睡前。当时寝室里黑着灯,两人各在自己的床铺,各怀自己的"鬼胎"。

"为什么?"

"你不是说过吗?你这样的人,需要我这样的人。"

"我说的是陈逆。"

"你说的是你自己。"

他说得没错——林琊说的是自己。

但林琊没有承认,只丢给他一句:"睡觉吧。"——面临临门一脚的时候,有些东西,林琊还是不敢承担。

哪怕神已然偏爱地为你垂落天梯，可万一他改变主意，你就会摔得粉身碎骨。
万一。

从春熙路地铁站出来的时候，林琊又接到了唐玉树电话。
林琊"不厌其烦"地接起来，还没来得及招呼他，唐玉树就挂了。
林琊吓了一跳，差点脱手摔坏了这个破烂不堪的老手机，赶紧给唐玉树打回去。
唐玉树接了起来，在电话那头"嘿嘿嘿"地笑。
"你怎么了？"
唐玉树嬉笑："没过脑子，拨通了才想到你好像正在谈事情——现在还在谈吗？"
"我才刚到。"林琊舒了一口气，回他。
"那你发我个地址，我一会儿过去接你。我回了公司陈逆才跟我说今天没啥工作——我去找你！"
"那你先回学校吧，我见完编辑就回去。"
"不！"唐玉树纠缠不休，"你在太古里不是？那里有家烤肉——我想吃烤肉，你陪我去不？"
"去去去。那我挂了电话之后给你发定位。"这才打发掉这一通纠缠。

编辑跟林琊约在一个精致的咖啡馆里。
落座的时候林琊才感到惊讶了：原来合作了这么久的编辑居然是个胖胖的中年男人——大概是因为这个编辑总喜欢单方面对林琊分享自己"坎坷情史"、大聊各种"臭男人"的关系，林琊下意识地误以为编辑是个女生——刻板印象实在不该有。
每次编辑长篇大论地对林琊倾诉苦水，林琊都听不进去——别人的家长里短林琊实在没有兴趣。但为了维持关系，还是轮番地用着"真的吗？""怎么这样……""哎"这三句话做回应。有的时候林琊想：通信软件如果推出一个自动回复功能，林琊只需要设置这三句话，估计编辑就可以活生生地对着自己的头像大谈一整天。
于是林琊有点儿迷惑："您是……'花容月貌'编辑……吗？"
那肥腻腻的编辑看着林琊也愣了半天，笑了起来："哎哟我哪有什么花容月貌，是'花容月下'——你是林琊？"
"我是林琊。"
"哦……"编辑点了半晌的头，说："哇你长得真好看——哎哟，你好像没发过照片儿吧？我都不知道你长得这么好看！"
"哦。"林琊点头，"我不太喜欢拍照。"
客套完，花编辑就递来酒水单，开门见山地问林琊："你那本小说稿子，我想收——你觉得多少钱合适呀？"
林琊把酒水单粗略扫视了一下说："白水就行——价格……我都行。我自己的第一本书嘛，公司能尽心做好就行。"
要不是我实在缺钱的话，您不给钱都行——林琊是这么想的——至少在履历里添这么一笔，多少算是让自己上一个台阶了。

第三章 · 行星

085

"是这样哈——"花编辑解释道,"其实这本书不是公司想要,是我想要。我的意思是想问你看看,愿不愿意全版权出——包括署名权。"

林瑯又愣了。

"你可以考虑一下——稿费这边我们可以给你很多。"

"很多"二字又晃动了林瑯一大把。思忖几秒,林瑯又确认了一遍说:"那书不能写我的名的话,是要给别人吗?"

——我成了枪手的意思?

"就是'你成了枪手'的意思。"花编辑倒是坦白,他说,"对,其实是赵妍妍想要这个稿子。"

赵妍妍,就是林瑯帮她代笔写过书的那个女网红。

林瑯有点生气——本还抱着幻想"编辑专程来成都见我应该是很郑重地想要做我这本书",可现在真相却是"想要说服我当枪手"……生气归生气,自己为数不多的业内资源林瑯还是不敢得罪,稳了一下情绪,林瑯试着提出了一个方案:"我可以给她重新写一本。她要的那种书,我埋头做,一个月可以写三本。"

"她就是想要小说。"花编辑笑了笑,又重申了一遍,"这本书和公司没关系哈!只是我私下帮赵妍妍来跟你沟通而已。"

花编辑把这盆脏水跟公司撇得挺清。但林瑯明白,和公司怎么可能没关系?赵妍妍是你们温文的签约作家,钱还不都是你们在赚?

其实赵妍妍非想收这本小说,她的动机林瑯也能懂——作家圈有个不明着摆到台面上来的鄙视链:会构架剧情的编剧或小说家优越于随笔散文作家,再优越于游记、科普等功能性文学作者——类似于演员圈里拍电影的比拍电视剧的更跩一点儿,而演过舞台剧的则前两者都瞧不起。

——行当里的陈腐匠气罢了。

只是没想到这个赵妍妍还挺有"上进心"。

花编辑观察着林瑯的表情,见男生沉默着不说话,他又笑了:"哎哟你不着急拒绝我哈,可以先考虑着。稿费这边都好说,可以很多——你现在在读研对吧?有别的收入吗?"

林瑯心虚地:"有……"

"嗯……"花编辑抿着咖啡,"她收了的话,开的价格够你在成都读研的两年内不愁吃喝、安心写稿子。"

"两年内不愁吃喝"这个条件又晃动了林瑯一大把。

林瑯迅速地算了一笔账:自己一个月目前的伙食预算是600,如果添补到800,早饭可能就不需要啃隔夜的硬馒头了,如果添补到1000呢? 1000乘以24个月是两万四。

林瑯于是抬头问花编辑:"能有三万吗?"

编辑愣了一下,促狭地笑了:"当然有得谈啊小傻瓜!"

林瑯看着他笑了好半天,不知道他是什么意思,只是越听越心虚:他是嘲笑我报价过高、不自量力吗?

心虚着,花编辑探过身来拍了拍林瑯的手,说了句:"哎哟你先算着,我去上个厕所。"

直接把自己珍爱的这本小说稿子变卖，林琊其实心不甘情不愿的。

可如果"三万"可以即时到账，林琊又着实有点动心。

三万。

两年内，一个月一千。

还能给自己存点儿救急用的。

这厢林琊正精打细算着，那边唐玉树又发来消息：谈得顺利吗？

算不算顺利？林琊自己也说不清，只怕唐玉树乱担心，于是林琊回复了他一句：还行。

唐玉树说：我已经到了太古里，我在外面溜达溜达，等你。

林琊回他：嗯。快结束了，你别急。

唐玉树：不急不急。嘿嘿。

回完唐玉树，花编辑甩着一双湿答答的手从卫生间出来了。落座回来时，他特别夸张地用兰花指向林琊弹着手上的水珠，嬉笑道："你要发达了！林美男！"

林琊只敢尴尬地笑着躲闪他："怎……么了？"

花编辑摇头晃脑地捻着纸巾擦手："哎哟……刚刚我跟公司同事帮你争取了一下——这本小说稿子你肯给卖赵妍妍的话，我们这边可以给到四万哦！"

"四万？！"林琊又愣了，端着的白开水差点没拿稳。

"你这样——我电脑在楼上。对，我就住楼上这个酒店。你要不要上来和我们编辑组的同事们聊一下？"

林琊还没回过神来。

"别紧张嘛，都是自己人。"

虽然很克制了，可林琊点起头来还是连连停不住。

"你再稍微等我一下。"林琊把这条消息传给唐玉树，便紧紧地跟着花编辑上去了。

仿若这个"花容月下"，是一束曙光似的。

林琊是大一参加文学比赛时认识的"花容月下"。

那个比赛成就过一批一线青春文学作者。

基本上如果在复试中表现不错得了奖，都可以顺利签进作家经纪公司或者出版公司，获得出道的机会。

当时林琊通过了比赛的初试，顺利接到了去上海参加现场复试的邀请。

本来是可以参加的，那时候南京到上海已经通了高铁，可是因为顾虑一张高铁票顶得过自己五六天的饭钱，提前去一天又得花住宿和伙食的费用……林琊想了想决定坐当天的绿皮火车来回。

结果当天绿皮火车误了点儿。

下了绿皮火车林琊又狠不下心花钱去打车，地铁又坐不明白，直到比赛开始了，林琊还困在火车站附近，混乱得像个无头苍蝇。

等到了复试现场的时候，比赛已经过三分之一，不再允许进场。

没参加成，林琊灰溜溜地回了学校去。

"花容月下"所在的公司温文文学，便是这个比赛的主办方之一。

当时林瑯在参赛信息里留过联系方式，比赛结束的隔天他的QQ便被"花容月下"添加了："为什么没来啊？"

"去晚了，错过了。"林瑯老实回答。

"买高铁啊。"

"没钱。"

"行吧——初试的稿子写得很好，以后我给你安排稿子写。好吗？"

林瑯那时候就觉得"花容月下"是一道曙光。

在那之后的大学时间里，林瑯每个月都能从"花容月下"那边接到一些稿子。

帮温文旗下的各路杂志写专栏或者小策划，千字五十的价格，林瑯又肯拼，一个月下来可以赚够饭钱。那时候新媒体还没那么发达，许多明星艺人想打入青少年市场，都和青春文学杂志合作，林瑯写这种一股脑儿夸艺人的稿子，花编辑给他开的稿费是千字八十。

没有他，可以说林瑯撑不到今天。

跟着花编辑进酒店时，林瑯还在后悔自己刚才对这个"肥腻腻的中年男人"内心里"评价不高"——花编辑胖胖的、憨态可掬，动作偶尔有比较冒犯的时候，应该也只是他过于热情吧。

他大约是……和唐玉树一样善良。

林瑯思索着，又开始担心起自己视频面试的时候要怎么表现才显得大方得体，要怎么对答编辑们的提问……

如果这本稿子可以卖到四万……那自己也要请唐玉树吃米粉吃烤肉；放假的时候，还可以定个景点的酒店请唐玉树一起去旅行；也可以背着唐玉树偷偷考个驾照，某天跩跩地从唐玉树手里夺下车把，横跨上机车跟唐玉树说"你去坐后面"，让他惊讶。

林瑯想着这些幼稚的事发了傻，以至于没有注意到电梯到达。

察觉到他在发呆，花编辑亲切地揽过林瑯后背催促他："走啊，小傻瓜。"

虽然还是不会很适应他们这类"曙光"一般的人的互动方式，但林瑯觉得他人很好。

花编辑住的酒店也很高级，里面的装潢不输上次唐玉树带自己住过的那间。

也是，春熙路这种寸土寸金的地段，酒店的客群本身针对的也是"有钱人"们。

林瑯尽量让自己显得大方一点，在窗边沙发上落了座。

花编辑那厢对着门口的镜子检查着自己的仪容，掩着嘴转回头来笑："哎呀哎呀，你看我出汗出得……胸口都湿了！真是不好意思。你先坐着喝点水哈。对了！我带了赵妍妍那本新书——就你写的那本。就在床头柜上，你先看看。我冲个凉，很快！"

说完就转进卫生间里去了。

冲凉？林瑯"哦"了一声。

也行。

只是唐玉树还在外面等着自己，被傍晚的太阳晒着……

花编辑那厢在半透明磨砂玻璃隔断的卫生间里大大方方地脱衣服开花洒，声音被卫生间的结构套上了一层"魔音绕梁"般的混响，笑说着："哎哟我这人毛病多——怕自己一会儿和同事视频的时候脏兮兮的不好看！"

林瑯小心翼翼地笑了一下以作回应。

笑完又觉得没必要，他又看不着。

等待他冲凉的时间，林瑯从床头柜上摸过赵妍妍的新书，拿在手里掂了掂——很沉，都是自己写的字儿堆出的分量感。

赵妍妍的新书是三十来篇爱情小品文组成的，再穿插一些她美美的照片。

林瑯翻动着书页，看着书里的每个印刷铅字，都觉得很好看。

仔细地摸了摸那些字，摸不出什么起伏，但又总觉得每个字都有种精心镂刻而出的感觉一般——庄重、有质地。

真好看。

自知那些文章也不是什么有营养的内容，可毕竟都是自己的手笔。林瑯摩挲着它们，觉得自己像个小偷一样，躲在缝隙里偷偷地、卑微地窃取赵妍妍的成就感。

新书的书页散发着墨香——常有人说新书有臭味，可林瑯每嗅到一本——不管是苏童还是余华，还是三流成功学还是自己写的那些假高考满分作文辅导书——那些气味都格外好闻。

林瑯突然想起，唐玉树身上那股被自己形容为"傻味儿"的气息，隐约和这种味道有点像……可能他要比书本再多一份乳臭。

要是一会儿下去坐他的车回去的路上，告诉他：你身上的味道是墨臭味儿加乳臭未干的小毛头气味，他肯定会横眉竖眼地反驳自己："那是成熟男人的气味！"

林瑯光是想着他那两条眉毛拧巴的样子，就笑了。

"怎么样？"

得意忘形的神志被花编辑唤回。

"这书质感怎么样？"他冲完澡，大腹便便地围着浴巾喷着止汗剂走出来了。

林瑯觉得他和唐玉树一般大大咧咧，回答道："很好，很羡慕！"

"别羡慕她——她哪有你有才华呀，她也没你好看！"花编辑夸起人来和唐玉树一样，不加收敛，很坦白。

林瑯小心翼翼地笑了一下以作回应。

等住在同一个酒店的编辑部成员到齐之后，花编辑还是没有穿好衣服。只穿着一条肥硕的短裤，上半身光着，把浴巾披在肩上。另外两个编辑也没什么异样表情，似乎见怪不怪，还开他玩笑："你这是——别吓到老师呀——这是林瑯吗？"

"你们好。"林瑯试着大方地回应，可打完招呼自己都觉得有点尴尬。

好在花编辑不尴尬："哎哟让你们亲眼看见了吧？林瑯真的好帅！清爽盐系！"

林瑯讪笑。

另外来到这个房间的三个编辑也是男性——林琊曾以为温文这种青春文学公司的大多是女性工作人员。

除了性别令林琊小小地惊讶了一下之外，他们的言辞和举动也……意外地带有浓重的"江湖气"——不时夹带的脏话字眼和吞云吐雾的动作。

但林琊满心珍惜这个得来不易的机会，并没有因此在心里给他们扣分。

而花编辑则散着热气混着刺鼻的止汗剂香味坐在了自己身边。揉动湿漉漉的头发时，会有水滴溅在自己左脸上。

林琊不着痕迹地向右侧挪了几寸。

接着他们便此起彼伏地夸起了林琊。

那些人嘴里说的都是好听话，可林琊还是短时间内着实消化不了这么猛烈的善意。

整场面试林琊终究还是觉得有点尴尬——他们互相点评讨论着面前的自己，仿佛自己是被围观的猴子……

这么想完，林琊又暗自骂自己端不上台面：放大方一点！

骂是骂了，但林琊自始至终都没能插入一句话。

好在有花编辑，像个主持人一样，化身为同事们和林琊之间沟通的桥梁——替人们夸林琊好看，帮人们问林琊几岁了？

林琊一一笑着作答。

干笑半天后有点挨不住了，尴尬的感受从后脊迅速爬上脖颈，浑身发了麻。

觉得自己不只像是被围观的猴子。

好在几乎绷不住想要逃走的时候，花编辑及时把闲聊给刹了车，将话题切入正题："这两个是我组里的成员，那个是隔壁杂志的副总编。哎……你也知道现在纸媒行业没落了……你看赵妍妍——人家是网红，有流量就有价值，出书也就有人肯买单。她原本是别的组负责的作者，我花了好大劲儿才从同事手里挖过来！只可惜人家志不在此，出书是个抬高她自己身价的跳板，人家今年要演戏去了。"

怪不得没时间自己学学写作。

"我是诚心收你这本稿子……你考虑得怎么样了？"

"欸？"林琊愣了一下，才回应他道，"哦，我回去好好想想，尽快给你答复吧！"

"今天不能做决定吗？哎呀，别这么磨叽，要把我当自己人！你瞧你现在，紧张什么？不像是自己人！"花编辑拍了一下林琊下意识后缩的手背。

被这么一拍，林琊的整个身体都僵硬掉了。

到此时，林琊脑中才闪过一个念头：他刚才还说枪手的事情跟公司无关，但后来为什么又要跟公司商量呢？花编辑本身就是一个撒谎成性的人。可虽然这样，但四万……无论如何对林琊来说都是一笔巨款。再者，温文是自己在行业里唯一有联系的资源。如果不让他满意，自己还有前程可言吗……

花编辑坐在林琊所坐的沙发窄窄的扶手上，跷起二郎腿。他似乎丧失了耐心，说："你聪明的话就利索点。"

被下了越来越清晰的指令，林琊愣了半晌，脑子里思绪乱到无法再想任何事情。

有那么一个片刻，林瑯闭眼试想了一下所有可能发生的——温文翻脸，从此自己失去了最大的收入来源，那……实在不行就接受唐玉树的施舍？替唐玉树的公司做点文案工作，是不是也能讨到饭吃？这本小说是自己的心血之作，真的任人家买走，从此和自己毫无瓜葛吗？

比这更丑陋的人寰真相自己并非没有领略过，救赎的曙光离自己就差那么一步……

踏不踏？

好半天之后，林瑯还是决定了：不了。总有别的办法。

于是林瑯站起身来，对花编辑鞠了个躬："我还是再回去考虑一下吧……今天，我就先回去了。"

到此为止，林瑯对于这个环境中潜伏着的危机感的认知，只停留在"他们想要对我施压、想要在今天就敲定买我稿子的事情"而已。

可这个鞠躬完，抬头时林瑯却看到花编辑跟另外三个人交换起了眼神。

林瑯心头发毛，转头看去：一个男人去锁房间的门，另一个叼着烟的则带着一种并不让人舒适的笑容，捏着拳头走过来，伸手扶住林瑯的肩膀，用一个很重的力道把林瑯摁回沙发上去——准确地说，是摔回沙发上去。

接着他捏着拳头抻起了胳膊，像是在做运动前的热身动作。

"你们……"林瑯感受到自己额边一颗豆大的汗滴落下。尽量稳了稳发抖的语气，林瑯说："你们想做什么？"

那个推了自己的男编辑开口道："老师您别急着走嘛，事情都可以谈。"——话都是客气的好话，语气里却有着藏不住的威胁的态度。

林瑯心下暗忖着应对方式，身体变得极度紧张起来。

此时裤子口袋里的手机突然振动了一下。

是唐玉树吧。

他还在楼下傻乎乎乐呵呵地等自己。

他和花编辑不同。

他没有臃肿的赘肉。

他坐在机车上喊自己名字的时候，修长的腿撑着地面，绷得笔直又好看。

他此刻一定被太阳晒出了一身汗，可哪怕是他汗水蒸发的咸味，也比这个花编辑的高级止汗剂的气息要好闻。

他一定在笑，笑的时候眼睛就没那么大了，会变成半个括号形状的弧线。

他那么好。

你们这么脏。

花编辑还在演着"好人"的戏码，站起身来从自己的包里摸出印泥："价格不够吗？"

"不是……"林瑯警惕地看着在场的所有人。

"价格合适的话就今天定了吧。"他笑着说——嘴在笑，眼睛却没有笑意。他身后的那三个喽啰也随声附和，"啰唆这么多干什么？"

第三章·行星

林琊的眉头难以克制地压了下来，可林琊又觉得此刻不该露怯。
　　可还是害怕——如果不顺了他们的意，接下来恐怕免不了拳脚，而就算挨过那顿拳脚之后呢……就会放过自己了吗？
　　这么想着，花编辑走了过来，还是贯彻着"好人"嘴脸，用食指弹了两下林琊的脸颊。那力道并不轻，并非友善的动作……接着花编辑肥腻的手扯住林琊的手腕。
　　而此刻的林琊头昏成了一片，不知道该如何应对，只将放在腿上的手压得紧紧，不肯顺着他的牵引而抬起。花编辑于是更用力拽了拽，却又被林琊摁了回来。
　　站在不远处的那个男编辑抽完了烟，直接将烟头丢在酒店房间的地毯上，用脚碾灭，然后要上前来。林琊害怕，瞬间感受到自己下身一阵温热。
　　没穿纸尿裤。可自己第一次在没有做梦的时候失禁了。

　　"花容月下"毫无征兆地抓了一手湿漉漉，整个人吓成了"花容失色"。
　　他低头看过去，林琊下身处的卡其色裤子，裆部晕开了一片深棕。
　　林琊自己也吓坏了——不是故意用这招来保护自己，真的是无意识……可能太害怕了。生怕花编辑翻脸，林琊跳开身来反复道歉："对不起对不起……我有遗尿症！"
　　"我×……"那花编辑头一次在自己面前飙脏话，"您可别这样啊——这说出去还成我把您给吓尿了！"
　　林琊察觉到自己在发抖——仿佛所有耐着性子隐忍下的荒唐事情在此刻才被身体后知后觉地做出反应。林琊着实害怕："没有没有，对不起是我自己的问题！"
　　花编辑没再说话了，起身走去了洗手间，踩过了方才他随意弃置在地板上的白色浴巾。
　　林琊感觉那条浴巾就是自己。
　　花编辑在洗手间里骂骂咧咧地清洗着自己的手。
　　听着水声，林琊想了想，又走到卫生间门口鞠了一躬："对不起对不起……那我先走了。"
　　"行你走吧。"花编辑冷淡着，看了林琊一眼，"你这……可不是我弄的。"
　　"真不是真不是！"林琊猛烈地点头——花编辑试着撇清关系，应该是还打算和自己保留"继续合作"的最低限度的体面吧？林琊这般理解，又继续鞠了几个躬："是我自己有病！"
　　花编辑没说话。
　　林琊转身走。
　　走出一步还是害怕，又回头，鼓了好半天勇气才问他，说："以后有稿子您还会找我吗？"
　　"哦。"花编辑还在反复地搓着手上的污秽。
　　他说："那个买断的事儿你好好想想吧，回头给我个回复。"
　　签约出道的事宜他没再提。
　　林琊也不敢再问。

　　走出房间后林琊只觉得脑子里炸了开来，所有思绪都粉碎成尘埃，只剩一阵嗡鸣声。

酒店冷气太足了，林瑯在走廊上冻得瑟瑟发抖。

路过一个保洁阿姨时，也没顾得上遮掩自己裆部的半圆形深色——那片污秽太大了，大得像是几乎要把整个自己都逐渐洇染成更深一度的颜色一样。

然后，整个自己都会散发着臭味。

这个世界对自己这种格格不入的人，只有过用力地甩脱，从没有过挽留。

于是好想要……

死掉啊。

还可以活吗？

还有得活吗？

自己少有的能够得到的一根救命稻草，如今被自己一泡尿冲得不知所终了……

以后呢？怎么讨生活？

不知道为什么，林瑯竟在这个关头上荒谬地"咯咯"地笑出了声。

拐到电梯间的时候林瑯恍恍惚惚间注意到了通透的落地窗。

失神地凑上前去看，看得到广袤的城市和涌动着的车流。

林瑯有点惧高的。可这时候却也没心情"惧"了。

撞破这块玻璃，任自己掉下去，不得救赎也至少得以解脱吧？林瑯这般想——母亲当时拉着自己，一步一步走上还在修葺的建筑台时，她也是这般想吧？

那时候年幼的林瑯还不知道妈妈要带自己上楼去做什么，还嬉笑着问她："站上三楼去能看到爸爸的果园吗？"

果园——父亲服刑的地方被长辈们这么称呼。

"看不到啊。"她说，"看到有什么好？"

可她站到三楼上的时候，却还是用力地抱起自己，问了一句："瑯儿看得到果园吗？"

林瑯有点惧高的。可那时候却也没心情"惧"了。

努力地张望了好久，他告诉妈妈："看不到呀！"

她号啕起来。她似乎惯性地隐忍痛苦，就连哭的时候，都用力地压抑自己喉头不许发出声音。

于是发出了一种粗重的呼吸声——像是剧烈的呼吸，可剧烈的程度又脱离了"呼吸"的范畴；像是周身浸入浓浆之中的人想获取一丝丝的氧气，可拼命吸入口鼻的，又都是肮脏污秽。

于是她抱着自己向后倒去。

她死了，他没死。

他摔蒙了，吃了钝痛的身体失禁了。

他跌跌撞撞地爬起来，回头看到她在地上，面目全非。她叹出的最后一口气带出一阵含糊而悠长的喑哑。

林瑯没忍住干呕了起来。

路过电梯间的人流太多，众目睽睽下林瑯却意识到自己失却了羞耻心。

号啕呼吸

　　他坦然地站着，任失禁后的狼狈局面被目睹，被讨论。
　　像很多人曾面目狰狞地问过自己"你为什么不和你妈一起死呢？"一般，林瑯也突然疑惑起来。
　　"活下来的目的是什么？"
　　活在一个没有光的世界里，从生到死无非是蹚过一程泥泞而已，目的是什么？
　　距离很远的地面上车水马龙商旅辐辏，唯独站在这里的自己丑陋不堪。

　　电梯不知道第几次停在这一层时，从里面出来两个人，似乎是一对情侣。
　　女生笑说："周末去都江堰玩？"
　　男生说："好啊，那我去做攻略。"
　　林瑯恍惚间又回忆起一个片段。
　　——"你去过都江堰吗？"
　　——"没有。"
　　——"我带你去啊！都江堰可好玩儿，巴适，好吃的又多！"
　　片段里那个男孩儿目光明亮炯然，像是通明一切的圣人，又像是个蒙昧无知的傻瓜。
　　被女生无意间转头看到自己的那一刹那，林瑯躲进了旁边的逃生通道里。
　　深一脚浅一脚地踩着台阶下了不知道几层。他气喘吁吁地摸出裤子口袋里的手机来——湿的。他胡乱地在裤子上擦了擦，像是生怕自己的求生意志再反悔了一样，拨出了唐玉树的电话。

　　那个男孩儿声音里总带着和煦的笑意，他说："结束了呀！我就在咖啡厅门口等你呢。"
　　"结束了！"林瑯猛烈地点头，又察觉到点头的动作并不能被电话那头的人接收得到，便竭尽全力地对他说，"你救救我吧唐玉树！我不小心……把自己弄脏了。"

　　救救我吧。
　　是你，救我的话，我还可以活一下。
　　是你，愿意奔向我的话，我还可以在地狱里再熬一下。

第四章
曙光

Howling Breath

号啕呼吸

      林琊切断电话的时候，唐玉树怀里抱着的头盔因失神而滚到了地上，风镜被摔出了一道刺眼的裂痕。
      但唐玉树顾不得那么多，从咖啡厅跑进了楼里去。
      林琊在电话里说："你救救我吧。"
      林琊说："我把自己弄脏了。"
      唐玉树恨自己傻——在这个紧要关头上，听不懂林琊的话。
      唐玉树只明白：林琊需要自己——是他亲口说的，需要自己。
      林琊是个自我保护意识非常强的人，他从不说这样的话。
      这句话唐玉树一直想听，可真正在他说出口的时候，唐玉树却又慌张不堪。

      循着林琊告诉自己的位置，在4层附近的消防通道里找到他的时候，他正静静地坐在黑暗的楼梯上，轻轻地呼吸着。
      "林琊？"唐玉树试探着喊他。
      "嗯。"他回应了自己。
      踩亮了声控灯，唐玉树看清在台阶上屈膝蜷成一团的男生。
      "你怎么啦？"
      "……"
      唐玉树几步跑上去，却不慎踏空一脚，重重地摔了一跤。
      林琊倒抽一口气，起身想要扶他："你怎么不看路啊？"
      唐玉树只恨自己这个出场方式太逊，不好意思地挠头："我只顾着看你了——你……怎么了？"问林琊"怎么了"时，他的视线看到了林琊裤子上去——才得知"我把自己弄脏了"这句话是什么意思。
      洗到泛白的卡其色休闲裤，裆部洇成了一片深色。

      向唐玉树求救本就是没有想要瞒他，可被他这么盯着，林琊还是觉得难堪。
      "这……发生什么了？"
      "我尿裤子了……不敢出去。"把话交代出口没想到还是需要这么大的力气。
      "欸……为啥子？怎么搞的？有人欺负你了吗？有人吓到你了吗？"他接连地追问。
      可林琊一句都不知道该怎么对答。
      好想走开，好想摆脱现在的困境。

为了让自己跟你之间的落差看起来不要那么大，我把骄傲的姿态维持得一直都很好。可没有想到：偏偏像是老天喜欢作弄我一般，终究让我在最在意的你面前变回污秽不堪的模样。

　　这个瞬间林琊又后悔了起来——被全世界看到自己这副模样其实都没关系，为什么是你？

　　两个人各自不知所措，安静了很久，久到消防通道里的声控灯熄灭。

　　最后唐玉树重新踩亮了它，伸手探向林琊垂在身侧的手。

　　林琊没有拒绝，甚至在被唐玉树的手牵住时，反握得更紧。

　　"不想说就不说，没事。我想想办法——"

　　思索了片刻，唐玉树想到自己此刻就在酒店的逃生通道里，拍了拍迟钝的脑门儿："那你在这里等我，我去开个房间给你清洗用——嚓！我没带身份证。这样——你等我，我去对面商场里给你买条新短裤回来。我跑步很快的，马上！"

　　林琊没松开唐玉树的手："别走了，就跟我待着吧。"

　　"那……我们在这儿坐会儿，坐会儿我再去帮你买？"

　　"……可我又想离开这里。"

　　唐玉树又待了片刻，想到了解决方式。

　　他松开林琊的手，把自己的T恤脱了下来。在林琊没有反应过来之前，把T恤绕过他的身体，围着他的腰扎了一个结——可这样也只能遮住后面那一半。

　　于是唐玉树走下几层台阶，背对着林琊做了个半蹲着的奇怪姿势。

　　"干什么？"林琊没明白。

　　"我背你出去。我的机车停得不远，你忍十来分钟，坐上我的车就好了。"

　　林琊咬着牙关忍了很久，才让鼻腔里恣肆的酸意平息下去："你怎么这么傻啊？"

　　"别骂我了，走吧。"唐玉树又蹲低了几分。

　　逃生通道里的冷色光打在他后背裸露的黝黑皮肤上，又结实又纯净。

　　"但我会……弄脏……"

　　"矫情。快！"唐玉树催促他。

　　不想和密集的人群相遇，所以没有选择乘电梯。

　　唐玉树背着林琊，从逃生通道里稳稳地、慢慢地走了下去。

　　"别回学校了。我带你……去上次住的那家酒店？"

　　"一晚上一千那个？"

　　"哈哈，我掏，你要再给我钱我就和你闹掰。"

　　"……"

　　他是跑着来找自己的，所以出了不少汗。

　　林琊趴在他后背上，脸不小心被他鬓侧接连滑下的汗滴沾湿。

　　却也没伸手去擦——都弄脏了对方，也算公平……

　　从繁华商厦走出来，唐玉树背着林琊越过众多人群，等过好几个红绿灯路口，才到了机车停放的地方。一路上迫不得已面对了太多双眼睛和手机摄像头，可唐玉树又仿佛谁都

第四章 · 曙光

097

看不见。

而一向对外界刺激反应敏锐的林瑯，却也因为躲在唐玉树周身无形的"护盾"里，一并跟着坦然了起来。

进了房间后唐玉树放下林瑯，打了前台电话叫了一瓶洗衣液。

转身走开的时候突然跪跌在地上。

"你怎么了？"林瑯担心唐玉树的腿，猜测他可能是因为背了自己好几段路，累坏了。

唐玉树却索性坐在地上"咯咯"地笑，笑了好半天。

林瑯递给他一瓶酒店供应的矿泉水，他拧开盖子猛灌了小半瓶，才长长地舒了一口气，继而懊恼地捂住了脸："今天真是太丢人了！"

林瑯心头"咯噔"一声。

但显然自己是误会了男生的意思——"我今天好不容易助人为乐，结果跌跌了整整两次！"唐玉树捶了好几拳地板——原来是在懊恼这件事。他赖在地上没再起来，只是从跪坐翻了个身变成盘坐，于是便成了面向林瑯的姿势："咋说？那两个'狗吃屎'有损我的英雄形象吗？"

"没有……"敲门声响了，林瑯起身走向玄关处，将门开了个缝隙后接过服务生送来的洗衣液。

没再回到客厅里。林瑯从腰间摘下唐玉树的T恤，单独在洗手池里放了温水，用适量的洗衣液泡好后，这才望向客厅里的唐玉树："你这件T恤……给我吧，我再买一件新的给你。"

"那我穿啥子？"

"不介意的话……先穿我的。"

"你身板太小了。我只要我自己那一件。"

"不介意……就行。那我给你洗好。"

"你的……怎么不一起洗？"

"等洗好你的T恤，我再洗我的。"

"真让人寒心！"

"哈？"

唐玉树从地上吃力地站起来，应该是还没有缓过肌肉的酸痛，所以一瘸一拐地走到洗手间来。

从林瑯身边绕过时他才阴阳怪气地不知道跟谁讲起了话："人家林瑯嫌弃你的T恤脏，所以才不肯把裤儿跟你的T恤放在一起洗。唐玉树呀唐玉树！你看看你的'狗吃屎'——都白跌了嚎！跌给谁看？林瑯？还是白眼儿狼？"——原来是跟他自己讲。

林瑯被他那怪腔怪调给逗笑了。

唐玉树这才转回头来认真看着林瑯："你如果真在意我'介意不介意'，你只需要晓得：我只介意你总把我推得老远。"

他猝不及防地说出了认真的话，用认真的眼神看着自己，林瑯一瞬间有点无措。

林瑯赶紧转过头去开始搓揉洗手池里的衣服，只丢给唐玉树自己的后背："还是分开洗吧。你先去冲个澡，你后背上沾了……我……你洗完澡我就把 T 恤洗好了，我再泡上我的裤子，正好我就可以去洗澡……"

声音听上去瓮声瓮气的……大概是因为自己把头低了又低，所以希望唐玉树没有看到自己哪怕紧紧地闭了眼却还是堵不住"啪嗒啪嗒"往洗手池里掉的眼泪。

"是我让你很难受吗？"男生的声音听起来很落寞。

是。

不是。别扭的一直都是我自己。你别因为我这种人就否定你自己。

林琊终于承受不了自己这一晚上忍耐下来的崩溃。

他转过身来，想看唐玉树，看到的却只是被泪水弄花了焦距的轮廓。

这一夜林琊梦到了一段含糊不清的、没有逻辑的梦。

梦里他亦如精疲力竭后入睡的姿态——他侧躺在床上，手臂垂在床外悬空着。

床边蹲着的人，起初是个含糊不清的影子，本以为是大雨，却在林琊仔细辨认时，才发现原来是唐玉树。

他蹲在床边，用他笑笑的表情静静地看着自己。看着看着，唐玉树突然变老了，长出了大把胡子，俊朗的脸庞也变得皱巴巴的——梦里林琊觉得他这副模样好笑，憨态可掬的。

俄而视角一转，自己如同神志出窍，悬空在了两人面对面的场景之上——林琊这才发现床榻上躺着的自己竟然和唐玉树一般，也变得老了，也变得皱巴巴的。"老"掉的那个自己正闭着眼，似乎是睡着了。

而唐玉树就那么攥着自己的手，紧紧地。

——这是自从大雨消失之后第一次做梦。

睁开眼睛时唐玉树还没醒来。

林琊习惯性地检查了自己有没有尿床，之后便轻声地掀开被子套起衣服来，准备下地。

脚刚落地的时候隔壁床上的唐玉树醒来了。他睡眼惺忪，语带焦急："你要去哪儿？"

"我……去上厕所。"

"去哪儿？"迷糊地活像个醉汉。

林琊又耐心地重复了一遍："去厕所。"

唐玉树揉了揉眼睛——这才清醒过来。只是听错了林琊的话："吃早餐？"

说着也掀开被子，准备要下床来。

却又重重地跪倒在林琊面前。

"肌肉和关节囊轻度撕裂。"医生一边下着诊断一边飞速写着单子，"看你这状况……像是在轻微的扭伤之后又继续进行了什么剧烈运动？"

"剧烈运动？"唐玉树努力地试图在回忆中检索缘由，想了半天后左手拳头砸向右手手掌，粲然着看向林琊："哦！是我昨天背你走路的关系吗？"

林琊额边渗汗。

医生看了一眼唐玉树，又看了一眼林琊，交代道："年轻人，打闹什么的要注意分寸——

第四章 · 曙光

099

他脚都跛了你还让他背你？"

"我……以后注意……注意！"林瑯满口认错，只想赶紧逃出去。

出了医院之后林瑯扶着一瘸一拐的唐玉树坐地铁回学校。
想了想还是问道："你自己昨天……没觉得脚疼吗？"
"疼。"唐玉树解释，"但平时打球偶尔也磕一下崴一下，就没放心上。"
明明都有感受却还是不管不顾地发疯——林瑯皱眉。

周末的地铁里人很多，没有座位。
林瑯忧心忡忡地巡视了一圈，却被唐玉树掰回四顾着的视线来："不用，这些小伤不算啥——你看，我还能原地蹦跶呢！况且这不是有扶手和杆子吗？不是我吹嘘，我光双手吊着这个杆子，我脚都不用着地！"
"你老实点儿站好吧！"林瑯制止了唐玉树的多动症。心想：你要是敢在这儿给我表演引体向上我就……威胁没想完，男生已经双臂发力撑在了地铁扶手的横杆上，还咧着一口大白牙向自己挑眉示意——一副期待被称赞的表情。
空气很稀薄，林瑯觉得自己呼吸很困难。
当然此时无比开心的唐玉树，全然意识不到林瑯频繁因自己而感到"心累"的症状。
林瑯不再是自己的普通"同学"或者"室友"而已。
他变成了自己的"挚友"——交际不再仅限于学校生活的琐碎，而是变成了"一起经历过事情、一起共享着秘密"的挚友。

唐玉树偷偷看了一眼林瑯。
挚友。他和我搭着同一趟地铁，要和我回我们的学校，会扶着我，进到我们的601。
唐玉树想着，兀自乐不可支。
但笑了一会儿，唐玉树又渐渐收掉了笑意，看着林瑯出神。
林瑯是用右手扶着地铁扶手的。但好像他的手机收到了什么消息，他感受到了手机的振动，于是他用原本垂在身侧的左手，绕至身体的右边，从右侧口袋里摸出手机。等读完消息之后，林瑯好像想要回复对方，可又好像因为左手打字不方便的关系，默默地把手机揣回了口袋里。
这全程里，哪怕偶尔有到站时的惯性力，林瑯都只靠右臂紧紧挽着扶手。
——尽量不让左手有被人看到的机会。
这个林瑯特有的小动作，唐玉树很久之前就注意到了。
唐玉树突然想起昨夜两人的一段对话——
"遗尿症。我一直都有——有人跟你说过关于我的传闻，所以你应该知道吧？"
那传闻不堪入耳，一向鄙视暴力的唐玉树甚至因此跟人打了架。
"我有这个毛病——你因此讨厌我的话，现在还来得及。"
唐玉树很想说点什么来安慰他，可又觉得说什么都于事无补。
"你还记得有一次你要帮我拧干床垫，我说你别碰。我说脏。"

"记得。"唐玉树当时吓了一跳。

"我没有嫌你脏,'脏'……当时我说的是自己。"

唐玉树恨自己说不出话。

唐玉树不知道林琊经历过什么——少年那副单薄的身躯在遇到自己之前,早已被沿途的风雪和沙砾摧残出了百孔千疮。

那每一处伤疤,唐玉树都不忍看。

只攥起林琊的左手腕处,用拇指反复摩挲着他动脉之外的那寸皮肤,最后很没出息地掉下了眼泪。

他问自己:"你哭什么?"

唐玉树回答:"我气我自己没有早点找到你。"

不然至少可以帮你分担点什么……

拇指摩挲的那寸皮肤上面,横斜着好几条伤疤。唐玉树知道那定是曾被割出了极深的伤口,所以愈合后的疤痕才会增生成这种令人揪心的模样。

在遇到林琊之前,唐玉树没有过"伤春悲秋"的经验——准确地说,仿佛自己身体中掌管"悲伤"和"委屈"的按钮,都是因林琊的出现才被打开的。

唐玉树从小到大都表现出"生性乐观"的状态,甚至于总被家人朋友说成是"没心没肺"的典型人物。可在遇到林琊之后,这种"负面情绪"才在自己的人生里姗姗来迟。

可唐玉树不觉得这是一件不好的事。

后人都笑晋惠帝的那一句"何不食肉糜",可唐玉树自知那台词像极了自己可能会说出口的——生活在一个有着光环的原生家庭里,招摇过市畅行无阻,唐玉树从未想过自己能这般目不斜视地顺畅前进,是有一大群人在替自己刷通行证。

一座城狼烟战火,一座城歌舞升平。

与林琊是萍水相逢没错……可那种看着他就莫名生出的歉疚感是何缘由……唐玉树自己曾不得而知,如今也懂得了一线眉目。

唐玉树又想起昨夜临睡前,林琊叫自己:"大羽。"

"嗯。"

他又叫自己小时候用过的那个名字:"唐羽。"

"嗯。"

他这么叫着自己,却也没什么要说的事情——唐玉树知道那是生性骄傲的他,表达友善的方式。

他就这样听着他一遍又一遍地叫自己,而自己也不厌其烦地一遍又一遍地回应。

后来他突然转过了头:"我从没把你当作大雨的代替——你知道吗?"

唐玉树只看向他,没说话。

他用那双一贯漠然的眼神望着自己,可唐玉树看得到里面有悲戚。

他说:"大雨,其实不是个真的人。"

"……"

"那是我梦里一直出现的一个影子。精神医师说那是我情绪转移的结果,半仙儿说是

第四章·曙光

101

我身体里有鬼。"

唐玉树于是同林琊说笑："有鬼，也被我吓跑了！"

林琊"嗤"地笑了一声。

然后林琊第一次跟唐玉树聊起关于他自己的事："说起来……我也改过名字。"

"你以前叫啥子？"

"林庭之——是我爸起的名字。"

"妖姬脸似花含露，玉树流光照后庭。"唐玉树念了这句诗，"有咱俩的名字。"

他又笑了，还揶揄自己："你居然有文化！"

唐玉树佯作横眉竖眼状，看着林琊替自己辩驳："好歹也是影大研究生！"

"凿龙近出王城外，羽从琳琅拥轩盖。"林琊也念了一句诗，"也有咱俩的名字。"

唐玉树拜服："你这句比较生僻——还是我的大作家比较有文化！"

羽从琳琅拥轩盖，玉树流光照后庭。

在古人的诗句里找自己的名字——像个无聊的小学生游戏，但两人都不觉荒唐地认真玩儿了起来。

唐玉树想到此，忍不住笑了。

"又在傻笑什么？"

"欸？"唐玉树回过神来。

车厢门已然开启，涌动着的人流前面，是林琊抓起了自己的胳膊："我们到站了。"

刚才在地铁里收到了"花容月下"的催促短信："收你稿子的事儿行还是不行给个准信儿。"

语气里再没有了之前的客气。

林琊心里不悦，但也不敢发作——毕竟那是自己唯一能接触到的出版公司……其实林琊更害怕的是：自己如果得罪了温文，会不会也像路黎那样，被出版业的公司联名封杀。

回宿舍后林琊还是没有想好该怎么回复。

没考虑好。考虑不好。

这本小说自己写得很用心，里面的角色自己也都真情实感地喜欢……直接就这么转给别人、贴上别人的名字充当了别人的作品去，林琊总觉得像极了一笔卖儿卖女的荒唐生意。

唐玉树在宿舍外的走廊里接着电话——算了，那家伙，在这种事情的决断上也帮不到什么忙。

在手机的消息编辑界面停留了很久，林琊还是写不出只言片语的回复。

并且越盘算着，"花容月下"那副骇人的嘴脸再次浮出了脑海，直让林琊喉头犯呕。

好在手机屏幕上适时弹出一条新消息，将林琊从强烈的不适感中拽了出来：

"林琊学弟，我是你们助教——叶子学长，你还记得我吗？"

叶子学长？

林琊从回忆里检索，须臾后对上了脸——那个总帮自己所在的研一班同学辅导作业的准博士生，人很好，真名叫什么林琊没有注意过，但记得同学们都叫他"叶子"。

"学长好。我记得您。请问有什么事吗？"

"我留意你很久了。恕我冒昧，这次我是管教授要到的你的联系方式，我记得你比较擅长文字创作，也拜读过一些你的小说作品。我主要负责校刊编辑，想邀请你加入我的编辑团队，负责稿件的编审工作。另外偶尔也需要你做一些文字创作。你有兴趣吗？"

可以啊。但是……有钱拿吗？——林瑯思索着，手机再次振动。

"说来惭愧……校刊编辑组的经费不高，每个月只有 1500 的补贴。如果你愿意在校刊上抽空开个文学作品鉴赏主题的固定专栏的话，还可以有 500 的稿费。另外的福利补贴什么的学长也会替你尽量去争取的。"

——每个月只有 1500 的补贴。

那个"只"字让囊中羞涩的林瑯不由得发出苦笑：1500 在你眼里难道很少吗？

林瑯回复了一条："我愿意。什么时候方便见面谈谈工作细节？"

"下午 3 点，主教楼下的咖啡厅，可以吗？"

"好的。"——真是……交好运了。

这边林瑯放下手机之后，唐玉树正好也讲完电话回宿舍里来了，一进门就拧着眉毛不说话。

不知道遭遇了什么苦恼的事情，但……林瑯不确定自己有没有过问的权限，于是只问他："吃饭去吗？"

男生点点头："吃什么？"

"想吃米粉。"林瑯点了唐玉树爱吃的菜，"我请你。"

唐玉树那两条拧巴着的眉毛于是舒展了开来。

米粉开在影大食堂的二楼。

二楼，曾是林瑯从不敢踏足的"高消费区域"。

其实一锅双人份什锦米粉 36 元，在这种大型城市的物价水准下着实称不上"贵"，可"36 元"，比林瑯一天的伙食预算还多出了 6 块钱。

唐玉树这种贵公子跟自己待在一起的时间里，总让他迁就自己的鹑居鷇饮，又或者总让他掏腰包承担两个人的餐费，都让林瑯心里不太安然。

既然今天接到了"月薪 2000"的一份工作，那就请他吃一顿米粉……也算不上挥霍。

"脸怎么红成这样？"

思绪被端着热腾腾的米粉锅落座的男生打断，林瑯才慌乱着抬头："哦！呃……饿的！"

"那就开动！"唐玉树乐不可支，"你得好好补补身子，你太瘦了！"

"瘦？"被他谈及身材，林瑯一时间不知道这在他眼里是喜是恶。

唐玉树不知道敏感的林瑯因为自己的一句评价，心头打起了鼓，只给林瑯碗里夹来一大筷子肉："老人说'二十三，蹿一蹿'，我得好好喂你，你还有两年的机会超过我的个头儿。"

——原来是心疼自己。

嚼着唐玉树夹来的肉片，林瑯回应他："我对 186 可没有执念。"

第四章·曙光

103

"不长个子就长长肉——太瘦了。别人撞你一下都怕不小心把你撞折了。"

"哪儿就那么夸张了？！"

"哎……下午我得回公司去。有个新案子进来了，我得帮忙。"

"所以刚刚是在烦这件事？"

"其实也不是烦。我挺乐意上班的——就是不想见不着你。"

"你小点声！——那一会儿你怎么走？我送你吧。"

"不用送我，你忙你的事情就行——陈逆去酒店开我摩托来学校载我。"

"哦。"

"但是我可能……周一上课时才能回来。上完课晚上估计又要回去——欸？你要不要和我一起去公司？"

"我去做什么？"

"就待着——你有别的事吗？没有就和我们一起待着好了。"

林琊想了想自己的状况，摇头："不用了……"

唐玉树垂头丧气起来："我们做新媒体的，都是中午才上班，下午和客户对方案、安排执行，通常最早都是晚上6点以后做执行……甚至大部分时间是8点到10点——你知道的，下班放学了之后社交媒体的流量才大，我们的宣传才更有效——等执行做完了，学校就门禁了。我最近两周都只有三天有课，就算白天回来了，也得上课，不一定能见得着你。"

林琊听了也觉得有点遗憾——要是在时光最闲的年纪遇到他就好了。就像小孩子们一般，整天不知疲倦地你追我赶，穿过大街小巷，跑过田间阡陌。

林琊回他道："没关系，可以在你回来上课的时候一起吃午饭。"

"那这样呢？你陪我去公司，我给你找个工位，你写你的稿子，我不打扰你。晚上我们住陈逆家，你不用跟他客气。每天早上我再送你上学，晚上接你去公司——怎么样？"

"我……不方便住别人家。"

"为什么"问出口之前，唐玉树想起来：林琊有遗尿症。

林琊回复得淡然："没关系，我们可以通电话。"

林琊没什么脾气，可气氛却让唐玉树不敢再死缠烂打了。只是愁眉苦脸地嚼着饭，好半天之后开腔："那你一个人好好待着，有什么需要帮忙的就给我打电话。"

林琊点了点头。

林琊总是这样，冷冷淡淡的。多数时候是自己出手，他接招而已。

哪怕是在他最无助的关头上，他好像才会褪下一点点虚张声势的模样，袒露出一丝羸弱的人性；但俄而便会迅速地察觉到自己的懈怠，重新端起克制的态度。

唐玉树知道这种个性的成因。

唐玉树不嫌他冷，但会怕他自己冷着冷着就又重新把自己封冻了起来。

陈逆响了响唐玉树的电话示意"到达"时，唐玉树擦干净嘴巴抱起头盔起身，还恋恋不舍："你好好吃完，别浪费。那我走了……"

"嗯。"林琊点点头。

走出去几步时，林琊喊住了唐玉树："等一下——"

唐玉树转头:"怎么了?"

"脚没好之前不许骑摩托。"林瑯这么交代道。

虽然他冷,但他关心我——唐玉树于是回身立正敬了个礼。

目送着唐玉树拐下二楼去,消失之前还冲自己没完没了地再挥了一次手——林瑯觉得唐玉树实在好笑。

如果不是他脚踝肿了,怕是这时候他还要跳起来投个并不存在的篮球。

简简单单的大学男生是他,能支撑起一个公司的职场精英也是他。

虎头虎脑的少年是他,踏实可靠的男人也是他。

两种截然不同的模样存在于那一副皮囊里,却能统一得一丝不漏。

林瑯笑着,半晌又觉得鼻子酸。

——他该是高悬于星河上的朗月,却甘愿守在自己身边耍着白痴逗自己笑。

想都不敢想的事情突然成了真……却在人生中最该笑的时候,诸多苦难的往事反了酸。

林瑯又回想起昨夜他们的谈天。

话题从没什么意义的闲聊到提及人生的秘密,林瑯后知后觉地发现自己日渐忘乎所以地沉湎于与唐玉树的相处之中。那个时候的自己,就像是唐玉树的一个虔诚信徒,用自己的伤疤作为歆享供养于他的面前,换得了天神的垂怜。

能被他垂怜,自己便狐假虎威着,一并也不再是低微卑贱的人了一般。

可到后来,心头的安全感又渐渐随汗水蒸掉了一般。听你赘述人生难堪的这个朋友,顿时又变得单薄,变得不可捉摸起来。

哪怕在同一个空间里呼吸,却还是无法让冰冷的心头顺利回温。

空虚。

唐玉树是高悬的朗月,是纯粹无比的天神。

今夜他自甘沦入凡尘里,纡尊降贵地与自己这等魑魅谈天说地,可天亮之后呢?

他还在吗?

他要是走了,重回了天上去,还会回味自己所供给的那些故事吗?

林瑯突然心生罪恶感,觉得自己弄脏了清澈的神明……

于是林瑯独自从欢愉中走神出来,侧着脸望着窗帘、望着窗帘罅隙里透过的羸弱光芒,再不投入了。

任由唐玉树还沉溺于林瑯所讲的故事之中。

林瑯记得那时候唐玉树察觉到了自己的异样,向自己关切:"怎么不说了……在想什么呢?"

在想什么……林瑯回答不出来。自知扫兴,可消弭不掉自己的恐惧感。

他关心自己:"困了吗?"

"困了吧……"林瑯借着唐玉树给的借口结束了聊天。

说完,林瑯还真觉得眼睛发涩,伸手去抹,才觉得眼眶生疼。于是捂着没再松开。

第四章·曙光

林琊知道自己这样煞风景，可情绪是堵不住的。

凉薄了二十年……

变得柔软，不是一件轻易能做到的事情。

下午3点，林琊准时出现在咖啡馆。

叶子学长坐在上次唐玉树坐过的位置，认出林琊来，冲林琊招了招手。

面熟，但是并没有太留意过这个人——其实不提这个助教，甚至换成是同学们……林琊可能都不太认得过来。

"喝点什么？"学长客气地招呼。

"拿铁……吧。谢谢。"人生中第二次来消费"咖啡"，没有了"不会点单"的困窘状况。

学长起身去吧台点单的空当，林琊注意到学长拿来了厚厚一沓往期校刊。

注意到校刊的名字叫《新影》时，林琊才后知后觉地想起来——影大的校刊不只是个学生协力作业的"内部流通读物"而已，而是个在文艺圈里小有口碑的、有正规刊号的出版物。

大多数学校的校刊通常是非营利性质、仅在本校范围内少量发行的刊物，所以并不需要有出版刊号。而影大校刊《新影》作为一本定位是文学鉴赏类的优质杂志，在文艺创作行业内有口皆碑，早在很多年前就拥有了刊号、面向社会公开征订发行。甚至连出版过诸多国内知名影剧剧本的影大出版社，都是基于校刊《新影》杂志的壮大而有机会成立的——当然这都是二十年前的往事了。

说实话，起初以为只是学生们玩闹着类似办家家酒的"游戏"而已，看着眼前这一沓厚重的校刊，林琊才心头打怯了起来——那就意味着这是一份严肃正式的工作。林琊一瞬间不确定自己能不能扛得起来。

端着两杯咖啡落座的叶子学长注意到林琊盯着那堆《新影》出神的样子，苦笑着感叹道："风光不再。"

林琊回神，接过学长递来的咖啡道了谢，又问道："现状不好吗？"

"她啊……已经美人迟暮了！"学长人格化地称呼着这个杂志，看得出来他对这个杂志的爱意浓厚。感慨之后学长详述道："纸媒时代真的走进末期了——当然这也是没办法的事情。其实从12年之后预算就一直在减少，直到上学年末学校跟我商量说想要停刊了，但是我还是很留恋她，我跟学校死缠烂打了好久才留住——但也只能做到明年7月了。"

"欸？"林琊傻了——这真是一场画风独特的工作面试——直接在一开始就向你明说：项目在9个月后就会关停，我也只能给你发9个月的工资。

学长对林琊的反应倒也毫不意外："就跟你讲我找你是抱着碰碰运气的心态嘛。"

"唔。"一时间不知道该怎么回应这么荒谬的工作，只从喉头挤出一个无意义的音节。

学长苦笑："哎，果然……当然你的心情我完全能理解！哈哈！我也觉得我挺自私的——身边但凡是有点才华的人几乎都被我烦了个遍，就想说服他们陪我一起做杂志——但这件事只是满足了我自己对《新影》的爱，对他们其实都没有什么帮助。之所以壮着胆子找到你，是因为听教授说你平时靠接一些杂志约稿赚钱，就想着说，那或许你多少会有些打发不掉的闲暇，说不定可以说服你做做看……总之，你可以考虑一下——作为'上司'我实在不够好，无论是待遇还是前景，我都给不了你什么保证，甚至直接告诉你会有关停的那一天。但在那天之前，我会一直把天撑着的，你什么都不用担心。"

学长这么说完之后，两人都沉默了一会儿。

但也没过多久，林琊开口说："做吧。"

这回应却让学长愣住了。

林琊挺愿意做的。

《新影》不是林琊会阅读的那种文学杂志，她太偏严肃文学的色调了。

但能在这种质感的杂志上开专栏，还可以作为这本杂志的编辑审阅很多作品，这两个工作对林琊来说都是极具吸引力的。

更重要的是——未来 9 个月林琊还有固定的钱可以赚。

那厢喜获一员大将的学长不掩笑意，跟林琊"以咖啡代酒"干了个杯后，殷勤地带着林琊一起去到了位于三教学楼顶层的办公室，一边和林琊聊天一边加班做着编辑工作。

其间顺便沟通了一下今后的工作内容，后来又将话题引申到了行业现状、再到未来发展、最后到了各种各样的地方去。

这个办公室里乱糟糟的，样刊纸张四处散乱着。跟学长聊着天，林琊就手帮他整理了一下。

总共有八个工位，却摆着两台电脑——还有一台落满灰尘。

"目前有两个人固定坐班吗？"

"其实只有我一个人。"

"你一个？《新影》可是一本80P的月刊杂志，里面5个板块，共30多篇文章的位置……都是你一个人负责？"

"对，就我一个。哈哈！偶尔请一个跟我关系很好的嫡系的本科学弟吃饭，让他帮我搞搞排版——但那个臭小子最近谈恋爱去了，没空理我。"

"嫡系学弟帮你非版？你是什么系的？"

"虽然我在你们教授手下，但我其实是影大设计学院的硕士——我学建筑设计。CorelDRAW（图形设计软件）我们大一就学会了。"

"学建筑？我以为建筑设计的男生都很……排斥文艺。"

"谁说的？你这叫'刻板印象'！反倒是你们影视学院——无论是学创作还是学广告的，都不肯来做《新影》！"

"鄙人替影视学院向《新影》道歉了。"

"哈哈哈！"

两人就这么一直滔滔不绝地闲聊到晚饭时间，又一起去食堂吃了顿饭。

实在是因为影大研究生宿舍在比较远的地方，而林琊还有工作需要处理，这才跟聊得格外投机的学长停住了闲侃道了别。

第四章·曙光

107

看着对方哼着歌走掉的轻松脚步，林珺默默地在心里给了对方打出了一个评价——很有魅力的男生。

虽然被梦想抛弃，却依旧苦苦守候梦想，并且守候得甘之如饴——林珺突然反省自己：跟这个人相比……是不是自己有点过分"习惯于自怨自艾"了一些？

林珺不免又想起了另一个"阳光型人格"的代表——唐玉树。其实相比之下，叶子学长长得没有唐玉树帅，身材也没有唐玉树好，气质……比憨傻纯净的唐玉树多了几分烟火俗气。可是林珺却警觉地意识到：好像自己和他这一个下午的聊天，竟比自己和唐玉树近两个月来的聊天内容都要多……

唐玉树像遥不可及的神明，叶子学长却像游荡在人间的布道者——他们同样有着救赎众生的力量。

可他们……

一个本该在天上，本该与自己这种魍魉毫无瓜葛。

可另一个，能与自己在人间狭路相逢……好像才合情合理一点。

"神明"在 11:41 通过人类发明的无线通信工具与自己这只"魍魉"再度产生瓜葛："你在做啥子？"

"躺着，准备睡觉。"林珺取出新的纸尿裤后微微蹙眉，目前这一袋便只剩两条——还要不要再买？也不知道什么时候可以彻底安心地停用……

电话那头的男生语气里没有了平时的积极："我可能废掉了。"

"什么？"

"根本没办法好好工作，一点方案都想不出来。"

林珺笑他的傻：你怎么还没搞明白？你一直都不是负责构思方案的那个职务啊……但为了保护男生的自尊心，林珺没说，只问他："怎么了？什么方案——陈逆他们也想不出来吗？"

"上次不是用雷音的儿童智能学习机批改了栗子科技 CEO 的文章吗？然后他们专门拍了一个视频短片，来反击雷音。"

"哦哦。"林珺记得。

先前是雷音科技 CEO 用自家儿童学习机"小材大用"地批改了栗子科技 CEO 的檄文——林珺提供的这个狠招一经出手，便引发了不小的轰动。这场闹剧的看客们都在等待栗子科技如何回应雷音科技的"羞辱"。

果然栗子科技并不甘心息事宁人——栗子科技的儿童学习机是在国庆黄金周上市的。上市的同时也做了声势浩大的宣传。而那波宣传活动里有一则视频广告成了国庆期间人们津津乐道的谈资——

因为栗子科技研发的儿童学习机里内置的"作文创作系统"更高级：这个系统里有个检索功能。"奉献""坚强""母爱"……输入任何关键词，都可以检索出来很多案例，学生看完案例之后就可以融入写作，非常方便。

但雷音学习机的"作文审阅"只能做完稿后的订正。

于是栗子科技就拍了一个视频广告，广告描绘的是一个小孩子们听同学讲故事的温馨场景：伴着舒缓的音乐，一个略带方言口音、腮上有两坨高原红的男生捧着栗子学习机，开心地给小伙伴们讲着"孟母三迁"的故事，而那些可爱的同学们也听得津津有味。可这幅美好的画面却突然被角落里站起身来的小男生打破了——只见他很字正腔圆地纠正起讲故事者的乡音，很煞风景。画面定格在讲故事的小孩子紧闭着不肯再开口的嘴巴，接着渐渐转黑，屏幕上浮起一行字："谁都应该有个畅所欲言的童年。栗子儿童学习机——给每一个孩子一座图书馆。"

明着是"反霸凌"的公益性广告。

暗地里在讽刺着几日前忙着"抠字眼"的雷音科技。

"那个反击的短片构思真的很精妙！"林瑯回想起来都不由得感慨。

唐玉树不许林瑯站错阵营："喂！干吗替他们说话！"

"哦好……"林瑯问，"所以你们打算怎么应对？"

唐玉树叹气，说："这就是问题……不晓得咋个弄嚛……方案想了一堆，选来选去也选不出个拿得出手的，最后硬着头皮交给了客户三个版本，还都被否决了。"

"别着急。我也帮你想想。"

唐玉树先说了句"好"，片刻又反了悔："哎算了别想了——这又不是你的工作。我们自己加油吧，别给你添压力！"

"好。"林瑯愿意负责。

"你呢？你说的那个工作——怎么样？"

"跟想象中挺不一样的。"

"不好？"

"挺好。"林瑯解释，"工作内容是我喜欢做的，上司人也很好。"

"那就好。"

和他聊着天，林瑯突然想起唐玉树那个把风镜摔出一道裂痕的头盔。那天向他询问时，他言简意赅地糊弄自己："赶着跑过来找你，不小心摔了。"

就知道是因为自己才摔坏的——平时他很宝贝，能不洗自己的脸都不能不擦拭那只头盔。林瑯觉得过意不去，又好像记得顺儿有发过骑机车的照片，于是立马点开跟顺儿的对话框向顺儿打听了一下："机车头盔换个风镜得多少钱？"

顺儿总是能一秒回应："好的还是一般的？"

但……给他定个好的吧："好的是什么好？质量好吗？"

"对。除了材质质量的差别，还有些功能性，但具体的我也不懂，啥光学原理啥的蓝光啊视野啊……但我知道还能防晒！"

"防晒？"

"对，防晒。"

是得防一下晒，毕竟唐玉树已经挺黑了。

"所有性能都好的一片风镜得多少钱？"

"这我就不清楚了……好像不同牌子都不同价格。"

林瑯回想了一下：唐玉树的那个头盔看起来质量很好的样子，大概得是个……"中上质量的品牌呢？"还没来得及发送出去，顺儿又发来一条：

"如果是像唐玉树那种的就比较贵了。他那个牌子是法国的工厂是德国的，那种国内都没有能维修的。只能买个囫囵的。"

"他那个……得多少钱？"

"多少钱都有的。我记得那个牌子最少也得3000多。"

林瑯看着屏幕上顺儿传过来的那个数字，只觉得一阵窒息。以至于没有听清依旧连着的电话那头男生说了什么话。

"哈？"

唐玉树又重复了一遍："你半天不说话，我以为你睡着了呢。"

"嗯……没有睡着。"回答起来都失魂落魄地。

他的一个头盔，折合自己三个月的伙食费……

没再继续和顺儿聊天，林瑯把手机放到枕边去，只挂着一只耳机，听着唐玉树工作敲键盘的声音。

安静地听了片刻，林瑯坐起身摸过手机来打开了一个文档App，写了点什么，写完传给唐玉树，平静地说了一句："我困了。"

唐玉树还没注意到文档，只听到了林瑯说的话："你困了？困了就睡吧。我等你睡着了再挂电话。"

"别了，挂了吧。"

"咋个了吗？我不打扰你，我键盘摁小声点。他们太吵了吗？我自己一个人搬去二楼工作。"

"距离太远了，有点难受。"

林瑯丢下这么一句没头没脑的话，就摁了挂断。

林瑯给唐玉树的是一段广告剧本。

本来被林瑯挂断电话之后还慌张了须臾，可注意到林瑯传来的文档，突然又乐了。

——看！他还是很喜欢我。

"不愧是影视创作专业的！不愧是个作家！"拿到林瑯的本子之后陈逆就连连称赞，微调几笔迅速给客户发了过去。凌晨1点时客户那边开完了会敲定道：就用这个本子拍！

这场公关仗里陈逆算是尝到了"公司有个文化人"的甜头，接下来的时间里林瑯就变成了陈逆心头的活菩萨。"文案"这种职务在广告公司里非常重要——以前规模不大的时候，这个职务完全可以靠陈逆和公司的几个孩子一起动用小聪明来顶着；如今接待起了大客户，陈逆就倍感吃力了。

第二天中午陈逆还专程给林瑯打来电话："瑯哥你怎么这么会揣摩受众心理啊？"

林瑯苦笑。久病成医吧……

"转行吧，以后来我们广告行业——你就是月薪八千的金牌文案！"

当然陈逆这么说的时候，林瑯听到电话那头陈逆遭遇了女同事残忍地吐槽："陈哥你别太飘了！我们还雇不起月薪八千的文案！"

唐玉树也嚷嚷着:"我们林瑯是要当作家的!你可别觊觎!"

那边于是笑成一团。

林瑯也跟着他们一起笑。

和这群人相识相处起来很舒服——除了唐玉树之外,还有一堆新朋友。

这些是林瑯不曾见过的热闹风景。

方案得到客户的认可之后便立即开始步入执行的阶段:找场地找导演找演员——好在这些工作依托陈逆和唐玉树二人在影大多年攒下的好人缘,推进得格外顺利。

周四时,终于利用"跟一个广告导演碰头"的工作之便回到了学校。为了避免在三环上堵车,两人7:30就出发,等到了影大的时候才不到8点。

早饭就吃得心不在焉,唐玉树最终还是忍不住,打包了一份豆花,向陈逆请了个假:"那个哥们儿说他马上到食堂。他以前跟我经常一起打球,人很好说话,价格我也已经跟他谈好了,你就负责跟他讲拍摄的具体内容就行——我先去找找林瑯!"

"你知道他在哪儿?"

"今天他没课,现在应该还在宿舍。"

"行,那我完事儿之后去找你。"

寻回601的时候林瑯还在睡觉,睡得很香甜。

唐玉树蹑手蹑脚地放好豆花,又忍着坏笑偷偷爬上林瑯的床铺——本意是想故意作弄林瑯,想看他被自己吵醒后搞不清状况的茫然神色。可躺下来的时候唐玉树又后悔了:万一林瑯是因为加班才贪睡,那自己吵醒他岂不是太过分了?

那……不然再爬下去?

算了,把他给折腾醒就不好了。

索性就这么躺着等他醒来吧。

放空着的这段时间里,唐玉树迷迷糊糊地神游到了另一个时空:自己依旧是躺着的姿态,依旧是清醒的神志,可自己却像被梦魇困住了一般,无法睁开眼睛。

眼睛睁不开,可耳朵里却有声音可供分辨——像是林瑯的声音。他像是在失控地大喊大叫,喊叫了一会儿,他好像又号啕大哭了起来。号啕了一会儿,一切声音都又消弭殆尽,于是自己像是坠入了极度安静的环境之中。又过了一会儿,林瑯的声音再次响起,仿佛很疲惫的样子,他清晰地对自己说了一句:

——"那我走了。"

林瑯醒来之前,乜正在做着梦。

梦里仿佛是在某个节庆,自己坐在高楼上看着万家灯火,可是唐玉树不在身边。

但顺儿在。顺儿问自己:少爷,我们也去看烟火吧。

林瑯不想去,说你去看吧,我困了……

唐玉树不在,自己哪里都不想去。

唐玉树呢?

梦里的自己好像又隐约知道他的踪迹——他在远处的小镇上，在一处厢房里，在睡觉。隔着山高水长，仿佛还能听到他的呼吸声就在耳边一样。

林琊于是在梦里生起了唐玉树的气：能睡大觉，也不能来陪我看烟火。

这气生了好久，气到林琊觉得自己连呼吸都一并困难了起来。

直到感觉小腿处挨了重重的一踹，自己才顺利从梦魇中脱身了出来。

林琊醒来警惕地回过头，看到唐玉树正满头大汗地从自己背后坐起身来。

"你怎么在我床上？！"

"你没走！"

该是做了噩梦。只是他还没顺利从噩梦里回过神来。

听唐玉树讲完从"爬上床"到"睡过去"的整段经历，林琊实在哭笑不得："你是笨蛋吗？"

唐玉树也觉得不好意思："是我把你给踹醒了？哪只脚干的？"——一副非要揪出真凶斩立决、替林琊报仇的样子。

"算了算了，我还得谢谢你。"林琊也算是因"这一踹"，才得以从一个莫名压抑的梦里逃脱出来。

听林琊这么说，唐玉树于是追问起林琊向自己道谢的缘由。

于是两人又一并躺好，一边养着神一边交换了彼此刚才经历的梦境。

聊完之后唐玉树眸子亮得出奇，抓着这两个"梦"大做起了文章："你看！你看！你晓得不？！那就是咱俩上辈子的事儿！我就说咱俩就是转世来的缘分！你瞧！那梦里不是吗？——我找不着你，你找不着我！"

"那咱俩上辈子的故事可真是够惨的。"林琊给神神道道的他泼了冷水。

一边插科打诨着一边下地来吃早餐："你俩见完导演了吗？"

"见完了——陈逆去对的细节。"

"不是说视频广告一周之后就要发布吗？那你俩还不赶紧回公司安排后续的事儿？"

"不急——我们公司过了中午 12 点才会陆续来人。"唐玉树垂头丧气，"你干啥子？急着赶我走吗？"

"不是。"林琊擦嘴，收拾起打包盒，"我是怕你耽误工作……"

唐玉树眼疾手快，从林琊手里抢过活儿来做——风卷残云地将打包盒装进塑料袋里系好，往门口一摆，转回头来问："吃饱了？"

"吃饱了。"林琊点头，拿起自己的洗漱用品，把牙膏挤在牙刷头上，往嘴巴里一戳，端着脸盆绕过唐玉树就往水房走去。

走到水房门口时手机响了。

林琊摁下接听键："欸，学长？"

"林琊啊！我已经到办公室了，你可以来了！"

校刊编辑部办公室的钥匙只有一把。林琊每天去得都很早，偶尔有几次站在没开的门外小等过片刻，结果迟到过两次的叶子学长实在过意不去，定了个规矩：我每天出发时给你打电话，你接到电话再过来。

林瑯端着脸盆走出水房来："嗯，好。"

"嗯。"

"欸……那个！"

"嗯？"

"学长。我……今天差不多 10 点过去？我有点……私人的事情要处理。"

"嗯嗯，好。不急——但我给你带了冰棍来着，看来两支都要被我享受了！"

"哈哈！那太不好意思了，那就替我好好享受吧！谢谢学长！"林瑯说着电话拐进了寝室。

摁了挂断之后林瑯才注意到吊在床沿上做着引体向上的唐玉树。

男生转回头来，问林瑯："你刚跟谁讲电话呢？叫得那么甜。"

"我叫他什么了？"林瑯回忆，"你说'学长'？"

"嗯。"

"就是编辑部的学长啊。"

"你都没叫过我'学长'。"——"我"字重音。

"你跟我同届，我叫你'学长'干什么？"

理亏的唐玉树说不出话，继续吊着床杆默默地引体向上。

林瑯看着唐玉树的样子，觉得好笑。继续"欺负"他道："那……我出门去工作了哦。"

"编辑部吗？"唐玉树松开床杆落地，"那……好吧。"

安静了一会儿又交代了几句："反正晚上记得给我打电话，我都有空。再等我一阵子……下周三、四我就没事儿了，我回学校来跟你待着。下周末我带你去玩儿？你还想看星星吗？或者我带你去都江堰？不是早就说去都江堰了吗？"男生就这么絮絮叨叨地说着话，一边往脚上套着鞋子——看样子是准备跟着自己一起出宿舍楼了。

林瑯端详着他这副样子，觉得好笑。

各自收拾了片刻，两人一并出了宿舍楼——唐玉树去找陈逆一起回公司，林瑯则要去主教顶楼编辑部。送走唐玉树之后林瑯就去工作了。

在那天之后，又是很长一段时间都没能见到唐玉树。

虽然没了生活中的接触，可唐玉树一直"阴魂不散"。

工作的空当里林瑯点开网页，上次没关的微博页面又累积了好几条未读消息。林瑯一一点开，全是唐玉树在 @ 自己。

这个家伙总是看到什么东西，就心血来潮地畅想一堆有的没的——看到狗的照片，他就 @ 自己，"咱俩养个狗吧"！看到漂亮的风景，他就 @ 自己，"以后搬去山里住吧"！看到山里野狗的图，他就 @ 自己，"以后搬去山里咱俩养个狗吧"！

林瑯挨个儿看了一遍，挨个儿笑了一遍，又挨个儿给他的回复点了赞。

这个家伙永远都在胡思乱想。

林瑯以前觉得他疯，现在却只觉得他可爱——不管他的胡思乱想合不合理吧，他总是对人生充满了五颜六色的期待。如果 NASA（美国航空航天局）下次发布消息说发现了宜

第四章·曙光

113

居星球，估计唐玉树也会畅想出和自己一并星际移民，然后在新世界里种土豆的故事。

刷完唐玉树的@，林瑯又看了一眼微博主页，刷新之后信息流出现的第一条便是赵妍妍发的新书预告：三十天沉静闭关！重修出道之作！新增万字短篇！另增美美写真哦！

给林瑯看笑了。

合着小说稿子没收到手，但档期定了又不得不赶，所以把旧书给重新修订了一遍？

就这样温文还愿意给她出再版新书？

真是"旱的旱死，涝的涝死"。

林瑯心头不悦，起身去饮水机那边倒水。见学长也正放开鼠标伸了个懒腰，于是跟学长搭了句话："温文文化很厉害吗？"

学长点头："很厉害。算是垄断了图书行业的巨头啊！"

"那……如果一个作者得罪他们的话，是会被堵死上升空间吗？"

"是。"学长点头，又沉吟片刻，对自己的回答做出了补充，"准确地说：'曾经是'。"

林瑯呷了一口热水："此话怎讲？"

"温文当年只手遮天，是因为天就那么点儿大。但是如今纸媒时代已经走到末期，新媒体时代开始了，温文就算即时做布局和调整，也不一定赶得上再伸出手遮住新媒体这片天——因为没有人知道这片天到底会有多大……所以，现在是一个特别的时期，找到风口并且稳稳地坐上去的话，其实温文也摁不死谁的。"

"可是图书市场不会随着纸媒时代过去而垮掉吗？"

"不会，放心。杂志会垮掉，但图书不会——纸质杂志出刊效率低，内容时效性又弱。尤其是资讯类杂志，如今早就被各种行业属性的公众号、意见领袖等冲击到无法运营下去了。只有时尚杂志和《新影》这一类的严肃文学杂志还可以苟活一阵子。"

"这是为什么？"

"先说严肃文学杂志——受众年龄相对比较高。新媒体发展再突飞猛进，五年内……啊，三年内吧……也不一定可以彻底改变这个年龄层的受众养了数十年的阅读习惯。不过，比如一些青春文艺类的杂志，现如今基本上都已经开始在新媒体上做布局了。再说时尚杂志——这类刊物本身已经脱离了刊物的性质，变成了一种广告效应的'高级'媒体，算是坐拥着新媒体无法取代的一些特殊性；但我觉得即使是这样，未来十年内这些时尚媒体也都会陷入'线上反哺线下'的窘境，终究也会走到'壮士断腕'的那一天……"

"那图书为什么不会像杂志一样被取代呢？"

"图书和杂志不一样。图书有极强的作者个人属性，因此连带便有了收藏价值。几年之内图书的传播性可能会大打折扣，但它在虚无感极强的新媒体时代，它的收藏性质反而会更被注意到——这是过分追求实效性的杂志所没有的性质。全社会阅读习惯的改变可能会导致图书的发行量总体呈减少的趋势，但图书的收藏属性被放大之后，搞不好定价还会越来越高呢。"

"懂了……也就是说新媒体的特性是高实效性和强烈的虚无感，所以在这个时代下，杂志这种原本追求实效性的品类会被甩开，但图书这种具有强烈个人属性的品类会被放大收藏价值。"

"没错。"学长点头，用一个简单的类比总结了一下观点，"就像谈恋爱：如果一个人喜欢你只是因为你好看，那么在医美日渐发达、'好看'这个属性渐渐泛滥的时代，作为恋人的你极其容易被更替。但如果一个人喜欢你是因为你的综合能力——才华、皮囊、资产、双商、三观，那么作为恋人的你就大概率会被长情地对待。"

林琊点了点头。

觉得叶子学长不愧是个准博士生，专业知识很足、又很会讲课。

周五的时候编辑部办公室里突然来客人了——一个学校里的老教授。

一进来就开门见山："能在《新影》上开辟一个漫画专栏吗？"

学长不解："《新影》是一个高年龄层受众的文学性杂志，开辟漫画专栏好像不太合适……吧？"

"别拿漫画不当文学！"老教授严肃认真，"另外——谁说漫画是只给低年龄层的人看的？"

"对不起对不起……"因为不可避免的知识盲区，连踩了两个雷的学长连连向教授赔着笑道歉，"但是目前栏目的确是安排得很满——加印张的话……预算又不够——您知道吗？《新影》只能再做 8 期了。"

亲自出马还是没能把事情搞定，老教授讪讪地坐下来叹气。

"当年《新影》创刊的时候，我们还请到过丰老先生作画！后来的诸多期也都找过国内各位大师！"他感叹着世风不古，感叹完又剧烈地咳嗽起来。

咳嗽完就点起了一支烟。

林琊看着那火星子心惊肉跳，又不好意思出言阻止，于是起身给老教授倒了一杯温水端给他喝，又倒了小半杯水给他当烟灰缸，最后默默地将文件搬开，紧紧盯着火星子，生怕有个意外"葬身火海"……

学长依旧在赔笑："您想开辟漫画板块……是有什么事想做吗？"

"我想在退休前，组建出漫画专业，带完一届学生！"

"那敢情好啊！"

"是不是？哎……小伙子你一看就有胸怀有见地！"被认可了想法，老教授的情绪才舒缓起来："你说我们百年影大——随便抓一个导演系的学生都会画分镜头，随便抓个编剧班儿的学生都会写剧本，随便抓一个美术系的学生都会画山画水画人画鬼，再随便再抓一个设计学院的学生都会做书籍装帧——这么多个系凑出来几个老师组出一个漫画专业，能给国家培养多少漫画人才？！"

"是啊——所以顺利吗？"

"各学院教职的拟申报通过了，教学委员会通过了，校长办公会通过……愣是卡在了最后一关——省教育厅没过过！说是'影大没有过与漫画相关的专业成绩'。你说他们是不是坐办公桌坐傻了——这么强大的师资，还愁以后交不出好成绩来吗？"

"所以您是想在《新影》上开辟一个漫画专栏，刊载一些学生作品来当作'成绩'，下次上报省教育厅的时候用吗？"

"差不多就是这个意思。开专栏不行的话，插画位置能给点吗？放心……那些人不懂，啥都不懂——也就是说，好糊弄！他们分不清'插画''漫画'，反正看着不像传统工笔画，

第四章·曙光

在他们眼里就都叫'漫画'了！"

"欸……这……"学长实在说不出什么话来应对，只能磕磕巴巴地发出些许无意义的音节——林琊看着学长脸上笑到发僵的表情，替他捏一把汗。

老教授继续出谋划策："钱不够是不是？管我要！"

"倒也不纯粹是钱的问题——主要是《新影》现在月订阅只有不到 200 本儿，这……算不上什么拿得出手的'成绩'吧？"

老教授这才安静了，半响后"啧"了一声："你们这届小孩儿不行啊……想当年我们办《新影》的时候，那销量最差都有三千！要不这样？我找我孙子问问去——他现在在搞什么电商渠道，啥宝啥东的，他都有点门路，你们把杂志放上去卖！"

林琊暗忖：看来老教授应该不知道"新媒体时代对传统纸媒的巨大冲击"。

见办公室里两个小年轻都安静着，老教授着实有点不耐烦了："这样，我自己包圆儿——我一期杂志给你们一万——8 期是不？给你们……就十万吧！给我把这事儿弄成了！你们考虑考虑，回头考虑好给我打电话。"

说完话，老教授把烟头往杯子里一丢，在桌面拍下一张名片，比了个"六"在耳朵边晃了晃，就脚下生风地走掉了。

老教授走掉后学长摸起名片加了老教授的微信，等待通过好友申请的空当，转过头来跟林琊面面相觑了一阵子。

对视片刻后学长"呜咽"了起来："该死……10 万！好想拿！拿下来《新影》还能再做个 12 期！"

"那就拿呗。"

"不行。"学长摇头："老爷子对'开专业'是真的有执念的，我不想辜负他。咱俩前几天还聊过纸质杂志的末路……时代变天的事情虽然老爷子可能不知道，但我们知道——所以他把钱往火坑里洒……我实在不忍心。"

"也是。"

"不过这老爷子挺飒的——他来的时候我以为他是个老学究，结果他刚灭了烟放下名片还冲我做了个'call me'的手势，那个劲儿让我一瞬间觉得他像个黑道大哥。"

"同感。"林琊点头。

"哈哈哈！"学长向林琊递来手机："并且你看他朋友圈——"

林琊接了过来，上下滑动。

最新的一条，老爷子晒着一堆《犬夜叉》的照片，搭配的文字是："在 11 区交换求学的弟子去拜访高桥老师，还不忘给鄙人寄回亲笔签名的单行本！"

再往前翻，甚至日常生活的分享，还配着野崎君和小埋的截图表情包。

林琊惊了。

这天顺儿又光临了 601。

"这个'陈逆'就是上次睡在唐玉树床上的那个陈逆吗？"

顺儿把手机凑到林琊眼前，林琊瞟了一眼屏幕：是陈逆的微博界面，里面有陈逆的照片。

"是呢。"

顺儿感叹："帅啊！不错啊！没比唐玉树差。"

"是呢。"

"你家唐玉树长得太正派了——浓眉大眼的，一看就是又老实又无趣的老好人！你看人家陈逆长得就比较反派，那眼神一看就很'贼'，俊朗里带着一股子邪气！嘴巴又小又薄，肯定成日里鬼话连篇，把谁都哄得五迷三道！"

"五迷三道。"

"可惜就是衣品也太差了——我要是跟他熟的话，我就天天教他怎么穿衣服！"

"穿衣服。"

"啧！"顺儿不乐意了，晃了晃林瑯，"你又打开'托管模式'应付我！你都不听我讲话！"

还真不是——林瑯跟顺儿坦白起脑子里各种飞来飞去的困扰：末路的纸质杂志行业、信念感极强的老教授、自己的事业规划……各种原本互不关联的事情，这阵子都挤进思绪里乱成了一团。

顺儿耐心地听罢，消化了一下："所以……你是担心自己的梦想也像那个老教授一样——追不上行业变迁的节奏？"

跟顺儿倾诉，本意是单方面地释放压力，却没料到这个小孩儿居然一瞬间就帮自己理清了思路——"原来是这样！"林瑯如梦初醒：只知道自己莫名地焦虑，却一直抓不到焦虑的源头。

"我最近在编辑部工作，看着学长那么有想法的人，却在花着大把的精力做着一件已经被'判定死刑'的事情……起初很欣赏他的情怀，这阵子却越来越搞不懂这件事情的意义……甚至于觉得……有点'下流'。"

"'下流'？"

"欸……可能措辞不太准确。"林瑯解释道："《新影》虽然是校刊，但毕竟是商业刊物。哪怕稿费标准极低、运营预算也极低……但每一期学校都至少需要投入过万的资金。而在学长东奔西走的纠缠下，终于把本来要停刊的《新影》又硬生生地续了 8 个月的生命……也就意味着学校因为他一个人的'梦想'或者'情怀'，而搭进去近 10 万块钱。"

"这么听起来……的确挺'下流'的。"

这个逻辑，林瑯在面试完工作的第一天，就模模糊糊地想到了。但当时的林瑯也并没有在意——反正我也不是什么"悲天悯人"的大善人，一个月 2000 拿到手，干完 9 个月就拍拍屁股散伙走人。

可是心情之所以强烈地动摇起来，却是因为那个老教授——他扬言要自己从腰包里掏 10 万块钱，通过资助《新影》的方式，达成他"在影大开设漫画专业"的梦想。

"先不论这 10 万能不能真的做出什么足够让影大多出一个专业的'成绩'来……我觉得比起赌'未来不确定的可能性'，至少这 10 万不该花在给《新影》买一个棺椁上……"

说完这番话，林瑯才有点后悔地拍了拍自己心口，向顺儿谨慎地询问："我这话……

是不是说得不太好听？"

顺儿一副"无所谓"的样子："我觉得还好。你说得很对啊！凭什么让老教授自己掏腰包出这10万块钱？前人栽树后人乘凉，老教授做的事一旦成了，是可以桃李天下的大功德！《新影》最后8期做得再漂亮，也就是如你所说的——'棺椁'而已。可能百万的投入对影大来讲都算不上什么大数目——但是，不管大小，钱就是该花在刀刃上！"

"就是这个意思。"林瑯点头，"所以我越想越觉得……帮不到老教授、还给学长打工的自己像极了'助纣为虐'的坏人——当然！我也不是说学长是坏人……他这么坚持做《新影》肯定也有他的初心——但……哎，老教授也实在可怜。"

顺儿忍不住笑了起来："所以我早就说——你真的别再演'凉薄'的角色了！真该给你录下来让你听听你自己刚才说的那番话，把'自我拉扯'表现得淋漓尽致！在我眼里你都快成菩萨了！要我说呀……你就真该冷漠点儿，忘了那个老教授，一个月2000拿到手，干完9个月就拍拍屁股散伙走人——你一点儿错都没有！"

"一点儿错都没有。"再次回到机械性复述句尾的宕机状态，林菩萨内心煎熬着难受，久久叹出一口气。

当然，对学长的那份质疑，林瑯并没有情绪化地带进工作里来。
翌日还是照旧来了编辑部办公室。
下一期的编审工作林瑯也已经做完了。又跟学长接手过几个作者的联系方式，对好了年末刊的约稿。处理完这些工作上的杂事之后林瑯起身走动着舒缓身体，顺带着将办公室里散乱的文件规整了一下。
从地上捡起脏兮兮的三张表格，林瑯盯着看了片刻："这是什么？"
学长接过去，看了片刻："哦……去年《新影》流产的三本MOOK。"
MOOK，Magazine 和 Book 的组合词。粗浅地解释就是"把杂志以书的形式发表"，没有杂志"一期一本"的节奏限制，一般一本 MOOK 就是一个专题。
林瑯在意的是——"《新影》有出书的能力？"
"有啊。"学长给林瑯介绍道："当年期刊还当红的时候——我们没轮到——大概是……四五年前吧？每年都能分到几个书号，给作者们做合集。如今书号还是有，但……已经做不动什么书了。"
林瑯开玩笑："今年有吗？可以送我一个吗？"
"可以啊。"没料到学长答应得这么痛快。
林瑯震惊："真的假的？"
"真的啊。你想出书的话，书号给你一个没问题——反正我也给你发不出什么奖金。"学长好奇了起来，"你想做你自己的书？小说？短篇集？长篇？"
"短篇集也可以……长篇也可以。"林瑯并没有想好——方才的问询只是玩笑话，并没有抱着得到肯定答复的期待。
不过很显然事情没有林瑯想象中那么如意，学长接下来就给林瑯当头泼了一盆冷水："你想要当然可以给你一个书号。但是做一本书很贵——书号也只是其中一个小环节。就算书号有了，设计、印刷、铺货、宣传，哪一个环节都得是五位数以上的成本投入，上不封顶。哪怕你不图正式上市，打算只印刷 500 本自己收藏或者赠阅，在有书号的前提下，进个印厂你自己也得掏上万块。"

"算了算了。"林琊把手里的纸片在桌面上掂整齐，放好在收纳架上，然后两只手分别捏了捏自己的耳朵，仿佛被烫到了手一样："这我可拿不起……烫手山芋。"

学长看着他的动作，忍不住笑了。

第四章・曙光

第五章
顽疾

Howling Breath

号啕呼吸

下班的时候叶子喊住林琊没让他走,说要请他出去吃火锅。

林琊想了想,也没什么别的事要做,就答应了。

等落座五分钟锅底端上来的时候,另一个男生姗姗来迟。径直走到叶子那一边去坐下,跟叶子打完招呼,又看了一眼桌子对面的林琊,稍微有点不客气:"这谁?"

"林琊——我跟你说过。"说罢叶子就跟那个男生插科打诨地聊起了近况。

忘记了该给林琊介绍一下来者。

或者说忘记了林琊的存在一般。

好在林琊也不在意。

趁那两人热火朝天地聊天的空当里,林琊急着处理唐玉树的"撒泼打滚"——这阵子因为工作太满的关系,频繁地忽略掉唐玉树发来的消息。"怒不可遏"的室友终于爆发了情绪——在对话框里刷了不下 10 个"哭泣的小狗"表情包。

林琊忍不住笑:"你从哪儿搜集来的?"

"为了表达我被遗忘的孤苦心情,我管全公司的人要的!"——字里行间透露着莫名其妙的骄傲。

"对不起!我最近真的也是太忙了。"林琊端正了态度。

唐玉树的气一向都很好消。就这么一句道歉,男生果然已经把情绪抛到九霄云外,换上了新的话题:"我想在公司附近租个房子,你要不要来跟我一起住?"

你倒是方便了,"那我上课上班怎么办?"

"有我啊。我都想好了:每天早起做好早餐叫你起床,然后送你去学校,我再去上班。晚上我把你接回来,然后再去公司加班。"——安排得明明白白。

林琊揶揄他:"倒像是个爸爸。"

唐玉树也回复了一句:"倒像是个爸爸。"但是配上了一个"坏笑"的 emoji 表情。

林琊反应了好半天,才意识到那个"老实人"在占自己便宜,本想骂他一句,但被殷勤的服务生给打断了:"热毛巾需要吗?"

"欸?"林琊伸手接过,"谢谢。"

擦手的时候,林琊才听到叶子在"撒娇":"没有你哥真的不行……"两人坐在林琊对面的位置,上演着"兄弟情"戏码:"哥给你下跪都可以——下一期的排版你帮帮我吧!"。

原来那个男生就是叶子口中"忙着恋爱无心工作"的"嫡系的本科学弟"。

苦笑着推开紧紧黏着自己的学长,男生连连保证:"好好好……"

122

"哎。"工作不易，叶子叹气，"果然'英雄难过美人关'——有了女朋友，就忘了这个'一起做梦'的哥哥了！"

听着叶子的揶揄，男生苦笑着低头喝着果汁，轻轻摇了摇头。

唐玉树这时打来了电话——这让林琊顺利找到借口，离开那个空间。

林琊从嘈杂的火锅店里走出来，摁下接听键。

"在忙吗？——聊着天人就不见了。"

唐玉树说完，林琊才想起来刚才原本是在和唐玉树聊天，先被服务员的询问打断后，就又加入了和学长他们的聊天，直接把这个家伙给抛之脑后了。

"啊……我在和学长吃饭——你那边工作怎么样？"

"你给的本子已经拍出来了，今晚就上线！真好！"

是啊，真好。

虽然"广告剧本"跟自己梦想的"小说作家"并不算重叠，但开个小差竟然可以参与到这么重大的品牌公关战里，林琊还是收获到了不小的成就感。于是忍不住问了唐玉树一句："这么大的品牌是怎么找到你们的？"

再笨，也听懂了林琊的潜台词。

唐玉树于是特别骄傲："别小瞧我们'点将传媒'。现在又不是'家天下'的时代，小豆芽也能顶得动大石头！我们策划做得好，品牌方口碑相传，人家当然就愿意找我们这种又小又新的公司——老公司不懂跟着时代变通，做出来的方案也不适合如今啊。"

"明白了。"

"哎……等做完发布，跟进完后续的琐事，我就可以回学校了。可以待很久！"

林琊笑道："你这成天三心二意地对待工作——陈逆不会因此不开心吗？"

"不开心……"唐玉树重复着这三个字试图思考，但刚超过三秒钟他就知难而退，选择了最直接的方式——"欸，陈逆！"

电话那头一声回应："啊？"

等不及林琊反应过来做出阻止，唐玉树在那厢已经问出口——"我跟林琊混在一起不好好工作，你会不高兴吗？"

林琊觉得自己无法呼吸。

好在陈逆应该并没有多想，只笑着回应唐玉树："我特别感谢这世上有另外一个人，愿意舍生取义站出来帮我分担'照顾白痴'的痛苦。"

唐玉树也笑着回骂陈逆一句："爬！"然后给电话这头的林琊做出总结，"他说不会。"

林琊被这一段逗得笑了好久。

"反正我可没啥子胸怀大义！我就没出息！"唐玉树对自己的"昏庸"接纳得非常坦然。接着又话锋一转："你说到'火锅'，欸！不如以后咱去开个火锅店吧？"

我什么时候说到了"火锅"？——林琊茫然，但也没计较下去，只是顺着话题问他："又在胡思乱想——你倒是说说看，你计划怎么开店？"

"你啥也不用干！到时候你就坐楼上的办公室里写你的小说，我负责看店！我累了就上楼去看看你，你累了就下楼来看看我。哪天不想干了我们就关门出去旅游，等散好了心

第五章 · 顽疾

123

再回来继续开。"——不出林琊所料，没一句有逻辑的。

"我性子不好，不适合和人打交道。到时候给你把客人都得罪光了咋办？"

"客人要刁钻，你就告诉我，我去骂他！"

林琊乐了："这么任性地开店，开得起来吗？"

"能。"唐玉树莫名自信，倒像是他曾贯彻着这种荒诞的运营逻辑把店开成功过一般。

就这么插科打诨了很久，最后还是唐玉树替林琊想了起来："哦！你不是在跟人吃饭吗？"

被提醒，林琊才倒抽气——"忘了！"

挂断电话回到席间时，那两个家伙好像吵起了架来——以至于林琊一瞬间不知道自己该不该落座。

不知道是怎么吵起来的——林琊目睹时，学长正质问学弟："当初不是说好了，要一起把《新影》好好做下去？"

学弟一副无所谓的态度，眼神不看学长，只盯着沸腾的锅："结婚誓词里都说不离不弃，可是离婚率不也很高？"

"你……算了，咱俩别吵了。你不想做那我以后也不强行拉着你——但你也别劝我停手！"学长先低了头。

"那你就做那些无用功吧。"但学弟还在不依不饶。

"我都说了——你别再这么评价我做的事情了！"

"你真的很不识好歹。也怪我以前年纪小，不知道人间疾苦，早知道你这么冥顽不灵的话，我绝对不跟你搞这些蠢事儿。"

撂下这句狠话，学弟把筷子一摔，起身走了。

叶子也是顺着学弟离开的身影，才看到在离桌子不远处尴尬站着的林琊。

除了一句"让你见笑了"之外，叶子没肯再开口说话，林琊也就识趣地没多问。

一顿五味杂陈的火锅吃完之后，两人保持着沉默出了商场往回学校的路上走。

吹了一阵晚风，学长才仿佛消化完了情绪。

"林琊，你知道我为什么招你吗？"

"嗯？"

"我以前只负责《新影》的设计。后来编辑部的人渐渐都走了，新人又招不到，全靠我一个人顶着，从一个设计变成了统筹编辑。但是，就算在《新影》待那么久，耳濡目染提高了一些文学素养吧……但肯定比不过专业的。所以我就招了你——你知道我为什么对《新影》这么坚持吗？"

我也好奇你"花着那么大成本给《新影》打造棺椁"的动机——当然林琊不可能把这些想法说出口，只是抛出一句"为什么"，安静地等叶子继续讲下去。

"影大的资源……是我这种底层出身的人能抓得到的最好的救命稻草——来到影大之前，我什么都不会，囊中羞涩、没有眼界——我这不是抱怨，只是客观陈述而已。其实直到大四临近毕业的时候我还没什么人生规划——读研，那也不是我的规划。在那之前我一直都是模仿着大部分同龄人的生活而生活——因为不知道怎么活。小时候山村里的人跟我说：你要读名牌大学。后来读到了，新闻啊同学啊他们又都跟我说：本科生遍地都是，不值钱。好……那我就读研——你看？我一路以来都是像片叶子，被吹着随处飘。"

林琊不知道该怎么接话，只轻飘飘地应付上一句："谁不是呢？"

没料到叶子转过头来，看着林琊："你不是啊！"

"欸？"措手不及。

"你，还有秦擎——就刚那个学弟，你们都不是。你们都是很有主意、知道自己想要什么的那种人，我很羡慕。"

"……"我这种人也配被羡慕？

"我大四研究生录取之后正式接手了《新影》。那时候别人都跑了——大家都跟我不一样，都很优秀，在校外接触到了各种社会资源——只有我自己太废。唯一能做好的事情，就是把《新影》做下去，通过编校刊来跟教授们，跟影大出版社等保持好关系——没想到我押错了宝：纸媒时代已经翻页了，《新影》从原本的光鲜亮丽，最后变得什么都不是，甚至面临被停刊。"

林琊很能理解他的感受——毕竟自己也是半斤八两的样子。

"有天秦擎敲门儿找过来。当时他捧着我正式接手后做出的第一本《新影》，跟我说，这设计好牛啊！版式、封面都好看！他问我这个设计是谁，说想进编辑部来跟这个人学习。我那时候正缺人手，就带上了他——我很佩服他，遇到想要的就敢争取。跟他一起工作时我大四他大一，那时候我才好像找到了我的意义——被我很羡慕的人崇拜着。"

林琊很能理解他的感受——被自己羡慕的人需要着。

"我很沉迷那种感觉。渐渐的，跟他越来越铁。我俩以前是那种……别人眼里的叛逆青年。人们只知道玩儿音乐的爱搞叛逆，不知道我们玩儿设计的也爱搞叛逆。本科毕业后到研究生之前的那个暑假，学校不保留宿舍，我只能在外面租房子住。他知道我很穷，跟我说一起租个房子方便做《新影》。那个暑假我俩玩儿疯了，喝酒、涂鸦——传说中艺术家们该做的事情我俩都玩儿了。虽然我比他大，但其实都是他带着我，带着我去玩儿、带着我看世界。他带我玩儿的时候，出手总是很阔绰，我一开始以为他很有钱，后来才知道他帮我分担那么多，其实用的也就是他自己固定额度的生活费而已。有一次喝多了我问他，你不嫌弃我这个乡巴佬吗？他说他看中我是个潜力股，他叫我'哥'，他说：'哥你以后一定很厉害，我提前巴结你，以后你不能忘了带着我玩！'"

林琊感叹："好有青春电影的感觉！"

叶子笑了笑，继续道："可是好不容易我拼尽全力盖出了一座我能力范围内最好的房子，他却不乐意住。反正……很不好受。觉得我欠他的，没机会还；我想给他的，他又都看不上……我以前以为，我之所以变成一个有方向的人，是因为我在意他看我的眼神。现在才明白，原来我在意的是我从他眼里看到的那个我自己……可是现在他不看我了。"

"所以……你是觉得秦擎不在，做《新影》意义就消失了吗？"

"对。"叶子点头，又补充道，"当然也不是说我对《新影》没有感情，我对《新影》有着持久的爱——不然我不会贴钱给你发工资。"

林琊愣了："我的工资……不是学校给补贴的？"

叶子讪笑："你以为我纠缠着校方把《新影》扛下来的代价是什么？没有运营预算，也没有稿费预算——只约名家的旧稿或者二手稿，又或者约新人的稿子……总之靠四处求人来收内容——影大只批准了我一个办公室和一年的刊号而已。"

林琊突然很后悔自己跟顺儿聊天时，用"下流"这个词形容过他。

"总之……没错，意义消失了……一半。"

事已至此，林琊也想明白了，索性问了叶子一句："如果秦擎愿意跟你一起做《新影》，但《新影》面临停刊也是已经确定的结果……即使是这样，你还觉得有意义吗？"

叶子苦笑："我总觉得……至少给我留了一段时间，这个时间里……我可以努力再盖起一座新房子。哈哈！"

林琊也笑了："原来我就是个工具人？"

"对不起。"他道歉。

"别放心上，我也是跟你调侃。"林琊拍了拍叶子的肩膀，"那么……我辞职。"

"欸？"

叶子停住了脚步，可林琊没有。

他走远几步之后才回过头来，对自己笑，"我很认可你这个人。所以……'新房子'的工程开始后，记得把我找回来当工头。"

雷音科技发布了一支广告片。

广告描绘的是一个温馨的学校场景。初为人师的青年游走在班级里，听到一组孩子们在聊"宇宙飞船"，她便弯腰加入讨论："这个老师告诉你……"切换场景到另一组孩子们在聊"什么是人工智能"，她便又迅速赶去循循善诱："这个老师知道……"再切换到下一组孩子们讨论"孟母三迁"典故的场景，她又迅速赶来。第四次场景切换，一个孩子看着一个生僻字喃喃自语着"这个字读什么"的时候，老师气喘吁吁却依旧保持微笑着迅速赶来，正要开口时却被一个看似严肃的年长的教师阻止。接着，老教师给孩子递来一台雷音学习机。接着画面渐渐转黑，屏幕上浮起一行字："我们无权替你去看世界，我们只教你如何踏上属于你的征程——雷音智能儿童学习机，授你以渔。"

明着是倡导"过程大于答案"这种理念的公益性广告。

暗地里在讽刺栗子科技过度的"保姆式服务"对儿童学习习惯的忽略。

虽然针对的客群是儿童，可实际买单的却都是家长。其实追根究底，两家学习机的功能价值其实并没有多么明显的孰高孰低。从"教育理念"上占据舆论高地，打动家长的心，才是在这场公关战里得胜的关键——写这个广告剧本时，林琊便是用这个思路着笔。

广告一经发布，果然再次掀起了极高热度的讨论。

刷新着手机屏幕上各个社群网站对"雷音VS栗子之战"的讨论，林琊感慨：新媒体时代确确实实地霸占了"当下"——如果放在五年前，半个月内两大品牌你来我往的精彩斗争，大概率是没办法被展现的。

"现在是一个特别的时期，找到风口并且稳稳地坐上去的话，其实温文也摁不死谁的。"

"早知道你这么冥顽不灵的话，我绝对不跟你搞这些蠢事儿。"

"现在又不是'家天下'的时代，小豆芽也能顶得动大石头！"

林瑯躺在床上闭着眼。

恍恍惚惚间觉得自己看到了一座大房子。它金光闪闪的。

风风火火地闯回宿舍时，唐玉树扑了个空。

才拍着迷糊的脑袋想起来——林瑯今天有课。

于是又风风火火地闯进主教楼。结果刚找到林瑯上课的教室门前时，中午时段的下课铃就响了起来。

唐玉树又拍了拍自己迷糊的脑袋——不看时间，只是一个劲儿地瞎闯。

如果换作是林瑯的话，他可能就很有计划地"先去食堂点好饭，免得跟人抢窗口"。

想着唐玉树就又乐了：我们林瑯真聪明。

索性就在门口等林瑯出来——大不了食堂人太多，就带林瑯出学校去吃东西。

结果等到教室里的人已经快要走空了时，唐玉树还是没能找到自己的室友。

"难道乖孩子也旷课了？"

哎……唐玉树苦笑：不能怪别人总拿自己的智商开玩笑。

今日一大早被陈逆告知："目前就没你的事儿了，你快回学校去找林瑯吧，下午把他带过来一起吃庆功宴！"

当时的唐玉树一蹦三尺高，抱起自己的头盔摸起钥匙就奔出了公司的门。

只想着要给林瑯一个惊喜，却完全没做计划，导致这个惊喜失效。

落寞地站在原地想了想，唐玉树决定再找去食堂碰碰运气。

其实林瑯今天来上课了，只是临近中午的时候收到了叶子发来的消息。

林瑯当时看着那条消息，想了想决定早退去见见他。

两人约在食堂见面，叶子从书包里掏出样本来，递给林瑯："我想通了——这就是最后一期《新影》，这几天我再把所有的工作好好地收个尾，我也辞职。"

有林瑯参与编辑的这本《新影》，毛坯出来了——封面和书胆还分开着，可林瑯摸在手里，却觉得很扎实很完整。翻到这最后一本《新影》的最后一页，林瑯在版权页上看到了自己的名字。指尖在那小小的铅字上摩挲了片刻，林瑯才在"统筹编辑"的位置上看到了叶子学长的名字。

"原来你叫沈曳啊。"

"是啊——原来你不知道我叫什么名字？"

"你也没自我介绍过啊。"

"哈哈，那是我失礼了。"

"那之后你决定做什么？"

"还没想好……但不管做什么吧，总之是让该过去的过去，让该走的情绪的走掉。"

沈曳这么感叹道，又看向林瑯，"我以前构思过很多种想法——关于《新影》的最后一期，是做个回顾合集？还是做个校友合集？但当我下定决心接受'突然停刊'的想法时，我才发现这一本就是最好的收尾——没有悲伤的气氛，就不着痕迹地、平静地结束——这就是最从容的结束。总之……谢谢你啊，林瑯。"

沈曳说这番话时很郑重。

有多郑重呢？他伸手，拍了拍林瑯放在桌面的手——以林瑯对这个人的认识来看这个动作，林瑯并不觉得奇怪：沈曳本身就是个情绪比较浓重的人。

他在表达情绪这件事上，和唐玉树有点像，都是那种坦然且不加收敛的。

所以林瑯也没有多想，很坦然地向他点了点头。

只不过回神时，发现桌边站了一个男生。

林瑯抬头看，认出来者之后很惊喜："唐玉树？"

沈曳那厢拉好书包拉链，也客气友善地向来者打了招呼，问林瑯道："你朋友？"

"嗯。"林瑯点头。

"哦。那你们聊，我就先撤啦。"

林瑯还不忘把毛坯《新影》交还沈曳："这个你忘了。"

沈曳摆了摆手："我把她留给你了，你要好好收藏。"

吃完饭后两人回到宿舍楼。林瑯把那本《新影》收起来，又从床下抱出一个箱子，递到唐玉树面前："喏。"

"啥子？"

"自己拆开看。"

"给我的？"

"嗯。"

不出所料，唐玉树果然又乐不可支了。

七手八脚地拆开包装后唐玉树愣住了——林瑯给自己买了一个跟自己的那个一模一样的新头盔。

唐玉树知道那个头盔多贵，有点心疼，于是看向林瑯。

林瑯笑着看他："喜欢吗？"

那笑脸让唐玉树更心疼了起来："你怎么花这么多的钱？"

"我把你那个弄坏了。"

"不是你弄坏的——是我自己不小心磕坏的。"唐玉树有点生气。

但林瑯仿佛没意识到男生的情绪一样："反正……间接因为我。"

"跟你没关系。"

林瑯没跟他继续犟，只是把头盔不由分说地捂在了他头上："头围合适吧？"

还挺合适的……

但这不是关键！

唐玉树想跟林瑯掰扯清楚谁才是摔裂头盔风镜的元凶，但头被林瑯给罩在了盔子里，说起话来并不方便。

这时候电话响了。

摘下头盔来摁了接听，陈逆在那边大呼小叫："你怎么还不回来呀！你快回来呀！带着林瑯！下午要去看电影，玩密室，唱KTV！别让大家等你！"

被陈逆一通嚷嚷给喊蒙了，唐玉树这才想起来自己回学校的目的。

挂断电话之后拍了拍自己迷糊的脑袋，又忘记了方才的爱恨情仇，唐玉树乐乐呵呵地抓起林瑯："走！我们去庆功！"

之后再次回想起来要跟林瑯掰扯的时候，车子已经开上了三环。

隔着各自的头盔，说话不方便。

唐玉树无奈地叹了一口气。

与他们一起疯玩了一下午，这全程中唐玉树都忘记了"头盔"事件——林瑯庆幸他没再跟自己提起……

可林瑯又明白这份"庆幸"无非是掩耳盗铃——来日方长，他总有跟自己算账的时候。

林瑯知道唐玉树不喜欢自己"总是把账算得太清楚"的做派……可林瑯真的一分一毛都不想要对唐玉树有所亏欠。

因为这份关系的两端……实在太不平等。所以你的所有"善意"，看起来都很像对我的"垂怜"。

我也不是计较与你孰高孰低，只是我目睹过太多的出尔反尔——所有曾在最初对我怀抱热望、施舍过我"特权"的人，最后都会反悔，打我骂我，甚至向我索要补偿。

我不是嫌疼，我只是不想自己终有一天再度成为被"阳光"嫌恶的人——那样我会崩溃。

我不是对你没有信心，我只是见惯了"人之常情"。

我也期待你是不落窠臼的那个。

可想到这里，我往往又会觉得自己糟糕透顶，本也没资格期待你什么。

唐玉树和陈逆的公司名叫"点将传媒"。

据陈逆说是他跟唐玉树决定一起注册公司的那天，梦里梦到的名字："只是迷迷糊糊记得梦里的读音，不记得字儿是不是这么写——当时梦到一个深宅大院，就叫这个名字，觉得好听，第二天醒来就决定拿来用了！"

林瑯心想你这家伙还挺随便。

席间的话题从公司名字的由来聊到哥俩大学时候的糗事，林瑯旁观着他们的谈笑，也不住地跟着笑了起来。

中途雷音科技的CEO还给陈逆和唐玉树打了个视频电话，称赞两人"年少有为"，两人还把镜头转向林瑯，向那个业界大佬介绍他："作家！是他出谋划策的！"

林瑯努力维持着大方的态度与这个业界大佬招呼了几句。

等电话挂断之后，林瑯才舒了一口气，自嘲着应对他们的吹捧："我没见过这样的场面……其实所谓的出谋划策，也只是平时小肚鸡肠惯了，知道被欺负了该怎么回应。"

陈逆不许林瑯妄自菲薄："你以为所谓的'公关学'是多高深的学问吗？其实就是教人和平时怎么吹捧，抬杠时怎么诛心而已！况且——"说着，他掏出手机给林瑯看了一张雷音CEO和栗子CEO朋友圈的截图——两人平日里其实一直在称兄道弟地相互评论着彼此的朋友圈动态，颇有"相爱相杀"的架势："他们私下是朋友关系——公开拌嘴也只是图吸引眼球而已。"

第五章·顽疾

129

林琊不解："他们不是对家吗？"

"他们是一家。"

"什么意思？"

"雷音粉和栗子粉各霸一方，同一款产品不买我的就买你的——这才叫高手圈钱。"

"哦……所以说他们背地里是一起的啊……"林琊努力消化着这些商场上错综复杂的关系。

"可以这么说——他们向下瓜分同一圈用户，向上也在汲取着同一家资本。"

"同一家资本？会投资两个竞品公司？为什么？"

"资本的财力够雄厚的话，恨不得投同个行业的所有竞品公司——投一家不需要多少钱，但只要一个赚，便是百倍千倍的回本。人家资本要的是垄断一个行业，赌的是整个行业的前景。"

林琊听了一哂，只觉得自己好像什么都不懂。

可再继续消化，又觉得自己仿佛就是个"创业团队"，唐玉树则是背后高高在上的"资本"——关系一旦建立，那么一旦有铩羽而归的那天，自己输掉的将是一整个自己；可唐玉树输掉的，只是一个过客，罢了。

火光是飞蛾的心之所向，可也能成为飞蛾的葬身之处。

你我悬殊太大，所以游戏从一开始就称不上"公平"。

林琊默默地抿了一口茶。

这场庆功宴里，还不够熟识的同事们在闲聊着八卦。烧肉在铁架上任人翻动着，滋生着油烟发出微弱的叫嚣。

良久林琊回了神来，提起筷子的时候，才发现自己餐盘里烤好的肉已然垒成了一座"岌岌可危"的小山。林琊侧头看向"肇事者"——唐玉树不懂自己方才在胡乱思索什么，只是因为自己看他，他就乐了。

唐玉树嘴里嚼着的肉还没吞下，含混地关切道："你怎么不吃呢？"

"吃。"

林琊把唐玉树堆在自己碗里的烤肉夹了一块在口中，烫得要命。

可还是用力咽了下去。

林琊自己是写文字的，因此看过不少小说，也看过不少被杜撰出来的"清冷孤傲"的角色："他们"都是用一双冷冽的眸子遍看人寰，行至末端时，一片烟火都不曾沾身。

林琊未免觉得都不太像真的。

就像溺水的人不会任由自己闭了口鼻安然就死；就像贫贱至极的人为了钱财也甘心爬过千张床榻——越是从泥泞里爬出来的，越是顾不得脸面，越会拼命抓住每一根救命稻草。

反正已经身在地狱了。

自己终究在最想放弃的那个关头上，拼着最后一丝求生意志，顺着那片光寻索了过去，于是之后便误闯进了他所在的天堂……

天堂的温暖美好，是真的。

但久居幽冥、靠着蚕食卑劣丑陋而脱胎出凉薄本性的自己，与这个温暖美好的世界，终究不相适应。

到凌晨1点多他们才散伙。

唐玉树去了厕所，陈逆已经打发同事们各自回家，此刻正和林琊站在饭店门口等着唐玉树。

"我给你转5000吧。"陈逆突然跟林琊开口。

林琊吓了一跳。想了想，以为他口中的这5000是要给唐玉树的头盔买单。

"什么意思？"

陈逆解释道："雷音的这个案子你帮了我们不少忙，相当于做了一次策划案、又写了一次广告剧本。按外聘专家的行情来说，5000真不算多。但我们是小作坊，也没什么钱。"

他企图用"我们小作坊没钱，5000对不起你"来斩断自己拒绝的退路，但林琊还是没肯收下，轻飘飘地甩出一句"不用"。

"哎，你不用这么客气！"

"我是不客气——客气我就心安理得地拿了。"

陈逆没明白林琊的意思。

"因为是唐玉树的公司，所以我帮忙出个点子，也算帮自己人而已。"——我想竭尽全力来证明我站在他身边，对他来说是有作用的，对他来说是不亏的……

见林琊态度强硬，陈逆就没再把这个话题继续下去。

虽然遗尿症很久没有复发了，但除了自己失禁的状况之外，林琊跟陈逆也没有熟络到那个份儿上，于是不想随唐玉树一起住在陈逆家，就开了一个快捷酒店的房间。

酒店所在的位置就在几百米开外，告别了陈逆之后林琊和唐玉树一并散着步走过去。

走到半途的时候，林琊接到一通电话。

唐玉树回头瞅他，好奇深夜1点多找林琊的会是什么人、会是什么事。

林琊那厢看着来电显示发了片刻的愣，铃声响了很久之后才接起来："怎么了？"

一边接通，一边向后退去几步路。

观察到林琊的这个动作，唐玉树立刻转回身要跟上来，却被男生用眼神制止。

林琊把视线丢在不远处唐玉树的胸口上，思路留着应对这通电话。

只听电话那头的人含糊不清地说了一大堆，林琊只从中顺利地识别出一句——"生了你就跟没生一个样"。

有点无力："你是不是喝多了？"

"喝多了又怎么样？"那头的声音结结巴巴，"我要再生一个！"

"可以。"林琊觉得自己在哄小孩儿，"你今年四十七，再生一个你要靠自己去养他，别指望我——我连我自己也养不起。"

男人还在电话那头纠缠不休，林琊也忍着，默默地听了很久，直到那头醉鬼的手机似乎被身边人们拿走挂断，林琊才放下手机揣回兜里去。

从只言片语里捕捉到了不得了的信息，唐玉树眉头拧巴着看林琊："发生什么了？"

林瑯抬头冲他挤了一丝笑，只跟了上来，却没回答唐玉树的问话。
　　看着林瑯明显并不由衷的笑，唐玉树心里难受：你宁可用假笑应付我，都不愿意告诉我吗？但唐玉树也识趣地没有追问。

　　进房间时，林瑯察觉到自己的手机振动了一下。从口袋里摸出来手机，林瑯看到一条5000元的到账短信，三条陈逆的消息。
　　"别不拿自己的才华当价值。你要总这样，下次我不敢找你帮忙了。"
　　"这点钱我掏得已经很没脸了！正规行情价，外聘专家都直接抽案子的提成的。"
　　"现金不足的部分，就让傻大羽多多照顾你来补足吧！"
　　林瑯把手机摁灭，重新揣回兜里。看向唐玉树："陈逆给我钱的事儿——是你的主意吗？"
　　"什么钱？"唐玉树一脸茫然。
　　"说是外聘专家的费用。"
　　"哦哦，该给！你给我买了头盔，我也怕你揭不开锅！"从口气里听得出唐玉树对"林瑯还了自己一个囫囵的头盔"这件事有点生气。好在性子温和的唐玉树就算生气也只是一副"你欺负我"的撒娇态度。他一边脱着T恤，一边故意说着气话："我给你什么你就还什么——你咋不把上次你喝多时那一晚的房钱也跟我摊了？"
　　这次倒是换成了林瑯一脸茫然："我不是转给你了吗？"
　　唐玉树瞪大了眼，翻出手机在一堆短信里看到转账记录。这阵子工作忙，一直没注意到过。本是开个玩笑挤对他，却没料到他早已这么做了，唐玉树真的有点生了气。
　　可是看向林瑯时，林瑯却在冲着自己笑。
　　"你笑啥子笑？你是看不懂还是装傻，你不知道吗——我不想你这样！"
　　林瑯脸上的笑停了几分，又重新笑了回来："亲兄弟明算账。"
　　"可是……你钱够花吗？"
　　"够。你放心。"
　　"哪儿来的钱？"
　　提起这个林瑯是真的开心——需要用钱的关头上就来活儿，也算老天保佑。这阵子接连接到了三个杂志的约稿，还有两个刊物临时缺救急的稿子，买了林瑯的旧稿；以及开学后跟着导师做案子的钱发了，数目还意外的多。
　　就算给唐玉树买完那个"贵得离谱"的头盔，账户里也还剩2000多。
　　林瑯还没来得及说，唐玉树就板着脸："那头盔我自己也舍不得花钱买——那是我小姨送的。你'学长'给你发工资了吗？"
　　辞职的事情林瑯还没来得及跟唐玉树说，所以他还不知道。
　　林瑯跟他开玩笑："他叫沈曳——你不是不许我叫他'学长'吗？"
　　唐玉树却没心思开玩笑："他给你发2000？"
　　林瑯不明白唐玉树追究这个干什么。
　　唐玉树不开心："2000块钱算什么？……不然你干脆来我们公司当文案吧！3000——不用坐班不用打卡，每个月帮我们出出点子就行！"

2000块钱算什么？是啊，对你来说不算什么，对我来说够在学校食堂吃两个月。

林琊没有理会唐玉树，只当男生在胡闹。

但唐玉树接着又报了一个数字："4000？"

还是没有回应。

"6000。"

没有回应。

"8000。"

林琊笑了，不耐烦地催促唐玉树："赶紧洗澡去吧！别在这儿闹了——你当我是什么珍宝拍卖品吗？还一个劲儿地叫价。"

唐玉树却偏执起来了："10000。"

没回应。

"12000。"

这次林琊连笑都挤不出来了。他站直了身体，朝唐玉树看了过去。

林琊的眼神冷得让唐玉树害怕："你当我是什么？你是在看我能被多少钱砸到放下自尊心吗？"

的确不想惹林琊生气，但唐玉树真的有点搞不懂："来我们公司工作跟要你放下自尊心之间有什么联系？"

林琊没再看唐玉树，安静了半晌，说："如果你只是一个跟我素昧平生的老板，我去求职你给我高薪，那我心安理得。但你是朋友，你是在施舍。"

唐玉树有点恼火："我是你朋友，我招募你就变成施舍了吗？"

"不然呢？"林琊冷笑道，"比我厉害的广告学科班人才多的是，你为什么非要我去工作？"

"这不就……遇上了吗……"唐玉树觉得自己的嘴巴已经发挥到了极限，实在辩驳不了了，可心里还是怄着气。最后原地转了几个圈，又面向林琊的方向，"不要是吧？"

"不要。"男生软硬不吃。

除非你跟我一样一无所有，我们才可以平等地、无私地分享彼此贫瘠的世界。

但你是云端上的天神，我是炼狱里的罪徒，你施舍给我的每一份嗟来之食，都是锉向我自尊上的每一刀。

可唐玉树，我也只能仰仗我单薄又廉价的自尊了。

林琊打心底里舍不得跟唐玉树吵架。

趁房间里的气氛安静了下来，就先去卫生间洗澡了。

唐玉树赌着气，窝在床上摆弄着手机。

给陈逆发了一条消息："闹别扭了。"

"是因为我给他转钱，所以他生气了吗？"

"不是……他没生气——好像刚才一直是我像个憨憨一样在发脾气，他全程面不改色心不跳。"唐玉树丧气地回陈逆。

第五章 · 顽疾

133

除了最初认识的时候林瑯对自己发过脾气，愈渐熟识之后，林瑯却反而变成了一个没脾气，甚至总是"过分包容"的人。哪怕两人之间偶尔有摩擦，微小的火花也都会被林瑯不着痕迹地轻轻捻灭——"这才是问题！"

陈逆不解这为什么会是问题："这不是说明林瑯很成熟吗？"

"不是成熟……这是客气！这是客套！这是距离感！"

陈逆用满屏的"哈哈哈哈哈哈"表示自己被唐玉树的脑回路逗得有多乐。

见陈逆笑得那么猖狂，唐玉树更气了："我搞不懂他为啥子不许我对他好！我就觉得……他越是绷得紧，那就说明跟我越有距离！"

"你这是当局者迷！"陈逆没再继续嘲笑唐玉树，"我看他明明就很懂分寸！"

唐玉树呆了几秒："咋个说嘛？"

"刚散伙的时候，你不是尿尿去了吗？"

"嗯。"

"等你上厕所的空当，我说给他钱，他不要，他说你是他的'自己人'，所以拿钱反而生分。"

"你说他奇不奇怪？我给他点儿什么，他就都如数奉还！他给我什么，却死都不肯我还他！"

"他绝对不是想要跟你划清边界，他只是有自己的分寸而已——你放心吧！"陈逆这般打了包票。

如果面前有镜子，唐玉树就能看到此刻自己的表情多古怪——明明眉关还因为跟林瑯赌气而压着，嘴角却因为陈逆的话咧得老高："哦，那我信你……"

但陈逆这个"兄弟"的义气让唐玉树感动不过三秒："毕竟你已经傻到令所有人都不免生出同情心的程度了——谁会忍心欺骗一只小狗小猪啊？"

唐玉树回他："爬！"

陈逆又给唐玉树发来满屏的"哈哈哈哈哈哈"。

玩笑开够了，陈逆认真交代了唐玉树一句："我看林瑯是个极聪明的人——但，有些事情上处理得也挺笨。你哄哄去吧！"

"要的！"像是被打了一针强心剂，唐玉树于是心满意足地放下了手机。

林瑯洗漱到一半，唐玉树就冲了进来。

他拉开玻璃门，气势汹汹但红着一张脸："我来道歉的。"

"道什么歉……"虽然不是没被他见过，但林瑯实在有点害羞。

"想给你开工资让你来我们公司工作——这个主意我出得不好！我以为我已经顾虑得很周全了，没想到还是让你觉得不舒服了。我反省了！"

"水声太大，听不清……没事没事！"林瑯有点哭笑不得，打算先打发走这个家伙，"好了好了你先出去！"

唐玉树纠缠不休："我等不及！我反省好了就一秒都不想跟你赌气。"

林瑯觉得自己又在哄小孩儿："行行我知道——你站远点儿，衣服要弄湿了。"

"那我不管！"

唐玉树总是这样。

林瑯心想：他这个人对于朋友，会无端地生出一种大包大揽的心态——一切关于你的未来、现在、甚至于过往，他都想要承担下来。

这让林瑯觉得自卑——自己的凉薄自私在他的热忱坦率面前，越发显得面目丑陋。

明明不是讨厌他，可……偏偏就是找不到与他平视的底气。

林瑯想起刚才回来的路上父亲打来的那通电话——"生了你就跟没生一个样"。这样的话，会不会在未来某天唐玉树的嘴里说出来？——"认识你就跟没认识一个样"。

林瑯不敢想象那种失望。

我多丑陋，我自己看到也就罢了，我不想有一天你受够了我，用冷眼看着我，口中言之凿凿地数落我。如果自己不是个千疮百孔的烂人，如果自己出生于一个温和的家庭环境，不需要有钱有势，普普通通就可以，甚至穷苦点也可以；有相伴扶持的父母，而不是"一个极端，另一个不是好东西"……他们爱自己，于是自己被爱过，于是自己知道要怎么去爱别人。

你热忱无畏，我草木皆兵。

你乐乐呵呵玩耍的年纪，我正在忙着从衣服上努力地拍掉母亲的血……我们不一样，可谁都没有对错，只是……

你很好，但我们终归不是一个世界的人。

唐玉树说了好话，可林瑯却一直没有什么反应。

唐玉树问他："你在想什么？"

"我在想……"水流落在林瑯的脸上，他却执拗地不肯闭眼，"不然就当……我们从来没有认识过吧。"

唐玉树没说话。

他看了林瑯很久，才丢下一句："林瑯，我遇到你之后，才发现我自己也会有无助的时候。"

说完他就转身出去了。

剩下林瑯默默地洗漱完，然后关了灯，安静地睡下了。

难受，也没后悔。

林瑯做了一个稀里糊涂的梦。

梦里有个模模糊糊的身影堵在一扇房门前，冲林瑯砸来什么东西。

林瑯吃了痛，却只顾着抬头看那个身影——是自己的大雨终于回来了！林瑯才要开心，又迅速察觉到那个身影他不是大雨——大雨应该是被他捉住了，被他藏在他身后的房门内。

梦里的逻辑混乱模糊，可梦里的林瑯笃信无比。

那人挡住房门，不放自己过去。

他说："你连护他周全的能力都没有。"

林瑯认罪画押："对。"

"你不配留着。"

林瑯点头："对……"

"所以你走吧。"

林瑯心想：好。反正我有了活生生的唐玉树——大雨只是个影子。精神科医师告诉我了，大雨只是我编出来的，是假的，是早该长大、早该摆脱的。

可猛地一顿，林瑯又觉得里面关着的，好像是唐玉树。

梦总是这样毫无逻辑——这么想着，林瑯也就这么认定了。

房门里关着的是唐玉树，那就不能不要。

梦里的林瑯于是吓得跪了下来，给那人磕起了头，求他允许自己留下。

醒着的时候自以为理智地做了决定，可在梦里遇到了"离别情景"，林瑯还是后悔了。

还在给这个"抓走唐玉树的人"磕着头。

磕着，又觉得下身一片温热。

虽然有一阵子没尿床了，但还是惯性穿着纸尿裤入睡。可夜里也许翻身动作太大，纸尿裤贴好的部分被大片地剥离开。

尿狼狈地洒了一床。

今天两人都有课，本该一起回学校的。看时间，现在是 8:49——迟到了。

许久没有复发过的遗尿症重新卷土归来……于是弄脏了酒店的床铺。

唐玉树神色黯然。他说："你自己坐地铁回学校吧——我旷半天课，这些我来收拾。"

林瑯也没抵抗唐玉树的安排，迅速地起了床去洗漱好自己。

出门走的时候本想和唐玉树说话，想反悔昨晚说的话，想道歉……可唐玉树正在拆着床套，大片的布挡着他，像是把他隔在了时空的另一头。

自己视野所及之处，只有床单上洇湿的斑驳。

难堪极了。

于是林瑯逃了出门去。

林瑯知道自己这次算是把唐玉树给彻底弄疼了。

原本是个温驯善良、永远乐乐呵呵的男生——那么珍惜着他的自己，竟然成了他命数里鲜有的坎坷。

林瑯觉得自己像个十恶不赦的罪人。

回到学校已经近 10 点，剩下的后半节课又完全没办法集中注意力。

中午下课的时候，收拾完东西还是在座位上等了很久，一直留意着门口，可生生等了一刻钟，唐玉树也没来自己教室找自己。

于是林瑯找到唐玉树他们教室，到了的时候教室里人已经散得寥寥无几，没有唐玉树。

回了寝室，没有唐玉树。

去了食堂二楼的米粉窗口，没有唐玉树。

在原地发了很久的呆，还是卖米粉的窗口的师傅先认出了林瑯来："排骨锅，双人，对吧？我都记得了。"

林琊没想吃米粉，可既然被问到，也没好意思拒绝，只是讪笑："今天就我一个。"
没有唐玉树。
以后也不再会有唐玉树了吧。

因为今天没有吃早饭，所以早饭的预算再加上中饭的预算，吃一碗米粉也不算超支。
林琊端着那滚烫的单人份落座在餐桌，看着被余温烧得冒泡的食物，却始终打不开胃口。
失魂落魄地与米粉对望很久，座位的对面出现了一个身影。
林琊迅速回神看去，结果看到的是慈眉善目的老教授。
"怎么一脸失望？"老教授笑，"是因为《新影》停刊？"——看来沈曳已经把决定告诉了老教授。
林琊没好意思跟老爷子解释自己的低落情绪来自"小屁孩们的爱恨情仇"，只是顺着老爷子的猜测点了点头。
"哎……你们停刊，我的指望也没有了。"老教授有点丧气。
林琊安慰道："因为时代已经完全变了，《新影》给您带不来任何'成绩'——沈曳学长当时跟您说的就是真心话。那天您走之后我们俩也聊过：出于满足我们自己情怀的角度，我们也很想能拿到一笔资金继续把《新影》的命给吊下去。但您想做的事情是对影大有利的大功德，我们不想辜负您的理想还浪费您的钱。"
"还有别的路子能做吗？咱哥仨好好盘算盘算！"
林琊着实花了一身寸劲儿才把突发的笑意给压了下去——从一个学富五车的老教授嘴里听到这么流里流气的台词，林琊还是觉得这个人物的戏剧张力很强。
"纸质杂志总之是不用指望了……我写小说的，就我近期的感受：所有合作的杂志里，除了原本就很大牌的刊物之外，几乎所有规模差点儿的……都在强撑。当然大牌杂志可能也有他们自己的苦衷，只是瘦死的骆驼比马大，还没露怯到被外人看到而已……就更别提《新影》了。"
老教授连连点头，说："也对。我孙女看的漫画杂志都关了三家了——就今年上半年的事儿。"
"现在还撑着的纸媒杂志真的都是靠情怀。机灵点儿的都转型开始做新媒体了。"
"什么是新媒体？"
"就是……社群网络，业内好像叫'自媒体'——类似于电子刊物。"
"怎么赚钱？"
"据我所知，纸媒杂志是靠卖销量，但电子杂志是靠卖流量——电子杂志资讯更新更快、传播效率高、受众人群垂直，所以广告的价值跃升了不少。我最近在做策划案，打算在沈曳辞职之前跟他提——把《新影》转型做成公众号形式的电子刊。如果我们做成功的话，希望以后可以帮到您。以前一本杂志订阅量破万已经是业内金牌，但如今一篇公众号推送订阅量破万却也不是多么难的事情……只要内容够优秀。"
"可是影大团委那边不是也开了个影大官方的公众号什么的吗？"
"官方公众号和《新影》公众号还是差别挺大的——无论是刊载内容的局限性还是以

后合作拓展的可能性。"

"行，想法挺好的！"老教授接受新知的速度意外得快，"也就是说，以后可以在《新影》的电子刊上刊载学生的作品？"

"对。"林瑯点了点头，"并且比起以前的纸质杂志，电子杂志的传播率极高——单从数据的角度来看，刊载学生作品的话，'成绩'不会输给当年的纸质刊物。"

老教授开心了："那就做啊！"

"欸……这……"林瑯讪笑，"我努力去和沈曳沟通试试。但目前也只是想法……至于迈开脚步去投入心血，我……还不太敢。"

"怕什么？"老教授不解。

"怕什么"林瑯自己也不知道，只知道"怕"是自己面对关卡的一贯反应。

面对恶意也罢，面对善意也罢。

总是习惯于规避未知的风险，降低失败的成本。因为自知负担不起任何风险，也不曾拥有任何成本。

见林瑯没说话，老教授敲了敲桌面，说："还是那10万块钱，给你们你们做不做？"

林瑯愣了。想了想反问了老教授一句："您不怕我们做不成？"

老教授乐了："这不用你操心——怕不怕那是我的事，但做不做是你们的事。你们没做成，那就当我是投资失败；你们做成了，那我就成功了！况且我看好你们——我当年还是影大学生的时候也编过《新影》，虽然现如今停刊了，但我真的觉得越做质量越高。"

林瑯插话："那是沈曳的功劳。"

"停刊是时代洪流冲的，你们小年轻别因为这个灰心。当年创刊时我们也是顶了极大的压力——那个时代还认为校刊转型商刊是一件多荒谬的事情呢！我们不也做成了？"

"谢谢……前辈了。"林瑯这次没用教授来称呼他，"如果有您的资金支持，我相信《新影》自媒体会发展顺利很多……但再容我们缜密考虑一下。"

花了几天时间整理好了自己对《新影》公众号的所有思路，林瑯把沈曳约了出来。

消息发送过去的时候，林瑯还是觉得心里没底气。

虽然自己的思路只在草稿阶段就获得了老教授的认可，可林瑯总是摆脱不了自我怀疑的困境。

因为知道世界总是糟糕的样子——你遇到过太多的人，因为似乎觉得你神秘，于是擅自对你萌生了一份期待，于是想接近你，想碰触你。你年幼的时候，还会轻信这种"被爱"；可后来经历得太多，你看过他们反目，从最开始对你笑脸相迎，到最终对你恨不能毁之而后快。

你觉得可笑；可当你又发现这似乎是人之常情，你又替自己觉得可悲。

所以你不敢想：现今对自己抱有期待的老教授，有朝一日对自己破口大骂——那会是什么景象呢？万一有一天玉树也这样对你呢？

这几天遗尿症复发了，断断续续的。

梦时做时无，里面没有大雨，偶有唐玉树。

醒来后的现实世界里，唐玉树也再没有打扰过自己，也没再回过601，仿若从林瑯的生活中彻底消失了一般。

装过自己给他买的新头盔的包装盒，还在桌子上面放着。林瑯清除掉了里面的泡沫纸，把盒子好好地收在一边——那是除了学费，自己这辈子掏过最大的一笔钱。

生活里处处都有他的残影，扰人心神。

好在自己在学校里还认识了新的朋友，找到了新的事情可以做。

沈曳和他的好兄弟秦擎关系缓和了——林瑯约沈曳出来面谈的时候，他身边有秦擎。林瑯把《新影》公众号的策划案给沈曳和秦擎一并看了，那两人接受得意外顺利。

林瑯的这个方案算是挽留住了沈曳——沈曳把原本要向学校递交的辞呈换成了这份策划。

虽然校方以"因为有了影大官方公众号所以没有额外预算支持"为由，并没有给《新影》编辑部的改制增加什么补贴，但林瑯他们没有在意，毕竟另有资金支持。

这本老杂志以一个新的形式重新开始复活了。

一个公众号在前期筹备期间需要做的事情不算特别多——媒体平台已经给出了现成的骨架，而编辑团队只需要填肉进去。

视觉设计方面需要一个文章发布的版头和版尾，这个由秦擎制作。

林瑯则负责筹备起了第一期的内容。一期推送打算先开辟3条位置：一篇主推和两篇副刊，预计每周推送一次。这样核算下来，每月需要的内容也只有12条，相对当初的纸质刊要轻松多了——但既然是电子刊，那么内容的调性或许还需要重新思考。

沈曳最近则在做自己的私事——下个月校庆，学校策划了一场展览和小型酒会，需要邀请社会各界的校友们。虽然团委那边找了学生会来负责，但学生会还是找了沈曳这个"校内知名视觉设计师"来设计邀请函。

得知此事的林瑯又动起了脑筋，想起几日前一个高中同学通知自己他的婚讯——这个高中同学林瑯模模糊糊有点印象，高中时还被他欺负过，完全算不上有什么交情。但轮到收礼金的关头，自己却没被他给忘记。收到婚礼邀请函时林瑯不免冷笑，并没有回复他。

此时又将这件无聊的小事回忆起来，是因为林瑯想起当时他是通过微信给自己发送来一则电子婚礼邀请函。于是林瑯点开了聊天记录找到了那则电子邀请函，研究了一下，去请教了秦擎："你知道这种怎么做吗？"

"这叫H5。"秦擎了解这个技术，"我认识一个学长会做。很简单，一晚上就能做完。不过可能需要花钱。"

"价格大概是多少？"执掌起编辑部财务大权的林瑯开始记账。

"我尽量500块谈下来——学生们做，物美价廉。"

询好价格之后林瑯又转头找了沈曳："要不要问问团委，我们今年的邀请函通过这种形式发——"林瑯给沈曳展示了那个H5，"第二期《新影》主推送的位置我们可以给学校的校庆活动做个专题，然后文末留下一个按钮，把这个H5置入进去，通过校友们转发分享，可以让《新影》增加不少订阅用户。"

"可以啊林瑯！你怎么这么精明？"沈曳不住感叹，感叹了片刻沈曳又发愁道，"但往年都是用纸质邀请函——团委那边……我的经验是：感觉不太好说话。"

林瑯想了想，说道："这个我来搞定！"

下午林瑯就去了团委，沟通校庆邀请函的事情。

果然沈曳这么多年来对这些教职人员的个性算是了如指掌——林瑯刚耐心地讲述完自己的想法，就收到了这种答案——"太麻烦了吧……"

"其实不会很麻烦。一个H5的制作周期最多3天。"

"可是……你们《新影》有人订阅吗？"

"目前还没有。"

"这不就对了？没有人订阅，你们这电子邀请函往哪里发？"

"靠校友群分享，或者校友们之间互相传阅。"林瑯对这个回答很有信心——林瑯专程拜托"早该毕业走人"的学长沈曳在影大校友群里做了个"小规模"的调查：每年实际靠收到邀请函得知校庆活动的人寥寥无几。大多愿意返校参与校庆的校友都是本身就在留意着母校资讯，或是通过校友们互相传递的消息。并且这些校友一致都认同"每次校庆都寄发邀请函"是一件既破费又没什么实际效果的事情。

林瑯翻出手机，把几条"调研"的截图给这个老师看了一下。

本以为老师会因自己提前准备好的"事实论据"而被说服，可这个老师却令人意外地生起了气来，声音提高了许多度，对着林瑯瞪着眼睛质问道："怎么？！你们是觉得'寄邀请函'劳民伤财吗？！从以前到现在都是这么做的！出了问题你们《新影》能负责？！"

她的声音爆发之后，整个团委办公室都安静了下来。

即使做好了必胜的准备，林瑯还是被这个人突然地发怒而吓得向后退了一步。

不知道为什么……林瑯脑海中迅速闪过自己被唐玉树吓到跌坐在地的那个画面。

办公室里别的老师也都被这边的动静吸引了注意力，整个空间里安静得可怕。

收回了自己的手机，稳了稳发虚的心情和发虚的脚步，林瑯努力让自己笑起来："我来提议……只是觉得这件事可以锦上添花——既没有多大的成本，又显得影大与时俱进——这一点老师您应该认同吧？"

男生微笑着说出有理有据的话，一味地发怒倒有点让自己下不了台了。况且他的话中暗含着的那句"电子邀请函是与时俱进的新事物"——自己再继续否定下去，倒把自己摆在了"墨守成规"的位置上去。于是老师很表演性质地先呷了一口杯子里的水，又用上"苦口婆心"的表情：与时俱进这一点我也承认！电子邀请函是有电子邀请函的优点——成本低是吧？传播快是吧？但是，你们也别总想着质疑老师——前人的做法总是最靠谱的！纸质邀请函代表的是一种诚意，是一种我们影大的胸怀。"

男生很易受教，连连点头表示认同："没错。纸质邀请函所表达的诚意是无可取代的！"

"就是说嘛……"

"那我们今年就按您说的做吧：纸质邀请函照做，再增加个电子邀请函——两相配合！"

"欸……"才意识到男生给自己挖的坑在这个位置，可自己又早在男生和善地表达认同的言辞里变成了骑虎难下的地步，最后只能笑了笑，"行，一起做吧！"

　　收到自己那条"谈妥了"的消息，沈曳迅速就回复了一个【惊讶】的emoji表情。
　　"好弟弟，你怎么做到的？！你该不会是为事业献身了吧？！"
　　林瑯被沈曳的玩笑逗乐了，心情舒缓了几分。从电梯里走出来，穿过大堂走到了教学楼外。吹着凉风，林瑯才觉得空气的含氧量恢复了均值，换了一口气，林瑯只回复了沈曳一句莫名其妙的"以赎罪为动机……"。

　　像是一种惩罚自己的心态——害怕过的，不敢面对的，如今都逼自己去硬着身板接受鞭挞。
　　以赎罪为动机……
　　因为我曾辜负过神明向我伸来的善意。

第五章·顽疾

141

第六章 新影

Howling Breath

号啕呼吸

《新影》编辑部改制成为"新媒体"整整一周的关头上,尚未有傲人的成绩展现,可价值已经被"小小地"验证了一次。

负责"联系同学去做电子邀请函 H5"的秦擎来向林琊报道:"我去找那个学长说了有这么一个需求,还没开口要他给我报价,他自己反倒是先哭着喊着求我把活儿交给他做——他说他可以白给我们做。"

"白做?"

"对!虽然他技术很过关,但平时做的一些 H5 都是纯爱好性质的,算不上什么拿得出手的案例。如今面临实习期,写简历实在写不出什么像样的东西——但'影大校庆邀请函'这个活儿的名头,就很像样啊!"

"那敢情好!"勤俭持"家"的林琊非常满意。

之后又陆续忙了一个礼拜,第一期《新影》要推送的所有物料都准备齐全了。

即将要发出推送的关头上,三个成年男人突然同时犯起了幼稚的毛病——

"啊啊啊!老大哥你去点那个'发布'按钮!我太紧张了!"

"林琊点!林琊现在是主负责人!"

"我不负责!秦擎点!你年纪最小!初生牛犊不怕虎!"

"那该叶子点!叶子喝过的水比我撒过的尿都多!"

最后达成的解决方案是每人出一根手指头,放在鼠标左键上,三人一起倒数:"三!二!一!"

数到"一"的时候是沈曳先按了下去,于是傻住了:"欸?"

秦擎和林琊同时耸肩,摆出一副耍赖的态度:"我们说的是:三二一按——喊到'按'字才按!"

沈曳上了当,于是在办公室里追着林琊和秦擎要"复仇",抓住秦擎就被林琊"挠痒痒",抓住林琊又被秦擎"锁喉放倒"——如此不知疲倦地打闹了好久,才被电脑突然冒出的一声提示音拉回了注意力。

于是三人又聚集回电脑前——"有 1 条新评论"。

才点开"我看到了我的作业!谢谢官博推荐!",就接连响起了好几声提示音。

沈曳故意把电脑的音量放到最大,每响起一声留言提示,三个成年男人就模仿着"叮——"一声。

就这么玩儿着,林琊觉得好笑,却突然又觉得鼻酸。

一直憧憬过这种无聊的小孩子把戏,但一直未曾有幸体验。没想到早已超过了那个幼

144

稚年纪，却还是有人愿意跟你一起傻成一个孩子。

第一条留言是道谢——"我看到了我的作业！"——应该是给推送的第三篇文章留的言。

毕竟是老教授出资抚养这个改制后的《新影》编辑部，所以第三篇文章林瑯留给了老教授的爱徒们，刊载了他们的一些插画，做成了一个电子艺术展的形式。

内容取自用户，也会因用户而传播出去——果不其然，之后第三篇文章的留言便几乎都是艺术学院的学生们，或作为展览者本人，或作为展览者的朋友，都在热烈地聊着自己或者朋友"上榜"的话题。也有人呼吁这个"电子艺术展"应该多办几期——可见学生们对于这么一个展示才华的机会非常珍惜。

除此之外，作为主刊的第一篇文章，林瑯设计了一个《新影》的回顾专题：趁课余时间向"曾经的《新影》前辈们"做了个专题采访。没有选用很官方客套的问题，而是从学生视角出发，列举了一些诸如"学生时代的爱慕对象现在在做什么"之类的琐碎八卦话题。

除了见证过《新影》创刊的老教授之外，还有在《新影》上刊载过剧本作品的老师，甚至还意外地通过老师联系到了一个学生时期曾给新影当过封面人物的新锐女演员——她的影视作品受众大多是年轻群体，于是出于"争取学生人群好感度"的目的，经纪人也很认真地配合了全程的线上访问。

这些人的转发本身就自带了高质量的曝光，此外，学生们也对平日里高高在上的前辈们所分享的青春期傻事兴趣盎然。

第二篇文章，林瑯放了一篇还没决定停刊时本该在下期纸质《新影》上刊载的短篇小说。作者是个新人作家，文笔稍显稚嫩，但讲述的是青春故事。相比过分严肃的文学内容，林瑯觉得这篇作品相对可以在学生群体里引起共鸣。

反响也意外的不错。

三个人一并窝在狭小的办公室里，围着沈曳的电脑，反反复复地刷新着后台数据，从下午五点一直刷到了晚上九点，几乎把每条评论都讨论了个遍。

内容设计得很成功，第一期就让《新影》收获了一千多个订阅。

沈曳还有点孩子气地畅想："要是这一千个人各自再拉十个朋友，我们的公众号就变成一万多个订阅了！"

林瑯笑这个学长："想得太单纯——不可能做得到那么高的指数级转化率……不过效果比我预想的要好太多了。"

"你预想的第一期出去之后能有多少订阅？"

"100个。"

"喊……别怪我说，林瑯你就是惯性妄自菲薄！"

快10点的时候秦擎被女友的电话叫走了。

他走的时候脚步蹦跶着，路过门槛的时候跳起来摸了一把门框——跟唐玉树习惯性地投一颗并不存在的篮球是同款白痴动作……

第六章·新影

145

意识到自己想起了什么人，林瑯挥了挥手试图扇去脑海中的不速之客。

挥之……不去。

好在沈曳的搭话把林瑯的注意力分散了出来："可以把我当你的老大哥。但是，林瑯，不许再把我当《新影》的老大哥了。编辑部改制的主意是你出的，而且你也在这阵子里证明了你的能力。这周内我会把编辑部人员职务调整的名单交上去，以后你就名正言顺地当好这个牵头羊就可以。好好做，不用顾虑我！我读博这两年除了我自己的事情，剩下的精力都会用来陪着你把《新影》做好！但是……你要向我保证：会好好带着秦擎！"

沈曳这家伙又开始了他的"浓情时刻"。林瑯笑问："秦擎真不是你亲弟弟？"

"不是啊！"沈曳摇头，没意识到林瑯在调侃。

沈曳乐不可支，笑了好久："林瑯，你的变化真的好大！"

"欸？"

"我第一次见到你的时候，你就自己一个人，抱着一台电脑躲在教室的一个角落。从来不跟任何人对视，也不跟任何人讲话。"

林瑯作势要记下来："你自己听听你说了什么——这话多像小说的开头！"

沈曳又乐了："你别再取笑我了，搞得我都不敢说话了——总之那时候我觉得你很孤僻。好在你现在变开朗了……一点点。至少会跟人打趣了。怎么样？是遇到温柔的人了吗？我跟你说，人是镜子，表达阴暗是因为身处阴暗，表达阳光是因为遇到了阳光。如果是的话，我真的很替你感到开心！"

林瑯被沈曳的话弄得沉默了，片刻后又嬉笑着作势要记下来："OK！这篇文的金句都出来了——'人是镜子，表达阴暗是因为身处阴暗'……"

两人一起嬉笑了起来。之后再插科打诨了几句，林瑯也扛起书包告辞了。

对啊，我遇到过了……阳光。

可能因为这样，所以我可以"表达"一点"阳光"。

虽然痛苦，但好歹也熬过了十多天。

听说人会在二十一天改变一个习惯。

庆祝自己已经……顺利熬了过半。

回寝室的路上林瑯翻动着手机，看到陈逆更新了一条朋友圈，发的好像是他们所服务的甲方的一篇通稿。

摁灭了手机走了很久的一段路，还是没忍住点开看了一下唐玉树的——近期他什么动态都没发，前一条还是跟自己的合照。

那张照片是唐玉树举着手机抓拍的。他把自己给拍丑了——但他毫不介意，只顾咧着一口白牙在笑。林瑯则在一边认真地看着书，没注意到有镜头的存在。

那条朋友圈的评论区，有个自己学院的老师给唐玉树留言："这不是我们专业的小美男吗？你跟他认识？"

唐玉树回复她："哈哈，我铁子我瓷儿我麻吉！"

老师回了他一个"拇指"的表情图片。

"拇指"——棒！

棒什么？棒是什么意思？跟我这种人都能成为朋友——很棒吗？

片刻后林琊又意识到自己的"揣测"又蠢又没有意义，于是乖乖地钻出了牛角尖。别人对自己这个人到底是褒是贬……对于唐玉树来说又有什么意义？

他简单得宛如神明——或爱或恨，他一向都只凭自己判断。

快进宿舍楼的时候林琊撞见了顺儿。

顺儿浮夸地跑过来抱林琊，又很八卦地提起了林琊不想要想起的人："唐学长呢？怎么最近总不见你们在一起？"

林琊轻描淡写地回了顺儿一句："他忙。"

"他对你好吧？"

"好啊。太好了。好到我承受不了……"林琊说完自己都忍不住苦笑——别人有什么错？错的恐怕是自己，太爱自己，把自己守得太紧。

那个家伙只是一汪人畜无害的温泉水而已；你也明知道那水温横竖都不会把你烫死，可你偏偏就只敢紧张地、先没入一只脚踝去试探。

一旦触到的温度让你不适应，你就立刻逃开。

走近宿舍楼门厅的时候，顺儿这个话痨早就把话题兀自侃到了"好想去喝酒"那边。

林琊突然停下脚步，问了顺儿一句："我没见识——200块钱，够两个人去酒吧喝酒吗？"

顺儿点头："够啊！"

"你带我去喝一顿吧，我请你！"

"好啊！"顺儿那对眸子立刻就亮了起来，不过还是迅速想到了实际性问题，"但是宿舍门禁……怎么办？"

"你们平时出去喝酒的话，怎么办？"

"睡酒店啊。"

得了，那就忍痛再追加点预算。

"那就跟我睡酒店吧——但先说好，你的少爷只开得起168标间。"

顺儿列举了很多种类的酒吧供林琊选择：能喝酒另外可以撸串的、调酒配甜点的、有乐队live表演的、有舞池能蹦迪的……除此之外还有各种主题各种特色的。

林琊听得稀里糊涂，最后把选择权交给了顺儿："你定吧——别太吵就好。"

顺儿一边在脑海里筛选着目的地，一边打趣林琊："怎么突然想买醉？遇到什么让你心碎的事情了吗？"

林琊摇头："我是想写一个酒馆背景的武侠故事，想取取材。"

"哦。"顺儿的猜测落了空。

第六章·新影

打车去酒吧的路上顺儿问起林琊"武侠"的话题："我看见这个月的《传奇》上，居然刊了一篇你在网上发过的旧小说？"

《传奇》是个挺大牌的武侠文学杂志，能在上面刊载，算是令很多新人作者感到骄傲的事情。

"哦……有个作者放了编辑鸽子，下印厂之前编辑临时找我要的——她说她喜欢那个故事。"

顺儿点头，一副自己的品位被认可了的样子："我也是真的喜欢那篇故事——你咋构思的？真有才华！写了这么多好看的字儿……哎，怎么就不红呢？"

"可惜这篇……也只给我换了200块的稿酬。"

顺儿也一并感叹："现在网络文学对纸媒的冲击还挺大的……我看很多杂志都倒闭了。"

"是啊。"林琊苦笑。

"你怎么不考虑去网上写？"

能不能把作品在网上发布？——这个问题恐怕是在纸媒时代中出道的所有作家的共同迷惑。

往前倒退回纸媒时代里，图书最大的价值便是"内容价值"，而沈曳口中提到过的"收藏价值"只是其次而已。所以如果一部小说"过度曝光"，也就是指"不需要购买图书也能通过别的渠道阅读全文"的话，读者通常会选择最划算的阅读方式。所以对于那个时期的书商来说，一部小说如果在网上刊载了全文，几乎就丧失了"做成实体书贩售"的意义。

当然也有例外：林琊高中时期很喜欢的一部系列小说《城市的阴影中》，作家本人把百万字的内容都放在了网络上，最后因为人气颇高，被书商发掘而成功出版。《城市的阴影中》成功因素有两点：一是作品人气高，所以哪怕早已"过度曝光"，但庞大的读者群体中，愿意买实体书来收藏的那批"核心读者"依旧不计其数；二则是当时互联网的普及程度并不高，人们触手可及的还是纸媒。可能有的小说在网络上已经有口皆碑，但现实生活里却无人听闻——所以书商打了个信息差，贩卖的依旧还是图书的"内容价值"。

温文想要买断的林琊的那篇长篇小说，其实早在一年前就已完稿。可因为没有出版机会，"在纸媒时代出道的作家林琊"始终不敢把作品轻易曝光。毕竟如果不能出版，就意味着这份血汗不能给自己换来粮饷……

不过这些也都是林琊之前的顾虑了。

在接连经历拒绝"花容月下"的收买、与唐玉树的矛盾、《新影》电子刊的创立……这么多事情以后，林琊的思维习惯被扭转了许多，然后想通了：很多事情光靠害怕是没有用的，因害怕而止步不前，永远摆脱不了"自己说到底就是个棋子"的困境。

主导起编辑部的改制、坦然地接受老教授的投资、硬着头皮面对怒吼也要达成自己的目的——这些是曾面对别人伸来手臂时都会吓得跌倒的自己没曾敢想过的事。每一件事对于胆怯的自己来说都像极了刑罚，甚至经历之后都需要躲去没有人的角落里大口地呼吸。

可作为一个甘心伏法的罪徒，如今的林琊却对这些类似于"自我折磨"的事情甘之如饴，甚至觉得……还远远不够。

再多点，再猛烈点，挫骨扬灰都可以。

以前我仰望过你。

以后我想成为你。

顺儿明显是个玩咖，找酒吧找得轻车熟路，甚至一进门连摇着雪克壶的酒保都跟他打招呼。

虽然林琊开出了200的预算，可顺儿知道林琊的经济状况，就先叫了自己以前来玩儿时存的12瓶啤酒。一落座就跟林琊挤眉弄眼："这酒不错哦！"

林琊忙着看手机上的消息，应付了一句："哦。"

"你根本就没尝！"被顺儿发现了自己的敷衍。

林琊苦笑："等我一下！"——赶忙向备注为"代办"的这个人回复了一条自己的收件信息，这才放下手机。

调笑的话音刚落，顺儿的背后就响起了一个声音："林琊⋯⋯学弟吗？"

顺儿一瞬间正襟危坐。

林琊循声抬眼，看到两个人，其中一个被另一个扶着走路——在主观意识里降低了对方脸上红色的饱和度之后，才终于认出了这个酩酊醉汉。

"路黎？"

其实与路黎并不熟悉，只是有过一次没谈成工作的饭局。可路黎却像是把自己当作了老熟人一样，跌跌撞撞地坐到了林琊身边来——林琊知道他可能是喝醉了。

"最近⋯⋯在忙什么呀？"

"忙⋯⋯"林琊一时竟回答不上来——两人的生活根本没有交集，彼此之间根本没什么谈资。但林琊还是努力挤出了笑："哦⋯⋯那个⋯⋯最近就接接杂志的稿子，修一修我的长篇。"

"长篇？长篇好！长篇⋯⋯要在哪里刊载？"

林琊先是向顺儿抛去一个"我也不太搞得清状况"的眼神，又看了一眼刚才扶着路黎的那个人，最后看向路黎："哦⋯⋯打算先放在《新影》上——电子刊，网络刊载。"

"《新影》还有电子刊？"路黎笑了起来，特别自来熟地端起林琊的杯子就喝起了林琊的酒。

"是公众号——纸质版《新影》停刊了。"路黎也是影大毕业的，所以他知道《新影》也不奇怪。

"《新影》停刊了？"

"对⋯⋯现在我负责电子刊的编辑工作。"

"我当年还参与过《新影》的编辑工作呢！"虽然任职期完全对不上，但毕竟对上了"同事"的身份，路黎于是端起杯子向林琊敬起了酒，"为《新影》干杯！"

林琊手里并没有杯子，只能干笑着应对这个醉汉："干杯⋯⋯干杯⋯⋯"

路黎兀自干完那杯酒，动作迟缓地看了一眼站在卡座边上等着自己的那个朋友。既没有要走的意思，也没有邀请那朋友坐下，只是又继续跟林琊聊了下去："有什么需要帮忙的地方尽管跟学长说！别跟学长客气！"

"不客气……不客气……"林琊觉得自己此刻像是在糊弄一个小孩子。但路黎既然开了这个口，林琊又突然想起了什么，抱着试一试的态度，向路黎询问道："学长，我看你现在在微博上时不时更新着一个漫画的连载——那是……有哪个资方或者是有什么公司在背后给您支持吗？"

"哪有！"虽然喝醉了，但提到这个路黎还是忍不住苦笑："哪有什么支持？我自己画着玩儿的！我的事儿你又不是不知道——得罪了那个'一姐'，那个'大千金'……现在业内谁还敢给我掏钱？那是不想在业内混了！"

他口中的"一姐"和"大千金"，就是当初靠抄袭他的漫画作品、在去年的小说新人大赏里夺魁出道的那个作家——她放过一个杂志的鸽子，林琊当时还有幸赚到了 1500 的稿费。

原来如此——林琊于是又追问："那……您愿意把作品放在《新影》公众号上来连载吗？因为是刚起步的学生刊……其实没有太多的稿费预算，但您可以直说对稿费的要求——能满足的话，我们一定满足！"

"扑哧！"听罢林琊的问话，路黎反而莫名其妙地低下头去笑了起来——林琊不知道他在笑什么，只是由着他笑了好半天，他才又抬起了头，动作迟缓地看了一眼卡座旁边——林琊一并看过去，路黎的那个朋友早已不见了。

然后路黎就索性放下了酒杯——还是醉着，但态度与刚刚有了明显的变化——他坐得稍微远离了林琊几分，表情里的笑意全然消失了。他看了林琊一眼，说："其实我现在这种状况，也没指望还能从业画漫画。放《新影》上多点人看也算的——我也能给你开个 70 块钱一集的稿费。但是……哎……"

70 块钱一集——这是林琊当时给路黎的编剧项目开的价格。

林琊不知道路黎现在的话是什么意思。

"学长你是有什么困境吗？可以跟我讲，我尽量帮你。"

路黎撑着沙发靠背站起了身，脸上恢复了一点笑意——与刚才夸张的笑完全不同。

他整理着自己的衣服，跟林琊说："小学弟你别逗我了——你一个象牙塔里的小孩儿，跟我这个在职场混迹了四五年的老油条说这句话——学长感谢你的好意！但学长不是信不过你……"

林琊安静地看着他，等待下文。

但路黎果然是醉了："学长是信不过你！"

路黎起身离开后，顺儿还在脑子里复盘这句话的逻辑——"学长不是信不过你……学长是信不过你……"

林琊苦笑："前半句是客气，后半句是不客气——那是路黎，一个……有点惨的漫画家。"

"刚才我让你看的那个帅哥就是他——原来是个漫画家啊……怪不得！"顺儿扒拉开被路黎占用过的林琊的酒杯，喊服务生给林琊换了一只新的，"你们搞创作的，说话都很难让人理解！"

"我其实和他不熟——并且我感觉……刚才他身边那个人也很奇怪……"

"欸？"顺儿茫然，"我看着还以为你俩很熟呢！"

林瑯想了想，还是隐隐有点担心，于是起身出了酒吧，看到路黎在街边拦出租车。

眼看着他顺利拦到一辆并且上了车离开之后，林瑯才回到了酒吧里。一边往自己的卡座走，一边给路黎发了一条消息：学长，到家后告诉我一下。

落座后顺儿调侃林瑯："以后不叫你少爷了，叫你'菩萨'！"

林瑯笑了："不是……主要是觉得有点危险——我总觉得刚才路黎身边的那个人很怪。他在的时候路黎跑过来跟我装熟赖着不走，他一走掉路黎就立刻变脸。我猜不到其中的原因，但我总觉得路黎是想逃，但又不好意思逃……"

那种恐慌我也经历过。

林瑯突然又想起了唐玉树。

后来好像喝光了酒，好像又再点了一些。跟顺儿一杯又一杯地碰着，听着顺儿兀自不住地叨叨，他的话跟酒吧里的嘈杂声混在一起，却都挤不进林瑯的耳朵。

恍惚间林瑯看到顺儿的身边好像坐着陈逆，自己身边则坐着唐玉树。场景又不再是酒吧，而是变成了一片捉摸不清的空间。

林瑯迷糊着，却也清晰地知晓——都是醉后的幻影。

陈逆比真的陈逆看起来年纪小了一些，和顺儿一般大；唐玉树则比真的唐玉树大了一些，比自己大了两三岁；桌子上也不只有酒杯，还有一口沸锅，蒸腾着热气，把林瑯熏得眼眶通红……

"少爷？"顺儿叫自己。

"嗯？"林瑯应他。

"少爷！"顺儿又叫了自己一声。

"嗯？"林瑯也又应了他一句。

"你手机响了！"

"欸？"

幻象于是随着揉眼睛的动作一并被揉碎，挥发进时空的罅隙之间去不知所终。

林瑯睁开眼睛，掏了几次才找对口袋，从兜里掏出来一看，来电显示：陈逆。醒了过来。

"喂？"

"朋友你在哪儿？我们需要你！"

往日陈逆开玩笑总这么叫自己，林瑯对这个称呼其实有点抗拒。可这次他这么叫，林瑯却听了舒服："我最近一直在学校啊，怎么了吗？"

"现在只有你能救我们了！"

心头一惊："发生什么了？"

电话那头陈逆犹豫了很久，支支吾吾道："我们要垮了！"

"哈？"

"公司的资金链断了，工资发不出来，员工都要走了——之前合作过的一个公司拖款，走了破产程序。现在公司顶不住了……只有你能帮我们！"

林琊被吓得彻底清醒了。

陈逆口中的什么"资金链""破产程序",林琊听得云里雾里,只是着急着问:"唐玉树人呢?他还好吗?"

"还好,就是……"陈逆顿了顿,"就是打击有点大——你要不要来看看他?"

"好,我去!"挂断前林琊又追问了一遍:"你们需要多少钱才能补上窟窿?"

"呃……这个很难算得出来……"陈逆显然也是慌乱不及,"只要你帮我们,帮我们把这个项目接下来,可能就能回血……至少能不负债!"

"我怎么帮?——算了我先过去。等着我!"

挂了电话林琊言简意赅地告诉顺儿:"我们走!——唐玉树出事了!"

接着也来不及解释"唐学长发生什么了",也没管现在已然凌晨,立刻在通讯录里找到"花容月下",拨通:"小说我卖——您还愿意收吗?价格好谈!"

在凌晨1点多这个不太寻常的时间点上,求助的语气里满是急不可耐。

"花容月下"并没有睡觉,等林琊开口之后空了好半晌,才问:"怎么突然想通了?"

林琊声音里几乎带出了哭腔:"我……我的家人出了点意外状况!现在着急用钱!"

电话那头那个再次听到还是忍不住作呕的声音,语气里夹杂了几分假惺惺的关切:"哎哟……这,是什么事啊?"

"太复杂了,现在不方便讲!怎么样?您还需要稿子吗?"对着电话说完这番话,收拾好东西的顺儿也从沙发上起了身,醉得乱七八糟,还焦急地催促道——"快去吧!我们快走!"

无论是自己的慌张还是顺儿的慌张,料想都已然隔着电话成功传递给了"花容月下"。

拿到了主动权的"花容月下"不可能放过对自己趁火打劫的机会。果然——

"这稿子……现在可不好收了……因为你之前不肯卖给我们,所以赵妍妍的第二本新书我们换成了别的方案去做……如今全定好了——你在这个关头上找到我说要卖,呃……"

不肯说买,但也不肯说不买。

"您给个痛快话吧——你这儿不收,我就千字100给一个杂志拿去登了!"——并没有投稿给别的杂志,林琊这番话只是为了推波助澜,并且给花编辑让出还价的余地:千字100,20万字就是两万;而花编辑当初给自己开的是三万元。

这个利润空间给他留得足够大。

花编辑还在那厢矫揉着:"哎哟……这么突然……"

顺儿在一边"火上浇油":"怎么还不走呀!不是很急吗?!我先报警好吗?!"

实在是醉了——林琊头痛不已,给花编辑丢下一句:"明早回复我!"

就按了挂断。

挂断后林琊买了单,扶起顺儿就往酒吧门外走。

自己除了头痛之外倒不至于无法清晰地思考,但顺儿的确已经整个不对劲起来。林琊冷静地交代他:"我现在带你去附近的酒店安顿,你自己一个人乖乖休息——能行吗?"

"不!"顺儿摇头摇得凶,"我们……去救唐学长!"边说着边掏出手机按键。

随意一瞟，却发现顺儿在笨拙地摁着110，林瑯吓得劈手夺下他的手机："你报警干什么？！"

"救唐玉树！"

"警察不管破产的！"

"欸……不管吗？"顺儿明显脚都软了，把下巴往林瑯肩上一搭，半个身子的重量都放到了林瑯身上来，"怎么不管啊……那……唐玉树怎么办？"

是急……但自己不得不稳住。

顺儿那厢纠缠不清，自告奋勇地提出："我送你去——少爷你喝多了，我不放心！"

"……"还挺懂照顾人的，林瑯向这个家伙妥协了，"行吧。"

于是扶着顺儿，在街边拦下一辆计程车。

坐进车里之后顺儿就睡了过去。

林瑯则和醉意竭力地对抗着，回忆了一下方才和花编辑的对话——应该没有出错。

没有摇起车窗，林瑯任夜风把自己吹得清醒一点——可哪怕脑子目前还能用，胃里翻动的痛意还是明确地表达了：自己真的喝多了。

刚才在电话里，陈逆告诉自己唐玉树"打击有点大"。

林瑯已经凭空想象出了唐玉树一个礼拜没刮胡子、头发乱糟糟、一身汗臭、又抽烟又喝酒地窝在沙发里的颓唐模样。

光是想着就揪心。

关于他，林瑯心里有一个相册。

第一次推开601的门时，他正敞着腿穿裤头的傻样；午夜街头，他摘下头盔喊自己名字时的笑脸；龙泉山的夜幕下，他给自己认真找着星星的样子……还有很多——永远都是爽朗的、充满活力的样子。

林瑯曾非常不"道义"地闪过一丝对于唐玉树的恶意——他曾想目睹唐玉树颓丧的面目；想让他同自己一般浸泡在污泥里求活；想和他一同化身成被人寰遗弃的魑魅——如此，便能不再被单薄廉价的自尊束缚，便能彻底沦丧掉一切挣扎反抗的动力，便能腐烂在同一个角落。

当然这种阴鸷的想法是转瞬即逝的——如果可以，林瑯还是愿意替唐玉树遭受一切他命里的劫数，以保证他永远是高悬的朗月，是度化他人的救赎。

是"曾"想。

如今也不会再有这么荒谬的念头了。

喝醉的路黎有没有顺利到家——此刻的林瑯本早已忘记了这个问题。

点开朋友圈时却突然注意到路黎在8分钟前更新了一条动态：温文怎么还没倒闭？

这两方……原来也有什么矛盾吗？

总之还能酣畅淋漓地骂人，说明他一切平安。

略过路黎的动态之后，林瑯分别找到了陈逆和唐玉树的头像，试图从他们的动态里获取一点所谓"点将传媒面临倒闭"的资讯,可两人的动态里都没有透露什么有效信息——也对,想必他们还在努力稳着局面,但凡如陈逆所说"凭自己的助力"能让事态转圜的话,不露马脚反而才是最理智的应对态度……

如果露出"慌乱的马脚",那一定只能是为了引贪婪的饕餮落入笼中。

男生终抵不过醉意,把手机连同这一晚所有的思绪甩在了车子后座上去。

合上眼睛养起了神。

难受是难受,但远处有光。

被顺儿"护送"到陈逆家时,林琊扛他已经扛得筋疲力尽了。

是陈逆开的门,一眼就看到林琊肩膀上的晕晕乎乎的顺儿,好奇:"这……谁?"

"我朋友……喝多了。"林琊言简意赅,就急着探头往里面看,"唐玉树呢?"

"他……在洗澡。"招呼着两人进了门,陈逆从林琊身上扶过顺儿来,让林琊先坐下缓缓。

被倒了一手,顺儿醒转了几分意识,迷蒙地看了半天陈逆,又看向林琊,问说:"这……谁?"

"我朋友……唐玉树的本科室友。"

"是……是好人吗?"晕乎乎的顺儿还在确认着自己的安全,但下一秒就闭上眼睡了过去。于是负担着顺儿重量的陈逆向林琊投去了求助的目光,两厢对望了半晌,尴尬。

陈逆提出了解决方案:"我先扶他去我屋里躺着吧——这是喝了多少?"

"6瓶啤酒……"林琊也觉得顺儿战力过低,替他解释道,"可能是喝太急了。"

那头陈逆把顺儿放置好,刚走回客厅,唐玉树就光着屁股从洗手间里出来了——大约是洗澡时没听到客厅里的动静。不经意转身才看见了坐在沙发上的林琊,一脸意外,又吓得钻回了洗手间去。

陈逆隔着门笑话他:"我俩哪个没见过你屁股?"

林琊也差点没忍住笑——连醉着的顺儿都见过了,还给了你个封号。

唐玉树硬着头皮套好了一条短裤才从洗手间里出了来。一出来就看着林琊,表情有点发怵,又有点赌气。眸子乌黑,像个小狗——只是没在甩尾巴。

林琊和他对看好久,心里响过"轰隆隆"一声;接着又迅速地安心下来——唐玉树干干净净的,没颓废,没发臭,没变脏。

于是林琊才想起正事:"所以……公司是怎么回事?"

是陈逆接过来的话:"就是我刚才电话里说的那样……"

"破产了?!"刚才林琊听得着急,对情况的了解还是迷迷糊糊的。

"不不不——是甲方破产了!"陈逆赶忙解释道,"所以给不了我们钱,导致我们断了资金链。"

"你们需要多少钱?"

林琊问出最在乎的问题,唐玉树却在此时插了话进来:"不用你管!"

林琊把视线从陈逆那边又转回唐玉树脸上——唐玉树没在看自己,别着脸一副很倔的样子。他撑着一种"吊儿郎当"的态度，可以他这个人呆傻的气质，却又实在撑不住"吊儿郎当"的态度。他说："如果你只是一个跟我素昧平生的人，我去跟你谈合作，那我心安理得。但你是朋友，你是在施舍。"

听完他拒绝的陈词，林琊没忍住笑。

松了一口气——唐玉树不是真的在生气，是在模仿着自己那天说过的话，"阴阳怪气"地还回来。

林琊逗他："我不管你，我管陈逆。"

唐玉树性子太简单、太好琢磨——一点都经不住逗，迅速朝沙发扑过来，捏住林琊的胳膊："现在咱俩一样穷了！可以了吧？"

"一样什么啊……"林琊被他捏得有点痛，皱着眉揶揄他，"你是唐公子！创业失败，那就回去继承你家的家业吧！"

"不好。"唐玉树没听明白林琊也在"阴阳怪气"，还真以为林琊在提议。他摇头否认了林琊的"拙见"："我还有陈逆，还有一窝员工要负责。我要是个受了挫就逃的尿包，你能瞧得起我吗？"

"不能。"

"这不就对了？你怎么这么狠？一个月都不理我！"

"你不也不理我吗？"

"你狠话说得太重了……"

"对不起……"

"没关系。"

唐玉树的声音似乎浊了一些，虚了一些："我不知道到底是什么人什么事，才会把一个人变成这样——你那天跟我那么说话，我听得对你又心疼又恨……"

"对不起。"除了道歉，确也不知道该回应他什么。

"没关系。你的不安定感我能接受，但是在我这里，你真的可以稍微放肆一点……好吗？"

"好。"

有个声音适时地响起："那就由我来破坏一下气氛——说说咱们当前最要紧的事儿？"这边这两个才后知后觉地想起原来这世界上还有别的人类。

于是林琊迅速坐直了身体："需要我做什么，讲讲看？"

唐玉树跟着："讲讲看？"

陈逆说："需要林琊的小说版权——现在只有这个可以救得了我们。"

"我的小说？能帮你们挽救公司的困境？好——哪一本？"

"唐玉树说你给他看过——武侠，叫什么客栈那个，差点儿卖给别人当枪手稿的那本。"

"欸？"林琊愣住。

此时口袋里手机振动了一下。

摸出来看了一眼——

花容月下：三万成交吧。

第六章·新影

事情是这样的——

点将传媒之前服务过一个甲方公司，是个大牌投资的购物 App。当时唐玉树和陈逆一起商量好：为了能在一堆竞标的广告公司里尽可能优先地接下案子，给自家公司的合作案例里勾点儿金边，他们决定同意客户"不能预付"的条件。

"那时候觉得他们是大客户，不至于会不给钱。"陈逆点了根烟，详叙起来，"他们也说了原因：不能及时预付是因为他们公司的财务流程太过冗长，但宣传活动又着急在购物节前执行——这是很多大公司的通病，所以我们也能理解，就先答应了下来，然后垫付了三十多万块钱的成本，给他们做了宣传。结果万万没想到的是：那么大一家公司，说倒闭就倒闭了，一个月前走了破产程序。因为是个互联网公司，没什么实质性财产，到我们手里只赔了一堆办公用具——相当于三十多万块钱的成本都打水漂。"

"你俩傻呀……不给钱怎么就做！"林琊听了着急。

陈逆讪笑："我们小作坊啊……着急做出点成绩来……哎，欲速则不达吧……尤其你家唐玉树是什么性子你又不是不知道——太实诚，要做，就只顾掏空自己兜儿，别的啥也不顾。"

林琊没能理解："这跟我的小说版权有什么关系？"

唐玉树解释道："现在我们这边正好接进来一个客户，是泸沽湖景区的一家主题酒店，叫'春生客栈'——这个案子如果接下来的话，立刻就能有三十万块钱的预付款到账，公司就不负债了。"

陈逆接过话头来继续："客户想在新媒体平台上做宣传，笼络点年轻用户群体——他们主打'漂泊洒脱'的生活态度，想在年轻群体里做做话题性和口碑。我们参与竞标的方案目前是客户选择意愿值最高的方案——这是个很高级的'故事营销'方案，大概就是我们要在短期内做一部适合年轻群体阅读的武侠小说出来，在里面植入他们的酒店，通过故事来塑造他们品牌主打的'漂泊洒脱'这个调性。然后所有的营销活动都围绕这本小说，最终再引流到他们的客栈品牌上。"

林琊听明白了，但是……

"这方案……客户一定会做吗？"

陈逆点了点头："其实我们提出的方案在八家竞标的公司里最得客户欢心，但唯一的硬伤在于几乎没有人能在短期内提供出一部长篇小说。但唐玉树跟我说，你正好有一部一直没有机会出版的长篇小说——武侠题材、背景是个客栈——你那本叫什么客栈？"

"风月客栈。"

"他们叫春生客栈。如果你愿意把小说版权提供给我们使用，直接把客栈的名字从'风月'替换成'春生'——这事儿不就成了？！"

等陈逆讲完，唐玉树就乐呵呵地晃着林琊肩膀："是不是很适合你？"

仿佛可以在他身后看到一条晃得凶猛的尾巴。

林琊点了点头："是很适合……也太适合了吧……"

适合到完全不自然。

陈逆继续补充道："等小说一上线，品牌方那边会出面去谈各个门户、媒体资源；我们公司则会围绕小说内容在新媒体平台上去宣传他们的客栈品牌；后期品牌方还有心思要做出版，把书当作公关物料去做一些线下的活动——总的来说，就是要你写一篇小说，用推广这部小说的形式，塑造出一个'同名的'、'作者官方认可为灵感来源的'客栈来。"

"……他们怎么不找有名的作者？"

"请不动啊。请了也来不及。"

"哦……"林珺思索：如果这个案子做得成功的话，那么和传统文学比赛、杂志刊载等出道方式不同，这种形式算是自己乘着商业公关行为的便车，把自己的作品推了出去。

只是把文里虚构的那个客栈名字改成这个客栈品牌的名字而已，就能获得这些机会。

"但是，人家……要我的稿子吗？"

"私下已经给客户讲过大纲了。"陈逆说，"客户很喜欢，他们想要的正好就是这种调性——写大江湖里的小人情，总体基调走文艺气质的，正是他们非常垂直的受众群体偏好。除了小说里的客栈名字，别的你一个字都不用改。如果这一次宣传效果收益很好的话，他们还考虑和你合作下一本。"

林珺思索了半晌，还是忍不住了："可是这一切也太巧了吧……我怎么觉得倒像是你俩专门为了我而做的方案……"

唐玉树笨，被林珺这一眼看得慌张，立刻转头看向陈逆求助。

陈逆摁灭了烟，给林珺解释："我不否认——提案是我做的没错，可决定权是在客户手里。我不是专门为了帮你——而是没有你，我们也没办法自救。我把你当作是我们一伙儿的人，公司有困境、你也有困境，我只是盘了一下这个局，找了一条能拉我们一起上岸的绳子——重点是我们需要彼此。你觉得巧，只能说我们运气好：唐玉树遇到了这个项目，这个项目需要你，你俩又偏偏是'铁子'。现在条件都说明白了，你愿不愿意帮我们从困境里脱身，就看你的决定。"

林珺点了点头："愿意。"

哪怕没有利于自己的梦想这一层面，只是用自己的作品能换唐玉树的无恙，林珺就已经很愿意了。

把泸沽湖春生民宿的案子沟通完之后已经凌晨3点多了。

顺儿睡得很香。在冷气充足的房间里兀自抓掉了自己的T恤，毫不客气地揽着陈逆的被子，四仰八叉地霸占了陈逆的整张双人床。

从门缝儿里偷偷看了一眼，三人商量："别叫醒他了。"

从电梯里走出来的时候外面天上在飘着小雨。

唐玉树乐呵依旧，边走边蹦着，凭空运着一颗不存在的篮球。林珺看着傻大个做着幼稚的动作，觉得他好笑，又觉得劫后余生。

走了几步之后唐玉树突然想起了什么，转回身来跟林珺说："我那天做了个梦！你要听不？"

"说。"林珺跟上前去几步。

"那天我睡觉前在想：要是我变成个穷小子，你是不是就愿意跟我好好耍朋友了？我

第六章·新影

157

想着想着，就睡着了。然后就梦到咱俩反着来：你成了大少爷，但我一无所有，一身老疤，又穷又尿，然后就遇到了你。"

"打住——你是说我尿吗？"林琊故意"刁钻"了一下。

唐玉树果然被为难住了，"欸"了半天辩驳不了，认错："别生气。"

林琊被他无措的样子给逗笑了。没生气，尿……自己也认。

林琊只挑了挑眉毛："你继续说——"

"哦。我就梦到你拉着我，给我讲你梦想的事业，要拉我一起入伙——但我好像不敢做，不愿意做，觉得自己不配跟你一起做。你就冲我发脾气！"

"你瞪我干啥——那是你自己梦的，又不是我真冲你发脾气了！"

"哦对啊……你看——梦里就是你现在的表情！"

"……"

"但后来我们还是一起做了——梦得迷迷糊糊的，也不清楚一起做了什么事业，只记得跟你在一起做了好多年，直做到你……死的时候。"

"我死的时候？"

"对。感觉像是在梦里走过了一辈子——睡醒的时候心里空荡荡的。"

"……"一辈子啊。

"醒过来的时候是半夜，也是这天气——天黑着，下着雨。我就站在窗台边，往北三环看——也看不着你。我就自己瞎琢磨：学校里发生了什么事？有没有人欺负你？你有没有交到新朋友？有的话，那人好不好？"

"你傻啊。"

"是啊，真傻……我那时候也是这么想：非得做了梦、梦里我变成你的立场了，才真的明白你怕啥？为啥子不敢放开自己？为啥子胆怯？"停顿片刻，唐玉树说，"我以后变聪明点。"

"……也不用。不是真嫌弃你的意思。"

"我觉得那梦太真了……就像是咱俩的上辈子——上辈子你拉过我，这辈子换我拉你，咱俩之间没啥欠不欠的——或者就这么欠着，欠到下辈子去……到时候你再来找我，拉我。"

"好。"

翌日临近中午才起的床。没有尿床。

顺儿已经睡醒，直接从陈逆家跑回学校去了，只不咸不淡地给林琊发了一条信息：我今天下午有课，先回去了。

林琊没课，所以跟着唐玉树一起去了公司。

到公司的时候陈逆已经在忙着和泸沽湖酒店的客户沟通案子的相关情况了。虽然运营出了状况，但从公司的人们身上看不出什么异变来——无论是憨厚老实的唐玉树还是聪明机灵的陈逆，这两个上司的确各有一种"能让人安心跟随"的魄力在身。

林琊喜欢这种氛围。

公司的二楼是生活区，摆着一排大沙发。

林珋写作需要比较安静的环境，于是自己坐在了二楼的区域，用唐玉树的电脑登录了自己的邮箱，从文件中转站里下载好了那篇被自己"精修"过无数次的《风月客栈》。

刚用 word 打开文档，陈逆就在楼下大声惊呼："感谢林大善人！预付款打过来了！你开始动手改小说吧！"

整个"濒危"的"点将传媒"因为林珋的"无私奉献"而获得了拯救。

林珋笑着与他们一起欢呼完，又安静地坐回了沙发里，点开手机的消息列表，给"花容月下"回复了两个字。

"成交。"

长篇小说《风月客栈》⋯⋯不，如今叫《春生客栈》——在民宿品牌方的允许下，得以晚于品牌方的发布之后，在《新影》公众号上发布。

品牌方保留"首发权"是因为需要保证由小说带来的第一手流量全部引导向品牌方去。但开放了"转载权"，是因为增加了曝光的可能性。

所以林珋把《春生客栈》的连载定在了第三期《新影》的推送。

第二期明日发布。

主推的第一篇文章是校庆展览和酒会的简介。第二篇文章循例刊载了一个短篇小说。第三篇文章则顺应艺术学院的呼声，将"电子艺术展"继续办了第二期。

林珋对这三篇文章能带来的新增用户做了个测算：电子艺术展可能还是最能直观吸引到学生眼球的内容。短篇小说则是林珋付了稿费、从一个人气低迷的青春文学杂志收的二手稿子，物美价廉——且因为那个杂志人气低迷，所以这一篇短篇呈现在校内学生面前，几乎算是九成新。林珋最看重的是主推文章：校庆相关的内容其实对于学生们来说并没什么亮点，无非就是校园资讯而已——但林珋对那个内置的电子邀请函充满了期待。

再三确认过内容没什么误差之后，林珋起身跟编辑部的另外两个人告别，秦擎却喊着"等我一起"，合了笔记本就跟上林珋来。

沈曳于是哀号："你一走，秦擎也要走，徒留我一个人在这里伤悲。"

林珋笑着丢下一句"你谈个恋爱吧！"，然后给他带上了门。

下电梯的时候秦擎跟林珋八卦："沈曳那家伙心有所属的。情感启蒙可比咱俩早多了！"

林珋惊讶："什么时候的事儿？"

"他喝多了跟我讲过：好像是高中呢⋯⋯从高中开始单相思，听说喜欢的是一个千金！毕业那天他壮着胆子跟人家表了白，结果那女生立刻就答应了他交往，当场就在众目睽睽下取走了他的初吻！"

"这么⋯⋯飒的吗？"

"更飒的在后面呢——亲完他，那女孩儿就拉着他的手出校门，拐到个没人的地方，说了句：我也喜欢你，两年了，但鉴于你目前配不上我，所以，现在你被我甩了——但我会给你保留优先权。然后就头也不回地走了。"

第六章·新影

159

"这……么飒的吗？！"

"听叶子说那女孩儿今年回国，在国设院当了老师——所以叶子才要读博。"

"他的目标也是去国设院当老师？"

"橄榄枝早已经拿到手了——但国设院计划发展自己的影视系，跟叶子说好的，等他在影大把博士念完，再过去入职。"

听完关于沈曳的这段离奇情事，林琊不免一哂。

也没觉得那个女孩儿行事过分。

但由衷地想替现在的沈曳鼓个掌。

陈逆说是因为"资金链断裂，不敢承担太多成本"的关系，近期公司接的案子很少——除了泸沽湖民宿这个客户之外，也只有零星几个小 Case 需要处理。

工作量不大，被放了假的唐玉树这阵子陪林琊在学校里待着。

成都 10 月下旬才渐渐有点秋天的样子——气温因为阴雨渐多而稍有转冷。

T 恤外套着一件衬衫的林琊还是觉得有点微凉，可唐玉树还是只穿个短袖，好像对温度的感知能力很低似的。

明明是唐玉树的课，但这家伙却又在睡觉。作为"陪读"的林琊对影视广告专业的课程实在提不起兴趣，看了好一阵子睡得香甜的唐玉树，林琊把硌着唐玉树脑袋的电脑挪到自己这边，好让睡着的他伸展时舒服一些。

长得浓眉大眼的，就是有点不太聪明……有点想象不到他工作的时候是什么样子——能写得出什么方案吗？能听得懂客户说的话吗？会有客户骂他吗？万一他挨了客户的骂，也是一贯笑嘻嘻的吗？

林琊小声念了一句："大羽"。

他在睡梦里，听不到。

唐玉树带电脑来的本意是要做课堂笔记的。

林琊心里暗叹：果然贵公子——在陈逆家里丢着一台打游戏专用电脑，公司工位上有一台台式电脑，学校里还闲置着一台苹果电脑。

既然他不用，林琊索性掀开电脑打算码字。

唐玉树的电脑对林琊是完全开放的——不只电脑，甚至手机都是——唐玉树手机里有一个很无聊的扫雷小游戏，因为林琊玩儿过几次，唐玉树就把手机密码告诉了林琊。

当时林琊还意外："不怕我看到什么秘密？"

"没得啥子秘密。"他一贯坦然。

刚掀开电脑，打开 word 文档敲下几个字，突然跳出陈逆的聊天窗口："跟他们约了下午三点，OK 吗？"

林琊恶趣味萌生，在键盘上敲下一句："快把这个家伙带走吧！"

"林琊？"

"哈哈！"

唐玉树睡醒的时间点卡得和老师讲完课的时间点惊人地同步。

迷迷糊糊就要伸胳膊打哈欠的时候，老师还没有说完话，林琊吓得赶紧给他按了下来。

"我刚刚梦到你了。"唐玉树一边出教室的时候一边开心。
"梦到我怎么了？"
"梦到你的小说火了，你出了书，卖得贼好，你上台领奖！"
"那敢情好。"
"但是梦里你不认识我了。"唐玉树又不开心了。
"……"
"我坐在领奖台下给你鼓掌。但你看见我，也跟看不见似的。"
林琊看他——他情绪变化极快极简单，说到"你成功了"的时候就开心，说到"你不认识我了"的时候就难过。林琊看着他那副模样，半晌笑了："不会的。梦都是反的。"这明明是安慰唐玉树的话，却没想到惹得他急了起来："不行不行，不能是反的！"
林琊觉得莫名其妙，看着他笑："怎么？不怕我忘了你？"
"怕。"唐玉树认真核算盈亏，"但你要是光记得我，可一辈子都不能如意，那我也不乐意。"

第七章
暗涌

Howling Breath

号啕呼吸

刚才上课的时候陈逆给唐玉树发过一条消息:"跟他们约了下午三点,OK 吗?"
果然吃午饭时唐玉树便提及了:"下午有个客户要去见一下——能谈下来的话,你就……嘿嘿,算了,成了事儿再跟你说!"
"哦……那几点回来?"
"谈完就回来。"
"嗯。"
"周六愿意陪我跟青秧一起去逛书店吗?"
"可以啊。"
"她语文一直不好,想买点作文参考书——她想让你帮他选选好的参考书。"
"……"林琅莫名地内疚:"买什么参考书,别乱花钱……市面上的作文参考书又不是真的优秀作文,多读点课外书攒攒词汇量就行了。"
"买完书你介不介意和她一起吃火锅?"
"可以啊。"
林琅转头看来者,顺儿端着餐盘大大方方地坐在林琅一侧:"少爷,好久不见!"
林琅扑哧笑出了声,唐玉树倒是瞪圆了眼睛,皮肤由黝黑转变成通红。
顺儿加入了之后,桌上的话题变成了他们"文艺圈儿"的琐碎。唐玉树插不上话,潦草喂完自己就收拾东西告别了。

唐玉树一走,顺儿才关心起来:"他们公司——现在还好吗?"
"好得很。"林琅言简意赅地把陈逆竞标民宿品牌的事情给顺儿讲了一下。
"所以说——你的那本长篇小说要出书了吗?"
"还没定。"
"陈逆脑子真好!"顺儿夸得毫不含糊,"一个案子,既能救公司的困境,又能帮到你!"
林琅笑道:"是啊,他很聪明。"
任林琅笑了片刻,顺儿才又幽幽地开口道:"欸对了,陈逆有跟你讲吗?我俩打了一架的事。"
他讲这句话的态度,跟"今天星期三"选用的是同一种平淡的语气。
于是林琅再度被噎了个半死……

164

"顺儿跟陈逆打了一架"这件事林琊是结结实实地吓了一大跳。
　　陈逆聪明机灵、为人仗义，绝对是个可以信赖的朋友。顺儿个性虽然冲动，但……看着就弱不禁风。两个人会打起来……林琊实在想不到原因。
　　"所以……为什么？"
　　顺儿轻描淡写地："就我喝多那天……好像是他说我疯癫，我就跟他开干了！"
　　林琊没明白："就因为一句话？"
　　"对啊……我当时听了非常不爽！"顺儿回想了起来，"然后就打起来了——细节我都不记得了。"
　　"陈逆有这么幼稚？"林琊还是摸不着头脑。
　　"欸？你什么意思！"顺儿抓住林琊的话柄，"你是说——你默认'我幼稚'？"
　　"……哦！"林琊回过神来，"不是这个意思……"
　　别看顺儿这人成天五迷三道，但他脑子有时候真的挺灵光。
　　在短暂的时间内也就接受了顺儿"把陈逆给揍了"的剧情走向。但林琊还是忍不住确认了一遍："那天你喝了那么多酒……你确定你没记错吧？"
　　顺儿点头连连："是啊！当时还是我先动手的呢！"——倒是够坦白。
　　"那你们后来解释清楚了？"
　　问题果然问到了点子上，顺儿挤着脸颊的肉为难地回忆起来："我其实……也记不清细节了。那天不是醉了吗？第二天醒过来时他留纸条说给我留了早餐，人已经不见了。所以……我想找你帮忙组个局，从中缓和一下……"
　　林琊点点头："好……"
　　即使得到了林琊"愿意帮忙"的答复，顺儿还是心有余悸："小少爷，这事儿要是摊在你身上……你会怎么处理？"
　　"我可能……从此就躲着陈逆吧——反正又不是什么抬头不见低头见的关系，不用非得缓和吧……"
　　"哇……你是真的'消极人格'……我也有想过这样，但是总觉得我喝醉了住过人家的家，人家还不计前嫌地给我留了早餐，不去处理和他的关系的话，我岂不是很糟糕的人？"
　　听罢顺儿的话，林琊沉默了——"消极人格"。

　　没错。从小到大，并不是所有人都会在最开始就嫌恶自己，通常会先伸出释着善意的手，可自己惯性地惧怕那些陌生善意，于是选择了躲避……继而反目也是后来发生的事。
　　就像自己跟唐玉树成为朋友之后，却又谨慎地与唐玉树划清各种楚河汉界，放置彼此于天平的两端、斤斤计较着筹码是否公平……都是自己"消极人格"的表现。
　　别看顺儿这人成天五迷三道，但他说话总有种诡异的说服力。
　　就像自己小说《春生客栈》里的掌柜，她在故事的一开篇，从树林里捡到受伤的小侠客。
　　那一晚，掌柜恐怕也是找不到"爱他"的理由的。
　　可在风雪夜里看着一个负了伤还跌撞着奔逃、不肯甘心就死的少年，这个丧失了活头的掌柜，心里却萌发了一寸矮小的青芽。
　　事后掌柜应该会这么给自己解释：是不忍看他死嘛……才不是爱他。

号啕呼吸

人总是如此别扭着——甚至不敢诚实地面对自己。

没被顺儿拷问之前，林瑯的确是这么觉得的——喜欢唐玉树，大概是因为他对自己好。

但转念一想：唐玉树"个性很好"是没错。可之前认识过的很多人，也并非在一开始就对自己拳脚相向或者冷言冷语的……友情也罢爱情也好，所有情感的建立都是基于双向的选择——早已习惯了紧锁住客栈门扉的人是自己，可怪罪悻悻而去的造访者们的也是自己。

那些投宿无门的人们，有的默默转身，有的破口大骂，有的甚至向客栈的窗户丢来石头，砸坏了窗纸，砸伤了掌柜。于是掌柜断定：所有的造访者都是坏人，放他们进来，或许客栈会被破坏得更严重。可夜深人静时，望着生意寥落的客栈，掌柜还是会觉得莫名失落。

林瑯至此才隐隐明白了：自己身处在一座恶性循环的炼狱里，或许也是自己当初亲自选择踏入的结果。

下午6点多的时候唐玉树回宿舍来了。

这种元气型选手竟然也有失落的时候。进了宿舍门，脱了鞋袜往自己铺上一爬，然后他就面朝里侧默默地躺下了。

林瑯察觉到唐玉树的低气压，走了过去弯腰看他："客户谈得怎么样？"

瓮声瓮气地："……不太理想。"

"发生什么了？"林瑯又问了一遍。

事情是这样的：唐玉树和陈逆下午去了一个出版公司去谈合作——是路黎给介绍的。

那客户打算给他们家新人作者做新书宣传，想找"年轻团队"来做，认为年轻团队更容易懂年轻受众群体的兴趣点，营销做得会更成功。

当时接到这个客户时唐玉树开心得一蹦三尺高，向陈逆询问："那是不是有机会跟他们谈出版？"

陈逆也开心："当然有可能啊！"

抱着这个畅想，两个人熬了好几夜临时钻研出了一套方案。今天下午带着方案去了客户公司，跟他们的主编和市场部负责人一起开了会。出版公司的编辑也对方案很满意。

"那怎么说是'败仗'呢？"

唐玉树一提起来就生气："会议结束之后我去尿尿。出来洗手的时候才听见隔壁女厕里那个市场部负责人跟那个主编说，'真以为我们会找这种小公司合作啊——听听创意就行了，总结好他们说的点子，之后拿给营销部去做。'"

被骗方案是常事。

公关行业就是这样：签项目合同前，总得给甲方提一些创意，让人家觉得你方确实有不错的营销逻辑，人家才愿意把案子交给你做。

"可是这次难受是因为和你有关系。"唐玉树紧皱着眉头看着林瑯，那副样子倒像是搞砸了事情的小孩儿一般。

林瑯看着他表情，觉得他委屈得好像都有点快哭了，于是赶紧拿胳膊肘碰他："这种公司不合作也罢，算是避雷了——公司叫什么？"

"公司叫'温文新赏'，对外的品牌叫'温新'——你是业内人，你接触过他们吗？"

"有点交情。"

巧了吗这不是？温文新赏——料想跟温文集团是脱离不了关系的。或许是子公司。

不知道林瑯在思索着什么，唐玉树刚想追问他，601却被一个家伙推门而入。

林瑯看到来者，瞬间讪然。

唐玉树坐起身来跟陈逆笑："打了败仗，还不许我跟林瑯聊聊回一下血吗？"

陈逆撇起了嘴抱怨："我也是败仗里的一个伤员，可没人给我回血！——别躺了，下床下床！我请客去吃火锅，位子已经订好了！哦，对了——林瑯，能不能把你那个朋友叫上？"

"哪个朋友？"

"上次在我家睡、长得很好看的那个。"

"哦。"林瑯这才想起来他俩之间的事。

影大后门有个老牌火锅店，唐玉树说他们本科的时候总来吃。

"没什么糟心事儿是一顿火锅解决不了的！公关行业做得太累了！以后咱俩赚够了钱，还不如开个这种小店——你负责统筹算账，我负责端茶倒水！美得很！"

林瑯落座的时候取笑唐玉树的傻话："你以为开火锅店会比开公司简单？"

唐玉树才懒得计算运营成本："反正以后是不想做公关了，只是想找个能跟你待一块儿的事儿——那这样：以后你红了，我吃你软饭，挂你身上，当你专属经纪人，行不？"

陈逆也取笑他："你以为当作家经纪人会比做公关简单？"

唐玉树满不在乎："我是笨，我是没点子——你有啊！你负责给林瑯做经纪，我负责端茶倒水！"

"先不说难不难，至少当作家也没那么赚——哪能养得起你们俩少爷？"林瑯举了个唐玉树身边可见的案例："路黎刚出道的时候也算得上关注度很高，如今不也还是得在影视公司兼差才能维持生活吗？"

林瑯提到了路黎，陈逆突然想起了陈年八卦："对哦大羽！路黎现在还像以前那样对待你吗？"

林瑯一口饮料喷了出来："啥？"

唐玉树急着摁住"出卖兄弟"的家伙，赶忙给林瑯解释："你别听他胡说！"

可林瑯偏偏来了兴致，就想听陈逆"胡说"："一直好奇唐玉树怎么会和路黎认识——快讲快讲！"

陈逆挣脱了唐玉树的压制，给林瑯讲起了旧事："路黎以前在唐玉树妈妈的音乐教室学吉他。正巧那阵子唐玉树在他妈妈那里打零工。有天路黎跟唐妈打听，老师，那个小哥的联系方式可以给我吗？"

林瑯笑得开心："唐妈给了吗？"

"给了！"唐玉树无可奈何。

林瑯讶异："路黎不知道唐妈是唐玉树的妈妈吗？"

第七章·暗涌

167

"不知道！因为唐妈都只许唐玉树叫自己'姐姐'！——所以才有这么一遭乌龙！"

林琊还是讶异："唐妈都不替唐玉树挡一挡……"

"不挡！唐妈看好戏看得欢！"

唐玉树终于抢过话茬替自己澄清了起来："陈逆故意这么说的——人家路黎当时只是帮兼差的影视公司找新人演员而已！"还特意补了一句以作强调："就跟帮兼差的影视公司找新人编剧——你——是一个道理！"

三人笑闹成一团。

小差开完之后唐玉树又跟陈逆把话题带回到今天去见的这个客户上去。

林琊则掏出手机催促了顺儿一下："快来！"

催促完之后林琊又回忆起这个名字——"温文新赏"。于是点开收藏夹里的一个网站，在搜索框里输入了"温文新赏"。

在"法人"那一栏里，毫不意外地看到了一个认识的名字。

但是在"股东"那一栏里，又非常意外地看到了另一个认识的名字。

"我打断一下你俩——"

唐玉树和陈逆停下了聊天："嗯？"

话在嘴里绕了好几圈，林琊才顺利说出口："这个'温文新赏'是路黎给你们介绍的……客户？"

"对。"唐玉树点点头。

"路黎和这个'温文新赏'……有什么关系吗？"

"估计……朋友？或者合作过？我也不晓得。"唐玉树这般回答。

"路黎……这个人的人品怎么样？"

"很好啊！"

林琊看向回答者唐玉树，他刚嘬了一口北冰洋，眼神干净清澈——像个蒙昧无知的傻瓜。

温文新赏。

法人刘承——"花容月下"本名。

股东有温文文化，还有刘承，他们占大头。还有一个占比很小、只有5%股份的人，名叫路黎。

林琊不太确定能不能相信唐玉树对路黎这个人的判断——唐玉树很简单，可别人都很复杂。

之前在酒吧被路黎以含糊不清的理由拒绝了《新影》电子刊的连载邀请，此刻林琊想起来，总觉得那番话有几分怪异——

"其实我现在这种状况，也没指望还能从业画漫画。放《新影》上多点人看也算的——我也能给你开个70块钱一集的稿费。但是……哎……"

虽是在醉醺醺的状态下这么回复的自己，但他的话语里至少透露了几点重要信息：一是他不介意把作品刊载在《新影》上；二是他不在意稿费；三是他有难言之隐——致使他对于作品或者说他作为作者本人的自主权并没有把握。

可是，是什么原因让他对自己的作品失去了自主权呢？

林琊又回想起了那一晚路黎朋友圈发的那条情绪化的动态："温文怎么还没倒闭？"

这条动态或许与他的难言之隐脱不了干系——本因此，林琊以为路黎与温文或许有什么纠纷。可如今在温文集团子公司的股东名单里看到了路黎的名字，林琊一瞬间又觉得摸不着头脑。

路黎……到底扮演着一个什么样的角色？

林琊从思索里走出来，瞥到了顺儿站在店里张望的身影。

没有贸然对他俩说出自己发现了"路黎是温文新赏的股东成员"这个事实，而是招呼顺儿道："顺儿！这边！"

循声望来，顺儿于是走进了包间。

大大方方地跟林琊、唐玉树打完招呼，视线触及陈逆的时候，顺儿又怯生生地抿了嘴。

刚刚为了"殴打"陈逆，唐玉树坐到了陈逆那一侧去。现在顺儿正准备在林琊身边的空位落座时，林琊又把唐玉树喊回来："你来我这边。"

于是顺儿就只好羞怯怯地坐到了陈逆身边去。

顺儿的人生以"纵情地嬉笑怒骂"为指导原则。

在"喝酒喝到烂醉"这件事上，顺儿从来没有觉得尴尬过。

可是见到陈逆的第一眼，闹了林琊一路的顺儿突然就乖了。

那天晚上顺儿是在陈逆家里睡的。

因为喝多了，脑海中的一切都变得飘忽不定，只有陈逆无比坚定地存在着。

那夜的顺儿很恍惚。恍惚间自己好像跟陈逆起了争执，恍惚间自己像个武侠小说中的绝世高手一样对陈逆出了拳。可这一切情节，在清醒后试图回忆时，又都变得模糊了起来。

顺儿知道这是自己喝多了，思绪混乱的缘故。

但"互殴"是真切发生的。

甚至在互殴途中，顺儿亲眼看到陈逆上臂靠近肩膀处有一圈像是野兽咬下的疤。

那天夜里的一切都很恍惚，却又很真切。

翌日醒来的时候床头柜上留了一张纸条：我上班去了，茶几上是给你留的早餐。

顺儿吃完陈逆留下的自制三明治，给林琊发了条消息，就走了。

这阵子顺儿一直都有点魂不守舍——清醒之后又有点后悔：自己鸠占鹊巢，还把这只鹊给打了，而这只鹊却不计前嫌地给自己留了早餐。

再说自那天之后陈逆也没有主动联系过自己，可顺儿却始终走不出心里的歉疚感。

所以收到林琊"快来，陈逆点名要我叫上你"的短信时，顺儿兴奋得差点当场圆寂。

"找我来什么事啊？"顺儿开口。想问的是陈逆，但只敢看着林琊。

第七章·暗涌

好在知道内情的小少爷宠着自己——林瑯像个镜子一样把问题又反射回陈逆身上去："是陈逆让我叫你一起吃火锅的——陈逆，你有什么事要找顺儿？"

被点到名，陈逆于是看了一眼顺儿，态度倒是很大方："你是模特来着对吧？"

"嗯。"

"你自己有微博什么的吗？"

"嗯。"

"热度高吗？"

"十来万粉，算高吗？"

"高。没别的事儿，就帮一个做原创服装的客户问一下——你愿意接合作吗？就他们给你寄衣服，你自己搭配，在自己的自媒体上发发帅照啥的。"

他是说我帅吗？——"可以考虑。"

"行。"

于是两人间的沟通就结束了——接着便递来菜单客气地问了顺儿一句"你看要不要加点菜？"，他就转头跟唐玉树聊起了别的话题。

顺儿有点丧气：对于两人之间的事，陈逆只字不提。

火锅吃到一半的时候，顺儿突然叫了啤酒。也不肯加入谈话，只是兀自灌了起来。

喝了三听的时候林瑯眼神示意陈逆"别让他喝了"，陈逆接收到讯号便从服务员手里抢先接过第四听，不肯给顺儿："吃肉吃肉——你这小娃儿居然还爱喝酒，看不出来啊！"

顺儿也一把抓住啤酒不肯放手。

陈逆试探性地加重了几分握着酒瓶的力气——却不料这个动作点燃了顺儿的情绪。

终于压抑不住了，顺儿猛地站起身来，端着酒杯宛如一个武侠小说里的侠客："那天实在对不起！"然后把酒给自己猛地一灌，开始了"我不该先动手打你"以及"你也不该说我疯疯癫癫"之类的故事重述。

顺儿那厢说得有鼻子有眼，反而是陈逆蒙了："早餐我给你留了——但是……互殴……没有啊！"

顺儿也蒙了，慌得眼睛通红，声音都混出了鼻腔共鸣："你不肯承认就算了……"

陈逆有种百口莫辩的感觉："你是不是喝多了啊？"

"你才喝多了！"顺儿哭了起来，"你不认就不认，你还骂我！"

"我没骂你啊……哇我我我洗不清了啊！"

顺儿不说话了，沉默了好久，把陈逆左侧胳膊的袖管撸到肩膀上去。

又沉默了好久，又扳着陈逆右侧胳膊的袖管撸到肩膀上去。

撸完两边顺儿懵得更严重了。

气氛凝固了半天，顺儿才糊里糊涂地"欸"了一声。

抓了半天后脑勺，他胆怯地看了一会儿陈逆，又惊恐地看了一会儿林瑯……然后自己跑掉了。

半小时后，影大校园论坛有个匿名发帖被推送上热门：
"把梦当成真实发生过的，还冲人家撒泼大闹——请问，要怎么弄死自己比较体面？"
林瑯和唐玉树笑成了一团。
只有陈逆抽着闷烟苦着脸："这是……什么事儿啊……"

询问过陈逆，得到了"让他别放在心上，其实没什么大不了的"这个答案之后，林瑯给顺儿发了消息，好安慰他的情绪。
"他真的不介意？"
"真的。"林瑯生怕顺儿羞愤自尽，"陈逆大方，没把这事儿放心上。"
顺儿这桩轶事，因着两头的主角都性子豁达，几日后也就顺利翻了篇。
至于温文新赏那桩，林瑯始终都没有跟唐玉树讲"自己得知了路黎其实就是温文新赏的股东成员"。事态或许比自己想象的要复杂，但其中纷繁复杂的关系，林瑯实在无从知晓。
路黎虽身为温文新赏的股东，但又恨着温文；可是虽恨着温文，却还是把温文新赏当作客户介绍给了点将传媒……即便"骗方案"并非路黎本意，但倘若路黎与温文不和，为何还要把温文新赏这只臭虫放在唐玉树的手心里呢？
不过后来听唐玉树说，温文新赏那个公司骗到点将的方案之后，也没再联系过他。
可这一桩却成了林瑯心里的一块疙瘩——总觉得路黎像是一个蒙着面的人，躲在唐玉树周身，行事动机让人捉摸不透。

《新影》顺利推进到了第三期，后台订阅人数破了八千。
泸沽湖民宿品牌方近日是以"每日更新一章"的速度在刊载着《春生客栈》，但因为《新影》公众号算是"周刊"，于是林瑯在这一期直接更新了七章。大概是有这个巨大的更新量作为优势，于是留言都在直呼过瘾。
《春生客栈》的版权算是林瑯与品牌方共享，所以在《新影》公众号上转载这本小说的话，授权主体是由"作家林瑯"和"春生民宿品牌方"共同构成的——
"可是为什么《新影》不需要向你和品牌方支付稿费呢？"秦擎这么问道。
林瑯向他解释："如今的商业行为模式已经与纸媒时代不同，不再是单一的千字多少钱来购买稿子。《新影》作为一个学生媒体，转载《春生客栈》，无论对我还是对品牌方来说，都是一个很垂直的曝光机会——我们都想要收获学生群体的关注。"
秦擎懂了："也就是说，各取所需，但这个'需'不是钱。"
"是比钱更有价值的东西。"沈曳补充完秦擎的理解。
只是等秦擎走后，沈曳又实在忍不住转头问林瑯道："可是你把《风月客栈》的版权拿出来与春生民宿共享——这么大的交易为什么也一分钱都不跟他们收呢？"
"因为……"唐玉树的公司遭遇资金链断裂，而我为了救他们，于是掏出了我最珍惜的心血——这个真相说出来会不会显得很矫情？林瑯顿了顿，只重复了一遍沈曳方才的台词，"是比钱更有价值的东西。"
"所以我就说过——"沈曳笑了，"你就是惯性妄自菲薄！我真好奇到底是什么成长环境训练得你总惯性下意识地否定自己——说自己又'自私'又'凉薄'。在我看来你可一点都不是，自私的人不会把自己最珍惜的心血都供出来给别人的。"

林瑯听完笑了，想起顺儿前阵子也对自己说过类似的话。

——"你真的别再演'凉薄'的角色了！真该给你录下来让你听听你自己刚才说的那番话，那'自我拉扯'表现得淋漓尽致！在我眼里你都快成菩萨了！要我说呀……你就真该冷漠点儿，你一点儿错都没有！"

他们都不明白真正凉薄的人。

于是林瑯叹了一口气："我真不是出于无私、热忱，才去帮唐玉树。之所以愿意无偿出让自己的心血，只是因为比起我自己的生存危机，我现在好像更在意'我之于他的意义'——是我自己的目的心变了。"

"变软和、变强大了。"

"我可配不上这两个词。"

林瑯对他的苦笑不以为然："我这么做只是因为我想活下去——论证回最原点的理论，我依旧是个又'自私'又'凉薄'的人。"

沈曳安静了片刻，也没再跟林瑯辩论，只是叮嘱了林瑯一句："你之前跟我要的2009年、2010年的《新影》短篇小说稿子，我给你整理好了。传你邮箱？"

"好。"

"你要这个做什么？"

"学习。"林瑯这么说。说完关好电脑抱着书包告别了。

他们都不明白真正凉薄的人。
像是在过一条独木桥。
桥下是阿鼻地狱，对岸是他。
是他的话，若能讨得一抹笑，失足堕入无间烈火里挫骨扬灰也罢了。

近日成都连天大雨，今天也毫不例外。

被瓢泼的雨水堵在主教楼门厅正手足无措的时候，林瑯接到了一则电话——是自己曾就医的精神医师打来的。这个医生人很好，即便早已结束问诊，他还是经常性地向林瑯询问近况。

他问起关于"大雨"的情况。

那个在夜梦里陪伴了自己这么多年的"人"，突然在研究生开学报到的那一晚消失得不知所终。之后就再没有出现在林瑯的梦里过。与他之间本就虚幻到不可捉摸的温情，也从那日起渐渐从林瑯的身体里蒸发而去。

像一种无处问罪的背叛。

"其实一开始难免会有慌张，可渐渐地也习惯了。"林瑯这么描述自己的心情。

医生专业地给林瑯做解释："大雨的存在对于你而言像是'拐杖'——你对于他有所依赖，是因为你潜意识里惧怕独立行走——当然这是你对于自己的误解。"

"误解……"

"没错。就像是给一个有恐高症的人戴上眼罩，让他摸着扶手走过一段十层楼高、十米长的玻璃吊桥,他也可以顺利地走过去——因为'过桥'这件事,只需要一个人'会走路'就可以做得到。可是当把这个人的眼罩拆走,再命令他走回来,他就做不到了——并不是因为他'不会走路',而是他'怕高'。'怕高'造成无法顺利过桥,便是恐高症患者对于自己的误解。"

林琊明白医生给自己做的类比——自己的这种情况更像是自我成功催眠"我戴着眼罩"的恐高症病患,带着这个意识,于是生生睁着眼皮走过了吊桥。

林琊调侃自己:"我有这么厉害?"

"当然。你看过《姑获鸟之夏》吗?"

"看过。"——京极夏彦的一本恐怖小说。

"意识里相信自己怀了孕的女人会在生理上产生孕期反应;不敢面对真相的主角会对尸体视而不见;可见人的精神力有多强大——当然小说是有夸张的成分在。用中国古代'三魂七魄'的说法来解释:都是'魂'出了毛病。'魂'是人的思想意识,而'魄'是人的内在驱动力。'魄'没散但'魂'飞了,便会出现各种'谵妄'症状。"

"所以我这种症状若是生在古代,就是'鬼上身'?"

医生跟着林琊一起笑了起来:"你比以前开朗好多——之前的你怕孤独,不敢独立行走,于是你潜意识中激发出一个陪伴你走路的'人'。可这个'人',你要知道本来就是你自己的精神力而已。"

"可……"林琊不解,"你不是说没有大雨,我的自我人格会坍塌吗?"

医生是这般解释的:"如果我在你没有准备好离开他的时候,强制性地对你去做导正治疗,便会对你造成危险——因为抢走了你的拐杖,你之后很可能无法行走了。可现在大雨不见了,不是大雨的选择,而是你潜意识的选择——也就是说,是你自己主动放开拐杖、甩掉大雨的——因为你在成长,并且你一直是个精神力量很强大的人。"

精神力量很强大……

林琊还纠缠不休地追问医生:"那为什么是开学第一天,而不是别的时候?"

"不是哪个特定的时候。总会有这么一天,碰巧是那天而已。"

"可……紧接着后来我也不怎么尿床了。"

"你的'心里寄托'自发地消失掉,说明你从阴影中走了出来,那么遗尿症当然也会有好转。"

弄明白其中的连锁效应,林琊突然也就"原谅"了大雨的不辞而别。

挂断电话后林琊继续坐在大堂里发了一会儿呆。

片刻后一个熟悉的身影从电梯里走了出来——男生比平日里稍显颓丧,顺着自己的招手脚步飘忽地晃到了自己身边:"我恐怕是生病了!"

林琊忍不住想笑:"你这叫'谵妄',我学的新词。"

"什么意思?"

"感知偏差吧——大概是。分不清梦和真实,才搞出这桩乌龙。"

"我哪有……我那撑死就是喝多了!"顺儿抗拒这个听起来就很古怪的名词,"怎么样,你也没带伞?"

"是啊。"

"回去吧——跑五分钟就回宿舍了。"

林瑯想了想:"也行!"——干坐着听天由命也不是事儿。

两人冒着胆子走出门口来,却听到顺儿发出一阵浮夸的呜咽声。

"又怎么了?"林瑯不解地看他。

顺儿抿着嘴皱着眉,脸上横肉抽动,用下巴给林瑯指了指方向:"真嫉妒小少爷!"

林瑯顺着他示意的方向看去——

在大雨中林瑯看到了一个高挑的身影,撑着伞顶着风向自己遥遥在望。

眼神与他对在一条线上时,便从昏暗的夜里看到他咧起的一口大白牙。

翌日早上顺儿又在食堂碰到了林瑯,老远就喊着:"小少爷!"

林瑯跟跑过来的顺儿招呼道:"你居然起床这么早?你身体没事吧?"说罢转头向窗口里要了:"两份豆花,打包。"

"没事。"顺儿点头笑道,"不是有唐绅士的伞吗!怎么——你这是出来替他打早饭?"

"别提了,唐绅士感冒了,烧得跟个碳球似的。"

昨夜唐玉树撑伞去主教楼接林瑯,却不料遇到林瑯和顺儿两个人被瓢泼大雨堵在门厅口。于是说要发扬"绅士风度",把伞塞给林瑯和顺儿,自己转头一路跑回了宿舍楼里。

当时顺儿瞅着唐玉树跑开的背影,乐了:"绅士风度?咱仨都是男生,他绅士个什么劲儿?"

5分钟的路程,唐玉树就被浇了个"清透"——他结实,但凡穿个稍微合身点的T恤,胳膊和胸的线条就绷起来了。再被雨水这么一浇,和不穿也就差个表皮质地。

"结果今早醒来唐玉树感冒了——我倒是没什么事儿。"

回到宿舍后林瑯摊开两碗豆花,看着唐玉树擤得通红的鼻头:"早就说让你多穿点儿,你偏偏穿短袖,明明秋天了!"

林瑯吃完后押着他去了校医室挂了个号儿,拿了点儿药出来。

看病时唐玉树又犯了个傻——那医生问他怎么了?

发烧。

多高?

啊?我?一八五。

医生手指敲了敲桌面,说:"体温。"

林瑯就扑哧笑了。

开完药出来的时候9点半,林瑯和唐玉树回了宿舍。

10点有一堂文学赏析课,林瑯收拾完书本准备出门,交代唐玉树在宿舍好好蒙头睡觉:"发发汗就好了。"

"不。我要跟你去上课。"唐玉树自我感觉良好,拢着林瑯不肯松手,"你不用心疼我!"

"不是心疼你。"林瑯拆他手臂也拆他美梦,"你别把感冒传染给我了!"

唐玉树把脸一黑，一口气堵在胸口。

林琊看他那样儿，想到了一个柴犬绷着遛狗绳儿死活不肯走路的表情包。

带上门之前唐玉树还在那里深感悲戚，号着："白眼儿琊啊白眼儿琊！"

哀号声被林琊关在了宿舍里。

可等林琊走后，唐玉树又兀自乐呵起来。

时间回退到两个月之前，唐玉树死都不会信林琊那个单薄孤冷的家伙有天会和自己斗嘴，甚至像刚刚一样用"凶狠"的口吻跟自己说话。如今他在自己面前，变成了放松一点的姿态——和他调笑时，会被他揶揄；冲他耍赖时，会被他责骂。

曾经的林琊像一片薄薄的冰碴，空灵、清透，但也脆弱、易碎。是横是竖，都不敢着手碰他。

越想越开心，唐玉树乖乖裹上毯子，攥紧了毯子的角。

觉得自己就像是，攥紧了……一束光。

林琊没去上课。

先拐到了主教顶层的《新影》编辑部。

推开门的时候沈曳和秦擎都在——秦擎在打游戏，沈曳在看手机。

见林琊进来，沈曳把屏幕冲林琊晃了晃："我正在看你的《春生客栈》！好评如潮啊！"

"没刊载之前我不就给你看过全文了？"林琊一边放包一边回应他。

"对啊！"沈曳倒是想起了自己的疑问，"说起来……我看的时候才发现，《春生客栈》和《风月客栈》怎么不一样啊？不是说把客栈名字改成'春生'就可以吗？但主角们的名字也都变了，并且……"

"并且，叙事线整个重新修改了——按照你之前跟我说过的意见。"因为沈曳阅文无数，看的又都是质感很好的作品，所以出于"想要得到有质量的建议"的立场，林琊早先给沈曳看过了全文。

"还修改了叙事线啊？！"沈曳惊讶了起来，问道，"可是上线时间那么紧迫，你怎么做到的？！"

"加班啊！"

"是我该死！不该发表意见的……搞得你这么累！"

"是我主动讨教的。"林琊并不介意，"况且，修改的主要原因也不是为了优化。"

"欸？那是为了什么？"

"嗯……"这才注意到自己因为忙着处理手头的工作，而在无意间说出了一些没必要说给别人听的话。思忖片刻，林琊笑着打马虎道："单纯练手。"

处理完手里的事务之后林琊告别了他们，没去教室，而是径直走向了学校门口。

还差十余步的时候林琊收到了唐玉树的消息，一张图片。

林琊点开看了：一个衔草而立的古装扮相少年。

站在原地回复了他一句："这是什么？"

"客户发来的！这是你的读者给《春生客栈》的小侠客画的想象图！"

第七章·暗涌

唐玉树估计不懂什么是"同人",他用词是"想象图"。

林瑯回复他:"真好看!"

"是吧!"在对话界面那一端的唐玉树,愉快的心情已经顺着字符飘了过来,"重点是!客户说目前有三家图书公司来问出版了!你知道这意味着什么吗?"

林瑯眼眶有点泛红,放下手机先整理了一下情绪。

他无意中从校门处明亮的铝合金框上看到了自己的模样——学着唐玉树用发胶整理过的头发蓬松;白衬衫的下摆扎在卡其色休闲裤里;配着简单的帆布背包,虽与顺儿那种"一看就很贵气"的装扮不同,但从容简单,人模人样。

唐玉树的消息接着发来:"意味着是他们竞价!意味着是你选择他们!意味着无论如何你要出书了!"

林瑯看着那三个感叹号,心情格外复杂。

其实林瑯想要转回脚步去。

回《新影》编辑部,回教室上课,或者回宿舍和唐玉树一起。

聊聊天,聊聊琐事,聊聊他梦想中的火锅店。

继续过着苦恼于"约稿量好少"的生活,继续计算未来每一日的温饱问题,继续胆小着却安稳着。

有些事,午夜里你敢设想,你敢筹谋。

可站在阳光下的时候,惯于与世无争的你还会是胆怯。

最后,像是要努力给开始后悔的自己重新打气一般,林瑯退出了与唐玉树的聊天界面,点开手机信息。老旧的合约机有些卡顿,缓了好久才顺利点开。

往前翻,有一条"花容月下"发来的、确定会面地址的短信。

林瑯盯着那条消息看了很久。

重新点开与唐玉树的对话框,没有理会唐玉树发来的那些"好消息",只是没头没脑地问了他一句:"你说,我要是变坏了,怎么办?"

头脑简单的男生误会了自己的意思,他回复自己:"你才不会因为出本书就变坏!"

他语气坚定,像是比自己都懂得"林瑯"一般。

不会吗?林瑯一哂:你以为我真的是什么好东西吗?我也只是因为那突如其来的失禁,才丧失了蝇营狗苟的机会……

但挣扎了良久,林瑯还是抬起了脚。

向学校外面走去。

男生推门进到咖啡店来的时候,还是忍不住让人在心头感叹了一句:再次看到林瑯,还是觉得清秀。

抱着电脑窝在沙发里的刘承看了林瑯几秒,才向前俯身挥了挥手:"林美男!这边!"

林瑯循声看过来,脸上扬起了谄媚的笑:"花编辑呀!"

等他落座时刘承叫了服务员过来,给自己点了一杯冰美式,转而问林瑯:"你呢?林美男,想喝点什么?"

林美男忙着在桌子上放置他那个简朴的帆布包,"哦,一杯热美式。"说完,还挪了挪桌子上的机器："你这是个……播放器？我往旁边放一放。"

刘承被这个小土帽儿逗到了，没忍住笑出声："什么叫'热美式'？就是'美式'和'冰美式'之分！难不成你去餐厅点单时还会说'我要热面——是'热面'，不是凉面哦！'哈哈哈！"

但林瑯仿佛不太在意他的取笑，只是点头应付了一下，便开门见山道："今天来见你，就是想聊一下我们后续要做的那个合作。我想先问一下：像赵妍妍那种量级的网红，出一本书你们温文能拿多少利润？"

刘承噘了噘嘴："她的书净赚多少对于咱俩而言根本不重要。"

以林瑯的格局，显然明白不了他的意思："什么意思？"

"赵妍妍这个案子在全行业内是我开的先河：找一个本身红的、想要出书混个'作家'名头的网红，再低价收一本枪手书稿，两厢一凑，就能赚不少——但这种钱赚着没意思。"

"没意思？"林瑯重复了一遍他句末的词。

"对。没意思。包装这么一个'假作家'好赚，但我签个真的畅销作家也挺好赚——这两码事对于我这个商……不是，应该说对于我们两个商人而言，其实本质上没区别。但名气和实力兼具的作家就那么几个，僧多粥少，我们书商要想着法子赚钱啊！自从新媒体时代开始，这年头什么才值钱？流量！"

林瑯笑着点头："是。可真会写书的不一定像网红那样有流量。"

他说的是自己。

刘承跟着他的自嘲也一并发笑："这就是命，谁能说得准？那你也总不能说买赵妍妍书的人就都是傻瓜吧？"

"当然。"

"我现在之所以愿意做，是因为我用'赵妍妍'这一个案子验证了我的商业思维是对的——赵妍妍出书，我还给了她所谓的'版税'，虽然书是你写的。但赵妍妍成功了，现在好几家网红公司找上门儿来，给我钱要我给他们家网红出书——清一水儿的不会写，怎么办？"

"有我呢。"林瑯接下话茬。

刘承于是就笑了："你这小孩儿不错，真的——识时务！我在你这个年纪的时候就识时务，不然也没办法混到现在。你当时给我打电话说想跟我合作的时候我就知道了：你识时务。"

"过奖。"林瑯摇了摇头，"自己写书多累——写过的人才清楚。你开的这个先河真的厉害。会写书但是没名气的、有名气但是不会写书的，站在市场的角度上选，恐怕白痴才会选前者。"

"没错。"刘承点头，暗忖着孺子可教，"作为资本，我们只看什么问题最好解决——会写字的遍地都是！随便揪出个汉语言文学的、编剧专业的、甚至脑子灵光点儿的，都能写得比赵妍妍好！但有几个能长成她那样的？就算长得漂亮，能有几个凭一组照片儿就红遍全网的？"

"是啊。命数都是天定的。"

"就是说嘛……所以那天你给我打电话问我能不能拿到大量的网红资源的时候，我就

"震惊了！真的！不是我夸张！我跟一些投资方说我的概念他们都不一定听得懂！而你一个学生，竟然能跟我的思维搭上线！你是自己主动来提的——说你能攒起一个'枪手团队'，给我提供大量的优质枪手稿！我听完你说我都惊了！没想到居然有人脸蛋儿好看、脑子也灵光！"

"过奖。"林琊倒是客客气气的，"我这边有脑子，你那边有脸蛋，咱俩各补缺漏各取所需而已。你愿意带着我分一杯羹，我已经很感谢了。"

虽然这话听着怪怪的，但刘承没计较这个未经世事的小屁孩儿。

方才点好的咖啡此时被端了上来。
服务员先把冰美式端到了刘承面前，又小心地把那杯"热美式"端到了林琊面前。
林琊方从书包里掏出一个U盘，见咖啡来了，便伸手去端杯子。服务员赶忙提醒，可"烫"字刚说出口，林琊就已然被烫得脱了手，杯子被他手忙脚乱地碰洒了，还不慎泼到了手上，沾湿了手里的U盘。

"小土帽儿"意外失态，连连道着歉从纸巾盒子里抽出一张纸，把U盘垫在上面擦干净，递了过来。

刘承看着那场面有点想笑，但忍住了，边接过U盘边关切了林琊一句："小心点儿——欸？怎么有密码？"

"哦！"林琊说出来，"wenxxin——两个'x'。"

照着他说的字母输入，解锁成功——一排整齐的文档摆在眼前，甚至还被分好了组，分门别类地取了标题："适合情感类网红的文章""适合搞笑类网红的文章""类似游记类"……

花了五分钟简单地浏览过林琊提供的U盘中海量的文档，刘承满意："很细心啊你！——这些你都已经付过钱了？"

"表示诚意嘛。这些枪手稿花了我总共10万。一共有300篇文章，最起码够分成10本书，重点是质量都很过硬。"

"行。我回去再详细地检查一下。"刘承对这个"小土帽儿"的工作还是挺满意的，"效率很高！"

"我这人就这样：决定要下手，就丝毫不拖泥带水。"林琊经不住称赞。

刘承瞥了他一眼，"这密码听起来像是有什么意义？"

"'温'与'新'的意思。"林琊解释："'温文'和'新梦'。"

"你说的'新梦'是什么？"

"我为我们的合作项目专门注册的公司——叫'新梦文化'。"林琊说着从包里掏出一份营业执照递了过去。

公司都注册好了？还挺会"先下手为强"的……但终究是小孩子心思，太好对付。

刘承简单翻了翻文件，暂时抬起头看林琊："温、新……你知道吗？我正好有个牌子，就叫'温新'。"

林琊愣住了，半天才笑道："真的假的呀？！"

"真的。牌子叫'温新'，公司叫作'温文新赏'，还就注册在成都的一个文创园区。"

刘承说着把那张营业执照对折好，扔到了林瑯座位上去，"当初是为了培养新人作者给温文当储备而注册的一个小公司。后来没怎么做新人，现在变成了一个走账用的壳子公司。不过最近又拿起来用了。赵妍妍新书——就你写的那本什么风月的那个，就打算用这个公司做。实不相瞒：咱俩合作的项目我就打算做在这个牌子旗下。这叫什么？心有灵犀吗？"

林瑯摇了摇头，不敢相信的样子："你别是为了跟我做案子……故意往我身上套吧？"

"我骗你这个干什么？"刘承被逗乐了，翻开手机找出温新的 LOGO 商标证明给林瑯看，"要我说：既然你想用这个牌子做书，那就直接用我这个公司走项目算了。我这个公司能有很多扶持资源和税收优惠，你的能有吗？"

听他这么说罢，林瑯脸上刚才的欣喜肉眼可见地淡了下去，半晌只"哎"了一声。

刘承有点不耐烦——眼前这小孩子生性多疑却又没什么城府，格外难缠。

于是刘承"战略性"地质疑了一下林瑯的合作诚意："你不会还信不过我吧？"

果然对方被自己的"欲擒故纵"打乱了阵脚。只见林瑯赶忙摇头："说那么客气的话做什么？倒不是信不过你……但——我也就摊开了讲：虽然咱俩各有优势，你有网红资源和出版渠道，我有大量的枪手……但我这胳膊还是拧不过你的大腿啊。我为了表达合作诚意，已经自掏腰包 10 万块钱买下了这些枪手稿。我要是把稿子都给了你，可你回头却把我放了鸽子，我……怎么办？"

"信不过我……"不给对方有效信息，只抱怨他一句，等着他出招。

"总之，不从我这个公司走账目和流程的话，我对于合作可能保留想法。"

林瑯说完这句话，就伸手来够 U 盘。

刘承拨开林瑯捞 U 盘的手，亮出自己的报酬："这样吧，你垫付的 10 万块，我在三天之内补给你——首先不让你亏。另外，三天之内我再给你补一份'温文新赏'跟你的分红合同，每年有 5% 的利润分红权——够吧？"

林瑯想了想，提出疑问："那为什么不直接给我温文新赏 5% 的股份呢？"

"宝贝！5% 的股份跟 5% 的利润分成有什么差别？"刘承说完，又补上一句，"公司股权结构这种事情很复杂——你还小，你不懂——我们把股权细分到那么碎，以后不好融资啊！"

亮出了唬人的词汇，林瑯好像被镇压住了，安静了好半晌："我只是想要 5% 的股份而已，这么小的股东能影响得了公司决策吗？"

"当然不行——所以你拿了也没有用。"刘承抛出最后筹码，"反正这买卖见不得光——你的小公司但凡被查都顶不住。温文多大呀？我们得靠住这个大后台！放心，该是你的钱一分都不会少给你。"

迟疑了片刻，林瑯终于点了头。

本以为这场谈判到此结束，但林瑯却唐突地站起身绕过桌子，走到了刘承身侧来，在刘承耳边小声地说了一句："你什么时候回北京去？"

"下周一。"刘承回道。

林瑯可惜道："哎，这么急啊……本想找你玩儿，但这下没机会了。"

刘承觉得好笑，故意向他说了一句："哟……林美男变了！"

第七章 · 暗涌

179

林瑯好像没听出他在嘲讽自己，只站直了身体，还把脸往他那边贴："识时务嘛。"

刘承扑哧笑出了声，把电脑放到一边去，伸了个懒腰："吃个饭去？"

"不行，我得赶回去，还有课业的事儿。"林瑯看了一眼时间，回了他座位那边，把那张被折起来的营业执照默默地塞回书包里去，整个动作都很缓慢——像是在盘算什么。

但盘算什么一时半会儿刘承也看不出来，不过很快林瑯自己就立刻说出了口："那三天内，资金和合同都到我手之后，U 盘的密码我再发给你。"

刘承点头："行，那你去吧！"

送走林瑯后，刘承把桌面上放着的那台"播放器"关掉，又点了一杯咖啡。

把林瑯 U 盘里的文件全部拷贝了出来，随机点开其中 5 篇，从每篇中复制了一段话到搜索引擎里，都搜不到重复——说明这批枪手稿子的原创性有保证。

一切做完之后刘承给同事拨去了电话，同步一下谈判结果："笑死了我都快！小孩子心眼多又没阅历！设了个密码用来防我——你设个 6 位数字我可能还真记不住，好死不死他密码是'温新'的全拼，两个'x'。他还注册了一个公司，结果被我几句话就说服了，跟'温文新赏'签了个分红合同啊哈哈哈！不不你听我说，最好笑最好笑的事情是什么？你猜？他刚来的时候，把书包往桌子上放，结果他眼瞅着那台录音干扰器问我说这是播放器吗？你说逗不逗？！"

说完这一通，刘承在咖啡馆里发出了爆笑声。

笑到眼泪都出来了，刘承才缓过了笑意："枪手稿费先给他赶紧安排上，我急着去谈网红们！孙总李总周总吴总都在催我呢！之后的分成就用分红合同应付他，年末结算点儿所谓的'利润'——合同也赶紧给他寄过去，他当个宝贝似的在催我呢！哎不行……就先这样吧！我自己还得再笑一会儿！你知道这种人多好笑吗？就是自己把自己可当个机灵鬼儿呢，其实一眼就能看穿他蠢得有多离谱！"

说完这一通，刘承再次发出了爆笑声。

从咖啡馆出来坐上回学校的地铁时，林瑯收到了"花容月下"的消息："你的收件地址和收款信息都给我一份。"

"没问题。"林瑯从文档 App 里找出自己的收件地址复制下来发给了对话框的那边，接着又把收款信息也复制下来。点发送之前，把光标随便挪进那一长串阿拉伯数字里，删掉了一位。

"花容月下"回复："收到！"

接着，他又感慨了一句："咱俩距上次见面应该没有很久吧我记得？——但你真的变化好大啊。"

林瑯看着他发来的那行字，脑子里回想着刚才与他的谈判，逐字逐句地回忆着每一段对话。注意力从回忆里再次落回现实中的这一行字的时候，林瑯忍不住笑了。

从"花容月下"那张嘴里说出来的字，每一个林瑯都不信。

但林瑯相信这一句话是真的。

回复他："还是得感谢你。"

我一向恩仇了然爱憎分明。

如果得以重生，绝不会不感念当初浴过的烈火。

这个暗流涌动的上午，唐玉树懒懒地躺在床上把春生民宿品牌方公众号上刊载的《春生客栈》全部看完了。

迟钝如他，也一并发现了差别："跟我当时看的不太一样呢？"

林瑯咽下米粉："因为我调整了叙事线。"

"为什么要调整？"

"练手——想挑战自己在极短时间内重构故事的能力。"

"你们文人的事，我不懂。"

"你好歹也是百年影大的一位准硕士，怎么也把自己开除在'文人'之外去了？"

"哈哈！我赖在影大读研，就是想多吃两年米粉！"唐玉树说完林瑯笑他："这些唬人的套话信手拈来——还说自己不算'文人'？"

唐玉树可不允许林瑯如此曲解自己的真心："我这哪是套话！要不要我把心尖尖掏出来摆在桌面上给你看？！"

"那我这老头子岂不是要被那血糊糊的场面吓得背过气去？"——声音来自第三个人。

林瑯和唐玉树一并转头，一个老教授端着餐盘坐在了林瑯身边。

"是您？"林瑯辨出来者，"我不是跟您约了下午去您办公室聊吗？"

老教授拌着饭："正好碰上，在这儿说就行——《新影》公众号不错嘛！我们学院的学生都把'电子艺术展'当光荣榜了，争着抢着想要上！"

看来老教授挺满意的……

"那就好——不过那只是预热而已。"

林瑯说完，看了一眼因第三人加入席间而被排除在话题之外的唐玉树，他正在埋头苦吃着。

老教授那厢对"预热"这个词格外好奇："什么意思？"

局面到了最合适提及这个人的关头，林瑯开了口："我知道影大校友中有一个宝藏漫画家——作品质量很高，只是没资源。我有个能在短期内收效快的想法，帮您利用《新影》打造出影大漫画的'成绩'。不过我试着接触了这个人，他太神秘了，我可能凭自己的力量搞不定他。"

"谁？"

"您的爱徒——路黎。"

说出这个名字的时候，林瑯看到局外人唐玉树也一并抬起了头。

路黎是在三年前最受瞩目的漫画大赛里出道的少女题材漫画家。当时虽未夺魁，但也拿到了榜眼的傲人成绩。他的履历完全就是"出道即巅峰"的真实写照——出道半年内接到诸多大牌合作，半年后宣布单行本签约进入制作。谁都以为他的事业线即将稳步上升，却在一年后遭遇"被抄袭"事件，经历了起诉、败诉，接着被群嘲成"诬告王"。口碑遭遇滑铁卢之后被中断了所有合作，已经印刷好的单行本停在印厂直接销毁，还背负上巨额

第七章 · 暗涌

债务。

后来就不知缘由地销声匿迹……

"他太惨了。"老教授感叹，"我没找上你们《新影》之前，指望过他。反正影大有自己的出版社，我想用影大的资源给他出单行本来着，但他现在的全部人身合约都被限制住了。他跟我说过……好像是当时有人骗着他，让他用'二十年时长的经纪合约'为股资占5%的股份给他开个人工作室，还帮他抹平债务。但债务是没了，那个所谓的工作室也被撂在一边不管，偶尔当成走账用的壳子公司。二十年，什么概念？整个职业生涯啊……"

"壳子公司叫作温文新赏。对不对？"

林琊问的是老教授，可唐玉树手里的筷子掉在了桌面上。

一整个午休时间唐玉树都在狭小的宿舍里转来转去，愁眉苦脸地重复着同一句话："路黎好可怜啊！"并且几度想要拿起手机给路黎拨过去安慰的电话。

林琊阻止他："不必。除了你老泪纵横、他自怨自艾之外，没有任何意义。况且温文新赏有了案子需要做的时候，他不是也介绍给你了吗？——这说明什么？"

"这说明什么？"唐玉树一头懵。

"说明他虽然跟温文这个大boss不和，但跟公司里讨个饭碗的小角色们应该相处得不错。说明这么多年下来，他估计早把这种悲惨消化成了寻常——你不提，可能对他还好一些。"

唐玉树觉得林琊说得有道理，但还是格外"意难平"。

实在被侠义心肠的唐玉树绕得发晕，林琊安慰他："放心，他不会继续可怜下去了。"

"啥子意思？"

啥子意思……林琊没回答他。

只是看了一眼时间，安顿他"吃了药乖乖躺回床上去"，就抱着电脑出了601去主教打卡上课。

致使路黎被压在五行山下"二十年"的那个作家，笔名叫作顾魅殇。据说是温文集团股东的千金，所以才会有如此强大的"危机公关"能力。

林琊搜索起了关于这个"顾魅殇"的相关资讯。

两年间出版了三本书：一本长篇小说，两本短篇小说集。每一本上市的时候都搭配着铺了大量的通稿。

但"死性不改"，每一本多少都有"抄袭"的争议——但她的抄袭手法很巧妙，她把"洗稿"这一招用得得心应手。

洗稿的意思就是说：把原作的核心内容用自己的话重新表达出来——经过这招而诞生的作品，目前为止从来就没有过被原作"胜诉"的案例。

但这也不能算是"法律的漏洞"——根据思想、表达二分法，著作权法只保护表达形式，不保护思想——倘若是对"思想"也严防死守的话，那第一本"穿越"设定的小说原作，便可以靠着垄断"穿越"这个"思想"而把后续数以百万计的穿越小说胜诉个遍了。

法律只是底线。剩下的审判权只能拱手让给"该有良知和智慧"的大众舆论了。

而好死不死，舆论风向却又被掌握在以顾魅殇为代表的资本手中。

路黎"死"得冤，可也"死"得毫不意外。

林瑯把网友们扒出的这些关于"顾魅殇抄袭"的论据挨个截了图。

又"死皮赖脸"地给"从不回复自己消息"的路黎传去了一条消息。

然后扣下手机，揉着疲惫的太阳穴，抬起头看向黑板上的讲义。

快到三点半的时候唐玉树还是出现在了文赏课的教室里。

林瑯这时候正在抄多媒体屏幕上的笔记。老师不在讲台上，底下偶尔有学生出入。唐玉树从后门溜进来的，瞅到了林瑯所在的位置，故意坐在了林瑯正前面一排。

林瑯从桌子下面轻轻踹他凳子，压低了声音："你来干什么？"

"蹭课——一个求知若渴的优秀学生。"唐玉树这般自我介绍。

"病死你算了。"

两人一前一后摆了一会儿龙门阵，林瑯先"放下身段"绕到了前排去："你真没问题吧？"

唐玉树把下巴扬着，一副"哟，斗不过我吧"的笑脸斜睨林瑯："来打扰我求学？"

林瑯不肯给他脸了，又站起身来作势要走，唐玉树这才急了，把林瑯一拉。

"我刚在宿舍闲着无聊，逛了逛影大校院论坛，居然看到这么一篇帖子。"

扣留住林瑯后，唐玉树把手机推到林瑯眼前。

林瑯看了一眼——《我发现我超喜欢的一个小众作家居然是影大学长！》。

"咋？里面说的是我吗？"林瑯抬了眼皮问唐玉树。

唐玉树一副与有荣焉的神色，倒像是自己得了奖一般："当然！"

林瑯好奇地点开了。

帖子是一个本科大三的人发的，说："近期在《新影》公众号上追更林瑯的《春生客栈》，这个笔名在自己以前高中看的青春文学杂志上见过好多次。跟编辑部的人打听过之后才知道林瑯居然就是影大研一的学长！"

"本科大三的人怎么会觉得我这个研一的人是她学长？"林瑯的注意点放错了位置："她在影大读了三年，我在影大才读了没一年……"

"你管她……你看——"唐玉树急着指帖子下面134条跟帖，"你在这里也有134个读者呢！"

林瑯随手划了划……哪有什么134个读者？

除了几个发着"楼主威武"之类混论坛经验值的灌水评论之外，就只有一个叫"老糖·布莱恩"的账号，在极短的时间内评论了50多条"顶顶顶"，某一条下面还被论坛管理警告了："禁止灌水，违者拉黑！"

林瑯接着点开老糖·布莱恩的头像，在这个用户的相册里看到一张自己的照片。

那张照片是有次逛夜市，唐玉树排队买饮料时，偷拍发呆的自己。

当时自己碰巧是站在路灯下，光影分布还挺有点港风调调；即便是唐玉树的拍照水准

号啕呼吸

都能拍出大片儿感。然后被他精心挑选了一个滤镜,就乐乐呵呵地举着手机冲林琊邀功请赏:"拍得帅不?"

"帅。"林琊看唐玉树一副急于被认可的样子,于是赶忙认同了他一下。

老糖·布莱恩的身份已经昭然若揭。

林琊转头看着面前的可疑人员,把唐玉树的手机给他推了回去。

唐玉树却不知道自己的小把戏早已经暴露,还在开心:"怎么样?你开心不?"

问完,就扭头向桌下去打了个喷嚏。

"开心。"林琊真的开心。

他真好。

全世界都不会再有比他更好的人了。

第八章

鮮活

Howling Breath

号啕呼吸

不出意料地,三天后的下午,"花容月下"打来了电话。
"林美男,财务说你给我留的收款账号是错的,缺了一位。"
古董手机最近增加了一项新毛病——漏音。
于是林瑯从地铁座位上站起身来,跟身边的沈曳比了个"去接电话"的动作,走到了地铁车厢连接处,用了一个疑惑的口气回答他:"欸?那我检查一下再发给你——项目推进得怎么样?"
"很顺利!这300篇枪手稿子拆成了15本书,已经被经纪公司敲定了——还有一家不是做网红的,是明星!三家公司,都抢着要!我都搞不懂'作家'这个名头是会发光还是会怎么样?不管网红还是明星都抢着立'文化人'的人设。"
反正对我而言是会发光没错——林瑯这么想。
"等一下,300篇稿子拆成了15本书?一本书才20篇稿子?那岂不是很薄?"
"哎你管这个干什么?""花容月下"给林瑯解释道,"人家不管网红还是明星,不都得用美美的照片塞满整本书吗?"
"也对……"林瑯理解了。
"三家抢着要给我打预付款,生怕稿子被抢光!有一家甚至一口气要买8本儿,合同还没签呢就先打了三成预付30万过来。明星那家是个人工作室,选走了游记,合同流程周一上班就走。你说这买卖多好做?以前给人出书要给人发稿费,现在给网红明星出书,他们公司的钱我先收一波,上市后的钱我再收一波,只需要付枪手稿子的那么一丁点儿稿费。"
"哼哼……"林瑯笑。

林瑯想起曾经有个出版公司,要林瑯自己掏腰包10万块给他出一本书——林瑯当时还感慨"他们真会赚"。
现在看来还是"花容月下"比较"聪明"。
一个只顾着要钱——格局太小。一个则流量和钱都要——这才叫格局。
"你继续收稿子吧!"
"嗯。"林瑯回复他,"能接就都接下来。你不用担心稿子的量,稿子我这儿多的是——赵妍妍那本《风月客栈》是改名了吗?我看她微博说新书名叫什么'湖畔的……'。"
"《湖畔的风花雪月》——听起来比较浪漫!哎你说起赵妍妍我才觉得烦——她人就在重庆,印厂在成都,我让她坐两个小时的高铁去印厂看一下毛坯书她都不肯!"

"印厂在成都啊？"

"对啊。成都新赏这边的职员也都不能替她去，有事要忙——这不是一下子进来了这么多网红出书的案子吗？大家都累得鸡飞狗跳的！""花容月下"提起赚钱的生意就忍不住地笑，笑完又继续骂赵妍妍道，"她非要人家印厂到时候把毛坯书给她寄过去，她看完再寄回去。这来来回回地折腾，又得浪费好几天！"

"印厂地址给我吧，我去帮你盯毛坯——正好我最近没事。"

"哎哟我的林美男真的很贴心！"那头千恩万谢了一番才挂断了电话。

距离同意"把《风月客栈》当作枪手稿卖给赵妍妍"这件事敲定，明明才不到一个月的时间，如今书却已经开始下印厂了。按道理说过一趟出版社等书号下来再快都得是两个月的事，林琊不知道是"花容月下"从一开始就打算强买强卖，还是得归因于"温文实力过于雄厚"……

不过无论因何，都不重要。

用来"搞垮花容月下"的计划，胜率90%，进度98%。

用来"搞垮温文集团"的计划，胜率……只有60%，但进度……也有88%了。

在与"花容月下"的对话框里输入了早已想好的台词："哎呀，刚才想要检查账号，才发现我的银行卡弄丢了。这样吧，我这几天抓紧去挂失补办，等办好了我再给你。钱方面，我对你当然是很放心。"

两分钟后对方回复："咱俩谁跟谁。"

是啊。谁跟谁。

接完"花容月下"的电话之后，林琊坐回沈曳身边的座位上去。

离开得有点久，沈曳已经闭着眼在小憩。

今天两人要一起去影大出版社见一个编辑老师——影大出版社不在校本部，而是跟几个学院一起被安置在成都东南边郊区的校区。

工作日的下午，驶向郊区的地铁里空空荡荡。

林琊安静地待着，看着对面黑乎乎的窗口反射出的自己。

看了片刻，又忍不住看了沈曳一眼——林琊很喜欢这个"兄长"，虽相识也不久，但总觉得仿佛早就见过面，也曾蒙受过他的照拂……总之很亲切。大概是他与自己有很多相像之处吧：从同样不值一提的出身，到同样对光芒万丈的人产生青睐，再到见过光之后却越发自卑的沉沦，再到触底反弹决心去追上那束光。

沈曳身上总有一股温和的寸劲儿——那股劲儿，自己也想要有。

快到站的时候，林琊收到了路黎发来的一份名单。

七八个作者，其中不乏林琊看着眼熟的——都是被温文集团旗下各个公司以各种理由封杀的人，全部都被束缚在"温文新赏"这个公司壳子里。

所谓的"封杀"，不是单纯"日后不予合作"这么简单。温文的手段一直毒辣：比如

第八章 · 鲜活

187

在路黎负债的关头上签下路黎"二十年合约",但从此再也不给他工作和曝光的机会——类似的招数他们用了不少,目的就是为了提防这些作者凭借一己之力野蛮生长,有天成为能站出来与他们对抗的"大咖"。

搞创作的总容易被套住,是因为没有几个作者是懂法的,一个月前的林瑯自己也一样。

今年爆红了一部言情剧,原著小说作者当年稀里糊涂地只用5万元就把自己十余部小说的全版权打包卖给了温文,所以剧作的热播没有给她带来任何增值收益。后来这事儿被业内大咖在微博上聊起,用以警示"作者们至少该熟悉熟悉著作权法",结果太多网民替原著作者抱不平,温文老板立刻以赠予的名义给了原著作者一百万,并在微博上晒出了转账记录。

按法律层面讲,温文不给原著这笔钱其实没问题。但这么做了一是为了"平息民愤";二是为了"乘着风口"蹭一波好口碑;三则眼看着作者有成绩了,给点甜头也可以笼络未来的优先合作权。

思索着,地铁到了站,林瑯把沈曳叫醒。

林瑯一边出站一边摁手机,不知道他在忙什么。

沈曳叮嘱他:"看路。"

"嗯。"林瑯从手机里抬了头,"这期'电子艺术展'刊载完之后,下一期可以刊载路黎的漫画了。"

"你怎么搞到的?不是说他的版权有限制吗?"

"就……"林瑯想了半天还是不知道该怎么解释,最后只说了一句,"很复杂,但解决得差不多了。"

"那就好。"沈曳点头,"记得跟教授报一下喜。"

"嗯嗯。"林瑯回应完沈曳,又点开了与路黎的对话框,把他发给自己的那张图上的名字摘抄下来,点开沈曳的对话框发送给他,又抬头跟他本人道,"我发了你几个作家名字,有空的时候你帮我看看他们有没有不错的稿子。"

沈曳比了个"OK":"你的'新梦文化'这是认真要做了啊?"

林瑯对他的这句疑问表示不解:"不然今天我要你带我来影大出版社干什么?"

沈曳忍俊不禁:"怪我总习惯把你当小孩儿看,所以你展现'魄力'的时候我老是不适应!"

"我这是狐假虎威——跟出版社老师谈判的事情,还是要仰仗你的面子了。"

"用不上'谈判'这个词——有稿子能出这件事他们已经很高兴了。《新影》纸质刊还在的时候,影大出版社一年还能做几本书和几本期刊,外加上教授们的社科著作,也能基本达标。《新影》一停刊,影大出版社断了稿子来源,又没什么图书出版公司的社会资源,再这样下去,出版社不出三年也跟着要关停了——所以,今天我是带你去社里混脸熟的,让他们见见我们'新梦文化林总裁'。"

林瑯一哂,刷了卡先过了闸门:"别拿我取乐了。"

看着那个单薄的后背,沈曳还是觉得有点不可置信。

本以为"作家"就是他追求的甜头。

没料到"出版公司"才是这个"小"家伙想要盖的大"金屋"。

周六的时候按照约定，林琊要陪唐玉树一起带青秧去买教辅书。

早上出门前林琊拽住唐玉树，从他一堆衣服里抽出一件冲锋衣，把他包了个严严实实的："虽然我没见过谁感冒还这么生龙活虎的——但你还是得乖乖给我把衣服穿上！"

唐玉树乐了："说得跟我平时出门都裸奔似的。"

给唐玉树捯饬完。唐玉树又闹着要给林琊也收拾一下。

从自己衣服堆里选来选去，唐玉树找了一件套头卫衣和运动裤："穿我的穿我的！咱俩学网上那些小朋友，走个什么……球场look！"

林琊满足了唐玉树的换装游戏：别看这家伙五大三粗的，还挺有少女心。

到达书店门口的时候唐青秧已经先到了。

女孩儿丝毫不认生，并非常喜新厌旧——大老远见到唐玉树和林琊，就小跑上来挎住林琊的胳膊："哥哥！"

和上次在学校里见到的校服装扮不一样，女孩儿这次穿了一身白色长洋装。偷偷漂染的深亚麻头发在晴好的日光下色泽更明显了一些，并被随意地盘在脑后。脸上的微微红晕并不是粉黛而是自然的血色。整个人看上去像极了日系少女时尚杂志里的模特。

被亲妹妹无视了的唐玉树摁她脑袋："亲哥在这里，不要认错了！"

唐青秧冲他吐舌头："你是吃哪个的醋？"

唐玉树没吃醋，吃的是酱油——脸迅速黑下来几度。

这个书店是那种文艺书咖的感觉——和通常安安静静的书店不一样，放着轻松的纯音乐，还设有饮品店和卡座。

"这种书店……"林琊皱眉，"能买到参考书吗？"

"参考书？"唐青秧显然把自己此行的目的忘得一干二净，"啥子参考书？"

唐玉树帮她回忆："你不是说要买参考书吗？"

"哦……对！参考书！"唐青秧拍脑门儿，"哎呀那就是个幌子——主要是为了见林琊哥！"

眼瞅着妹妹的"倒戈"，唐玉树佯作恼怒，只把嘴角一撇："喝啥子？我去给你们买！"

向唐玉树点完餐之后，林琊便和唐青秧找了个座位。

卡座背后是一排日本引进小说。唐青秧仰着头看了一遍，选中了顶上第二排的东野圭吾。林琊见她够得吃力，过去帮她从书架上扣了下来："这对你来说……会不会有点成人？"

唐青秧摇头："唐妈喜欢看他的书，她介绍我看了好几本了——林琊哥你好高？"

"你哥哥才高。"落座的时候林琊瞥向在饮料窗口排队的唐玉树。

"'好高'是四川话'多高'的意思。"

"哦。哈哈。一八零。那……你哥好高？"

两人这便你一言我一语地插科打诨起来。

那厢买完饮料回来的男生老远就看着两人互动很亲密："你们摆什么？摆得好开心！"

唐青秧回答："我们在说你坏话！"

第八章·鲜活

"瓜妹儿和白眼儿瑯——我给你们买饮料,你们居然没良心说我坏话?赶紧请教你林瑯哥怎么写作文才要紧!"

"对啊!"林瑯想起正事儿,"听你哥说你作文写不好吗?"

唐青秧不肯认罪画押:"我写得很好啊!你都不知道——我以后也想当小说家!"

"哦?"林瑯乐了,"那你为什么想找我帮你选作文参考书?"

"找个由头出来玩儿嘛……我们寄宿学校,想跟老师请假出校门,编理由要花很大的劲儿!"

"你怎么编的?"

"我说:我哥哥结交了一个大作家!他周末要帮我辅导写作!"

"你们老师信吗?"

"信啊!还开心地问我:能不能让作家来给我们班上一堂公开课?"

林瑯不幸喝了东西,笑得呛了一口:"你怎么说的?"

"不行!大作家,很低调的!——我们老师只好表示很遗憾。"

林瑯乐了好半天,心想兄妹俩的脑回路有种莫名的相像。

"看得出来你创作故事的潜力很大!"

"是吧?"唐青秧得了"作家林瑯"的夸奖,骄傲了起来,"我很喜欢写作文呢!我每个月都盼月考,每次月考我都能写小说——我写得多厉害!我……我能给主角起很好听的名字!我这个月摸底测试的作文,主人公叫上官梦璃——是不是很美?"

"是……"

"是吧?还被老师贴在了教室后面的墙上!"

唐玉树也跟着一并骄傲起了:"哇!这么拉风!那你的小说不是很多人能看见?"

林瑯觉得和唐氏兄妹在一起,不能平安地喝东西。

虽然两个看着都傻傻的,好歹世界对他俩都很温柔。

林瑯心里无端地飘过一丝很中二病的念头:如果有人打破这种温柔,自己可能会赌上性命去追那笔债。

想完,又觉得自己也一并傻得好笑。

三人就这么毫无意义地插科打诨着,唐青秧又从包里抽出一个本子和一支笔,推到林瑯面前。

"我们班的同学都好喜欢看《春生客栈》!——所以我这次还带了任务来的!讨签名!10个就够!我要看他们表现谨慎地选择送给谁。"

林瑯摸过本子,觉得自己这个没什么成绩的"作家"给人签名,实在有点尴尬。

可抬眼对上唐青秧期待的眼神时,林瑯又没什么顾忌了。

她和他一样,开心的时候仿佛会晃起头顶的狗耳朵,摇起身后的狗尾巴。

自己签几个名儿,那是唐青秧回了班里耀武扬威着吹牛皮的资本。

林瑯于是埋头一页一页像模像样地给她签起名来。

充电宝上挂着林瑯的手机,这时候突然振动了起来。唐玉树把手机从充电宝上摘下,递给林瑯："你有电话。"

"好。"不知道是谁的来电。但想起自己这台古董手机漏音的毛病，林瑯于是放下笔，打算去外面接电话。

但从唐玉树手里接过来时，可能不小心碰到了接听键。

书店太过安静，林瑯手机里的通话声清晰地漏了出来——

"你妈死了！"

没能顺利识别出来来电人，林瑯先是愣了一下。

唐玉树愣了一下。

唐青秧也愣了一下。

"死了……十八年了！"听筒那边的声音终于被林瑯分辨了出来，"你还是不肯去给她上坟吗？"

林瑯看着电话愣了好半天，瞥了一眼缄默的兄妹俩。

尴尬地、吃力地摁下了挂断。

然后林瑯又抬起头来，努力地挤了点笑。

强行逼自己装作镇定，可脸皮上生疼。

林瑯觉得自己的人生千疮百孔。总是有刻入骨髓之中、任死都摆脱不掉的烂疮。

有的时候你还以为你逃出生天，找到了自己的光。甚至有的时候，你还误以为自己有朝一日也可以和那些光芒变成一样的。你总是警惕性太差，轻易就松懈了防备，在稍有温暖加身的时候就得意忘形，萌生错觉。

可其实你的人生单薄易碎，只消一通电话，就可以轻易把你拉回泥淖。

自此，你才能从美梦里苏醒过来，还要面不改色甚至虚张声势地收拾残局。这时你才能看清楚：你和泥淖之间，还绑着你终其一生都解不掉的联系。

作别青秧之后，林瑯疲惫不堪。

和唐玉树一并进了附近的地铁站。

"想去哪儿？"唐玉树问他，"公司？回学校躺着？还是我们去找个地方待着？"

林瑯看着他笑，比了个"三"。

唐玉树列出第三个选项，是觉得这样可以给林瑯一个彻底不需要感受外人存在的空间——而此刻的林瑯需要这个空间。

唐玉树开了一个电竞房。

两人一进屋子林瑯就打开电脑随便点开一个游戏，在虚拟世界里乱走。唐玉树捉摸不透林瑯此刻的心情——他似乎没有因为那通电话而悲伤。

可唐玉树宁愿他此刻哭一通——他哭一通，自己也就有借口来问他缘由，来安慰他，来帮他排解。

可他却异常的平静。于是唐玉树就觉得自己失去了一切安慰他的立场。

"陪我玩儿会儿？"

"好。"唐玉树也打开电脑，点开那个游戏。

第八章·鲜活

191

号啕呼吸

"我不会玩儿，你别嫌我技术烂。"

"烂也是咱俩一起烂。"

唐玉树的话把林琊逗笑了。

唐玉树也随他一起笑了笑。笑完，还是壮着胆子问了一句："什么时候啊？"

"什么？"

"……妈妈的祭日。"

"后天。"

"为什么不肯回去啊。"

"因为我……想到就怕。"

唐玉树知道关于那个女人的故事。

她想杀了自己的同时，也想一并杀了自己的儿子。

得到林琊"怕"的这个答案之后，唐玉树久久没说话。

直到林琊终究发现游戏没办法转移自己的情绪，索性向后一靠闭上眼睛养神时，唐玉树才回过神来："当时你恨她吗？"

"恨……不起来，只觉得可怕。"林琊回忆着当时的情景，"我告诉别人：当时她的血溅在我身上的时候，我只觉得可怕——没有人听得懂我在说什么。他们只说我冷血、无情。他们皱着眉头指责我：那可是你妈啊！"

"那可是你妈啊！"

其实她的自杀是有征兆的——如果幼小的林琊懂的话。

她终日都惯于重复着几句话："你爸死在果园里了！""我死了算了！""我带着你死！""等那个死人从果园出来，发现咱俩早都死了！"——那些激烈的言辞幼小的林琊还都听不懂，只是暂放在脑海里，在女人日复一日的重复中记成了固定词组。

但在她拉着自己摔到地面上的那一刻，林琊一下子都明白了。

"我看着自己身上溅到的她的血，只觉得恶心。"——所以，如我所愿：我的精神世界里出现了一场能冲刷掉一切的大雨和一个"大雨"。

"怕，那就不去。"唐玉树用手顺着林琊轻薄的脊背。

"我也很想'不怕'——甚至我知道，那就是一道坎儿。如果有一天我迈过去了，原谅了她……或者说……克服了自己，我就不会尿床了，不会有精神问题了，不会像现在这样……不能好好地活了。"

唐玉树说："那你愿意试试吗？"

林琊没说话。

唐玉树又说："你一个人不敢走的话……我陪你走一趟呢？"

林琊抬起头来。

但林琊不置可否。

只是看了唐玉树片刻后，就又躺回去，闭上眼睛睡了。

翌日起床穿衣服的时候，唐玉树的视线又不经意落在林琊右手手腕上的"白色蜈蚣"处。以前没敢问，可现在好像敢问了。于是唐玉树问了一句："你那儿是……"

"哦。"林琊言简意赅："自己割的。"

"为啥啊？"

言简意赅地陈述了一下起承转合："被欺负了抗争不动不想活了。"

"谁欺负你？同学？你揍回去嘛……你干吗弄伤自己？"

"揍不过。"林琊坦白，"来一个我能打，来两个我能打，来一群我就惹不起了——你读书的时候被欺负过吗？"

"没。"

"所以你不懂——'揍回去'根本解决不了问题。"

根本解决不了问题。

林琊偶尔也会在微博之类的社交媒体上看到一些关于校园霸凌的话题，评论区通常会有好多人留言给受害者出主意：你打回去啊！打回去他们就不敢欺负你了。

林琊觉得着实有点"夏虫不可语冰"的意味。

那种年少蒙昧的恶意，才是最难缠的。

"就像是甩在你头发上的口香糖，你不拽它还好，它就只粘了你头发的一小撮。你等它硬成了一块儿，再找个剪子把它铰下来。但你一旦和它较起了劲，那就没完没了了，只能越扯越大，最后糊成一片——你们善良的人，出的主意都不实用。"

林琊比喻很生动，唐玉树听着都觉得发麻。

"他们就像蚊子绕着你转；可你又不能因为烦他们，就像拍死蚊子一样拍死他们——杀人是犯法的。你的解决方式就只能躲着避着，尽量让自己别出现在他们的注意范围内，然后拼命地爬出去。"

"爬出去？"

"对，爬出去，爬出那种泥坑。"

所有可以靠着"骂回去""打回去"能解决的矛盾，那都不叫霸凌，那叫"愚蠢的沟通方式"——但好歹是势均力敌的、公平的。可真正的霸凌是不公平的、没有理由的，只是一方抒发恶意来获得快感，另一方若是在这个过程中能供给一些"抗争"，只会增加霸凌游戏的趣味性。

"你怎么不告诉老师呢？"

"有过。但告诉了老师，老师只会骂他们几句；等老师不在了，他们打得更凶——因为这时候他们'揍你'的行为上，被赋予了'连老师的命令都敢违抗'的更深一层的快意。"

"就没人帮你吗？"

"帮我就意味着和那些闲人作对——他们有的是时间折磨你。"

"怎么会有这么坏的人……"唐玉树皱着眉头。

很显然，以唐玉树的生活环境来看，他鲜少承受、并很难相信世上存在这种蝇营狗苟的恶。

他年少无知时打过的架，也都是坦率磊落的对抗而已。

第八章·鲜活

他没见过肮脏。

于是林瑯给唐玉树讲了一个故事："小时候我们学校旁边有个退役老兵，他家院子门口铁笼子里养着一条退役的警犬。那狗老了，哑了，还疯了。只要有人冲它大喊大叫，它就会在笼子里冲人龇牙咧嘴，但发不出声音；除了会龇牙咧嘴，它就只会急得转圈圈。那时候每天都有放学路过的同学去逗它、骂它、用东西丢它。它就天天急，天天转圈圈。后来有一天——那天我也在场，还是看到有人拿石头丢它；那天它也急了，龇牙咧嘴转圈圈，然后突然就倒地死了。硬邦邦地、砸在地面上，死了。后来我才知道，那是应激过度——活活气死了。"

唐玉树没说话，表情在不知不觉中变得很苦。

林瑯却觉得自己像是破坏了他心里的什么似的，突然有点内疚。

于是没再说话了。

退房后，林瑯说要去郊区的印刷厂一趟。

唐玉树想跟他一起去，但林瑯说什么都不允许唐玉树跟着。

"我第一次见比我还犟的人！"被反复驱逐的男生气急败坏。

但林瑯没说话，只是亮着手机屏幕给唐玉树看。唐玉树还在堵着气，但瞥到林瑯手机上的两张机票订单，唐玉树又乐了起来。

"所以你负责回学校收拾东西，我负责去解决我这边的事儿——5点的时候机场集合，好吗？"

"要的要的！"唐玉树开心极了。

在外过夜的酒店就定在学校附近。所以告别林瑯后唐玉树一个人溜达着回了学校去。

想着可以陪林瑯一起去面对他最难堪的伤疤，唐玉树就觉得："林瑯一定是越来越认可我了！"

这么想的时候唐玉树觉得高兴。

但不小心又想到林瑯的伤疤，唐玉树的脚步就也跟着又变沉了几分。

唐玉树先到的机场，等林瑯的时候，唐玉树又翻着手机去找影大论坛里那篇帖子刷新——那是他意外发现的新乐趣。

因为昨天疯狂留言了50多条，被论坛限制发言了12个小时。现在应该可以继续发言了——再给这个帖子多评论几句，林瑯见"数据多了"肯定还能开心一点儿。

刚点开的帖子，留言数字变成了"142"。

唐玉树乐不可支：林瑯又多了几个读者！

可嘴角刚刚扬起的时候，唐玉树就又愣住了——他看到新增的留言中，有一条是这么说的：

135楼："哦，林瑯啊，我们高中同校的，我听说过他。传说（只是传说啊我不负责任的）他那时候在校外住，据说是……有失禁的脏病。他很多初中同学都能做证。"

除了这一条留言之外，另外新增的几条留言都是在这条评论下面回复的：

136楼 - 回复135楼："求细节！"

137 楼 – 回复 135 楼："失禁？我们同个教室上过几次课，我是还没见过他失禁……"
138 楼 – 回复 137 楼："纸尿裤了解一下。"
189 楼 – 回复 135 楼："那岂不是天天发臭？"

从前，唐玉树从没有亲眼见过这个世界会有那么多无由的恶意。

可此刻，唐玉树拳头攥得很紧。

虽然不知道能挥向何人。

之前错把一桩醉后打架当成了真，还冲着人家大哭大闹，顺儿和陈逆这便算是彻底"掰了"。

自那之后每次去找林珺之前，顺儿都要先谨慎地打听一下："唐玉树在吗？"

林珺不解："你管唐玉树在不在干什么？"

"有唐玉树在的时候也不行——他俩是好兄弟！指不定他会替陈逆笑话我呢！"

"放心，不会！哈哈哈！陈逆都说了他不在意的，唐玉树还说你傻得可爱呢！"

"他说我傻？"顺儿也是个很容易放错重点的人，"我跟唐玉树比的话，他才傻吧？"

唐玉树的智商方面……林珺一直没底气，替他认了："这倒也是……"

本想找林珺出来散心，可一番询问之后才知道他和唐玉树去了南京。

退出了和林珺的聊天窗口，顺儿在宿舍里待得百无聊赖。

心情不太好。

于是对着镜子拾掇了一下自己，搭配了一身衣服，决定出门走走——8 点出头，学校后门那片夜市正旺。

顺儿始终没有从上一次在陈逆那厢的"社会性死亡"中走出来。

但自那之后，顺儿的确也再没遇到过陈逆。

顺儿有的时候万分后悔——还不如听从了林珺"别再提及"的建议，也不会闹出这么一通笑话。

夜市热闹，可逛着也着实无聊。什么都吃不下，只在路过一个没什么人的奶茶店时，顺儿随便买了一杯饮料。

从头走到尾，等脱离了热闹的灯光和拥挤的人群之后，顺儿又觉得孤单得可怕。

内心打小就戏多——走在街头看着两侧的酒吧餐厅灯红柳绿的，而自己只拿着一杯不太好喝的果汁，锦衣，夜行，于是顺儿掉了点儿眼泪。

稍微抹了抹，又忍不住想象：以路人视角，刚才突然安静落泪的自己，会不会很像言情片里失意的男主角？

应该像。顺儿自问自答。

反正我也跟明星似的好看。

想象至此，顺儿心情又好了一点。

能活得像个唯美虐心剧里的主角，其实也挺好的。

然后他差点儿被从前面巷子里突然蹿出一个人撞上。

第八章·鲜活

那男生脸花着，瞪了顺儿一眼，招呼没来得及打，却又反身扭去反方向蹿跑了。

顺儿确定自己没认错："陈逆？！"

紧接着那条喷出了陈逆的巷子就又蹿出来三个男的——其中有熟面孔，应该也都是影大的同学，有个人手里甚至揣着一块板砖。

这次巷子里喷出来的人是结结实实地撞上了顺儿。

饮料稀里哗啦撒了一地。

顺儿反应快——电光石火之间已然分析清楚了局势。

在那三人准备反身追上陈逆的时候，顺儿喊出了其中认识的那个人名字："你给我站住！"

是自己社联宣传部的干事。

被点了名的那个站住了，认出顺儿来，看着顺儿脚前一片狼藉："欸，部长？啊对不起对不起，我们揍人，没注意到你！"

招呼完这句就又要继续去追。

顺儿又把他喊了个急刹车："你站住！赔我！"

"这……"那干事这次站定了脚步，他的另外两个同伴还气势汹汹地往过走，似乎想对顺儿这个"拦路虎"动手一般。

顺儿下巴一扬，心里有种莫名其妙的英勇无畏。

好在那两个人被那个干事拦住了："我学长，我学长……"

顺儿踢了踢脚，甩了甩鞋上溅着的果汁："你们敢打架斗殴？"

"那人刚才拦住我哥们儿，没几句好话就动手把我哥们儿给打了——得了，现在叫他跑了！"

"我管你那些鸡毛蒜皮——你把我给撞了、饮料撒了、鞋子脏了——你不处理就想溜？"

那小干事被顺儿宣传部部长的淫威吓到："这……我……"——顺儿平日里就行事高调，同学都知道这个财阀家的公子！身上随便一件衣服都可能值四位数。

"算了。这次就放过你。"顺儿得饶人处且饶人——主要是这么一通扯皮，该有一分钟过去了，陈逆应该就顺利脱身了。

顺儿话音刚落，却只见面前一个人"咚"的一声就向前倒下了。

接着背后露出了脚还没落地的陈逆。

另外两个人一时间没料到偷袭，陈逆趁他们注意力还没来得及回转的时候，迅速就要冲向顺儿："他们没动你吧？"

刚向顺儿的方向跑了一步，就被倒地的那个给结结实实绊了一跤。

于是那四人又扭打在了一起。

从诊所出来的时候顺儿才得知了这场斗殴的前因后果——

有人在校园论坛里造谣林瑯，但唐玉树临时有事离开成都，交代陈逆说十万火急——"在林瑯看到之前帮忙处理一下这事儿！"

陈逆记得自己本科时候的朋友好像和学校论坛的管理混得熟，就要了那管理的联系方式，约了个酒局想要拜托他们删一下那个造谣的帖子。

结果管理，也就顺儿手下那个小干事——那人自己加戏：以为陈逆是要拼酒的，还叫了两个兄弟。

于是两方一落座之后就没好话。

好死不死那个造谣林瑯的人就是他叫来的兄弟之一。被陈逆问及时还咬紧牙关声称自己没造谣："说的都是真的！不信你去打听！"——反正面子上过不去，就是拧着不肯删。

起承转合都说完了："于是就动起了手来。"

性感的小薄唇都给揍肿了。顺儿气得翻白眼："我就是宣传部部长。你们跟我说，我现在就能登录后台给删了！"

"我哪儿能知道啊？！"

"那……那你们都跑了还回来干啥？我白给你争取逃跑时间了！"

"我不知道你们是上下级关系啊！——我不是担心他们打你吗？"

"哦……"

"用不着你担心！"

陈逆不吃硬："那我还用不着你救呢！"

"你什么态度？我不给你删帖了！"

"那是造谣林瑯的——你自己的兄弟，你爱删不删！我就给那畜生去磕头，我也不找你！"

"欸？你凭什么这么对我啊！明明我帮你了，怎么你……"

心里的小花被风雨摧残凋零。

"欸……欸你哭啥啊——欸，你别啊……你可别跟唐哥林瑯他们说我坏话啊……"

"……"

陈逆抽着闷烟苦着脸："这是……什么事儿啊……"

因为是轻装走的，落地后时间还早，林瑯就直接带着唐玉树去了以前大学附近的美食街吃了几处小吃。见一家吃一家，当下就把唐玉树撑得脸圆了一圈。

林瑯倒是啥都没咋吃，每次买两份的食物，咬一口就全塞给唐玉树了。

"撑死了！"唐玉树噎得嗝声连连。

"吃不下就不吃了，你硬吃干什么？"

"浪费啊。"

"贵公子还怕浪费？"

"你别挤对我！"唐玉树揉着滚圆的肚子，"我这样儿的勤俭持家，你不喜欢吗？"

"行。"倒是被他说服了。

到酒店后林瑯先去洗了个澡，出来后就见唐玉树已经在床上睡得昏天暗地了——可能是吃了太多，血液都忙着挤到胃部去消化了，脑部供血不足。

林琊则趁着那个"话痨"安然入眠的空当，摸过手机来安静地处理消息。

先是翻了翻手机相册，把下午在印刷厂里拍的赵妍妍新书毛坯的照片仔仔细细地又看了一遍。又去逛了逛学校的论坛，翻到了唐玉树前几天发现的那个帖子，点开了评论。

有一条莫名其妙的评论说："怎么删了？"林琊不知道这人在说啥，也就忽略过去了。

剩下好多都是老糖·布莱恩发的——比之前还多了几十条。哪怕被论坛管理追着威胁"禁止灌水，违者拉黑！"，这个"老糖"还是不知死活地一直灌水。

就这小招儿，还骗自己说是"你在这里也有一百多个读者呢！"……放在谍战片儿里，他肯定是第一时间就把情报悉数泄露掉的那种。

林琊没忍住笑了一声。

对于明天要面对的事情，林琊心里还是慌张。

但听着唐玉树的呼吸声，那份慌张便能消减几分。

躺到一点的时候还是无法安然入眠。

中途唐玉树从睡梦中突然醒了，混沌地坐起来："欸……你洗完澡了？那我去洗澡。"

"嗯。"林琊转过头看他。

唐玉树揉着眼看了一下时间——01:13。

"怎么还没睡啊？"

林琊看了黑暗里的唐玉树一眼："睡不着。"

"我打呼噜？"

"不是。我好害怕。"

"还是怕吗？"

"……"

"那明天不去了。"

"这趟白回来了。"

"原谅不了的就别逼自己原谅，还没到时间吧……"唐玉树这么说。

林琊盯着天花板，没说话。

唐玉树也没说话，但是待在那头，静静地看着林琊。

林琊转头看唐玉树的眼睛——哪怕是在黑夜里，唐玉树的眼中都能收纳得下窗外的微光。

像你这么好的人……"你也有过无法接受的事情吗？"

"有啊。"

"讲讲看？"

"嗯。也不是什么大事……

"大二那年——青秧是初二来着……吧？那年你记得不？闹过食安问题，那时候全行业都受了影响，唐爸的厂子也被波及，出了状况。唐爸当时状态特别差，变成了……我们都不认识的那种人——解决不了问题，就喝酒；喝了酒，又更解决不了问题。那年末唐妈在法国，过年的时候正巧法国机场暴雪，航班取消。唐妈没能回来，唐爸也不在家，我就带着青秧出门去买烟花。

"买那个、细细长长的那个、会喷小火星子……叫啥子来着？你说过你也爱玩儿。"

"仙女棒？"

"对，仙女棒。我们买完回来的时候，除夕夜，就在小区门口被两辆面包车、一众人堵住了——是唐爸厂子里的员工，我见过。我知道他们来干什么：来要工钱——唐爸那年厂子里没能结给他们工钱。打头的那个工人叫我少爷，他说：少爷，没钱过年啊……那男人还带着个女人和小孩儿，打亲情牌：孩子过年都没买新衣服，开学还要交钱。"

那小孩儿比青秧小不了几岁。

寒夜里，小孩儿躲他妈妈背后。唐青秧躲唐玉树的背后。

唐玉树试着沟通："叔，我爸没回来。大过年的，我也没联系上他——等他一回来，我就替您催他哈！"

那些人没什么文化，沟通起来真的难。

这些人，为了钱，是可以亡命的。

那男人慢吞吞地点了根烟，又抽完。整个过程一声都不吭。

最后他踩灭了烟头，指使跟着的人开其中一辆面包车，拉着女人和小孩儿先走了。

"我知道他们啥意思——先礼后兵。亲情牌打过了，没用；但今天就是要拿钱走人的。青秧那时候攥着我的手，特别紧，还发抖，冰凉的——那感觉我记得特别清楚，凉得我心脏都疼。我就也只能攥紧她。我那时候觉得：这辈子我可能不会拥有太多人，亲人爱人、兄弟朋友，但未来的每一天，我都不许我身边的人过得这么害怕。"

那男人看了看躲在唐玉树身后的唐青秧，又跟唐玉树招呼，他说："少爷，我带您出去转转吧？"

唐青秧已经在背后用手抹眼泪了。因为攥着唐玉树的手，眼泪也一并流在了唐玉树手上。

唐玉树没肯上车，退后了几步："他欠你们多少？"

那男人有记账，从怀里摸出一张纸条，给唐玉树指着身后的人头数了数："家里兄弟几个都是给唐老板打工的，总共数上，九万八。"

——兄弟，九万八，救命用。

"我当时给陈逆发了一条短信，这么跟他说。没一会儿陈逆给我拨过来个电话，确定是我本人跟他借的，就跟他爸借了一笔，没一刻钟，就给我转过来了。"

"他还真挺够意思。"

"送走那些人之后我带着青秧回去。一直到进了屋里，她才敢哭出声音来。

"我那时候特别恨我爸。有整整一年，我都没跟我爸说话。

后来有天我爷爷生病了。因为他在村里和小孩子玩儿空竹玩儿到赌气，把自己气坏了——突发脑出血。我那阵子看着唐爸在医院跑上跑下，躲在楼下花池边抽烟抹眼泪的时候还挨了小护士的骂，我就又突然觉得他不可恨了。

你知道为啥子嘛？

林珊，你说一个人，他成熟的极限是什么啊？

我爷爷那么大年龄了，他也会因为玩儿空竹生了气。唐妈唐爸那么大，他们也经常陪青秧看偶像剧，看着看着还入戏了，因为女主角到底该和哪个男的在一起而拌起嘴来。

成熟不是我们后来不爱玩儿空竹了、不爱吃糖了、不爱偶像剧了……是我们后来都会忘掉这些东西——被迫忘掉的。

因为我们总要去忙一些身为"大人"不得不做的事儿。

唐爸不是个好人吗？

厂子没出状况以前，我们也很爱他啊——我俩处得跟兄弟似的。我考砸了在学校挨了骂，回了家他约我去小区里打球。还跟我说：'一次不及格算啥子，十年后这些破事儿都是我们的下酒菜而已！'

你说他好不好笑？哈哈！

可他撑不住的时候，我却没把他当兄弟了——当成了'爸爸'。他最撑不住的关头，我都理直气壮地要求他不许脆弱，不许手足无措。没约他打一把篮球，没拍他肩膀告诉他：'这不算啥，十年后这些破事儿都是我们的下酒菜而已！'

我那时候就觉得，他不可恨了。

'原谅'大概就是：接受了他不是无所不能的。不是无所不能的，但我还愿意爱他。他没做到的、做着吃力的、我也该站出来帮他做；不需要他一个人保护我们所有人，我也该保护好我自己，也该保护好青秧。

再后来唐爸站起来了，还一直都做得很好。那件破事也真变成了他后来的下酒菜。

可我却一直内疚：他陷进泥潭的时候，当时我只是站在泥潭边上冷漠地看他。

所以后来遇到你，也就克制不住地想帮你。

帮你，也可以帮自己解脱掉一些内疚。

"我的经历没办法给你当参考，你就当听个故事就好。我也不是劝你原谅妈妈，我只在乎你的感受：你如果还是恨，我会陪你；但你要是恨着觉得累、觉得不如放下，我也会陪你。"

林瑘在唐玉树的说话声里终于睡着了。

这夜他又做了熟悉的梦——还是那个遗忘不掉的场景。

妈妈牵起自己，往楼上走。

林瑘预知了结局，所以想逃，可身体却不受控，只能跟着既定的剧本发展。

"站上三楼能看到爸爸的果园吗？"

果园——父亲服刑的地方被长辈们这么称呼。

"看不到啊。"她说，"看到有什么好？"

可她站到三楼上的时候，却还是用力地抱起自己，问了一句："瑘儿看得到果园吗？"

所以……她到底是恨他吗？

林瑘在梦里，第一次想到了这个问题。

林瑘有点惧高的。可这时候却也没心情"惧"了。

努力地张望了好久，他告诉妈妈："看不到呀！"

她号啕起来。她似乎惯性地隐忍痛苦，就连哭的时候，都用力地压抑自己喉头不许发出声音。

于是她抱着自己向后倒去。

向后倒下去之前，林瑯的视线中看到了一个和自己差不多大的小男孩。

在梦里，林瑯知道那个小男孩就是唐玉树。

他就站在自己和母亲身后，向着自己在喊什么，可自己听不到——虽然在同一场梦里，却又似乎隔了一个不可逾越的空间一般。

在从半空跌落的时候，林瑯看到唐玉树从楼上探头下来，露出很焦急的表情。

可紧接着，自己就看不到唐玉树了，因为身体被扭转，于是看到的又变成了地面、钢筋、砖土。

她死了，他没死。

他摔蒙了，吃了钝痛的身体失了禁。

他跌跌撞撞地爬起来，回头看到她在地上，面目全非着。她叹出的最后一口气带出一阵含糊而悠长的喑哑。

那声喑哑里其实有什么声音的。自己没听明白。

或者不想听。

或者不敢听。

可这次林瑯壮着胆子靠近她一些。

才从万籁俱寂的梦里，听清了那寸被自己遗落在久远时光那头的声息。

她说："幸好。"

幸好什么？

林瑯退后几步。

他身上沾满了她的血，有气味，还有温度。

接着，年幼的唐玉树也从楼上跃下，倒在自己和妈妈中间。

林瑯惊得从梦里醒了过来。

黎明的天色尚暗，有星子还未完全被遮蔽掉光芒。

唐玉树躺在自己身侧。

不是年幼的。

林瑯头有些发胀，他向左看向唐玉树的方向。男生熟睡着，不知道在做着什么梦。

揉了揉太阳穴，林瑯转头向右看向地下，伸腿用脚尖够自己的拖鞋。

左边……唐玉树。

右边……地下。

下方……地面。

上方……天空。

林瑯突然注意到什么似的，身体在一瞬间僵硬掉。

林瑯，你说一个人，他成熟的极限是什么啊？

原谅大概就是，接受他不是无所不能的。

他陷进泥潭的时候，当时我只是站在泥潭边上冷漠地看他。

所以后来遇到你，也就克制不住地想帮你。
帮你，也可以帮自己解脱掉一些内疚。

怕吵醒唐玉树，所以林琊捂住了嘴巴。
无声地号啕起来。

她是想带着自己一起死的。
可她在某一个瞬间，后悔了，翻了身。
向后倒去时，自己视线里是天空。
可在落地时，遥不可及的天空转瞬变成近在咫尺的地面。
落地的时候，她是躺着的，钢筋贯穿了她的左胸，却只擦过了自己的手臂。
而自己摔在了……她的身体上。
她说了一句"幸好"。

幸好我那一瞬间后悔了。
幸好你没死。

退房的时候外面天是阴着的，应该会有雨。
南京的春秋季很短暂。时值十一月下旬，气温本该还是温驯的秋，但总有些提早落脚的冬寒已经开始暗中作祟了。
幸亏从成都出发时强行给唐玉树包上了一件外套——他的感冒还没好彻底，林琊怕他再挨一通浇，再烧成了"焦糖玉树"……

从酒店出来之后林琊带唐玉树去吃了特色的灌汤包。
唐玉树毛手毛脚地夹起包子来，一口咬下去汁液喷溅。他的冲锋衣不知道什么时候被他拉开了拉链，包子飞溅的汤汁染在了他胸口里的白色T恤上。他自己还急了，放下包子往吊顶上看去，试图寻找肇事者："刚才啥东西洒了？"
"你的包子。"林琊看着唐玉树的傻样乐不可支，"得了，没烫着就行。吃完东西先去附近买件儿衣服吧……"
唐玉树也不好意思地讪笑，继续吃起了包子。
手机来了一条消息，"花容月下"发来的："都卖掉了。预付全都到账了。"
林琊前后翻动了一下聊天记录，回复了他一个莫名其妙的问号——"？"。
果然如自己早已摸清的行事风格，"花容月下"接着就打来了电话。
林琊跟唐玉树示意自己有电话要接，走出了包子铺，摁下了接听键。
"问号什么问号？怎么？是不可置信吗？哈哈哈！"
"是啊。"林琊配合着语带笑意。
"所有合同都已经走完了，光预付就收足了80万！年末分红不会差了你的，你上点儿心继续收稿子。对了，你银行卡补办好了没？你自己贴上的那10万块钱，还有《风月客栈》的3万买断稿酬,还没给你打呢!"

给钱这件事上"花容月下"倒是从来没有拖拉过。他但凡干的都是正当买卖,倒还算个好老板——林珺忍不住发出了一声嘲讽的笑,却就着这个笑声演出亲切的语气:"咱俩谁跟谁?我还信不过你吗?我临时有事来了南京,等我回成都就补办——说起来,单纯好奇:温新跟网红公司的这种合作,也是按照平常温新、温文的出版模板合同来签吗?"

"是啊。"

"那人家怎么信任我们可以给他们提供稿子呢?我的意思是:如果只签个出版合同,那我们不给他们提供枪手稿的话,他们也不能把我们怎么样——是不?甚至我们还可以靠合同讹他们'不交稿子'的违约金。"

听完林珺的话刘承在电话那头笑了半天:"你真像我年轻时候——蔫儿坏!但林美男你还是阅历太浅,你能想到的人家当然也能想到!所以都另外附加了一份委托创作协议:如果我们提供不了稿子,反而是我们要付人家很高的违约金呢!但反正稿子已经在手里了,违约金再高也吓不住我们!"

"那就好。哦对了——赵妍妍的毛坯书我昨天去印厂看过了,没有任何问题。书封的颜色很正,质感也很好;内页的彩图印刷也很还原颜色;黑白部分也是。我替你签了字哈!"

"妥!"有人替自己解决了一桩麻烦,"花容月下"很开心。

挂断电话后林珺甚至忍不住地想笑——熟知业内规则,林珺自然能料到合同会是这种模式。

之所以确认一遍,只是想听"花容月下"亲口说出,总有一种听他自述自己是如何一步步踏入陷阱的快感。

我本就不是善类,非得饮恨才能成活。

包子吃到一半儿的时候,唐玉树突然没头没脑地撂出一句:"林珺我跟你说,你那梦里的影子其实就是我。"

林珺点了点头:"是你是你。"

唐玉树感受得到林珺在敷衍自己,偏偏拧巴着一股气较真起来:"我没改名儿之前叫唐羽,我小时候又长得大只,所以大家都叫我大羽——大羽、大雨,这不就是我吗?"

"是你是你。"

"这叫缘分——实在是因为我小的时候在龙泉山……"

"是你!"林珺被他唠叨得头有点儿发昏,"是你,真是你!你跟个不存在的人置什么气啊……"

唐玉树一番长篇大论被林珺的敷衍给堵在胸口,用了好久的力气才吞下去,只能横眉竖眼地小声说了一句:"包子真好吃!"

包子铺附近就有个集贸市场,林珺说那儿便宜。

本科的时候林珺就在那里买过衣服,砍砍价,一件T恤30就能买下。

"只是质量不咋样,也不知道是些什么料子,夏天穿在身上稍微出点儿汗就臭死;还禁不住揉，洗的时候稍微用力搓就能搓烂。"

唐玉树倒是没被林琊这番话吓到——今天主要是为了陪林琊去上坟，不至于专程打车去个商场逛街挑衣服，就近能解决就行。

"没事儿。我不挑。"

随便找了个小批发铺子，唐玉树挑了一件儿印着个大大的卡通狗熊的，准备拿去试的时候，老板娘说没有更衣室："就地换呗！大小伙子怕啥！"

唐玉树倒也没害羞，就地换了。

就是这一换不要紧，那阿姨的眼神黏在唐玉树身上死活不肯下来了。只见她迅速地绕到唐玉树身旁，一个卡位把林琊挤到了一边儿去，殷勤地帮唐玉树理理领子又摸摸腰身，最后还拍了一把唐玉树的屁股："小伙子身材真好啊！"

唐玉树向林琊投去了眼神求助；林琊抱着手臂站在一边抿着嘴忍笑，自顾不暇，完全不理会唐玉树的求助信号。唐玉树可害羞惨了，付了钱就拉起林琊迅速从铺子里逃出来。

憋笑给林琊憋坏了，跑出去几步之后松开唐玉树的手，林琊就笑得喘不上气。

唐玉树黑着一张脸看他笑："你都不护着我……你还笑？"

"让我们南京嬢嬢享受一下成都男人的魅力怎么了？"

行吧。听起来自己是被夸了。

唐玉树这才饶了林琊。

从住的地方到墓园，地铁坐了七八站的样子，等到了墓园就差不多中午了。

墓园正门儿附近有个花店，唐玉树拉着林琊要去买花。

"不用买。"林琊不想他乱花钱。

"不烧纸钱，买束花嘛。"

"不用。"

"当我送妈妈的。"

"……行吧。"林琊没再拦着。

每次提及她，他都称呼她"妈妈"——这个细节让林琊心头有些触动：自己那些不愿提及的、狼狈的、可怕的……他都会一并用他蓬勃的温柔全盘收下。

唐玉树买了一束白色满天星。

通常满天星是作为装饰的配花，林琊很少注意过这种花。可当它没在给别的花做搭配，完全独立地被包成一束之后，林琊看着那密密麻麻的花，发现它们居然也有种别样的生命气息。

林琊喜欢那束花，于是唐玉树就交给他握着，跟在林琊身后一路找到了他母亲的碑。

林琊轻车熟路。唐玉树跟着他，暗忖：想必他并不是从来没去看过她的。

走到后，唐玉树兀自转身晃悠着离开了一段不远不近的距离，留给了林琊和她相处的空间。

说没说话唐玉树听不到，可他没跪，也没鞠躬，没什么仪式，就是默默放下花，站着。

站了好一会儿的时候，身边有人脚步顿下。

林琊侧头看，一个隐隐熟稔却又格外陌生的中年男人。

视线越过男人的肩头，远处的唐玉树正在警惕地望着这边的情况——仿佛有什么异变，他就会立刻冲过来一样。

林琊忍了笑。

"晚上吃个饭？"

"不了。爸。"

林父的表情看不出意外，只是讪笑："哦，行……"

可男孩儿接下来的那句话反而却让林父意外了起来——林琊说："过年我会回来看你。但今天不留了，我得回成都，有急事等着我处理。"

林父于是笑了："那边站着的男孩儿是你朋友吗？我来时看他站在那边，一直看着你。"

林琊坦白："是。"

是一个救赎我的人。

不嫌会尿床的我脏。在别人污蔑我的关头上替我出头。在别人欺压我的时候赶来救我。在我尿失禁的时候脱了衣服给我遮着屁股光着膀子背我走出人群。

因为他所以我想长大。他也耐心地陪着我长大。也与我一起在长大……的人。

林琊安静地筹备出这段"一定会让'父亲'无地自容"的台词。

只是没来得及说出口，倒是林父先点了点头："看着挺老实，高高壮壮的，挺好的。"

林琊对这个回答感到惊讶，却也没形于色。安静了片刻，又说了一句："我觉得爸你也挺好的。就是别喝酒了，或者喝了别烦我。"

林父讪笑："好。"

"行。那……保重。我要赶飞机去。"

男孩儿说出了作别的言辞，林父于是忍不住追问："过年的时候会回……"

没说完的句末被林琊抱了自己的动作给撞到失声。

只顾着感受那个意料之外的拥抱，半晌，林父听到自己的男孩儿在自己耳边说道："嗯。会。"

不甘心服老，但"老泪纵横"怕是形容自己此刻面目的最恰当词汇。

从墓园出来的时候陈逆给唐玉树打来了电话："《春生客栈》已经上线两周了——在民宿公众号上的阅读量不错，增长趋势也不错。今天记得让林琊发个微博提一句——晚上会上资源推！"

唐玉树乐了起来。冲着听筒"要得要得"两声，转回头来用胳膊肘撞林琊："你的小说要爆红了！"

这句话却遭到电话那头陈逆的喝阻："先别急着吹牛！就算是蓝标、奥美都不敢保证能把什么事情一推就红。林琊在你旁边吗？"

"在。"

"你俩真腻！让他单独接电话。"

"我开免提不就行了？咋个？啥事儿要瞒我？"

陈逆不肯交代，只催促唐玉树："快快！"

于是遭到排挤的唐玉树只好把电话塞给林琊，然后杵在一边黑着脸。

不知道陈逆和林琊说了半天什么之后，林琊突然笑了起来，向唐玉树这边看了一眼："这怎么还瞒他？"

陈逆一如既往地露出流氓气质："动的是你的兄弟，当然要跟你说。"

唐玉树更好奇了："到底有啥事嘛！"

林琊没理他，只是一个劲儿地笑。

笑到电话那头的陈逆不好意思了："哎你们别在外面野了！快回来吧！该动手做事儿了！"说完就挂了电话。

林琊把手机还给唐玉树，欣赏着唐玉树那副被"八卦"的欲火几近焚身的模样，模仿起了陈逆的口吻："别在外面野了，快回去吧。该动手做事儿了……"

拐了几个弯之后两人走在人头攒动的街头上，闲聊着的是陈逆和顺儿的事，林琊心里想的却是关于自己，眼里看到的也只有一片模模糊糊的人头攒动，和一个与自己保持相对静止的、因此清晰可辨的唐玉树。

林琊无意识地踩着地砖走着路，又无意识地说了一句："幸好"。

"啥子？"

"没什么。"

母亲离世的很多年里，有的时候林琊孤身一人走累了、筋疲力尽的时候，他知道自己比当时的母亲还想死掉，比她还想离开。她对人寰的厌倦自己感同身受。

可林琊却没像她，林琊自己硬着头皮活了下来。

当然那种情绪，也不适合用"坚强""勇气"之类的词汇作定义……大抵是种"偏执"，是一种"我要看这一切还能多坏"的猎奇心态，是一种"因为这个世界不善待我于是我偏偏赖着不肯顺了这个世界的意"的对抗姿态。

很丑陋。

可林琊此刻又感谢自己的丑陋。

就……大概是那种心情——

如果我曾软弱、如果我曾"臣服于恨"而活着……那我大可以与"恶意"为伍，大可以荒废人生，大可以自甘堕入泥潭化身吸血的虫——因为我变成腐朽，我有着比谁都理直气壮的动机和理由。

可幸好我没有。

幸好每一步都走对了。

幸好，遇到了你。

回神见唐玉树不说话，林琊问他："你在想什么呢？"

"想你。"

"我不就在这儿吗？"

他还是不说话，好像有点害羞似的，跑几步到前面去投那颗并不存在的篮球了。

于是林瑯也跟着追上前去几步。

以前我怀揣着一个虚影谋求救赎。

以后，我望着鲜活实在的你。

回程的飞机延误了半个多小时，好像是因为成都那边天气情况不佳。

5点多坐上飞机的时候顺儿打了一通电话来："你回成都了吗？！"

"还没，马上起飞——怎么啦？"

顺儿在电话的那一端几乎是尖叫："你红了林瑯！你知不知道！"

林瑯听得一脸茫然："什么？"

陈逆今天才通知自己发个微博提一句《春生客栈》的连载状况，怎么可能当天就红了？现在的人们读小说都读得这么快的吗？

所以林瑯下意识没把顺儿的尖叫当回事儿——反正这个顺儿是个戏精，行事风格一向夸张。

机身已经开始启动，空乘小姐在催促旅客关机。

于是林瑯三言两语打发了顺儿，挂断了电话。

开启飞行模式的前一秒，林瑯手机弹窗提示一条来自"点将传媒"的进账信息——38300。

数额对于林瑯来说着实巨大，吓得林瑯差点儿把手机摔了。

唐玉树在一旁捕捉到林瑯奇怪的神态反应："咋了嘛？"

林瑯把那条弹窗消息给唐玉树看。

唐玉树倒是一脸平淡："哦，怎么今天才给你打过来——这是泸沽湖民宿那边客户付的，品牌植入小说的授权金。总价陈逆给你按四万报的，应该是帮你代扣了一笔个税。"

林瑯还是没回过神来："授权金……这么多啊？"

唐玉树的手绕过座椅扶手下穿了过来，捏住林瑯的手："还是太少了。经纪人小唐表示下次还要继续努力，为林总多多谈下Case来！"

飞机这时候在跑道上加起了速，推背感涌动着林瑯身体里的血液一并上了头来。

唐玉树的手热乎乎的，宽大而结实。

张了嘴，好半晌，还是没能顺利说出什么话。

唐玉树于是逗他："咋还傻住了呢？范进中举啊？"

林瑯用力地掐了一把唐玉树。

"嘶……生气了？"

"没有啊。"

"你这家伙啊规矩好多——这事儿咱俩可掰扯清楚了哈：不是什么'施舍'，不是什么'同情'，不是什么'可怜'！是你——作家林瑯和我司——点将传媒的一次公平合作！"

号啕呼吸

别用小林琊之心度唐君子之腹!"
　　林琊又用力地掐了一把唐玉树的手心。
　　飞机闯入黄昏的时候,窗外的火烧云明晃晃地闪着金边。
　　"落地的时候我请你去吃小龙虾去吧?"
　　"要得!"

第九章
拨云

Howling Breath

号啕呼吸

  虽然起飞时延误了半个多小时，但到达成都的时间没比正点晚多少。
  林瑯和唐玉树都没有行李，所以两人出了航站楼的时候差不多 7 点。
  唐玉树叫了一辆车，坐进车里的时候陈逆打来电话："林瑯红了！不对，应该是说你俩红了——你们看见了吗？"
  "啥子？"唐玉树匀了一只耳机给林瑯，"咋个他小说红了还有我的事儿啊？"
  "不是小说的事儿！"陈逆在电话那头乐着，"我都不知道你们还搞过这一出？"
  "到底是什么事儿？"林瑯也有点奇怪——上飞机前顺儿就没头没脑地给自己丢来这么一句。现在一落地，陈逆也这么说。到底发生了什么？
  唐玉树这时候已经打开了手机，点开了微博——自己的小破账号居然涌入了三万来个"粉丝"，消息提醒也堆出了离谱的数字。
  唐玉树最后一次发的微博是某次和林瑯一起逛小吃街，林瑯抓拍自己的一张被臭豆腐烫到龇牙咧嘴的表情。当时唐玉树觉得好笑，就把这张照片发了微博，"@林瑯，摄影水平欠佳，只会拍我丑照！"。
  那条微博现在已经有一千多条评论了——
  "丑照也很帅啊！"
  "哪里丑了？"
  "林瑯：不丑！"
  "不怕林瑯揍你吗？"
  唐玉树先是下意识地有点儿紧张："怎么我这儿还有人说话？"
  陈逆没给他做解释，只是先用手指敲了敲桌面，审讯一般："你俩先解释一下，10 月 12 号那天你俩在春熙路干了什么？"
  "10 月 12 号？"林瑯努力回忆，"没干什么啊……"
  刚说完，唐玉树就恍然大悟一般"哦"了一声，把手机端到林瑯面前——那是一组看着很 90 年代港风调调的照片，要不是有些镜头捕捉得太模糊，林瑯都以为是专业摄影师拍出来的作品了。
  图的内容是光着膀子的唐玉树，背着林瑯站在人行道前的样子。
  "这……"怎么给陈逆解释？唐玉树抬头跟林瑯对看了一眼。
  林瑯从他眼里看到了一点儿怯意，倒是自己坦率地讲了："我那天遇到点儿事儿，吓得遗尿症犯了，失禁弄脏了裤子。唐玉树就把他的 T 恤围我腰上给我挡着湿了的屁股，又背起我给我挡着湿了的裆——就……是这样的。"

陈逆稍微安静了片刻，又笑了："啊！我只能说你命真好！"

林琊好像被这突如其来的变故震慑到了，没能顺利回过神儿来。

手机此刻"叮咚"一声，来了一条消息——是备注为"花容月下"的人发来的：

"林琊呀！林美男呀！你怎么这么突然就红了？那是谁？你朋友吗？"

看到这条消息，林琊才恍恍惚惚地意识到：自己好像真的"红了"。

挂了陈逆的电话之后，唐玉树和林琊又凑在一起看了看微博。

好像起因是有个网友随手在微博上发了一张那天偷拍唐玉树背着林琊的照片，感叹说"两个人都好帅！"什么的。之后那条微博意外地被当天另几个目睹过这一幕的网友回复了，也贴出了偷拍下的照片，甚至起了个叫"春熙路少年"的恶搞标签。

可这一切当时在网上其实并没有激起什么水花。反而是在今天中午的时候，有个摄影师大V发布了一组照片，说："前阵子在春熙路抓拍的两个少年。不知道他们之间有什么故事，但就是感觉很有故事！"——那个摄影师大V本身就有不少粉丝，于是又引得更多目睹过这一幕的人们都把自己的偷拍给贴了出来。

一组图就这么在网络里连锁发酵着，终究变成了一次热门的"网络事件"。

照片拍得是挺好的——那天唐玉树也注意到有人在偷拍，但没注意到有这么多人偷拍，更没注意到还有这么专业的人偷拍。

可想想也是——春熙路的人流量，光着膀子跑一圈儿……自己没被抓也该庆幸了。

"当时……满脑子就只想着帮你解围，没想过后来会引起……这种事儿。"唐玉树偷看了林琊一眼。

林琊应该也是在看着事件始末，听到唐玉树这么说，他抬起头来："是啊。"

"你介意吗？介意我让陈逆去联系他们删掉。"

唐玉树自己其实也还没能顺利消化这件事情，可他除了觉得有点被打扰之外，倒没觉得有什么困扰。只是看林琊似乎在深思着什么一般，总怕林琊会因此有点不舒服。

"你介意吗？"林琊倒是把问题原样抛回给了唐玉树。

唐玉树噘了嘴："我没啥子介不介意的——把咱俩都拍挺帅的！"

林琊不置可否，只是冲着唐玉树扑哧笑了。

他兀自笑了半天，阖上眼靠着座椅后背——不知道是小憩，还是在盘算着什么。

唐玉树于是说："你累了就眯一会儿，下车我叫你。"

"不累。"林琊睁开了眼睛，坐直了身体，"那38300本来还盘算着可以当'新梦文化'的启动资金的。但是我……赌一把吧！我把钱打回给你们'点将传媒'，当'作家林琊和点将传媒的另一次合作'，让陈逆上资源把这件事加一波温度。"

"欸？"熟悉林琊敏感脆弱的个性，唐玉树本以为这个"春熙路少年"会让林琊心里不好受，可如今他却要倾囊来为这把火上面再浇一把油。

林琊其实很介意被暴露这种私事，但也很快就能把自己从主观爱恶里抽离出来——作为一笔买卖来看，当然是划算的：虽然"红"的方式与想象中有所出入，可总算是得到了一个拨云见日的结果。袭涌而来的人气不要白不要。

第九章 · 拨云

被称作"手段"也罢,"心机"也罢,该耍就得耍——把山顶上那些名不副实的人拽下来之后,总得有人再站上去。

永远别对那些人客气,别把主导权拱手相让给他们。

别同他们讲和。

林琊没有回复"花容月下"的消息。他刚才发消息来问,想必是因为他也看到了"春熙路少年"。

他只顾着看热闹,看飙升的"流量",看"听命于自己的小喽啰"摇身一变乘风直上的景象——他此刻在盘算着什么,林琊不得而知,却也心知肚明。

他想得到一切,但他想不到当时让林琊变得那么狼狈的人,就是他本尊。

林琊又想起那天下午,通透的落地窗边,他看着广袤的城市和涌动着的车流。

——这世界收纳着万物,可没一样是与自己有联结的。

那时候林琊想撞破玻璃跳下去,想要逃脱。

既然求不得救赎,不如跌落无间地狱也算了。

某个时候,电梯不知道第几次停在这一层时,从里面出来两个人,似乎是一对情侣。

女生笑说:"周末去都江堰玩?"

男生说:"好啊那我去做攻略。"

林琊恍惚间又想起第一次见到唐玉树,他笑着围绕自己打转儿,全然不在意自己的冷漠和拒绝,执着冥顽地散发着他的热忱和良善:"我周末带你去个道地的店吃毛血旺去!或者我让我爸开车带咱俩去都江堰吃?你去过都江堰吗?"

"没有。"

"我带你去啊!都江堰可好玩儿,巴适,好吃的又多!你喜欢吃啥子?"

林琊想起了这个细琐的小事,突然又不想死了。

他躲进旁边的逃生通道里,深一脚浅一脚地踩着台阶下了不知道几层,气喘吁吁地摸出裤子口袋里的手机来,像是生怕自己的求生意志再反了悔一样,摁出了唐玉树的电话。

那个男孩儿声音里总带着和煦的笑意:"结束了呀!我就在咖啡厅门口等你呢。"

"结束了!"林琊猛烈地点头,又察觉到点头的动作并不能被电话那头的人接收得到,便竭尽全力地对他说:"你救救我吧唐玉树!我不小心……把自己弄脏了。"

救救我吧。

是你,救我的话,我还可以活一下。

是你,愿意奔向我的话,我还可以在地狱里再熬一下。

"我那天遇到点儿事儿,吓得遗尿症犯了,失禁弄脏了裤子。唐玉树就把他的T恤围我腰上给我挡着湿了的屁股,又背起我给我挡着湿了的裆,然后把我带了回去——就是这样。蹭个意外的热度:春生民宿品牌冠名的我的小说《春生客栈》热情连载中!"

用告诉陈逆的话,原样照搬着告诉了好奇心旺盛的人们,顺便完成了陈逆给定的KPI。

发完这条微博,林琊摁灭了手机阖上了眼。

唐玉树跟陈逆安排完林琊的指示，"特别关注"功能就提示"林琊发布了新微博"，他点开看。

看完那段文字，又看向身侧的林琊。

唐玉树隐隐觉得这个男孩儿变了一些——变得强大了，变得有劲儿了，变得敢坦然地面对很多曾不敢提及的黑暗了。

可唐玉树又隐隐感觉：他又好像从来都没有变过，自始至终都是这个样子——好像自己以前认识的林琊就又强大又有劲儿——至于这个"以前"是何时？唐玉树自己也说不准。

于是他伸手捏了捏林琊的手，捏完又乐了。

"好像也变得软和了。"

"民宿客户还以为这是我们点将花钱做的营销呢——现在林琊的微博都快十万粉丝了，最新发的那条《春生客栈》的宣传下面留言三千多，民宿公众号上的阅读量篇篇都十万加——其实我们的宣传节奏才走了个开头！现在看你俩还真是替我们省了不少成本——哪怕是砸钱去炒事件营销，都不一定能做出这种效果来！"

"砸进去的三万八不算钱啊？"

"那不一样，那是加温。那种子先得能发芽，施肥才有意义啊。"

"这个比喻挺生动的——读者呢？反馈怎么样？"林琊在意的是这个。

"当然是好评如潮啊！"陈逆翻动着手机给林琊找评论截图。

"没事儿，我自己找来看吧。"林琊说，"我转钱给你们公账——账号给我一下。"

陈逆把公账账号用手机发给了林琊："虽说亲兄弟明算账，但我们点将收你3000意思一下就够了！"

林琊看向陈逆。

但没消得林琊看了一秒，陈逆就连连辩解："不是我不肯占你便宜！主要是客户又追加了五万预算来给'春熙路少年'加温，我们点将传媒已经有了赚头！收你3000也是我们点将传媒白赚你林大作家的！再说那红的又不是你一个，红的是你俩啊，还有我们点将传媒大股东唐先生的份儿呢——虽然不知道他红了能有啥用！"

陈逆说完整个办公室笑成了一团。

林琊又好气又好笑，带上唐玉树一起"殴打"了陈逆一顿。

这边的"知名作家"和两个"公司高层"像幼稚园小朋友一样嬉闹成了一团，那头有个同事突然惊呼："林琊哥，你跟赵妍妍认识吗？——温文文学力捧的那个美女作家。"

"不认识！"唐玉树替林琊回答的，因为他记得曾听林琊讲过，赵妍妍拿林琊当枪手来使。

林琊看着爱憎分明的唐玉树笑了，又问那个同事："嗯，认识，怎么了？"

"她也转发了'春熙路少年'，但我们加温上资源的时候可没找她——她现在直逼明星量级，我们哪花得起这笔钱啊！"

林琊愣住了："她说了什么？"

"她说你本人比照片可好看太多了——这个我也同意！另外她感慨了一句'林琊终于

第九章·拨云

熬出头了！'，还呼吁她的粉丝都来关注你——她说你写的东西很好看！"

这个突发状况却让林琊一瞬间竟苦恼了起来。

虽然被她拿来当枪手使，可是……林琊承认当初毕竟是自己手头窘迫时"一个愿打一个愿挨"的"不得已而为之"。至于她也动了《风月客栈》的心思——放在平时无非就是林琊愿意则答应不愿意则不答应而已——可这次为了扳倒"温文"和"花容月下"，自己已然把赵妍妍当作一枚重要的棋子一并做进了局中去。

可这个关头上赵妍妍还站出来帮自己……这让林琊突然有些无措。

陈逆他们并不知道林琊的"局"——这件事多少有些危险，林琊不想让任何人被卷入。但陈逆知道"赵妍妍把林琊当枪手使"的事。他看懂了林琊正在苦恼，作为事件之外的人他试着分析了一下赵妍妍的动机："一种可能是她没啥心眼儿，天性大方；另一种可能就是她城府极深，想用这招笼络此时的你，好把你拉到她那头，免得有朝一日东窗事发。具体是哪种，你跟她接触过，你自己判断吧。"

同事茫然："赵妍妍做过什么？什么事发？"

林琊没回答，只是想了好久，但还是如同被人误打误撞地拆了精心布好的局一般，想不到解法——是继续按照原先的步调、把赵妍妍当作温文的靶子一并狙杀？还是放过她？

林琊曾和赵妍妍见过一面——她也是一个比照片上还要漂亮的女孩儿。

林琊记得当时她跟照片里"安静温婉"的形象不太一样，嗫着烟嘴大大咧咧地笑着冲林琊吐烟圈："你说我没你这一身才华，高中就辍了学去当厂妹养家。谁知道那么突然就红了？现在经纪公司要给我出书，还得找你代笔——我也觉得对你来说不公平。但你也别怨我——给你的钱管够，我自己现在也就想着能捞多少捞多少。反正我是这辈子都不想回厂子里打工了——你知道吗？我们厂子里女澡堂的门上有条缝儿，是厂长刨出来的——你说，恶心人不？"

"是啊。别回去了。"林琊躲开她嘴里的烟味。

为了扳倒"温文"和"花容月下"，顺带着把"名不副实"的赵妍妍从神坛上拽下来——也算不得冤了她，可林琊想起"女澡堂门上的缝儿"，林琊又实在下不去手。

林琊并不喜欢赵妍妍，可也对她讨厌不起来。

转了3000给点将之后，林琊决定下楼去给点将办公室全员买奶茶。

走进电梯的时候，一下午都没收到林琊回复的"花容月下"给林琊打来了电话。

林琊看着这个备注名，一瞬间不敢接听——"花容月下"一定是看过自己最新发的那条微博。那条微博里有两个信息，都可能让"花容月下"察觉到什么：一是"那天遇到点儿事儿吓到了"——直指自己对他还留有恨意；二是"《春生客栈》"。

不敢接听不是因为害怕"花容月下"先跟自己摊牌。

硫黄、碳粉、火硝已经都装填完毕，可是引线……林琊还是想等最合适的时机再燃。

思索的时间太长，以至于这个来电已经断了线。

林琊想了想，还是硬着头皮回拨了过去："刚才手机在别处放着。"

"哎呀！我的林美男！"——他语气欢快地开着头，让林琊舒了一口气——"你不接我电话我都急死了！你有遗尿症啊？那天我是不是吓到你了？"

"是有。"林琊想努力装笑，可即使自认是个技法高超的"演技派"，此刻也因为回忆起切身的痛苦而调动不起情绪来。最后，他只淡淡地回了一句："是吓到了。"

"你这孩子——我就说你还小！哎我就是有点自来熟，你别放心上！"

"不放心上。放心上我也不会这么主动地找你合作啊。"情绪跟不上，那就用言辞补足。

听到林琊这么说，"花容月下"也舒了一口气："那就行！我以为你不接我电话是生气了呢！"

"哪儿能。"

"哎哟！我说你是多爱客栈——你以后是不是打算开个客栈？我看你跟一个酒店品牌又合作了一部《春生客栈》？写的啥？温文来给你做出版，考虑一下？"

林琊半悬着的心落了地——很显然这个投机主义者只知道《春生客栈》的作者如今也拥有了"流量"，但并没有去实际看看这一本小说。不过林琊做事周全：即便"花容月下"简单翻阅了《春生客栈》的前几节，也并不能顺利辨认出这就是《风月客栈》——因为叙事线被林琊紧急修改过，并且主角名字也都已经变了。

"可以啊。"

"嗯，那回头我们细细聊这件事！"

确认林琊与自己"关系尚好"之后，他就挂断了。

陈逆做事一直缜密周到——之所以拖着三家前来问询的出版公司一直都没有给回应，是因为打算等客户的宣传节奏都走完。

果不其然，这阵子下来品牌方官方掏着腰包宣传着小说，再加上《春生客栈》已经发布了好一阵子，积累起了不错的口碑，这几家暗中观察着《春生客栈》的公司于是都提高了版税的报价。最高的一家开出了这样的条件——"3万册首印量，10个点版税。"

图书出版给到作者的酬劳是这样计算的：假设一本书定价30元，"10个点版税"就意味着每本书作者可以赚3元，"3万首印量"就意味着总计可以拿到9万元，扣除个人所得税，到作者手中大约7万带个零头。

这个条件几乎是目前市场上"A+级别"的作家才能拥有的待遇了——唐玉树听罢对自己的好兄弟忍不住竖大拇指，但林琊却对陈逆这份"周到"没那么在意。

他把三家出版公司的底细都过了一遍，发现里面有两家都直接或者间接归属于温文系的——这个垄断者太大了，大到根本意识不到自家厂牌签下的《湖畔的风花雪月》与《春生客栈》根本就是同一本书。

除去两个温文系的公司，唯余的那家提价幅度最低，可林琊却跟陈逆要下了这家的联系方式。

林琊是这么回应陈逆的不解的："'春熙路少年'的热度不出三个月就会过去，可出版是我的终身事业。比起一次性多赚万把块钱，我更在意有没有'下一次'，所以首印量大可不必这么高，反正真的好卖就加印，没那么好卖也别给出版公司增加压力——我可不想第一本书就成为'滞销作者'。"——对于"我要动温文"这件事林琊只字未提。

陈逆听罢对自己好兄弟忍不住竖大拇指。

唐玉树不解:"要夸你就夸林瑯去啊!"

陈逆解释:"我要夸的是你!我佩服你!我的傻兄弟,你到底藏了什么高超的招数,才能让这么聪明的人愿意跟你'狼狈为奸'?"

林瑯笑看他俩打成一团。

这家出版公司的编辑在跟林瑯联系上后,果然开门见山地自曝其短:"我们公司在酬劳方面的确拼不过大厂。也是我自己私心很喜欢《春生客栈》,所以才很努力地争取这部小说。在书的制作方面我也有很多想法!"

她说了很多关于书籍的装潢设想。林瑯有的认可有的有异议,但至少听出了她对于这本小说的热情。

最后林瑯很爽快地说:"版税我不跟你们提价,不过出品方里需要加上我的工作室的LOGO。"

争取到了合约的编辑无比开心:"没问题!"

于是"新梦文化"就这样有了自己公司的第一个"图书案例"。

"新梦文化"的第二个"图书案例",则是"曾知名"漫画家路黎的漫画单行本。

第一本林瑯选择和具有专业资历的公司联合发行。

但第二本林瑯选择以"新梦文化"搭配影大出版社发行。编辑部内部讨论过后,得到沈曳"书号12月上旬就可以下来"的保证,算上印刷厂出货的周期,以及出货后通过影大出版社的线下渠道铺货以及老教授那个"啥宝啥东都有门路的"孙子的线上渠道铺货的周期,于是林瑯决定定档在春节上市。

这日是影大校庆,校园里人头攒动,诸多如今在业内坐拥资历的校友们回来游玩。学校西区甚至办起了"创意集市",用于提供给学生们出售设计课作业、画作、剧本作品等——是影大多年来经常举办的一个活动。

很有趣,但林瑯收住了心,窝在《新影》编辑部跟秦擎和沈曳一起工作。

临近中午的时候沈曳突然惊呼:"林瑯,你不是说搞到路黎的版权授权了吗?"

"是啊。"有人搭话,于是林瑯停下了笨拙地操作着PS(一款图像处理软件)的手指。

"可是……刚刚后台收到一条私信,自称是路黎的经纪方。他说要给我们《新影》发律师函,要求我提供邮箱。"

秦擎也愣了:"啊?他的单行本封面我都快要做好了……"

沈曳补充:"稿子和书号申请早都已经交到影大出版社去了……"

"邮箱提供给他吧——我的。"林瑯不以为意地笑着。

沈曳搞不懂林瑯的行事动机,只把为难的神情摆脸上,企图等到林瑯再多给点解释。

可林瑯没做什么解释,只是说了一句:"他们公司的律师函很快就不奏效了。"

然后男生就又埋头回到了工作里。

自学 PS 实在有些吃力，可不知道从什么时候开始，所有吃力的事情林瑯都很乐于挑战。

最后一张图拼好之后，林瑯保存在桌面文件夹里。

桌面上有 3 个文件夹——《关于顾魅殇抄袭的讨论帖子截图》《关于〈湖畔的风花雪月〉抄袭〈春生客栈〉对比图》《新梦文化官方公众号、微博视觉设计》。

林瑯把前两个打包通过 QQ 传送到手机上备份，然后上传至邮箱发送给了陈逆。

接着点开了自己与"花容月下"的聊天记录，再次确认了一遍自己与他每一次对话的内容——都不留痕迹。

于是关掉电脑，告别了沈曳和秦擎，林瑯离开了编辑部办公室。

下电梯的时候林瑯给唐玉树拨去电话。

"你在哪里啊？"

"我在宿舍，你工作结束了吗？要去吃东西吗？欸……现在才下午 3 点，吃东西的话太早了。那我带你去南门那边逛逛？还是说你打算回宿舍来休息——反正什么安排我都可以。"

"我想……"

想不到什么安排。

只是挂帅上场之前，我想看到你……

因为唐玉树，你是我的光。

浪费了 7 个币，娃娃还是没能被顺利抓上来。

"是黑心商家故意把爪爪搞得松松的！"——林瑯都没想着给自己找借口，却是唐玉树这般先替林瑯的失败做了辩驳。

林瑯于是冲他笑了一下，从他递来的那一把游戏币里摸出一枚，投进去，继续全神贯注地抓起了那个被自己盯上的娃娃。

那是个胸口绑着一个红色绒球、胖乎乎的白色生物——林瑯分辨不出具体是什么。

其实林瑯并不在意它是什么、自己要抓的是什么、为什么要抓娃娃……

林瑯只是想要分心。

纵使陷阱构筑得足够完美，可获猎前的心绪还是有种别样的……不轻松。

按照自己早已跟陈逆沟通好的时间节点，5:30 时会先有一个账号发出《关于顾魅殇抄袭的讨论帖子截图》，然后坐看舆论的发酵——定会有不少人提起当初的实质性受害者"诬蔑王路黎"，林瑯叮嘱陈逆一定把提及路黎的评论顶上来——"适当的时候可以着重在关于路黎的言论上加温"。

等"抄袭一姐顾魅殇"作为引子替"扳倒温文"这个计划开篇之后，6:30 时会另有一个账号发出《关于〈湖畔的风花雪月〉抄袭〈春生客栈〉对比图》——以"内部工作人员投稿"的口吻，叙述自己碰到《湖畔的风花雪月》的毛坯书，翻看后发现稿子内容与《春生客栈》除了人名和叙事线不同之外，其余部分都存在大段落复制的情况——在这里林瑯保留了一点"时间差"：等帖子发出后定会有人站出来质疑《湖畔的风花雪月》与《春生客栈》成文先后的问题，这份质疑会给时间留出一段发酵空间。

第九章 · 拨云

217

最后的收官时刻，手握"早在8月投稿于温文"铁证的林瑯打出这张王牌。

但这仅仅是舆论战，还不一定能百分百做到让"花容月下"无法翻身。

重点是：还不足够把囚于"温文新赏"这座囹圄里的路黎，甚至更多只因为"得罪"了温文的利益而被封杀雪藏的作者们给拉出来。

林瑯记得当时陈逆挑着眉喔着烟，不可置信地问自己："难道这些还不够打垮他们吗？你还藏了什么手段？"

林瑯一笑，却没回答他的问题，只叮嘱陈逆不要把这番动作告知唐玉树。

"为啥子？他难道不是对你而言很重要的人吗？"

"正因为如此……我希望我在他那么干净的人面前，别显得很脏。"

神明再慈悲，料想也见不得机关算尽的阴险小人。

在他面前，我希望我也是一个简单的、稍显偏执的、只懂与娃娃机斗智斗勇的……人而已。

第16个游戏币投进去后手机响了起来，林瑯也不打算再与这台机器纠缠，把电话从口袋里摸出来，看着来电显示的"赵妍妍"三个字，跟唐玉树使了个眼色就走出哄吵的游戏厅，摁下了接听键。

摆好了对垒的气势，迎来的却是对方泼辣爽朗的笑声——这让林瑯措手不及。

"林瑯！前阵子你不是上热搜了吗？'春熙路少年'那个！我跟我姐们儿说我认识你，她们居然都不信！说我吹牛！"

你真是高抬我了，林瑯一哂。

"还是老娘不够红！等老娘的戏上了院线，拿个奖，看这群贱人们还说不说我'吹牛'！"她说完好像去"殴打"了她的"姐们儿"，因为电话那头传来了别的女生尖叫嬉闹的声音。

"你现在在当演员对吗？"

"是啊！"给林瑯回答的应该是赵妍妍的"姐们儿"——她们都流里流气的，但不至于让人生厌，"她现在混得还挺好！我们这些在横店漂了四五年的科班生，组里给安排的还是住招待所。她可不一样！她没varyingomplete演戏前就红了，现在明明是个新人，组里给安排的是星级总统间！我们几个小咖都来蹭她的空调——招待所太臭了！"

林瑯想干笑两声以示回应，但笑出来的声音却只像一声冷漠的"哼"。

赵妍妍那厢把电话夺了回来，但还在骂着自己的那群"姐们儿"："你们太聒噪了！我们林瑯可是文化人，你们矜持点儿！"训完才对林瑯道，"是不是打扰你了？我们就闹着玩儿——她们不信我认识你，我翻出通讯录给她们看，她们非说我是拿张三李四改的备注唬她们，有个疯婆娘就摁了拨出，这才打过来！"

林瑯说："没事。你这是剧组认识的女孩儿们？"

"对啊！她们太可怜了——我说你们可利索点儿把行李收拾到我这儿来，我这儿星级总统间，地板都比她们那招待所好睡！厂商寄来一大堆化妆品也用不完，一块儿分了用！早晚来回组里还能有个照应。"

林琊突然鼻酸。

他安静了好久，才对赵妍妍说："我本来把你算进局里来，指着用你搞死温文——但你虽然傻，也只算蠢，不算坏……"

赵妍妍蒙了："欸？林琊你骂我干啥？"

电话那头的哄吵声也安静了下来。

"公放吗？关掉。"

"哦……"

"你跟刘承联系的时候打字吗？"

"我知道他不爱打字，所以每次都直接给他打电话。"

那就应该不至于有什么录音。

"那你跟温文新赏有签合同吗？合同里提及了书的内容吗？"

"签了个出版合同，没别的了。没提书的内容。"

林琊平静下心情来，点开与赵妍妍的聊天对话框，找到那个《关于〈湖畔的风花雪月〉抄袭〈春生客栈〉对比图》，传送给了她——"这篇帖子你不发，那6：30就会有别人发。"

"这……"

"从现在开始，咱俩并不认识。你发个声明，就说自己完全不知道温文的小动作；就说自己不知道责编为什么要拿一个不是你的稿子贴上你的名字；就说自己对以温文为代表的文学行业很失望。你尽管骂他们，他们不敢晒证据反击你，因为作为'证据'的我，不会配合他们出示证据。你表现得越气愤越好，跟他们划清界限。"

赵妍妍并没有想到一通玩闹的电话居然引起这么大的事端。可她不知道的是：若非这通电话，将被引起的事端对她而言才更为棘手。

她没能顺利地说出什么。于是林琊又补了一句："我不把你卷进来。你的第一本书就是你写的——这个你放心。但你以后也别当作家了，你跟你的姐们儿玩去吧。"

说完林琊挂掉了电话，又给陈逆发去了一条消息。

回到娃娃机旁边时，唐玉树手里正把玩着一个红色绒球站在原地发着呆。

看到林琊回来，便笑了。

"逗不逗？你刚才丢了币就接电话走了——我想着别浪费那一个币，就去抓了一下。结果那爪爪钩住萝卜胸口的绳子，把萝卜给勾起来了！但是！就在快到出口的时候，那萝卜从绳绳里面滑出去了！我就捞着这一个红球球！后来我把游戏币都丢进去了，也没把那个萝卜给挖出来！"

听完唐玉树绘声绘色的描绘，林琊看了一眼娃娃机里没有了红球球的白胖子："原来那是萝卜啊。"

"欸？是不是啊？"

"我也不知道。"

"这算不算我抓着了？我找服务员问一下去。"

林琊却对那个娃娃不再偏执了。

第九章·拨云

219

5:50时唐玉树正在跟一个陌生的小弟弟玩赛车竞速,林瑯和小男孩的父亲站在一边,一同笑看着那一大一小两个男孩儿忘我地拉扯着操纵杆。

与此同时,一条关于"顾魅殇抄袭的讨论帖子截图汇总"的微博转发量过了千。翻起一年前的旧账,网友们路见不平拔刀相助——更有当年帮路黎打过官司的律师本人也关注了这件事情,转发声援路黎,并发博道:"法律只是底线,但公道自在人心!"

6:10时唐玉树突破了游戏城有史以来的限时投篮最高纪录,正格外臭屁地拽着林瑯与榜单排名站在一处,拜托工作人员给他们合影。

与此同时,顾魅殇本人从众多讨伐者中挑选了那个律师作出回应:律师函警告——这个动作却引得众人哄笑。更有人指出:"几乎所有被顾魅殇抄袭过的作者们,之后都在行业里销声匿迹。哪怕作者本人并没有敢于站出来与顾魅殇对线,都同样遭遇无名力量雪藏。"紧接着就有人扒出顾魅殇是温文千金——而所谓的"无名力量"也昭然若揭。

6:30时林瑯和唐玉树正踩着油门在赛车道里纵情飙速。虽然被全套制服和防具包裹,但林瑯还是可以准确地分别出哪个是唐玉树哪个是别人。

与此同时,像连锁反应一般,曾与温文有过合作的美女网红赵妍妍发博声讨温文,称编辑在并未告知自己的情况下,将另一本完全不属于自己的书稿署上了自己的名!直到书已经全部印完甚至送上了各渠道的物流阶段,自己才得知了这件事。而一个叫作"花容月下"的人以"赵妍妍责编"的身份,站出来对线赵妍妍:我这儿有咱俩的出版合同,需要我晒出来吗?当然赵妍妍理直气壮地回应了他一句:有合同,但我还没交稿啊。

6:50时两人擦着汗从游戏城走了出来。唐玉树抱着一堆纪念品,只让林瑯"帮忙分担这个小绒球的重量就可以",满载而归。

与此同时,温文集团官微站出来划清界限——签约着赵妍妍小姐的"温文新赏",的确是温文控股的一家图书策划公司。但鉴于其行事恶劣,已经辜负了赵妍妍小姐及温文所有读者的信任,根据投资协议,将从"温文新赏"撤资,并问责法人刘承——无非见事态扩大到无法压制的状况,情急之下断尾求生而已。

手机设置了静音,所以在一个甜品店落座时林瑯才摸出来看。

有十数个未接来电:3通来自路黎,1通来自赵妍妍,剩下的都是"花容月下"。

林瑯先回拨给赵妍妍:"温文并没有反击你,而是直接与刘承割袍断义,说明相比起与你及你背后的资本对抗,他们更愿意舍弃刘承那枚棋子。至于刘承被摁死之后他会不会试着绝地反击——你不用担心。我会说到做到:他如果举证'第一本书也是林瑯代笔'来试图扯你下马,我会替你澄清。"

接着林瑯回拨给路黎:"终究是没能扳倒温文,但……至少你也可以像温文一样从'温文新赏'这个过错方撤出股份——也就是拿出你那二十年合约。别哭了,也不要公开跟任何人再提起这件事的背后推手——我这个人……要感谢你就感谢'新梦'吧,三年期限的经纪合约已经准备好了,得空就当面给你。之后还需你在同业内帮忙传播'新梦'的好口碑——先这样,大Boss解决了,我需要点时间去捡我自己的甜头。"

说完这两通电话,唐玉树端着两碗牛奶冰沙乐乐呵呵地走了过来。

但最后的好戏还没播送——这让林琊有点局促不安。

——"为啥子？他难道不是对你而言很重要的人吗？"
——"正因为如此……我希望我在他那么干净的人面前，别显得很脏。"
与最初不再是相同的理由。
曾经不希望他看到自己不堪的面目，是因为怕。
如今，是因为不舍。
唐玉树像是一片纯净的湖水。但凡有人胆敢污染他，林琊觉得自己都会抵死相抗。
因此自己更不想成为那个让他领略"何谓丑陋"的人。

男生把两碗冰沙放下后，开心地问询林琊："陈逆刚刚给我发消息，说跟你一起合作打了胜仗——什么意思？"
林琊犹豫了一下，但还是只说了一句："没什么……"
隔着桌面唐玉树从下面把手伸到林琊这边来，抓住了林琊的手——刚端过冰碗的缘故，林琊感觉得到他的手指凉凉的，不过只帮他焐了几秒，就又变成了热乎乎的触感。
可回温了，唐玉树还是不肯把手松开。
他的手顺着林琊左手的手指，摸向了手腕处。
那里有几道横斜着突起的疤。
林琊还记得，某次唐玉树不经意地看到自己手腕上伤口愈合后残留的针脚疤痕。那时他没问来由，只是反复地看着那一处难看的疮痍，默默地掉眼泪。
林琊执拗地闭了眼转了头，装作没看到他哭的样子。
可唐玉树却紧紧抱着林琊，勒得林琊甚至都疼了；他在林琊胸口上抹着泪，像失了魂儿一样用方言反复地念叨说：你怎么不早点找到我啊，怎么不早点……
搞得倒像是他们曾经本是在一起的，却是林琊粗心把他弄丢了一般。
回想到这个片段，林琊鼻子有点发酸。
可以的话，我也想和你早点相遇。

林琊把手抽出来摸过自己的帆布书包，摸出了一个本子，从中撕了一页下来，兀自折起了纸。
唐玉树手指敲了敲桌面，像是警醒上课走神的小孩子："你不吃该凉……该化了！"
被他的小"口误"逗笑，林琊于是把纸暂时先放在旁边，拿起勺子挖了一小块冰沙抿进口中："我突然想起来一个很小很无聊的故事——你要听吗？"
"听啊！"
他从不拒绝自己所说的任何要求。
"有个男人，没学问，很傻。他还是愣头青的年纪，就娶了自己很爱的、但有抑郁症的一个女孩子。他觉得自己能治愈她，靠温柔、靠尊重、靠爱。后来他们有了个孩子，算命的说那孩子是财神转世，能给他俩的小家庭带来福气——果不其然，孩子三岁那年，那个男人遇到了自己命里的贵人。贵人说，我可以带你赚大钱！男人于是信了贵人的话。他注册了公司开办了厂子，用积蓄采买原材料，接了大量的订单，赚了不少钱——一部分带着自己的女孩儿做治疗，一部分存好，用来养孩子。"

"他们真好。"

"是啊，那时的他们真好。不过半年后，那个'也不抢着当法人''也不吵着要分红''生性温暾'的贵人，突然很激进地接下了千万元的订单。当时厂子采购原材料的渠道有限，应对不了这么大的订单。于是男人不愿辜负贵人，就拼命地四处奔波去采购。有天被灌得烂醉，回到家，却发现沙发上除了爱人和孩子，还有一堆警察。"

"警察？要抓谁？"

"抓那个男人——他的工厂收到的巨额预付款，一夜之间全部被转移了资金。那笔钱经过海外账户转过了好几遭之后，被洗到无迹可寻。同样无迹可寻的，还有那个贵人。"

"这……那男人怎么办？"

"虽然不能证明是这个男人违法转移了资金，但百万元的'恶意债务'的确需要这个法人来背责任，最后他坐了七年牢。这期间，他心爱的女孩自杀了。"

"啊……那他的孩子呢？"

"很用力地活了下来。"林瑯说完，把一口冰很用力地吞了下去，"最后他坐在了你面前。"

唐玉树愣了好半晌才开口道："那个贵人……"

问题没能顺利问出口，林瑯的手机响了。

男生看着手机看了很久，没接，最后却抬眼看了自己一眼："你要听吗？"

"听啊！"

他从不拒绝自己所说的任何要求。

"哪怕会让你发现我这个人有多可怕？"

得到唐玉树点头之后，林瑯才接起了电话。

"别来无恙啊，花编辑。"

之后接着一大段毫无意义的情绪化言辞，而这段谩骂也因手机的漏音而被唐玉树模模糊糊地听出了一个大概的来龙去脉——"做局搞老子？！千防万防我都没想到要防你这种不起眼的蛆！"

可全程，林瑯都只是面无表情地、安静地听完电话那一头的羞辱——仿佛他早已惯于面对这些不堪的唾沫。

等对方说完喘息的空当，林瑯才不紧不慢地回应他道："不要把自己说得那么磊落，你只是自己把自己当个机灵鬼，其实一眼就能看穿。没错，舆论战只是抽你的耳光而已，'用枪手稿给网红出书'才是你作茧自缚捅死自己的那一把刀——那些枪手稿之所以在网络上核查不到重复内容，是因为那些文字是纸质《新影》时期的稿子，作家们一旦刊过稿子，便不会在别处任意发布——请问你除了偷窃我的《风月客栈》之外，为什么还要偷我们《新影》的稿子？"

"我偷稿子？！稿子是你给我的！U盘自从我拷贝完就没有碰过，一定有你的指纹！"

可林瑯却"疑惑"起来了："U盘？请问是什么U盘？不，我没给过你U盘。你并没有'稿子是林瑯提供'的证据，不会有证据，你也不必费尽心力捏造证据——说起来，我还要感谢你请我喝的那杯'热美式'！"

对方似乎想起什么细节，冲着林琊又破口大骂："你别给我这儿演戏！我没心思跟你玩儿录音！我就是专门来骂你的！"

"也是——我防你做什么？毕竟刚才你已经招供了你的恶行。"

说完这句话，林琊看了一眼唐玉树，仿佛是庆幸自己没有在唐玉树眼神中找到"嫌恶"，他才缓了一口气，对电话那头的人说："这件事虽然没能扳倒温文，但想必此时自身难保的温文也不敢保你了吧？作为'温文新赏'的法人，你背上的违约金总计 600 万？我还嫌不够多。我至今都觉得好笑——那次面谈里，全程你在运用'欲擒故纵'的手法，可你弄错了——我'欲擒的'从来不是钱，而是你这个老贼。你该庆幸——因为我泛滥的同情心，致使我没能用上全力，不然戏剧张力还要再翻个倍！"

林琊听着电话那边的辱骂，但看着的却是唐玉树。

林琊的眼神格外悲戚，可他口中的话却铿锵有力："刘承，你当日羞辱我的时候，你就从没想过我这个亡命之徒有一天会用什么方式曝光你的丑态吗？没能亲眼看到你在我面前失禁尿裤子，其实我还是不够解恨。你既然感慨我的重生，那你也得感慨一下自己——毕竟焚烧我时，你也是最毫不手软的那把火。"

说完这番，林琊不愿再纠缠，扣下了电话。

幸亏坐在甜品店的角落，所以自己泪水横流的面目只被唐玉树一人所目睹。

至此，唐玉树才得知：那个"故事"里，连"贵人"也是林琊自己。

但唐玉树不觉得林琊这样就叫作"可怕"了。

他想说出口，但他看了林琊好久都说不出什么话来。

林琊的表情变化明确、又让人揪心。他很明显地想要抑制那止不住的眼泪，试图靠瞪眼睛、试图靠挤一个笑来实现，可终究他失败了。

最后他把头转向墙面里侧，尽可能别让自己的失态暴露得更多一分。

唐玉树想了很多话——多到已然超出了自己措辞能力的极限，最终口中也只笨拙地蹦出三个字："你不坏。"

林琊仿佛笑了一声："可是唐玉树，你会做这样的事吗？"

"我可能永远都不会。"唐玉树诚实地给出了答案，"我不会，是我没你的脑子，也是我没遇到过这些可怕的事儿——但你没做错。你只是向对你伸出过脏手的坏人还击了一拳而已。你只是用这个世界欺骗过你的手段如数奉还给坏人而已。别苛责自己！你唯一让我不开心的是：你孤军反击，没肯喊上我！"

林琊像是被这句话怔住了，像个认罪画押的坏人一般，他安静了好一会儿，片刻后又犹疑地、小声地追问了一句："真不是坏人吗？"

"不是。不是！"唐玉树回答。

他看着林琊，觉得那个男孩单薄又虚幻，像是不盯紧他，他就会化成一缕青烟飘飘然飞掉一般。但他看着看着，又觉得那个男孩坚硬又灼热，像是守望着他，就可以从他分散而出的温度里，汲取到力量。

接着唐玉树说："林琊，我从来没对你说过——你知道我为什么欣赏你吗？"

自问后他自答道："可能起初只是莫名其妙的感觉，可后来我了解了你，就觉得你……

第九章·拨云

223

很好、很硬，也很柔软、不会变坏。相信你哪怕日后再遇到什么不好的事情，你还是不会变坏的。"

最后他说："我说不清，但……你有种能量，对我来说像是光一样。我待在你身边，就觉得自己也变成更好的人了。"

唐玉树这番由衷的言辞却使林琊号啕起来。

他似乎惯性地隐忍痛苦，就连哭的时候，都用力地压抑自己的喉头不许发出声音。

可看他的哭看得久了，唐玉树又觉得——他也不是在哭，不是在因遭受苦难而屈服，不是在因自厌自恶而悲伤，更不是在因被常人难堪的力道扼了喉而号啕。

他是在为了活着而呼吸。非常努力地，拼命地呼吸。

不经意瞥到林琊随手放在桌面上的本子，那本子封面是普普通通的白色——校门口最便宜的那种软面抄——但上面被林琊认认真真地誊着一截波德莱尔的《恶之花》——

"你自诩精通的那种崇高的恶，

从来就不曾使你因恐惧而退缩，

我了解你完美面具下隐藏的一切，

是什么让你成为你。"

两人一起回宿舍的路上，林琊接到了一个陌生的电话，他接听起来。

对方自称是温文文学总公司的公关总监，费尽千辛万苦才通过各路人脉拿到林琊的联系方式。

他自我介绍完之后，林琊跟也已然听到这番话的唐玉树对视、苦笑。

于是唐玉树从林琊手里接过手机来，冲着电话那一头的人"威慑"道："你们想干什么？！你们是要威胁他吗？！"

对方对于自己的"骚扰"连连向这厢的男生道歉，声称刘承已被温文紧急开除，还问林琊需不需要什么补偿——语气之和善，仿佛生怕大声点就会震碎林琊一般。

唐玉树好哄——感觉到对方好像真的没什么恶意，就把视线抛向林琊，用眼神问林琊："那……要听听他讲话吗？"

林琊从唐玉树手里拿回电话："您可以补偿我什么？"

"这次的确是我们温文管理不力，才致使这种老鼠屎在我们集团内偷偷摸摸动这种手脚！给您以及诸多作者带来的麻烦真的无价可偿！虽然这些事情与我们温文总部无关——但还是给您带来了麻烦！请容许我再次道歉！"对方把界限划得很干净，接着便大方报价："我们给您 20 万作为补偿——可不可以？"

20 万……好大一笔。

但林琊还是说了一句："不必了。"

"是觉得不够吗？我可以再去申请！虽然对您造成的伤害是无法挽回的，但是我们真的很希望您受到这种不公正待遇之后，对您做出一些尽可能的补偿——也算是我们自己对自己的警醒！以后我们一定会在工作中加强监管！——30 万可以吗？"

30 万……好大一笔。

林瑯觉得不能再任由他报价了——他越加，自己越会觉得像是亲手烧毁掉了这么多钱一般。于是林瑯苦笑着再次回复了一句："不必了。"

"您是不肯给我们这个补偿的机会吗？您不愿意原谅温文的疏漏吗？"

打起了感情牌——林瑯没让自己的冷笑发出声音，只是对着电话那边回应了一句："真觉得需要补偿的话，那姑且容我作为国内原创人的代表，给您冒昧提一句，贵司的一姐顾魅殇抄袭成性，对于温文这个品牌已经造成了巨大的负面评价。因此，你们有权向她提起追偿。然后把钱捐去做公益，或者成立个'反剽窃基金会'，用来帮助那些该被尊重的创作人吧——这么做，比给我点儿钱来得更有价值。"

"欸……"对方那边卡顿住了好半天。

但林瑯就此摁下了挂断键，没有再给他沟通的机会。

"你人真的好好啊……林瑯！"虽身为家境殷实的"公子哥"，唐玉树却也理解不了林瑯为什么要拒绝那笔钱："可是虽然您提出的立意很棒，但我不觉得你不能拿他们的赔偿——至少有过一本书，你是忍气吞声地给他们当了枪手啊！"

林瑯没回答唐玉树的问题，却问他："你小时候……演讲过'我的梦想'吗？"

"我写不好作文——我一直没这个机会。"唐玉树摸后脑勺。

林瑯看着他，笑了："我演讲过——因为我写作文写得很好。"

"你的梦想是当作家吗？"

"不是。"男生的视线看向一个不清不楚的方向去，眼瞳里有球场的灯光凝结成一颗流转着的光。他说："我的梦想是，愿天下再无欺凌。"

"欸……"

"当时我那篇作文获得了老师的称赞，她让我去带着这篇稿子演讲。我记得站在礼堂的台上，看着台下黑压压的人群的时候，我就不由得表现出了'声情并茂'来——因为知道自己在'表演'。"

"哦……我懂！"唐玉树点头，"被很多人看着的时候，就会不自在——我也这样！"

"没错。"林瑯点头："我演讲的东西都是我的真情实感写下来的——这点毋庸置疑。不过，因为知道很多眼睛看着我，所以连真情实感都会不禁带上'表演'的性质。"

"哦……"可是这……与你不肯收温文的赔偿有什么关系呢？

"基金会是我的真情实感。"林瑯这么说，说完他看着唐玉树，给唐玉树一个笑的时候，自己大概都没意识到他轻微地扬起了下巴："但刚刚在台上，我不把话说得圆满，就相当于给温文递了一把刀。"

唐玉树这才彻彻底底地明白了林瑯的意思。

那通电话并非温文真心实意地负荆请罪——但凡林瑯同意收下赔偿，接下来便可能是铺天盖地的"和解通稿"，以及围观者们铺天盖地的"我就知道……"，继而事情将会如何发酵，不堪设想……并且，以自对媒体行业的认知：如果刚才的电话是一个陷阱，那么那一头坐着的可能不只是温文集团而已，更可能是十几只等待捕捉"重磅物料"的媒体话筒……

第九章·拨云

天幕已然是群青色。

光污染恣肆蔓延着的都市里，看不到什么星星。

唐玉树回过神来时，林珈走到了自己的前面去，而自己的手臂也莫名其妙地张了开来。

想了想，才想明白……

好像自己是下意识地想替那个跋涉的男孩儿，努力地挡住一点风。

12月末的时候春生民宿的宣传全盘收尾。

这个案例甚至掀起了公关行业业内好一阵讨论——诸多业内媒体都在试图总结经验，写出了一篇篇"如何以低成本撬动极大品牌效应""故事营销玩出新花样"之类的解析文章。

这些太过专业的解析林珈都不在乎——那是陈逆他们的成绩。

林珈的注意力全部投入在了自己的"新梦文化"。

在无论有心还是无意的几个事件里，《春生客栈》已然坐拥超高曝光率。至今为止，光是林珈的微博粉丝已经到达30多万。算不上"知名"，也至少能冠一个"新锐"的名号了。

唐玉树的微博倒是停顿在了"春熙路少年"后的七八万粉丝。他甚至反而鲜少更新动态，偶尔只发布一些自己拍摄的蓝天白云，或者跟几个臭味相投的网友研究起了天文拍摄。不时被网友追问"与林珈的近况"，唐玉树只会挑一两个回复"依旧""安好"，便再不多聊——这是唐玉树自己的主意。

没错，唐玉树也是有主意的人。

至于主意是什么——林珈问他，他也只会笑笑，不肯说。

"温文新赏"垮台后，被拉出火坑的作者们与"新梦文化"互抛橄榄枝，在年末前林珈就签下了16年前半年计划好好制作的5本佳作。

团队扩充时，沈曳这个人缘极好的家伙帮了大忙：拉回了原本在《新影》做过编辑的学姐，又拉来了个学建筑出身但也极度热爱文学的嫡系小学妹——这两位加入后，迅速也成了团队筑基时期的中坚力量。

团队扩充后，自然是要离开学校主教楼那个狭小逼仄的办公室。林珈跑了一个礼拜用来寻找办公场地，却一直寻不到太合心意的。但是有天在回影大的路上，在学校对面街道第一条横巷的第一户找到了一个正在转租的咖啡馆——据说也是学校里家境殷实的小孩儿们凑在一起想搞事业来着，结果搞垮了……迅速预约了店主进去看了一圈，林珈便决心租下这个看着就轻松舒适的空间——通勤方便，也便于长期利用影大资源。

然后林珈退位，让沈曳担任执行董事，也就是负责实际业务的"老板"。而林珈自己则退居其后领了一个"人事主理"的职务——创业期间公司体量毕竟还不大，虽然不是人资管理科班出身，但发个工资之类的琐事林珈还是处理得来的。

主要是想把大部分精力留给创作。

圣诞夜这日，唐玉树陪着林珈去买了一部新手机。

林珈本是抱着能用多久用多久的心态——虽然手机漏音，但音量调成最小格的话，还是可以勉勉强强地撑着。

这厢新手机在柜台调试好之后，就立刻接到了陈逆打来的电话，林瑯接起。

陈逆说是这样：春生民宿的品牌执行跟店长本人一起来了成都玩儿，喊陈逆和唐玉树一起出去。得知《春生客栈》的作家林瑯也在成都，并与点将传媒的高层是好友，于是吵着要聚在一起补个小小的庆功宴。

林瑯答应了。

庆功宴的地点定在一个KTV。林瑯和唐玉树赶到的时候，顺儿正在跟陈逆对唱着《小苹果》。

春生的品牌执行看起来比自己要大个三四岁的样子，店长倒像是同龄人。

"过七"过了十来遭的时候，脑子迟缓的唐玉树已经喝掉了六七瓶。

林瑯看他已经有点上脸，于是叫停了游戏，点了些吃食，随意起了个话头让大家聊起了天来。

因为没什么代沟，所以一众人也算聊得投缘。

尤其是那个店长——他特别开心，揽着唐玉树的肩头跟林瑯话当年："我跟陈逆和大羽虽然只在一起混了四年，但交情深得跟穿一条裤子似的！春生民宿拿到秦皇资本的投资之后，陈逆来找上我，跟我说，我们掏腰包给你做价值20万的品牌营销，到时候你满意就给我结算钱，不满意就当我们送的，然后就拿出了'用一部武侠小说来打造民宿品牌'的方案——这就叫兄弟！我信得过他！他信得过我！"

这个店长大概是已经喝得微醺，所以任唐玉树如何试图捂住他的嘴巴，他还是偏执地要给林瑯叙述他们之间的"兄弟情分"。

林瑯冲店长笑："我竟然不知道——所以原来你们本科是一个宿舍的啊？"

笑的空当里，又瞥了陈逆一眼——陈逆扭过头去当作没看见；又瞥了唐玉树一眼——唐玉树立刻端起酒杯试图把自己往"不省人事"的程度去灌。

林瑯没当着众人热闹的场面为难这两个"欺骗自己"的家伙。

倒是顺儿替林瑯跳脚了："欸？不对啊！当时你们俩不是说……"——却被陈逆掰过头来用饮料给堵住了嘴。

林瑯忍俊不禁。

此后一直喧闹至凌晨。

酒精上头的林瑯借口上厕所，绕出了KTV来透气。

外面安静、清爽，也有点冷。

林瑯缩了缩脖子，在灯下呵出了一口热气。

"林瑯啊……"

有人喊自己的名字，于是林瑯回头——是陈逆走了出来。

"生气了？"

"不至于。"林瑯摇头，"我只是出来透透气。"

"大羽以为你生气了，急着在迷宫似的KTV里绕着找你。"

"那我们回去吧。"

"先别。我有些话得跟你说。"陈逆点上了一支烟，"当时骗你说点将的资金链断了，

第九章 · 拨云

227

只有你拿出小说版权才能救我们——你不能怪我出的这个主意坏，你得怪一怪你自己。"

"哦？"被打成罪人的林瑯哭笑不得，"愿闻其详——"

"先说一下真相——真相就是你听到的那样：点将没有危机，点将很有钱。点将自己掏腰包20万给春生民宿做了营销整案。其中4万给你作为小说授权金，16万做了执行。不过效果超乎预想，所以春生给我结了30万的钱。不只'春生'这个'景点旅宿品牌'，秦皇还开了一个新的城市快捷酒店品牌，而点将自掏腰包先给人家甜头吃，是因为我真想拿下16年秦皇资本旗下的这些案子。"

"成功了吧？"

"算吧，拿了一大半——下周去签合同。"

"恭喜点将传媒。那么再解释一下为什么要骗我吧？"

"这你自己该有数。"陈逆喺着烟，看林瑯，"那个时候的你就像一片薄薄的冰碴子，让人看着发愁——不知道该如何拿捏你。"

"也是。"

"当时你远离了唐玉树，你不知道那阵子他多丧气——我认识他那么多年，我只见过他笑。我第一次见到那家伙手足无措地掉眼泪，我特别看不下去。所以我也是为了我们点将传媒的发展着想：董事长都废了，那我不得动点手段？我相信现在的你已经能理解我骗你的动机了——现在的你跟最开始太不一样了。林瑯，你知道你变了多少吗？"

"给我一支烟——你继续讲。"

"大羽揍我！"

"我就撕着玩儿……"

陈逆递了一根过来，他继续道："以前的你，总觉得自己跟大羽之间有着无限大的落差——你总把他吹得那么高干什么？他是真的很好，好到……如果没有他，别说你，我的人生轨迹可能都不会像现在这样。但他再好，他也只是一束光。光会照亮万物，可光能做的也只有这么多了，而万物各有各自的选择——有的向阳讨活，有的只会往光照不到的地方去钻。我的意思是：有大羽陪我一起拼，我才从一个山村小野狗跑到如今的。"

他吐了一口烟，接着强调了一句："但是，是我自己跑到今天的！"

林瑯在指尖上捻动着烟草，听陈逆说话。

"我知道你为什么怕面对大羽，他太干净太简单了，而你自己又自私又凉薄又心机深沉。所以你觉得自己不是个好人，对不？"

"没错。"

"可是你从最开始的一个浴花到后来的头盔，你过得捉襟见肘，都没想过要亏待过他。最后你以身涉险，做局去动'花容月下'，是因为你恨他当初对你的伤害。可是林瑯啊，要我给你提个醒吗？本来你哑巴亏早就乖乖地吃下了！但你后来又翻案，决心跟'花容月下'死磕，哪怕是螳臂当车你都要搏一搏，是为什么？"

为什么？

林瑯觉得自己想不起来了。

像是大脑开启了一种保护机制，把那尘埃落定的险情给潦草翻了篇去。

"是因为这个'温文新赏'骗走了唐玉树的方案，把他当猴耍。"

好像……是啊。

"你不承认你的动机里，有维护唐玉树的成分吗？"陈逆虽然喝了很多酒，但说起话来清晰无比，"后来你因为可怜那个出身不好的赵妍妍，又临时改变策略放过她。你因为觉得自己的手段打着擦边球，稍有不慎可能把自己搭进去，于是你不肯把你的计划告诉我们所有人。你一无所有，但听到唐玉树落难，你不顾一切就把你视作珍宝的小说直接供了出来——你还要硬说你自己自私凉薄吗？"

"……"

"林琊，我想要你搞明白，你没你想的那么糟糕，你就是个普普通通的正常人——我只能客观地这么跟你说。"

"正常人啊……"

"没错。你不肯相信自己是唐玉树的光，那我告诉你，顺儿为什么那么喜欢你，你知道吗？他告诉过我，他高中的时候因为'娘'所以被校园霸凌。太多一事无成只能标榜自己'很爷们儿'的烂人们需要靠着欺负他来自证自己存在的价值。顺儿那时候还小，真的就相信了自己是这个世界的异类。但是有天他看的杂志上，有个叫林琊的作者写的一篇小说里有这么一句话，成了他在那个环境里熬过来的光——恐怕你自己都忘了。你写：太多人都很傻，习惯了用'讨好'这一招……"

"背负起桎梏来向冷漠的世界跪地求饶……"——林琊接出了后半句。

"对！就是这一句而已。顺儿说这句也不是那篇小说的主旨，甚至只是一句主角的台词——可是这就是你给他的，他看到的。他看到了光，于是敢跟对他不友善的这个世界对抗了。纵使后来他变得那么野，林琊你也不用为此而负责——还是我刚才说的，你是电你是光你是他的神话。但他野化，那是他自己的选择。"

林琊"哧哧"地笑了起来。

陈逆也一起笑，笑着嘬完了最后一口烟："别再吹唐玉树了——我是说精神上；也别再神化他了，他跟你一样，也就是一个普普通通的男孩儿。"

"是啊。甚至比起'普通'，他还有点傻。"

"所以醒醒吧，林琊。到今天为止你还以为是唐玉树治愈了你吗？没有一个人可以治愈一个人。他有幸成了你想要的光，成了你的雨靴，成了你的伞。"

"可是林琊，那条路黢黑又泥泞。你还是靠你自己一个人，坚定地走过来了。"

第十章

旧梦

Howling Breath

号啕呼吸

　　春节时林珃回了一趟南京，在唐玉树的作陪下，跟父亲吃了一顿晚饭。
　　那个被母亲和自己恨过的男人，如今也缓过了力气，经营着一份稳稳当当的买卖，过着普普通通又简单安逸的生活。
　　不算熟稔的父子之间可供下酒的谈资并不多——但也都没因此觉得尴尬。毕竟来日方长，错过的，总还有相偿的机会。
　　林珃也跟着唐玉树见到了那个"会出卖儿子"的唐妈、"打球输给儿子会闹别扭"的唐爸。
　　他们也没有林珃想象中的"人中龙凤"的巍峨形象，用的也是 10 块／千克的洗洁精，聊的也琐碎平淡的日常。他们为"青秧临摹完一本颜真卿"举杯，也为"唐玉树居然又交到了新朋友"举杯，也为"林珃的《春生客栈》大卖"举杯。

　　假期结束的前一天，林珃把喋喋不休的唐玉树关在宿舍里，打算独自去"咖啡馆"简单打扫收拾，为节后复工的大家有个舒服温馨的工作环境做准备。
　　在前去的路上却遇到了"正有此意"的秦擎。这个小学弟如今成了"新梦图书设计一哥"——所谓"一哥"，就是只有他一个设计师的意思。
　　团队虽小，但很有力量。
　　两人从恋爱经聊到事业线，一路走到咖啡馆，进门时却看到沈曳、学姐"阿辞"、学妹"端端"——他们已经把打扫用具都搬了出来。
　　林珃因大家的"不约而同"而乐不可支。刚分配完各自的打扫任务后，咖啡馆里又进来了一个"免费劳动力"——
　　"刚刚去 601 找你，结果唐玉树在那儿赌气，说你不许他跟来！"顺儿嬉笑着。
　　见到来者，沈曳想起什么，突然喊了林珃："昨晚我梦到了顺儿和你！"
　　顺儿笑："梦到我跟少爷？我俩在做什么？"
　　沈曳说："我梦到我手里拿着糖，举得老高。梦里的你比真实的你要小一些，一个劲儿地绕着我跑，跟我闹着要糖吃！你家少爷就站在一边放任你闹我，一边笑一边跟我说：'别给他！别给他！'……"
　　林珃听了发笑："原来顺儿在你心目中的形象就是个'只会吵着要糖吃的小孩儿'？"
　　"欸？"沈曳连连摆手，"林珃你可不许污蔑我——梦可是没有逻辑的！我可没把顺儿当小孩儿！我们顺儿以后可是要当名模的！"
　　一向话少的阿辞学姐倒是也难得地加入了话题："我也梦到过林珃跟顺儿，梦里的顺儿也是比真实的要小一些，一个劲儿地绕着我跑，跟我闹着要酒喝！"

232

林琊听了更忍不住发笑："原来顺儿在你心目中的形象就是个'只会吵着要酒的小孩儿'？——顺儿你自己听听看！你在大家心目中的形象可是非常鲜明的！"

顺儿不慎沦为了"小屁孩儿"，气不过，作势就要来抓林琊的痒痒。

打闹成一团时，门突然被一个阿姨推开了："这里是新梦文化吗？"

"欸？对……"林琊看着进了门来的阿姨，接着又进来一个阿姨，接着又进来一个阿姨，接着又进来一个阿姨，接着又进来一个……

"陈逆？"

陈逆扇着飘满尘埃的空气："走走走！吃烤肉去！大家都去！"

为首的阿姨很有搞笑天分，模仿着陈逆的动作："走走走！吃烤肉去！大家都去！这里留给我们！"

林琊还是没反应过来，接着又看到了走进来的唐玉树："这是……"

"你们老板的朋友大方——给你们叫了我们公司的保洁服务！"阿姨替唐玉树这般回答——但显然她不知道林琊就是"老板"，只顾着环视起这个咖啡厅，从楼下到楼上转了一圈，"这原先是个倒闭了的咖啡馆啊？"

"欸……对。"林琊点头应答。

"这里不适合开咖啡馆——这铺子的风水不适合做烟火生意！"阿姨神神道道地提供着她除了保洁之外的附加服务，"这里适合做蘸墨水的买卖——我刚才天眼开了，看见这里以前做过学堂做过报社！"

林琊被阿姨意料之外的话给唬得愣住了："欸……"

沈曳笑着接过话头："阿姨，这边的楼盘是08年建的——哪有学堂报社？"

阿姨"啧"了一声，讪讪地替自己辩解："那……可能是我老花了——天眼也是会老视的你们知道不？但我腿脚利索！不耽误干活儿！"

别的几个阿姨和新梦众人们于是都哄笑成一团。

被"烤肉"成功策反的一众人嬉笑着离开了咖啡馆。

端端跟阿辞走在最前面，讨论起工作相关的事；秦擎则就着方才神婆阿姨给的灵感，给沈曳讲起了"玄学故事"；顺儿纠缠着陈逆背他，但被陈逆以一句"我的腰坏了咋办呢"就劝得服服帖帖。唐玉树则在半步距离的前面，正看着林琊。

林琊看着他们，由衷地笑。

笑着，又想起自己的手机好像落在了咖啡厅吧台充着电，于是迅速折返回去取。

进店的时候林琊又与神婆阿姨打了个照面，虽然刚才阿姨的胡言乱语被沈曳调侃着推翻了，但林琊却还是跟她道了句谢："我们其实是做图书公司的——借您吉言了！"

原来自己的天眼没有老视——阿姨于是眸子一亮，不住地给厉害的自己点起了头。

林琊把手机拿到后转身准备走时，阿姨却又叫住了他。

林琊回头看。

阿姨拧着毛巾里的水，眼神笑眯眯的："小伙子，所有的坎儿你都过了，以后都会顺遂的！"

第十章・旧梦

233

号啕呼吸

　　"借您吉言了！"

　　2016年2月14日，《春生客栈》成都首发签售会召开。
　　书店有限的空间里只摆得下80张座椅，剩下晚来的读者都不得不站在空隙处。
　　作家林瑯本人在台上给排着队的读者们签售，间或低头写字、间或抬头微笑。他穿着一件七分袖白衬衫，扣子乖乖地扣至了领口处，没有系领带或者领结，却系了一颗不明意义的红色绒球——这般文艺气质的着装，可左手腕处却戴了一个运动员们常戴的护腕。
　　观众席间或有闲聊声——
　　"我是在泸沽湖旅游的时候住了那个民宿，他们前台推荐我看的这个小说！"
　　"啊你去过那个春生客栈啊！怎么样？美不美？我寒假本来想去的，但是临时有事儿就没有去成！五一我一定要去！"
　　"我是赵妍妍的粉丝来着，我的女神是他的书迷，还力荐过他！"
　　"哦……我记得当时温文冒用赵妍妍名号做的那本书，就是盗用的《春生客栈》原稿——估计温文不知道赵妍妍喜欢林瑯的作品。笑死我了！盗谁不好盗到了你家女神自己喜欢的作者头上去！"
　　"是啊！姐姐你呢？你是怎么'粉'上林瑯的？"
　　"你说我？那可早了去了——他12年在《骄阳》杂志上刊登第一篇处女作时，我就'粉'上他了！"
　　"12年？原来他写了这么久了啊……"
　　"那是。我也陪了他这么久了！"
　　"我是看到'春熙路少年'那组抓拍图知道的'玉树琳琅'，但我现在已经从凑热闹彻底转成书迷了！《春生客栈》真的很好看！"
　　"啊！'春熙路少年'我也看过，美少年们的故事……啊！"
　　"欸？你们说：唐玉树在不在场啊？说不定他就坐在人群当中呢！"
　　"是啊是啊！快偷偷找找看！"
　　"那个抱着一摞《春生客栈》的男的会不会就是他？"
　　"怎么可能？太单薄了！你没见到唐玉树那一身可口的腱子肉吗？"

　　台上主持签售会的司仪此刻报喜道："恭喜《春生客栈》首发站达成千本销售量！林瑯老师将会为大家解锁福利——《春生客栈》短篇番外！"
　　刚才还在闲聊着的大家立刻被拉去了注意力，欢呼鼓掌了起来。
　　林瑯微笑着看向读者席，视线掠过了每一位书迷。
　　但视线飘过了一个戴着口罩抱着两个机车头盔的男生时，林瑯"谨遵命令"没敢停留。所以那份扬得更高一些的笑意，林瑯只好献给了接下来看去的人们。

　　签售会是下午1点开始的，可晚上6点才收工。
　　林瑯由衷地对工作人员道了谢。不过他以"还有十万火急的事要处理"为由，把庆功宴交给了新梦文化老板沈曳和编辑端端去扛，自己则绕到休息间里用卸妆湿巾胡乱地擦掉

234

薄粉，收起领口的红色绒球好生装回背包，拽起背包，顺着提前打听好的路线走员工通道下了楼，飞奔着跑出了大厦去。

跨坐在"大虎"上的唐玉树将车子停在路口。他修长的腿撑着地面，绷出好看的线条。林琅从他怀里接过那个没有磕损的头盔，给自己套上："辛苦你了，等了我这么久。"

唐玉树对这份"辛苦"感到不以为意，却还是顺着林琅的话嬉笑着说了句"没办法，谁让人家是'大明星'呢！"

林琅一记栗暴敲在他的头盔上，却只疼得自己龇牙咧嘴。正揉手时，身后传来了尖叫声。

两人回头看去，几个书迷尖叫欢呼："玉树琳琅是真的！"

"当然是真的。"林琅和唐玉树不约而同地脱口了这句话，也不约而同地把这句话捂在了头盔里。

迅速跨上大虎去，环住唐玉树的腰，两人绝尘而去。

到达龙泉驿的时候是8点多，通常爷爷已经入睡了。

"但是今天林琅来，所以我等着你们一起吃！"

林琅倍感抱歉："不用耽搁您休息的……"

爷爷一点儿都没客气："下一本小说要写到什么庄园啊民宿啊！就写'唐庄'！"——"唐庄"，这座山庄酒店的名字——"只要不死人，想怎么写就怎么写！"

林琅连连应下。

唐玉树则边啃着骨头边在那边笑。

"说起来，唐庄经营这么多年，从来没出过什么意外！这是我的骄傲！"老爷子喜笑颜开："哎，唯一有过一次危险的事情，就是我的亲孙孙——大羽那家伙！"

"唐玉树？"林琅感到意外，"他怎么了？"

"对。唐玉树——他没改名儿之前叫唐羽，他小时候又长得大只，所以大家都叫他大羽——改名儿是因为他小的时候出过事儿，六七岁的时候吧……那时候'唐庄'正在建，他在工地上玩儿，趁大人们不注意的时候，爬上了楼去，然后就摔了下来。当时摔得很严重——要说三楼也算不上太高，但工地上横七竖八的建材把他给磕得一身是伤，重点是把脑壳里磕出了大血块儿，在医院躺了一个礼拜都醒不过来。"

"他小时候这么皮啊……"

"是啊！那一次摔坏了脑壳后他才变老实的！他当时一直醒不过来，他奶奶就找了个有名的神婆，来给他看。神婆一看不得了，说这小孩儿三魂七魄都安好，只是自己不肯回躯壳里来！说是跑到了别的地方去。当时神婆沉着嗓子，模仿着一个男人的声音喊'大羽……大羽啊！'，喊了有一个钟头，才给把魂儿喊回来。然后就说等孩子一醒过来，就给改个新名字，不能叫'唐羽'了，得换！不然他迟早还会跑！"

林琅听着老爷子口中的玄学故事，津津有味。

"后来他还真就醒了过来——问他为啥子掉下来的？他说他看见一颗红球球，他只顾着追，没看路，就跟着那红球球一起掉了下来。"老爷子想起往事还是后怕，用手顺了顺自己的胸口，继续道，"不过那神婆说，当时也只喊回来两魂七魄，还是有一缕魂儿留在了远处——那缕魂儿神婆说是叫作……叫作'幽精'，主管人的情欲，神婆说要做好心理

235

准备，这孩子这辈子都开不了窍。"

"孃孃乱说话！"唐玉树不肯为自己的"傻"画押。

逗得林瑯扑哧笑了。

回到爷爷留给唐玉树的"专属客房"后林瑯也没什么困意，唐玉树于是提议去上天台看星星。

龙泉山今日又是晴空，偶尔有云飞得很低，悠哉地从两人的视野中路过，遮挡片刻的光。

也没聊什么，也没做什么。就吹着徐徐的风，看着浩瀚的天幕。

俄而还是唐玉树打破了宁静："啧！没带设备，只能肉眼看。"

"没关系。"林瑯看向他。

他也正好看过来。

在明灭的夤夜里，林瑯与唐玉树对望着。

如此望着，林瑯便又唐突地回想起上一次唐玉树带自己看星星。

木星还是土星，林瑯其实都记不得了。

闭上眼，眼前浮动的画面，是气流。是风暴。是睫毛。是眸光。

还有个乱跑的少年。

像是有一篇模模糊糊的旧梦，隔着悠远的时空穿梭而来。似真似幻，捉摸不清。

可却有一份清晰可辨的情绪，从那篇旧梦里弥散而起，终究袭入他的心丘。

——"那家伙，在一片漆黑中默默地运转……它孤单吗？"

——"它有泰坦。它只要一回头，就能找到它。"

他早就找到他了。

还成了他想要的光。

引导着他，坚定地走了过来。

（全文完）

番外
梦里学会的擒拿术

Howling Breath

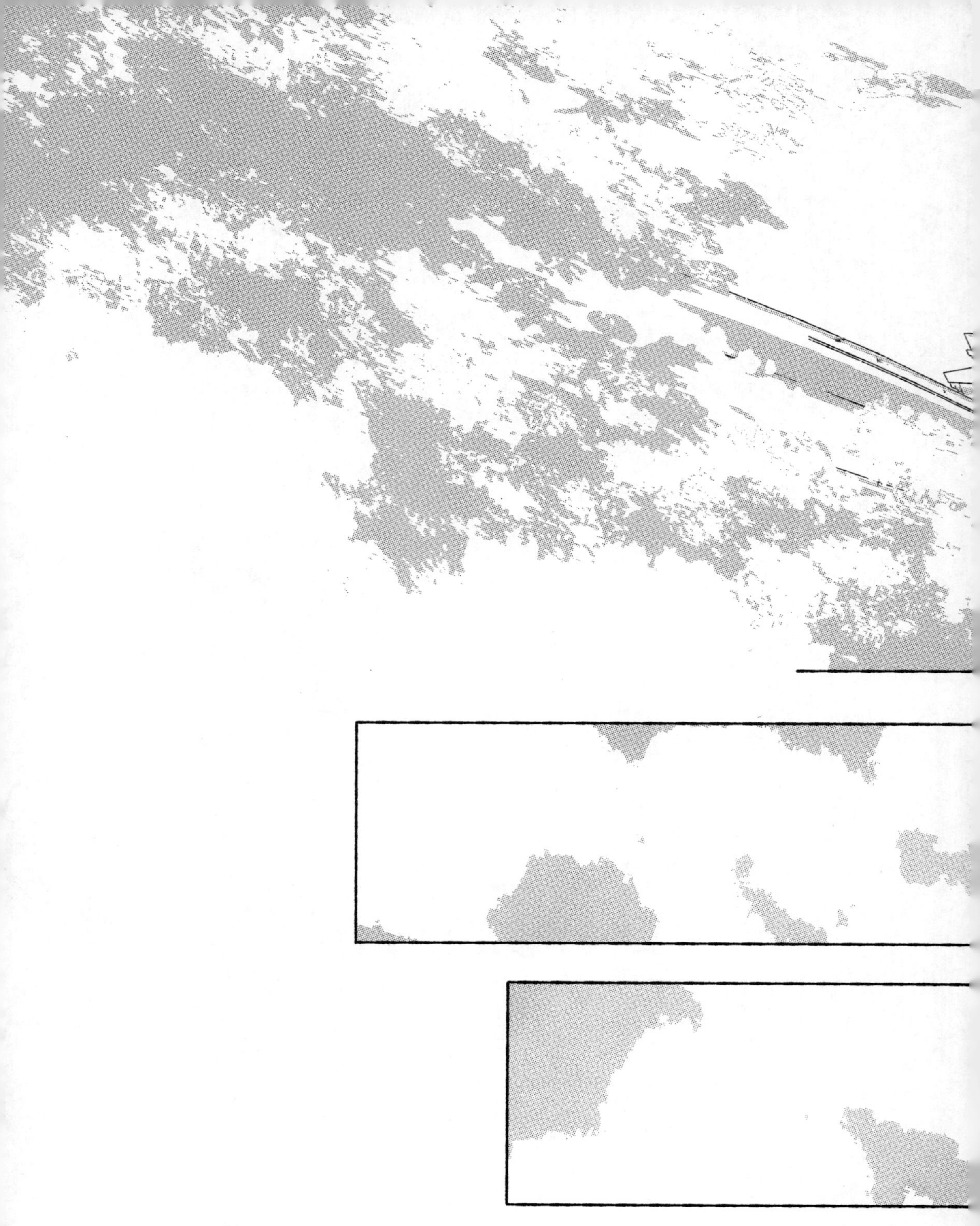

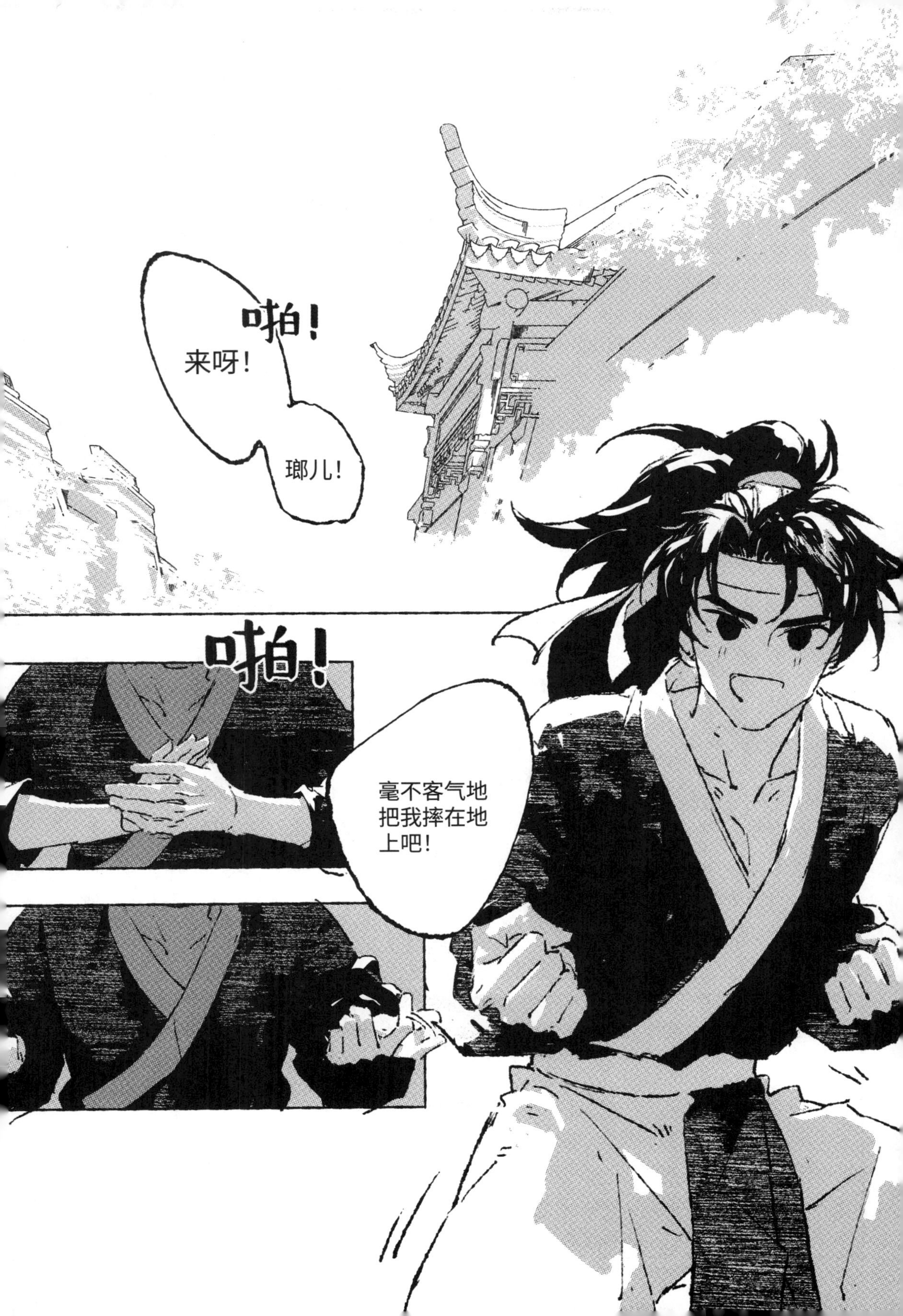
啪！
来呀！
瑯儿！
啪！
毫不客气地把我摔在地上吧！

不!要!

欸?

瑯儿快点!

别懒了!

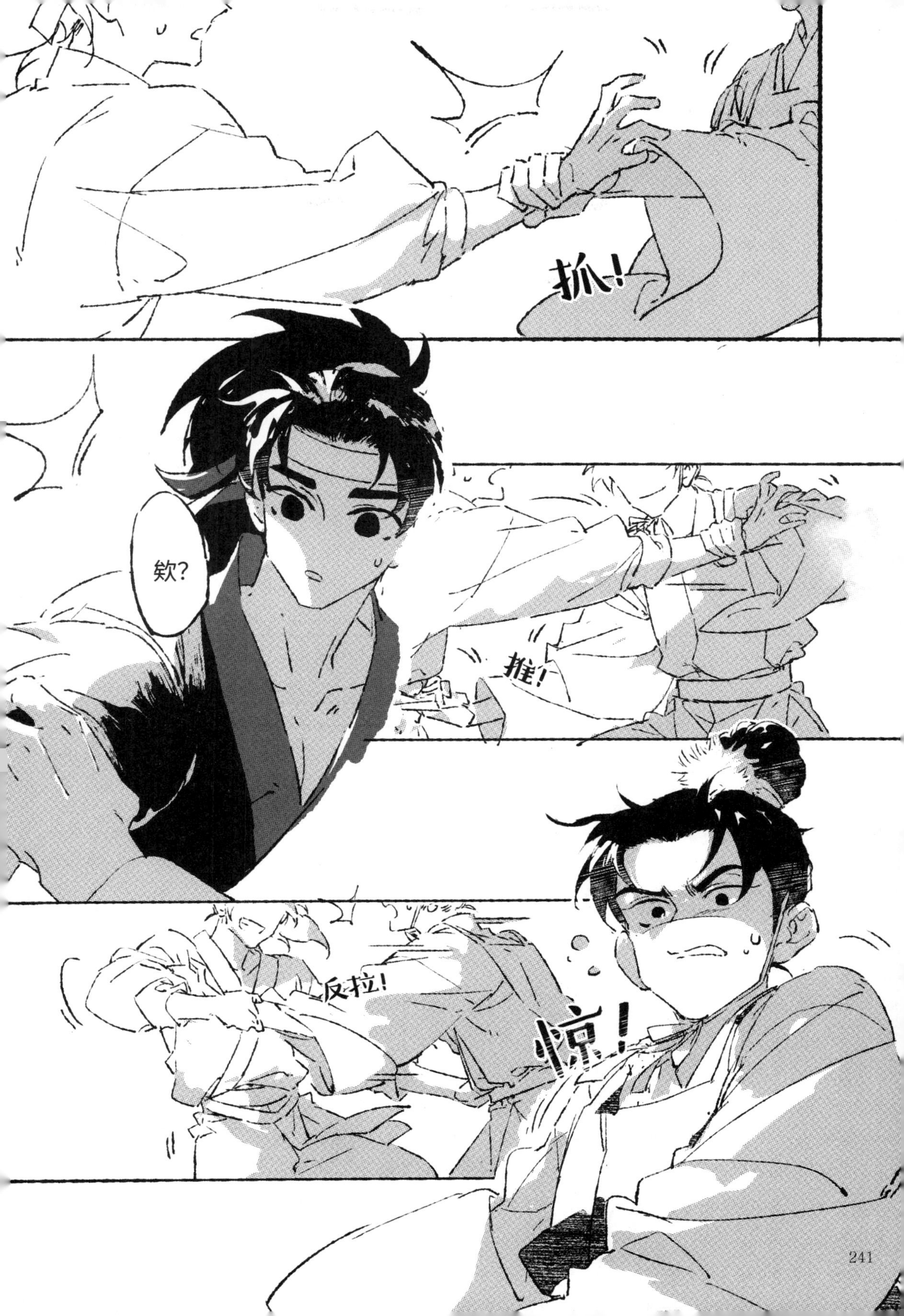
抓！
欸？
推！
反拉！
惊！

静安

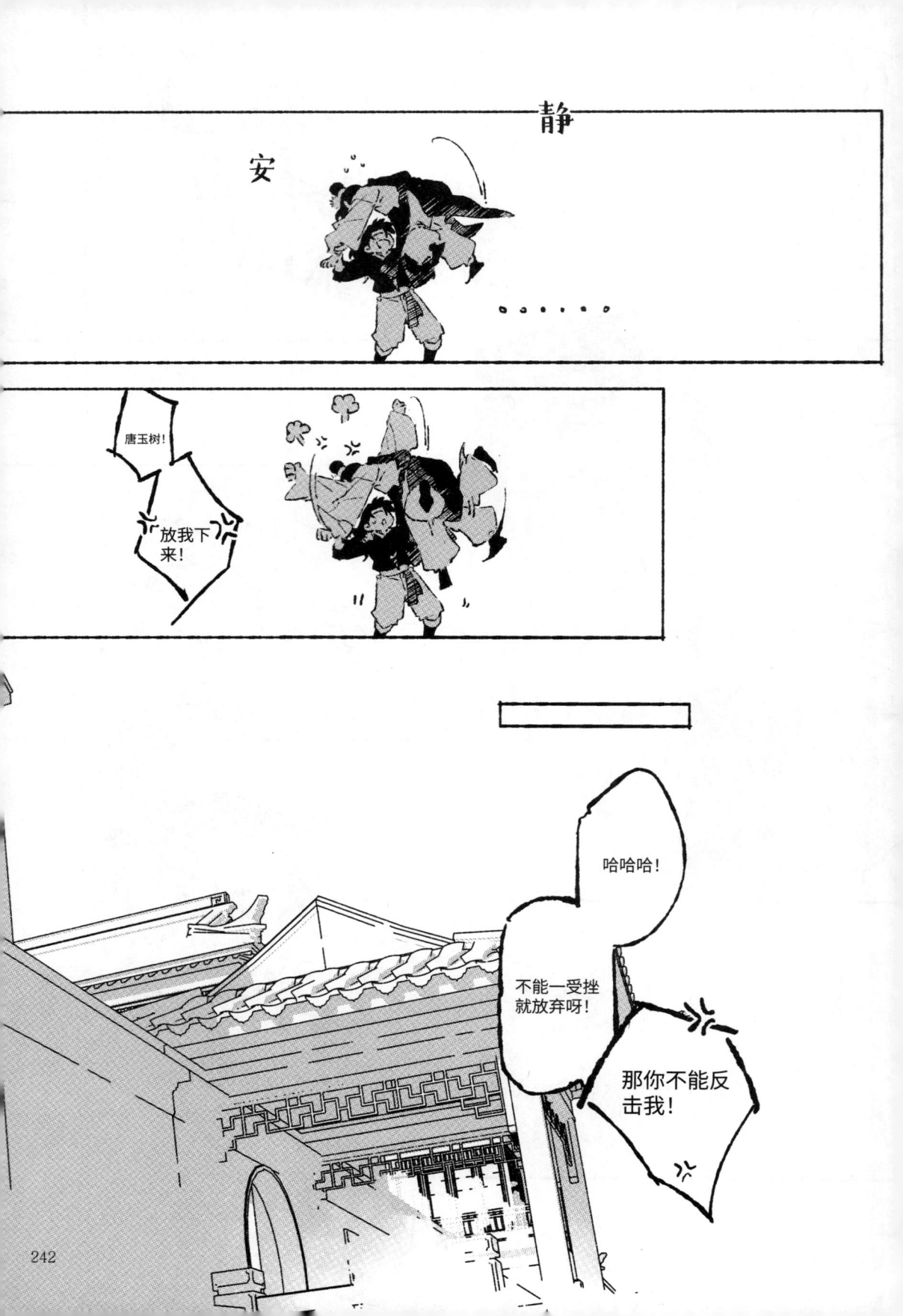

......

唐玉树!

放我下来!

哈哈哈!

不能一受挫就放弃呀!

那你不能反击我!

寇贼可不会呆站在那儿等你摔他！
太平盛世的……
哪会有寇贼？！
只会有你这种难缠的傻子罢了！
那你也总得学学对付傻子的身法呀！
抓！

欸……?

吃力

哇啊啊啊!

倒——

虽然是靠"偷袭",但是……

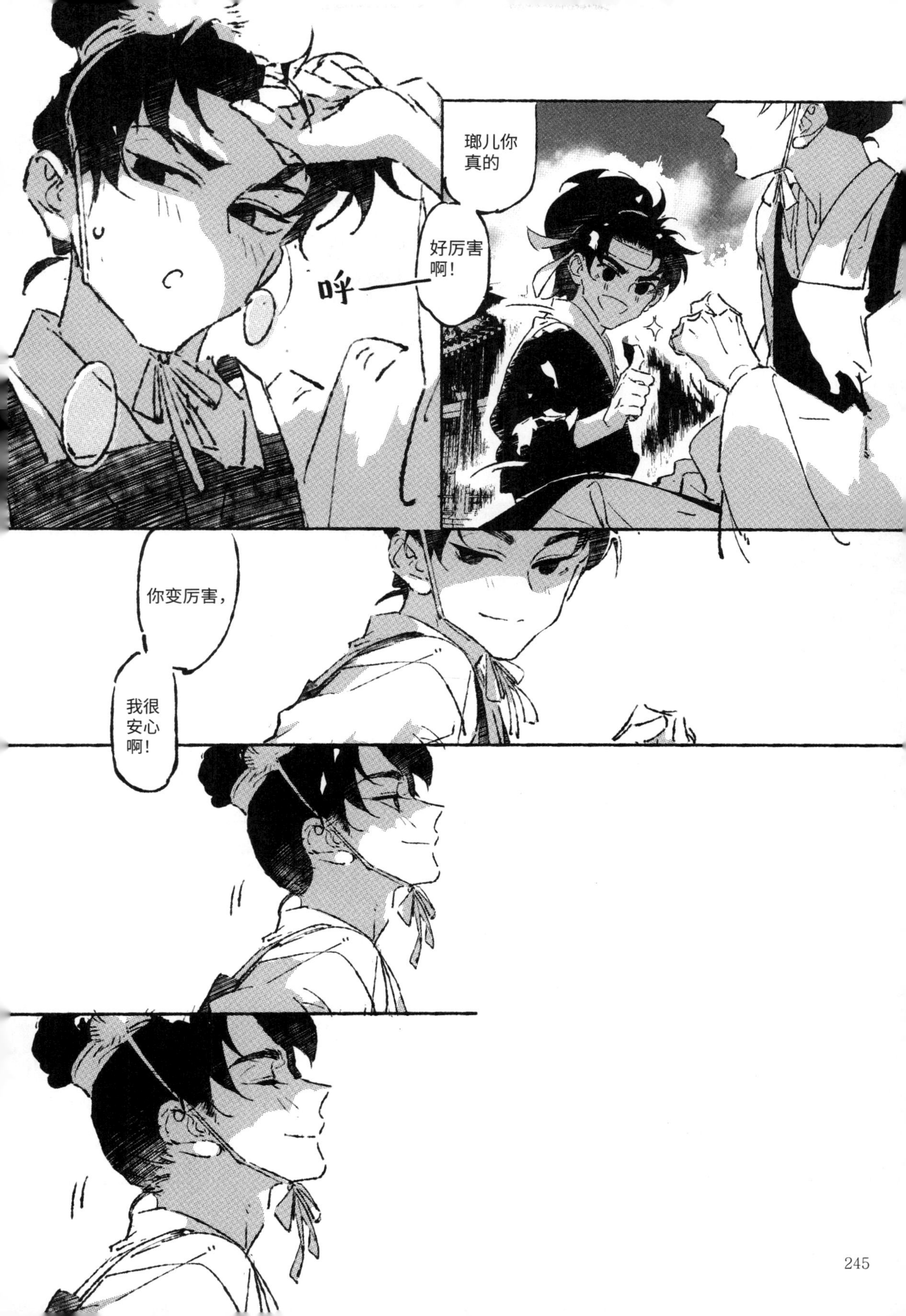
卿儿你真的
好厉害啊！
呼——
你变厉害，
我很安心啊！

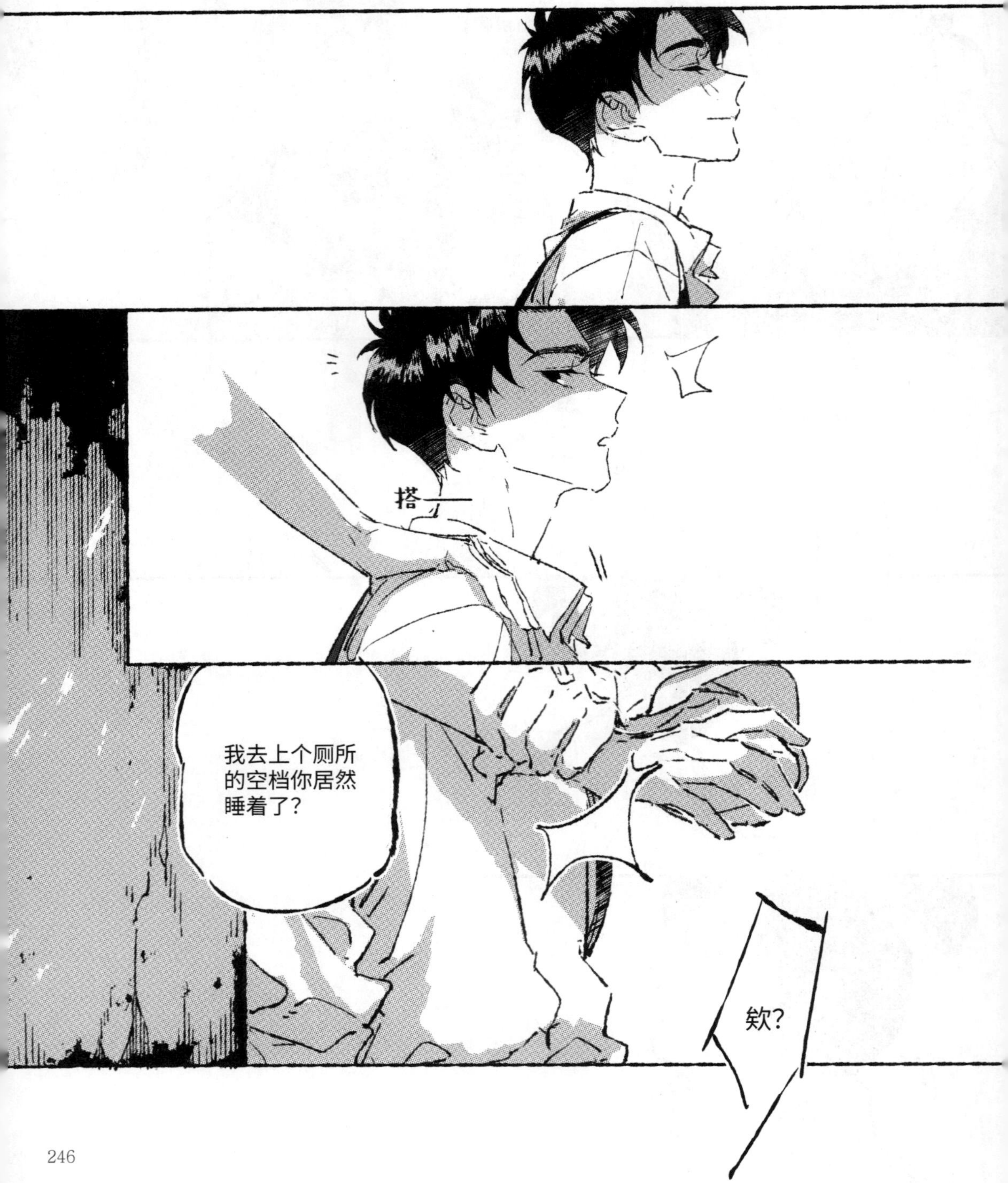
搭——
我去上个厕所的空档你居然睡着了?
欸?

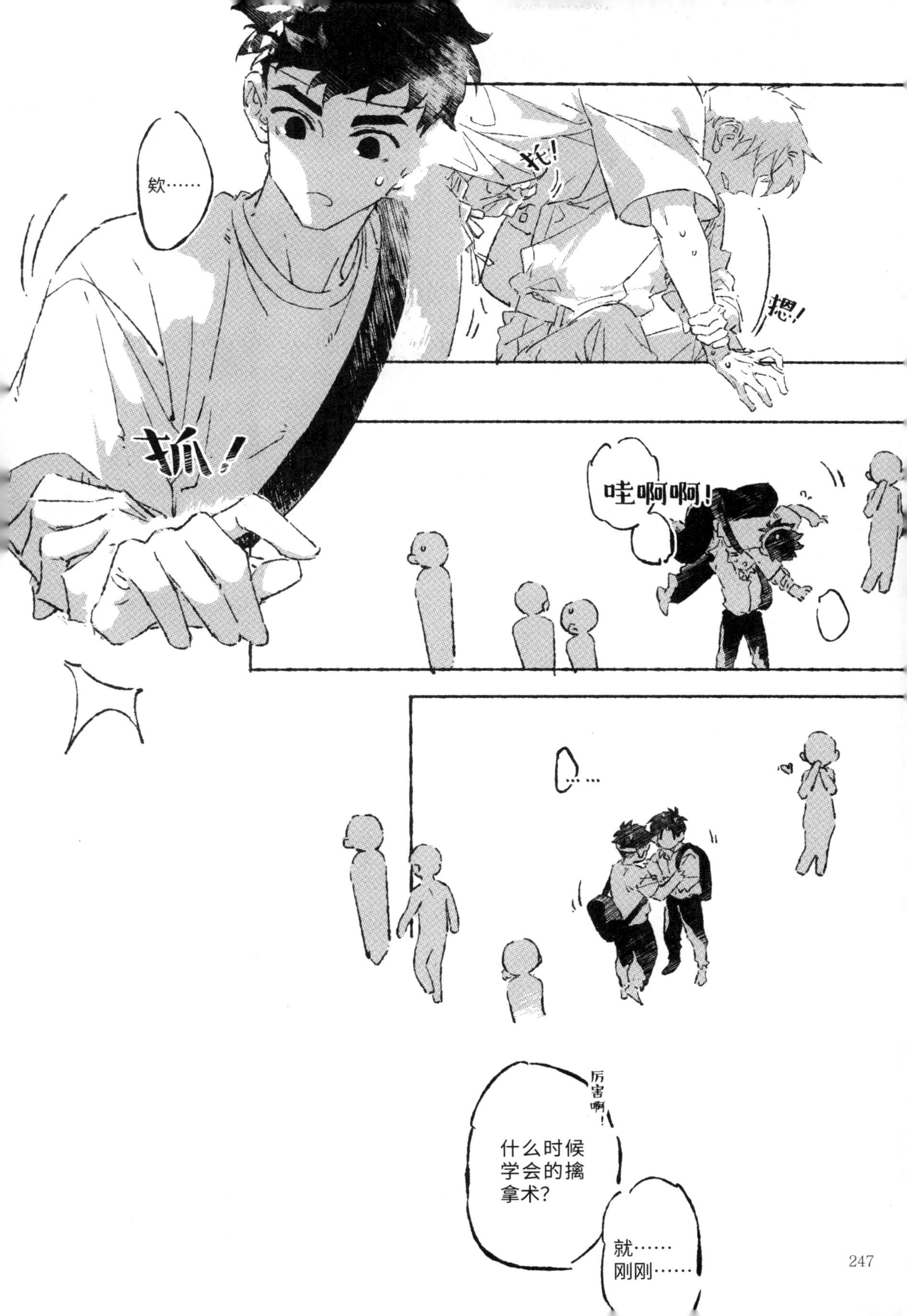
欸……
托！
摁！
抓！
哇啊啊！
……
厉害啊！
什么时候学会的擒拿术？
就……刚刚……

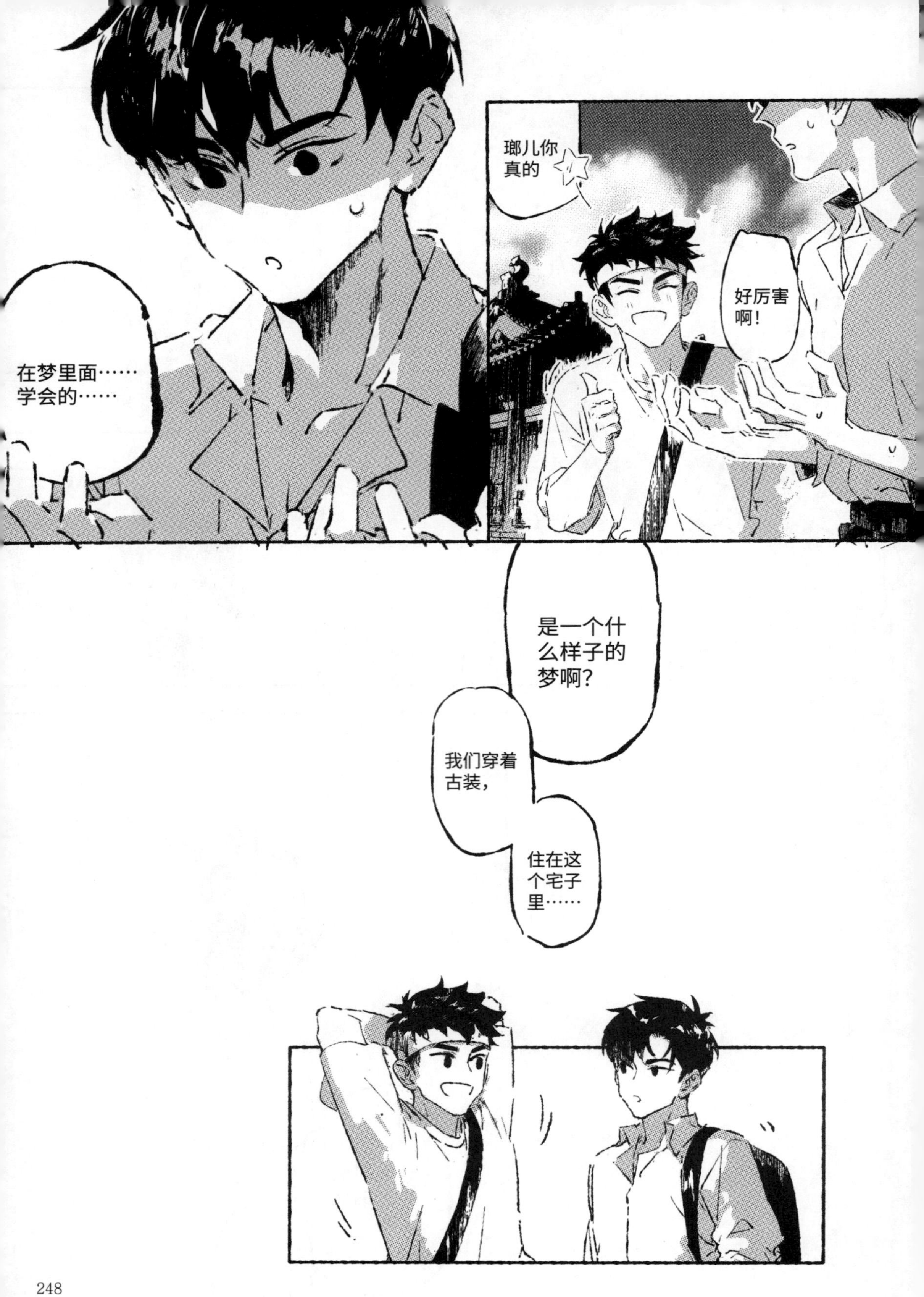
在梦里面……
学会的……
瑯儿你真的
好厉害啊！
是一个什么样子的梦啊？
我们穿着古装，
住在这个宅子里……

还是你教我怎么摔你的!

后来呢?

哇!

这里是财神府遗址……

史书记载这座宅子是一户富贾人家的院落,

但别的信息都遗失在漫漫的历史长河之中了……

后记

01

有过那么一段年纪，你总寄希望于别处。

忍受够了苦难，便想要离开一个班级、一个校园、一个小镇……总以为离开就是解决一切难堪的最优解。

其实也是吧……

在没有足够能量去对抗的时候，这不失为一种最直接的处理办法。

只是人生越往下走，你逐渐发现你需要"逃离"的也就越多：你开始离开一个行业，又决心离开一座城市——你指望着这些"离开"能帮自己逃出那些自己无力抵抗的规则。

逃得太累时，才突然察觉：自己好像一直都没逃出那片阴影。

像极了雨滴落入池塘时，那附近的浮萍随着波纹颤颤巍巍一拍三摇，漂向不远处去的样子。

接着，下一颗雨滴落入池塘，又会把你再次驱离。

才终于搞明白靠躲闪是求不来救赎的。

治标没治本，又在日复一日的蹉跎中积劳成疾病入膏肓，此时你才开始思考：总该找点办法摆脱恶性循环吧……

02

在那个年纪的时候，你好像还曾经喜欢过这么一句台词——"如果你认识以前的我，你就会原谅现在的我"。

这句台词感觉很适合夹着烟、用一种沙哑的声线在雨夜里说出来；仿若一位疼痛文艺片主人公。

你也确实把这句话记下来了。在之后被别人指责你的凉薄自私时，用以自辩。

自辩的目的往往是为了获得原谅、是为了挽留，可每一次被指责，你的脖颈突然会变得比往常任何时候都硬，道歉的言辞怎么都攻不破紧咬住的牙关。

只是在你终究因满身是刺而错失某些人之后，时过境迁又意外地听到些许关于他们的故事，你才知道：恐怕每个人都是被生活亏待着的，每个人都有每个人的脆弱不堪。

你才发现：这世上没有一个人，是活该替生活来补偿你的。

你才开始思考：总该找点办法摆脱恶性循环吧……

03

你不记得自己具体是在何年何月想通的这一切。

好像是在一次足以摧垮你的世界的变故之后，又好像是在你磕磕绊绊的漫长成长历程之中。

好在为时不晚，你收拾好了那些年少无知闯下的祸，你把那些你错失的美好树立成了灯塔，你抬头远眺那些灯塔的时候，尚有苦难连绵而成的阴霾。

只是这次，你好像不再害怕了。

总有一些理由，想让你从阴霾中脱身去变强大。

04

所以……"醒醒吧"。

"这世上没有一个人可以治愈一个人。

他有幸成了你想要的光，成了你的雨靴，成了你的伞。

可是那条路黢黑又泥泞。

你还是靠着你自己一个人，坚定地走过来了。"

图书在版编目（CIP）数据

号啕呼吸 / 梁阿渣著. -- 武汉：长江出版社，
2024.9. -- ISBN978-7-5492-9533-3
I.I247.5
中国国家版本馆CIP数据核字第2024YV9765号

号啕呼吸 / 梁阿渣 著
HAOTAOHUXI

出　　版	长江出版社
	（武汉市解放大道1863号 邮政编码：430010）
项目策划	力潮文创·蜜读
市场发行	长江出版社发行部
网　　址	http://www.cjpress.cn
责任编辑	钟一丹
封面设计	羊羊得意设计工作室
印　　刷	小森印刷（北京）有限公司
版　　次	2024年9月第1版
印　　次	2024年9月第1次印刷
开　　本	710mm×1000mm 1/16
印　　张	16
字　　数	370千字
书　　号	ISBN 978-7-5492-9533-3
定　　价	42.80元

版权所有，侵权必究。如有质量问题，请与本社联系退换。
电话：027-82926557（总编室）027-82926806（市场营销部）